서사의 요철凹凸

기독교와 과학이라는
근대의 지식-담론

저자

김성연(金成姸 Kim, Sung-yeun)_ 연세대학교 국어국문학과에서 근현대문학연구로 박사학위를 받았다. 현재 연세대학교 비교사회문화연구소 전문연구원으로 있으며 근현대출판물의 서사 양식과 사회적 의미를 탐구 중이다. 한국근현대사에서 기독교와 과학의 문화적 역할에 주목했으며 이와 관련된 공저로는 『한국의 근대성과 기독교의 문화정치』(2016), 『문학과 과학』 Ⅱ(2014) 등이 있다. 저서로는 『영웅에서 위인으로—식민지 시기 위인전기 전집의 기원』(2013)이 있으며, 최근에는 '정체성과 쓰기 / 읽기'라는 화두로 자전적 서사가 집필, 독서된 역사와 그 사회적 역할에 관심이 있다.

서사의 요철 기독교와 과학이라는 근대의 지식-담론

초판인쇄 2017년 1월 20일 **초판발행** 2017년 1월 30일
지은이 김성연 **펴낸이** 박성모 **펴낸곳** 소명출판 **출판등록** 제13-522호
주소 서울시 서초구 서초중앙로6길 15, 1층
전화 02-585-7840 **팩스** 02-585-7848 **전자우편** somyungbooks@daum.net **홈페이지** www.somyong.co.kr

값 27,000원   ⓒ 김성연, 2017
ISBN 979-11-5905-134-0 93800

서사의 요철凹凸

기독교와 과학이라는 근대의 지식-담론

Unevenness of a Narrative
: Christianity and Science as a Knowledge-Discourse in Modern Korea

김성연

소명출판

나는 20세기 전반부의 서사와 지식, 그리고 사람을 다루는 21세기 초반의 문학 연구자로 20년 가까이 살아왔음에도 불구하고 이런 정체성이 여전히 낯설다. 연구자와 연구대상의 시차에 새삼 주목하는 까닭은 그 둘 사이의 필연과 우연으로 빚어진 연구 산물이 이 시대에 무엇을 던져줄 수 있는가는 중요한 문제이기 때문이다. 세기의 전환기에 제출된 '근대문학의 종언'이라는 논제가 근대문학의 기원과 본질에 관한 다양한 점검을 촉발시킨 것은 사실이지만, 그럼에도 불구하고 한 가지 분명한 사실은 세계는 언어로 재현·인식된다는 믿음이 여전히 존재한다는 것이었다. 세계에 대한 인식이 언어의 구성물에 대한 분석으로 가능하다면, 근대문학은 근대의 언어 양식들 중 정제된 미학적 구조물로서 양적·질적 우위를 확보하고 있었다.

하지만 문학이 세계를 이해하고 전망하는 주요한 관문이었던 시대를 떠나보내며, 한 시대가 정의했던 문학의 개념과 범주를 탈피할 시기가 왔음을 절감했다. 한국인을 이해하는 가장 유효한 텍스트가 한국문학이었던 시대의 장막이 닫히는 것을 목도하며, '한국인이 한국어로 쓴 작품'에 집중되었던 조명의 초점을 '한국인이 읽은 작품'으로도 확장시킬 필요가 있음을 깨달았다. 그러자 떠오른 것이 '서사'와 이를 양산한 '제도', 그리고 그 생산·소비의 '주체'와 이들의 '인식' 틀이었다.

'서사'는 작가와 독자의 정신을 거치며 여러 언어의 구조물로 변신하는, 다채로운 육신을 입는 영혼과도 같았다. 그런 점에서 근래 학계에서 활발히 양산된 다양한 서사물과 복합적 언어·지식 체계를 다룬 연구들은 반가웠지만, 역사가 짧은 이 시도들은 그 확장의 방향성에 대한 질문, '우리는 무엇을 왜 연구하는가'에 대한 진단을 지속적으로 요구했다.

근대에 '비평'의 사회적 기능은 예술에서 '순수예술'의 가면을 벗겨내고 예술이라는 중립적인 터전은 없다는 것을 보여주는 일이었을 것이다.[1] 그런데 근대의 '순수한 성역'은 비단 예술만 독점한 것이 아니라 종교와 과학도 함께 나누어 가졌다. 최근 비평의 대상이 일상과 첨단기기를 포함한 문화 전반으로 확장되며 다양한 매체와 복합적 대상들을 다루는 '문화비평'이 득세하게 된 것은, 문화의 중심이 확산·이동되고 있으며 세계의 복잡성이 가중되고 있음을 방증한다. 또한 이슬람교를 풍자한 프랑스 잡지사에 대한 테러와 같이 세계 곳곳에서 발생하고 있는 종교적 긴장 국면들은, 실상 종교야말로 정치·학문·예술·일상과 결코 분리되어 존재할 수 없었음을 보여준다. 사실상 근대 국가의 성립 이후 문화는 순수예술이라는 협의가 아닌, 종교적인 것, 상업적인 것, 정치적인 것 등을 포함한 전방으로 확장되었다. 이 책은 바로 이렇게 긴밀히 상호 연동된 것들이 응축된 서사가 형성·확산되는 근대의 정황에 대한 분석을 수행코자 했다.

문학연구가 박물관적 연구로 사장되지 않기 위해서라도 근대 학문

---

1   발터 벤야민, 최성만 역, 「문학사와 문예학」, 『발터 벤야민 전집 9―서사, 기억, 비평의 자리』, 길, 2012, 548쪽.

이 구축했던 문학사의 시공간적 장막, 장르적 경계를 유연하게 풀어볼 필요가 있다. 우리 사회에 남아 있는 믿음, 이상, 진리라는 관념적 명제들은 구체적인 서사로 도처에 존재한다. 종교적이거나 과학적이거나 대중적인 것으로 인식되었던 그것들은 좀처럼 반성적 비평의 대상이 되지 않았기 때문에 과거의 인식 체계를 간직하고 있었다. 이 책은 '그것들이 탄생한 시대' 속에서 '그것들을 인식하고 있는 시대',[2] 즉 지금 우리 자신의 시대를 반추하고자 현존하는 다양한 언어 구조물들의 탄생의 순간을 찾아갔다. 이것은 문화사를 단절이 아닌 연속선상에서 보고자 한 시도이기도 하다. 현재 부상하고 있는 새로운 문화들은 그 형식과 내용이 지난 세기의 것들과 현저히 다름은 부인할 수 없는 사실이다. 하지만 20세기를 섣불리 괄호치며 21세기를 뿌리 모르는 고아로 만드는 우를 범하지 않기 위해, 두 세기를 가로질러 흐르는 줄기에 주목하고자 했다.

각 논문들은 언어를 기반으로 한 근대적인 무엇이 유입되고 구축되고 확산된 역사적 맥락에 관한 이야기면서 동시에, '중립적 이야기'로 쉽게 오해되던 것을 가로지르는 역사적 혹은 무의식적 '담론'들을 읽어내려는 시도이기도 하다. 한국 근대 초기 '근대의 새로운 신'으로 등장했던 '기독교'와 '과학'이 지식과 서사의 형태로 이야기되고 번역된 과정을 추적했다. 연구자의 편향된 가설과 목적이 완전히 배제될 수는 없겠지만, 가급적 자료가 먼저 말하게 하고자 했다. 서사를 출판하고 유통·확산시키는 제도, 그리고 서사를 창조하고 번역·수용하는 주체를 명확히 규명한 연후에야 그 서사의 사회적 의미, 즉 서사의 힘을

---

2 위의 글, 540쪽.

제대로 읽어낼 수 있을 것이다.

하지만 그럼에도 불구하고, 이 책은 미셸 푸코에 대한 오마주(hommage)일지도 모른다. 근대 지식이 구성된 방식을 권력과 제도의 측면에서 그리고 인식과 언어의 차원에서 풍부하게 밝힌 그의 저작들에 매료된 이후, 나는 그로부터 거리를 둘 필요가 있음을 느꼈고, 잠시 외유했으며, 그를 잊었다고 생각했다. 그런데 지난 5년간 작업한 논문들을 모아 놓고 보니 근대 지식과 서사의 구축과 정착의 역사를 다룬 이것들은 푸코의 『말과 사물』, 『지식의 고고학』, 『생명관리정치의 탄생』으로부터 『안전, 영토, 인구』에 이른 저작들에 대한 대화적 산물이었다.

어쩌면 나는 오늘을 낯설게 보기 위한 우회로를 걸었는지도 모른다. 이미 익숙해진 것, 따라서 의미도 균열도 감지해내기 어렵게 되어버린 관습화된 서사와 제도들을 그 탄생의 시공간으로 가서 보면 그 새로움 과 충돌의 지점, 무의식적 층위를 발견할 수 있으리라는 기대를 품고 개별 논문을 진행했다. 이것은 인공지능이나 빅데이터 앞에서 황급히 간략한 형태로 정리되어가는 20세기형 지식과 서사가 가지고 있는 지 속력과 풍부함을 복구해보려는 시도이면서 동시에, 나 자신을 구성한 지식 제도와 독서 자산에 대한 분석이기도 하다.

『서사의 요철』이라는 이 책의 제목에서 '요철'은 비유적으로 쓰였다. 사실 이는 본문에 수록된 「계몽의 요철」이라는 글에서 따온 것인데, 이 글은 실제로 물리적 요철 모양인 '점자'라는 문자를 둘러싼 식민지 의 정황을 다루고 있긴 하지만, 타자의 언어에 대한 정치·종교·문화 적 주체들의 계몽주의적 개입 과정에서 드리워진 음각을 드러내 보인 다는 의미도 담았었다. 문자 그대로의 기표를 철(凸)로 본다면, 그것의 뒤에 가려진 기의는 요(凹)로 볼 수 있을 것이다. 가시적이고 단독으로 존재하는 듯 보이는 텍스트를 철(凸)이라 한다면, 그것을 돋을 새김하게 누른 제도와 사상, 주체를 요(凹)라 할 수 있을 것이다. 그리고 이 요와 철을 모두 보아야 비로소 서사의 온전한 상을 그릴 수 있을 것이다.

이 책은 세 개의 부로 구성되어 있다. '기독교의 문화적 개입과 근대 지식의 형성', '식민지와 번역된 기독교, 그 출판의 지형', '과학이라는 서사의 독해'로 나뉘어 있으나, 사실상 식민지 시기 기독교와 과학의 유입 과정에서 생성된 계몽적 서사와 지식 생산 제도들을 다루었으므로 이들 요소들은 서로 긴밀히 연관되어 있다. 이때 '기독교'와 '과학'을 소재적 차원으로 다루거나 관념적 차원에서 맴도는 것을 경계하고자 그것이 언어로 구성, 구축, 배포되는 과정의 차원에서 그 흐름을 살펴보고자 했다.

결국 주요한 키워드는 '근대', '지식', '서사', '번역', '기독교', '과학'인 셈인데, 이것을 늘어놓고 보니 어떤 기시감을 떨칠 수가 없었다. 나열된 것들은 기묘하게도 100년 전 이광수의 장편소설 『무정』(1917)에도 담겨있었기 때문이다. 기독교인 김장로 딸의 영어 개인교사로 등장하기 시작한 주인공 이형식은 좌충우돌의 사건과 번민을 겪는 틈틈이 유수의 해외 서적들을 탐독한 것을 과시하다가 이야기의 말미에서 돌연 유학을 통해 생물학자가 되어 민족에게 지식과 과학을 교육해 주어야겠다고 다짐하지 않았는가. 나는 한국문학사의 중심으로부터 의연하게 걸어 나와 그 외연을 확장하는 체 했으나, 결국 이광수가 갈피를 잡지 못하고 이리 저리 돌리던 저글링 공을 넘겨받은 셈이 되고 말았다.

책 한 권이 나오기까지 감사할 분들이 많다. 학계의 스승과 선후배,

동료들 덕분에 지적으로 깨어있을 수 있었고 읽고 쓰는 작업이 즐거울 수 있었다. 가정에서는 믿고 지지해주는 덕분에 지적 사유의 시간을 얻을 수 있었다. 그 산물이 연세근대한국학총서로 묶여 소명출판에서 간행될 수 있어 감사하고 기쁘다. 미완의 논제들을 이대로 출간하지만, 연이어 탐구할 과제들이 남아 있고 지속적으로 떠오른다는 것은 축복받은 일이다.

차례

제3부 과학이라는 서사의 독해

제1부

기독교의 문화적 개입과 근대 지식의 형성

제1장

미션스쿨과 식민지 지식의 아카이브

연희전문학교 도서관 기증사를 중심으로

1. 서론

1976년 한 일간지에는 다음의 기사가 실린다.

신라시대 명필 김생에서부터 이조말까지 역대명필 808명의 친필 서간문을 엮은 『동현진묵』 40권과 조선시대의 야사를 집재성한 김재로(金在魯)의 『난여(欄餘)』 16권 및 한국 수학 역사의 귀중한 자료가 될 『홍길주 문집』 21권 등 희귀본 77권이 9일 연세대 도서관 고서정리 작업 중 발견됐다. 국내에서 처음 발견된 희귀본 중 『동현진묵』은 지난 36년 전남 곡성 곡성면 읍내리 정봉태씨가 당시 연희전문학교에 기증한 것으로 밝혀졌으며 『난여』 등 다른 서적들은 기증자나 보관 경위가 확실치 않다. (…중략…) 40권씩이나 보존돼왔다는 것은 놀라운 일이며 국내 최대의 고문집이 아닌가 보여진다.[1]

김생, 최치원, 정찰, 이항복 등의 친필서간문이 실려[2] "국내 최대의 고문집"이랄 수 있는 『동현진묵』을 비롯한 몇몇 희귀본이 40년 만에 연세대학교 도서관 고서정리 중 "발견"되었다는 보도이다. 기사에 따르면 40년간 그 존재조차 몰랐던 『동현진묵』의 출처는 밝혀졌지만 나머지 도서들은 "기증자나 보관 경위가 확실치 않"다. 이 기사는 몇 가지 질문을 불러일으킨다. 총독부 취조국이 전국의 주요 고문서들을 접수하며 제국의 도서관을 구축해가던 식민지 시기, 『동현진묵』은 어떻게 사립학교 미션스쿨에 유입된 것일까? 오늘날 실증적 연구의(혹은 담론 연구에까지) 연구 대상, 목적, 방법론에까지 영향을 미치기도 하는 대학 도서관 고문서실의 문서들은 애초에 어떠한 방법과 목적에 의해 구성된 산물인가? 도서관 연혁에는 "13개 문고 설치"라고 서술되어 있는 것이 전부인 '1930년대'에는 무슨 일이 있었던 것인가? 제국 일본과 총독부가 주도한 식민지 시대 도서관 정책사는 『식민지의 도서관』에서[3] 그리고 연희전문도서관의 연혁과 관련 정보는 시기별로 간행된 연세대학교사를 통해 개략적으로 알 수 있다.[4] 또한 연희전문도서관과 경성제국대학 소장 영문학 서적에 관한 비교 연구와 같이 특정 전공 영역에서 산출된 구체적 성과도 있다.[5] 이제 이들 선행 연구를 바탕으로 연희전문이 미션스쿨로서 식민지 조선 사회에서 확고한 자리를 구축

---

1 「역대명칠 808명 친필서간문집 『동현진묵』 40권 발견」, 『동아일보』, 1976.3.9.
2 「『동현진묵』 등 발견, 연대도서관서 고서 정리하다」, 『경향신문』, 1976.3.9.
3 카토 카츠오·카와타 이코이·토조 후미오리, 최석두 역, 『식민지의 도서관』, 한울, 2009.
4 연세대학교백년사편찬위원회, 『연세대학교 백년사』, 연세대 출판부, 1985; 연세대학교 출판부 편, 『연세대학교사 1965』, 연세대 출판부, 1969.
5 윤혜준, 「연희전문 도서관 소장 영문학 서적의 규모와 면모」, 연세대학교 학풍사업단, 『일제하 연세학풍과 민족교육』, 혜안, 2015.

하게되는 과정을 도서관사를 통해 보다 면밀히 살펴볼 필요가 있다.

이 글에서는 푸코가 『지식의 고고학』에서 내비친 문제의식을 공유한다. "한 사회의 한 문화의 문서고를 충분히 기술하는 것", "우리의 고유한 문서고를 기술하는 것"은 사실상 불가능하다.[6] 할 수 있는 것은 '그 출현의 양식을, 실존과 공존의 형태를, 그 축적과 역사성과 소멸의 체계를 밝히는 것'이다. 도서관은 고유성이나 총체성을 구현하는 '신성한 문서고'가 아닌 '구성된 문서고'인 셈인데,[7] 그렇다면 '누가, 무엇을, 보존과 연구의 가치가 있는 지식 산물로 분류하고 기록으로 보존하기 시작했는가?'라는 질문이 유효/가능할 것이다.

이러한 문제의식 하에 식민지 시기 연희전문학교 도서관 장서 구축의 실체를 조명하고자 한다. 이는 식민지 시기 문서의 이동과 집합의 현장을 가시화하는 작업일 뿐 아니라 장서 보유 규모가 학교의 존재감을 대변하던 20세기 초반 풍토 속에서 연희전문학교가 사회 내 고등교육 기관으로서의 정체성을 형성해가던 방식을 규명한다는 의의도 있다. 기독교, 그리고 서양 자본과 분리될 수 없던 미션스쿨인 연희전문학교는 한학 전통인 식민지 조선 사회에서 어떻게 지식의 문서고로 뿌리내릴 수 있었는가?

---

6 미셸 푸코, 이정우 역, 『지식의 고고학』, 민음사, 2000, 188~189쪽. 푸코는 『지식의 고고학』에서 언설화된 지식들이 '충분히 납득되지 않는 기준'(예컨대 책, 작가, 장르, 근대 학문 분과 등)에 의거하여 분리되며 구조화되어온 관습적 역사를 비판적으로 접근하며(2장, 언설적 규칙성) 이러한 문서들의 집합체인 도서관을 한 문명의 '전통과 망각'의 장소로서 주목한 바 있다(3장, 언표와 문서고).

7 Stoler, Ann Lauren, "Colonial Archives and the Art of Governance," *Archival Science 2*, Kluwer Academic Publishers, 2002, pp.87~109.

2. 식민지 시기 미션스쿨의 문서고 형성 과정

1) '학교 / college' 에서 '대학 / university' 으로

1938년 연희전문학교 도서관장 이묘묵은 연희전문 도서관에 관한 기사를 시작하며 서두에 다음의 경구를 인용했다.

> 책에는 과거의 영혼이 담겨 있다 : 그곳으로부터 과거의 목소리가 또렷이 들리니, 오늘날 진정한 대학이란 책들의 집합소나 다름없다. ― 칼라일[8]

"진정한 대학"은 곧 "책들의 집합소"와 등가를 이룬다는 19세기 칼라일의 발화는 20세기 전반기 식민지 조선에서도 유효했다. 출판의 시대에 문서를 대량으로 소장하는 장치로서의 도서관은 필요했고, 대학은 부속시설로 전문적 도서를 집적한 도서관을 발전시켰다.[9] 대학의 위상을 도서관 장서 규모로 견주는 발상은 국력을 잠수함 보유 대수로 측정하던 1차 세계대전 이후의 사고 구조와 다를 바 없었다. '대학'이 아니었던 연희전문'학교'는 '종합대학'으로 승격하고자 했는데 이러한 목표와 결합되어 '도서관 장서 증가 운동'을 전개하기에 이른다. "대학의 존재와 그 존재 이유를 증명해야 할 필요성이 대학 아카이브를 만들어" 내기 시작한 것이다.[10]

---

8   번역―인용자. M. M. Lee, "The Chosen Christian College Library," *Korea Mission Field*, 1938.8, p.179. 이 잡지는 이하 *KMF*로 표기한다.

9   요시미 순야, 서재길 역, 『대학이란 무엇인가』, 글항아리, 2014, 32쪽.

선교사 언더우드는 1910년 경성에 신학교육을 전문으로 하지 않고, 비기독교 신자도 받아들이는 '종합 대학'을 육성할 것을 선교부에 제안하는데 이로 인해 선교부 내에서는 논란이 벌어졌다. 특히 평양에서 교육자 및 교회 내의 지도자 양성을 목표로 숭실학교를 운영하던 모펫(S. O. Moffett) 목사와는 교육 사업의 지향점이 정면으로 배치되었다.[11] 모펫은 교양교육에 충실한 전문학교(College) 정도가 조선 내 미션스쿨로서 적합하다고 보았고 언더우드는 종합대학(University)을 통해 교파 연합적인 미션스쿨을 세워 비기독교인도 포용하고 일반 교육기관으로서 조선 사회에 기능하도록 해야 할 필요가 있음을 강조했다. 논란의 초점은 선교부가 조선의 고등 교육 사업을 통해 어떤 엘리트를 양산하고자 했는지에 대한 의견 차이, 그리고 '선교-교육-의료-출판' 등의 영역에서 진행되었던 선교부 활동의 선택과 집중의 문제에 있었다. 이러한 혼란 속에서 설립된 연희전문학교는 1915년 경신학교(Chosen Christian College)로 출발하여 1917년 사립전문학교로 인가를 받은 'College'였으며 1932년 5월에도 대학 예과에 해당하는 학교로 경성제국대학 진학예비교와 동등한 자격을 얻는 데 그쳤지만[12] 설립 초기부터 문과와

---

10 전상숙, 「대학 Archives란 무엇인가—Archives의 개념과 내용」, 『한국도서관 정보학회지』 32권 2호, 2001, 296쪽. 오늘날은 아카이브와 도서관이 구분되지만, 대학 아카이브가 독립된 역할을 수행하게 된 것은 서구에서도 1950년대 이후의 일이다. 식민지 조선의 대학(혹은 고등교육기관에 준하는 학교) 도서관 역시 아카이브와 분리되지 않는 복합적 기능을 수행한 공간이었으며, 사실상 대학 / 학교 도서관이야말로 다수의 공중에게 열람될 것을 목표로 하지 않고(1929년부터 일반인 열람을 제한적으로 허용) 특정 문헌을 입수하고 평가하며 보존에 치중하는, 그리고 소수의 전문 연구자에게만 공개를 하는 특성이 있었으므로 아카이브에 근접한 공간으로 볼 수 있다. 이에 이 글에서는 '지식 아카이브'를 식민지 시기 대학 / 학교 도서관을 가리키는 용어로 사용했다.
11 정선이, 「1910년대 기독교계 고등교육의 특성—숭실과 연희전문을 중심으로」, 『교육사학 연구』 19집 2호, 2009, 92~94쪽.

수물과를 갖추어 종합대학(University)으로의 도약을 모색하고 있었던 것이다. 2차 교육령에 의해 법률상으로는 조선에 대학 설립이 가능해지고 1924년 경성제국대학이 설립되면서 연희전문은 대학 승격 요건을 충족시키기 위한 구체적인 사업에 착수한다. 그중 연희전문학교가 적극적으로 펼쳤던 사업이 바로 도서관 규모 확대였다. 총독부의 대학 도서관 장서 기준이 5만 권이었으므로 이를 충족시키기 위해 1932년 7개년 목표 5만 장서 달성 캠페인을 벌이기 시작한다. 1919년 12월 1,344권, 1928년 12월 6,591권이던 장서 수는 1933년 3월 24,798권으로 증가하는데, 15년간 모았던 장서의 3배에 해당하는 양을 4년 동안 집중적으로 수집한 셈이다.[13] 그리고 여세를 몰아 2년 후 1935년 1월에는 44,633권을 확보하여 1930년대 초반에만 4만여 권 가까이 장서를 모았다.

그런데 현존하는 도서관 소장 도서들을 조사하는 것만으로는 식민지 시기 도서관 장서의 실체를 온전히 밝힐 수는 없다. 우선, 분실과 도난이 빈번했을 뿐더러, 6·25로 도서관 서적의 3분의 1이 소실되고 나머지 절반도 파손되었다.[14] 또한 식민지 시기 출판된 서적이 해방 이후에 도서관으로 유입된 경우도 있다. 따라서 식민지 시기 도서관에 존재했던 장서만을 파악하는 작업은 당시 현황을 기록한 문서에 의존할 수밖에 없는데 도서관의 운영에 관한 상세한 기록이 담긴 문서는 현존하지 않는다. 따라서 다음 절에서는 그 퍼즐을 맞추어본다.

---

12 연세대학교 국학연구원 편, 『연세국학연구사』, 연세대 출판부, 2005, 12·21쪽.

13 연도별 장서량은 연세대학교백년사편찬위원회, 『연세대학교 백년사』, 연세대 출판부, 1985, 187쪽.

14 연세대학교출판부 편, 『연세대학교사 1965』, 연세대 출판부, 1969, 656쪽.

2) 1930년대 개인문고의 형성

현재 190만 장서를 보유하고 있는 연세대학교 도서관은 1915년 언더우드(H. G. Underwood) 선교사가 230권을 기증한 도서를 바탕으로 중앙기독교청년회관에서 시작했다. 이후 1924년 학관(현 언더우드관) 3층으로 옮겼는데 당시 장서 수는 5,797권에 불과했다.[15] 이러한 도서관 규모가 대폭 확대된 것은 앞서 언급했다시피 1930년대에 이르러서이다. 1929년 연희전문학교는 1935년까지 '완전한 종합대학'을 세우고자 7대 신사업에 착수했는데 그 중 하나가 바로 '민간기관으로 가장 완전한 도서관을 만드는 것'이었다.[16] 이후 연희 개교 25주년이 되는 1939년까지 5만 권 도서를 채집하여 민간대학 도서관 표준부수를 충족시키기로 한다.[17] 그런데 연희전문은 목표한 1939년 이전에 이미 5만 장서를 확보하게 되어 중도에 목표를 10만 장서로 바꾼다.[18]

그런데 이렇게 성공적으로 진행되던 도서관 사업은 그 자금 확보 방식에 있어서 학교의 다른 사업과는 차별화되는 부분이 있었다. 1938년이면 언더우드와 선교사들은 미국에서 '대연전' 5개년 계획으로 도서관, 강단, 실험실 신축 사업을 위한 기금 마련을 도모하는데, 이 중 50만 권 서적을 보유할 수 있는 규모의 도서관 건립 예산으로 30만원을 책정했다. 그리고 이 도서관 신축 기금만큼은 "조선문화의 직접 인연을 맺지 않을 수 없는 것인 만큼 그 경비의 일부만이라도 조선사회의 보

---

15 연세대학교 학술정보원 홈페이지의 연혁과 『연세대학교사1965』(324쪽)에 기재된 정보.
16 「4백원 거자로 연희전문교 대확장」, 『동아일보』, 1929.3.28.
17 「연전 교외활동을 개시, 특색있는 허다한 계획」, 『동아일보』, 1933.1.1.
18 Ernest Fisher, Ph. D, "The Chosen Christian College Library", *KMF*, 1933.9, pp.177~180.

조를 얻어 볼 방침"을 세우고 있었던 것이다.[19] 즉, 운영 자금의 대부분을 선교부나 영미권의 기부금, 모금액에 의존했던 미션스쿨이지만 '도서관 사업'만큼은 조선 문화와 밀접한 것으로 인식했고 따라서 그 자금 지원 역시 조선사회에서 받아야 부분이 있음을 강조한 것이다. 또한 연희전문은 당시 다른 학교와는 달리 신입생에게는 도서비를 징수했다.[20] 즉 도서관 사업은 자금과 운영에 있어 미션스쿨의 다른 사업에 비해 조선인에의 의존도가 컸다. 1930년대 초반까지 도서관 책임자는 서양인 교수였지만 실무진은 조선인이었으며 이후 1930년대 도서관장은 지속적으로 조선인이 맡고 있었다.

이런 연희전문의 도서관 운영 사업은 기증을 통한 '개인문고' 확충을 중심으로 이루어졌다. 물론 개인의 도서 기증과 개인문고 개설 사업이 연희전문 도서관에서만 있었던 것은 아니었지만 이를 적극 진행하며 두드러지는 성과를 거둔 것은 사실이었다. 1970년대 국립중앙도서관은 김두종 박사의 장서 5천여 권 기증으로 첫 개인문고인 '일산문고'를 개설하며 앞으로 개인문고를 증가시킬 계획을 공표했는데 이를 소개하는 기사는 '개인문고' 설립의 원조로 연희전문 도서관을 꼽고 있었다.[21] 이 기사는 에비슨 교장 기념 문고와 기독교계 유지의 개인 장서로 이루어진 10개의 개인 문고를 언급했지만, 다른 기록들을 참조하면 기증 문고의 수는 그 이상이었고 선교사나 기독교계 인물들만 기부한 것도 아니었다.

---

19 「문화건설도상의 조선 2」, 『동아일보』, 1938.1.3.
20 『연희전문학교일람』, 1931, 27~28쪽(김용성, 「사상이 있는 도서관」, 『인문과학연구논총』 24호, 명지대 인문과학연구소, 2002 재인용).
21 「김두종 박사가 국립도서관에 필생의 장서 기증」, 『동아일보』, 1970.3.11.

　　그런데 이런 기증문고의 경우에는 ① 누가 문헌의 수집을 주도했는지, ② 어떠한 방식으로 기증이 이루어졌는지, 그리하여 ③ 확보한 도서의 종류는 무엇이며 그 의의는 무엇인지 등을 한눈에 알 수 있는 문서가 부재할뿐더러 그에 관한 정리도 이루어져있지 않다. 가장 기본적 사항인 ④ 기증자와 ⑤ 기증 시기, ⑥ 장서수량조차도 지면에 따라 기록이 상이한 경우가 있다. 따라서 이러한 사항들을 파악하기 위해 연희전문학교 운영보고서(「연희전문학교 상황보고서」, 영문 연간 보고서("Chosen Christian College Bulletin"))와 연희전문학교 정기간행물(『연희동문회보』, 『연희타임즈』), 선교사 영문 잡지(*Korea Mission Field*), 그리고 일간지(『동아일보』, 『경향신문』) 등을 참조, 대조하며 〈표 1〉을 구성했다. 이들 자료에 따라 이름, 수량, 기증도서에 관한 정보가 다르게 기입된 경우에는 각주로 그 차이를 기록했으며 표에 기록한 정보의 출처를 괄호로 표기했다.

〈표 1〉 연희전문학교 도서관 기증 문고 목록

).	기증 연도	기증 문고	기증 방법	기증 문서 종류
	1915 / 1935	원두우문고[22]	1915 : 원두우(H.G.Underwood)가 230권 기증. 1935 : 원한경(H.H.Underwood)이 원두우 장서 3,000권을 기증. 그가 미국 휴가 시 2,000여 권을 구입하고 조선인과 미국 동료들에게 기부 받은 책이 당시 도서관 소장 도서의 10분의 1을 이룸.	원두우 컬렉션에 관해서는 트롤로프 주교(Bishop Trollope)가 정리한 기록이 있음. 한글, 한문 / 중국어로 된 조선에 관한 진귀본이 다수이며 이것이 동양문고의 근간이 됨. 원한경은 주로 영미도서를 기증(*KMF*, *CCCB*).
	1929	우애회문고	1929년 창립된 연희전문 조선인 교직원회인 '우애회'가 매년 100여원어치의 도서 기증.	1935년까지 Korea에 관한 귀한 도서와(*KMF*) 조선어 서적(『연희타임즈』) 200여 권 수집됨.
	1931	동문회문고	1931년 설립된 동문회가 기증을 통해 2,566권[23]의 문고를 구성했고 이 중 Dr. 이DW이 1,711권을 기증(*KMF*).	
	1931	남강 문고	전남 해남군 남강 이재량의 아들 4명이 아버지를 기리기 위해 『이조실록』 구입금으로 6천원을 기부. ※ 상과 이순탁 교수가 관여.	『이조실록』 전집(888권)(*KMF*). 게이조대학(경성제국대학)에서 정가 6천엔(3천불)으로 20세트를 출판했던 『이조실록』을 소장하여 연구 도서관으로서의 위상 확보(*CCCB*, 1937.9).

No.	기증 연도	기증 문고	기증 방법	기증 문서 종류
5	1932.5.	어비신 문고	1931년 에비슨 교장이 미국에 돌아갔을 때, 연희 전문 동문과 교직원이 그를 기념하기 위해 1,000 엔으로 도서관 건축을 위한 에비슨 기금을 설립하고 그 이자로 300여 권의 책을 구입(*CCCB*, 1937.9, *KMF*). 에비슨이 Dr. Hirst나 Mr. Bunker에게서 받은 서적과 함께 자신의 소장 도서도 기증(「약진하는 연희도서관」, 『연희타임즈』, 1935.9.1).	에비슨은 경제적 문제를 종교적으로 해결는 데 관심이 있었으므로 그의 관심사를 반하여 도서관 소장 도서를 구성함(*KMF*).
6	1932.6.	유당 문고	서울 민태식(閔台植)이 아버지인 유당 민영달(경기도 고양군 용강면 동말리)의 소유였던 24편의 중국역사서 765권과 그 밖의 1,636권 책을 기증 (*CCCB*, 1937.9). ※ 상과 홍승국 교수를 통해(*KMF*).	
7	1932.9.	좌옹 문고	윤치호가 230권 기증. 도서구입기금 2천원 기부로 800권 책과 180종 잡지 구입(*KMF*). ※ 유억겸씨를 통하야(「연희전문학교상황보고서 1932」).[24]	각종 잡지 창간호 180권(first numbers of magazines). 『황성신문』과 『독립신문』 초기 행물(*KMF*). 철학과 정치에 관한 독일어 서적 180권(『연타임즈』).
8	1932.9.[25]	정씨문고 (묵용실문고)	전남 곡성의 대표적 장서가이자 한학자 집안인 정봉태 가문이 대대로 수집한 고서 중 9,058권 기증. ※ 정인보, 이순탁 교수가 관여(*KMF*).	『동현진묵』(『동아일보』, 1932.9.29)[26]
9	1931	카네기 문고	1931년부터 1935년까지(「연희전문학교 상황보고서」에서 확인된 기간) 카네기 세계 평화 재단으로부터 매해 30～40권 내외의 책. 1933년까지 200～300권과 팸플릿을 기부 받음 (*KMF*).	정치가나 외교관의 저서나 팸플릿을 비치여 전략적 요충지인 서울이 국제평화에 이지하는데 도움이 되는 도서 목록을 구성하로(*CCCB*, 1937.9).
10	1934.9.	탁사문고	(고)최병헌 목사와 최재학의 소장도서 전부를 가족이 기증.	1,800여 권의 종교, 문학 서적과 정기간행희귀본(*CCCB*, 1937.9).
11	1934.10.	해관문고	(고)김일선(金一善)이 소장도서 중 대부분인 1,214권 기증.	Korea의 법과 의약에 관한 책도 포함 (*KM* 1938.8).
12	1935	한씨문고	한상억(韓相億)[27]이 아버지 남작 한창수(韓昌洙)[28]를 기리기 위해 그의 장서 6,540권을 기증. ※ 유억겸이 도서관 규모 확장을 위해 이 기증 작업에 적극 관여(유억겸의 부교장 재직 기간 : 1934～1938년).	가치 있는 고문서들이 상당량.
13	1935	규당문고	영동의 송복헌이 3천원을 기부하여 이자로 책을 사다(『동아일보』 1970.3.11).[29]	
14		Teach-ers College Gift	컬럼비아 대학 학생들이 매년 "Christmas Chest "로 500엔씩 2년간 도서관 기금으로 지급(*CCCB*, 1937.9, p.349).	
15		백사당문고	양주삼 박사가 442권 기부(『연세대학교백년사』, 1985, 186쪽. *CCCB* 1937.9).	

기증 연도	기증 문고	기증 방법	기증 문서 종류
1941	성공회문고 (Landis Collection)	1941년 태평양 전쟁 전후로 영국성공회 선교사들이 성공회문고를 연희도서관에 영구 보존 기증.	

1930년대에 15개 내외의 개인문고가 설립되었고 1930년대 초반에만 4만여 장서를 기증받았으며[30] 이는 주로 조선의 고문헌과 영미권 저술들이었다. 물론 이는 '문고'로 별도로 관리되고 기록된 것이고 그 밖의 개인 기증, 기부자들도 다수 있었다. 흥미로운 사실은 기부의 규모에 따라 이를 상세히 기록한 지면이 다르다는 점이다. 규모가 큰 기부인 '개인문고'에 관한 기록은 *CCCB*(*Chosen Christian College Bulletin*)나 *KMF*(*Korea Mission Field*)와 같은 영문 보고서에서 찾아볼 수 있었던 반면, 별도로 관리되지 않은 작은 규모의 개인 기부들에 관해서는 조선어 보고서인 「연희전문학교 상황보고서」에 기재되어 있다. 1931년을 보고하는 「연희전문학교 상황보고서 1932」에는 '기타사항'란에 약 30건의 도서 기부에 관해 '기증자, 권수, 언어'를 기록했다. 그런데 2년 후 보고

22　1935년 원한경이 기증하며 문고 이름이 생김.

23　*KMF*(1933.9)에는 2,566권이나 *CCCB*(1938.9)에는 3,308권으로 기록.

24　그런데 1932년 상황보고서는 1931년도의 결산이므로 기부는 1931년도에 이루어졌을 가능성이 있다.

25　1932년 9월 29일자 『동아일보』에 고서의 연희전문 도착 기사가 게재되었다. 따라서 1976년 3월 9일자 『동아일보』 기사가 1936년으로 기록한 것은 오류이다.

26　*KMF* 1933년 9월호에는 『동현문집』으로 기록되어 있음.

27　『연세대학교사』, *KMF*에는 한상억이라 표기된 반면, 『동아일보』에는 '한상헌(韓相憲)'으로 표기됨(「김두종 박사가 국립도서관에 필생의 장서 기증」, 『동아일보』, 1970.3.11).

28　*KMF*에는 '한정서(Baron)'로 표기되어 있으나 '한창수'의 오식으로 보인다.

29　영문 보고서에는 기부자명과 금액이 다소 상이하게 기록되어 있다. '송보훈이 2천원 기부하여 이자로 책을 사다'(*CCCB*, 1937.9).

30　김용성, 「사상이 있는 도서관」, 『인문과학연구논총』 24호, 명지대 인문과학연구소, 2002, 143쪽.

서에는 '수증품(受贈品)' 항목을 별도로 만들어서 약 112건의 기증을 기록하는데(이 중 도서는 약 60건) 기증의 과정에 기여한 '소개자 성명' 난까지 마련하기 시작했다. 기증품에 관한 기록은 26쪽의 보고서 중 7쪽에 달하는 양을 차지할 정도로 활발히 이루어졌고 이에 관한 보고는 보고서에서 큰 비중을 차지하게 되었다. 하지만 책의 제목이나 종류에 관한 세부 기록이 없어서 결국 이러한 기증을 통해 연희 도서관의 장서의 경향은 어떻게 변화했고, 이들 기증서가 연구 및 교육에 미친 영향을 파악하기는 요원하다. 간혹 기사화되었던 기증 사례를 통해 그 세목을 좀 더 파악할 수 있는데, 예를 들면 『동아일보』의 기사에 따르면 대운상점주인 박승환은 창간호부터 1932년 9월까지 13년간 하루도 빠짐없이 총 4,232호를 모은 『동아일보』와 최초의 통화인 조선통보와 구통화, 골패 등을 연희전문에 다수 기부했다.[31]

3) 기증자와 기증도서

기증은 크게 개인과 단체 기증으로 나뉘며, 단체의 경우 연희전문 관계자들로 구성된 집단과 미국 대학이나 재단의 기증이 주를 이루었다. 이 중 카네기 국제 평화 기금은 미국뿐 아니라 전세계 도서관을 지

---

[31] 「30년간 공드려 모은 보관 본지를 연전도서관에」, 『동아일보』, 1932.9.30. 그밖에도 악기, 화폐, 우표, 광고, 포스터, 곤충 등 각종 수집품이 연전 박물관에 기증되었다. 6국 공사관 서기관과 각종 단체 회장과 신문사 사장을 지낸 남궁억은 고려숙종 해동통보부터 대한륭희 시대까지의 화폐 및 우표를 기부했는데 약 3천원어치에 해당하는 가치였다고 한다. 다음은 관련 기사 출처 「조선고대 거금 팔백년전 화폐와 우표를 남궁억씨가 기부, 기금 이천원과 진서는 윤치호씨ー이채 내는 연전도서관」, 『동아일보』, 1931.6.27.

원했는데, 미국 대학 도서관 지원의 경우에는 기존의 도서관 소장 도서의 양이나 질을 평가한 이후에 이를 통과한 도서관에 지원해주는 방식으로 지급되었다.[32] 조선의 경우에는 이것이 적용되었는지는 알 수 없으나 조선에서는 연희전문이 그 지원 대상으로 선정되었다. 재단 측은 연희전문에 '정치가나 외교관의 저서 팸플릿을 비치하여 동북아시아의 전략적 요충지인 서울이 국제평화에 이바지하는 데 도움이 되는 도서 목록을 구성할 것'을 권고했다.[33]

기증자의 종교를 보면, 목사·선교사를 비롯한 기독교계의 요직에 있었던 인물들과(최병헌, 양주삼, 윤치호, 김일선) 기독교와의 관련성이 파악되지 않는 자산가들이(이재량, 민태식, 정봉태) 있다. 또한 서울 이외에는 전라남도 장서가의 기증이 많았는데 1931년도 당시 연희전문학교 학생들의 출신 지역 분포를 보면 경기 39.4%, 평안도 16.5%인데 반해 전라도가 8.1%에 불과했던 것을[34] 고려할 때 전라남도 장서가의 기증은 두드러지는 사례로 볼 수 있다. 장서가들이 전남 곡창 지대에 몰려 있었던 것도 사실이나, 기증 사업 담당자들의 출신지나 활동지와도 관련이 있을 것으로 보인다.

최병헌은 아펜젤러 선교사의 어학 선생이었고 배재학당 교사이자 정동교회 최초의 조선인 담임목사였다.[35] 조선 최초의 신학자, 종교학자로 평가받는 그는 일찍이 1900년대에 종교와 정치가 불가분의 관계

---

32 유경상, 「도서관 만담」, 『동아일보』, 1934.6.9(1934.6.3〜6.20 14회 연재).

33 *CCCB*, 1937.9.

34 연세대학교박물관, 「연희전문학교 상황보고서 1932」, 『연희전문학교 운영보고서』(하), 선인, 2013, 32〜33쪽.

35 오영교 편, 『정동교회 125년사』 1, 기독교대한감리회 정동제일교회, 2011, 106·177쪽.

에 있음을 주장하는데 이는 그가 몸담았던 감리교계가 사회 참여적인 색채를 띠고 있었던 영향도 있다.[36] 『그리스도 회보』 논설위원으로도 활약하며 집필활동을 활발히 했던 그의 장서는 사후에 부인과 자제가 기증한 것이다.

김일선은 예수교 장로교의 요직에 있으며, 삼흥학교 부교장, 경성보육원, 양로원, 진명여자고보 이사를 역임했다. 1934년 하반기에 지병으로 의전부속병원에 입원하고[37] 이듬해 별세하는 데 1934년 10월 소장도서를 대부분 기증한 것으로 보아, 투병을 계기로 장서를 처분한 것으로 보인다.

그런데 기부자 중 기독교 요직에 있지는 않았던 것으로 보이는 정봉태, 민태식, 한상억의 가문은 당시 상속으로 인한 법적 분쟁으로 세간의 주목을 받았다는 공통점이 있다. 상속 재산을 둘러싼 자손들의 갈등이야 빈번한 일이었지만, 이처럼 부친의 사후에 벌어진 싸움 속에서 유산 중 하나인 장서가 연희전문으로 기부되게 된 현실적 맥락은 좀 더 살펴볼 필요가 있다. 기부자나 선대가 기독교 관계자가 아니라면 연희전문과 관련이 있을 가능성을 고려해볼 수 있다. 민태식의 장서 기증 역시 부친인 민영달 사후 집안의 50만원 유산을 둘러싼 법정 공방 이후 이루어졌다.[38] 민영달은 명성황후 종형제로 조선말기 문신을 지내 총독부로부터 남작 직위를 제안 받았으나 거절한 것으로 알려져 있

---

³⁶ 김상태, 「일제하 신흥우의 '사회복음주의'와 민족운동론」, 『역사문제연구』 1, 역사문제연구소, 1996, 163~207쪽.
³⁷ 수개월 전부터 지병으로 의전부속병원에 입원해 있다가 장서했다는 기사(『동아일보』, 1935. 1.25).
³⁸ 『동아일보』, 1925.3.17.

고,[39] 『동아일보』에 5천원을 출자한 바 있다.

정봉태 가문의 경우 가문의 서당을 장악한 정봉태와 이를 배척한 정일태 파로 나뉘었는데, 서당을 중심으로 한 이들의 다툼으로 지방 순사들까지 대거 경질되는 등 지역의 큰 사건으로 확장되었다.[40] 이러한 가문 내부의 권력 다툼 이후 기증이 이루어진 것이다. 총독부 중추원 고문이자 이왕직 장관으로 있던 남작 한창수의 자손들 역시 수십만 원의 재산 상속을 둘러싸고 부인, 아들, 손녀, 손녀사위까지 얽힌 법정 갈등이 있었다.[41] 선대의 유산으로 인해 이러한 현실 문제 속에 놓여 있던 이들이 어떠한 인적 네트워크나 이해관계 속에서 장서를 기부하게 되었는지는 아직 선명히 밝혀지지 않았다.

연희전문도서관 초석이 된 최초 기증서적은 원두우(H. G. Underwood)로부터 나왔다. 원한경(H. H. Underwood) 역시 1924년 조선예수교서회의 도서관 설립을 제안하고 기증했다. 물론 도서관에 대한 관심은 언더우드 가문만의 특수한 것은 아니었으나, 선교부 내에서도 '도서관' 설립을 주도한 진영이었던 것은 분명하다. 선교부는 일찍부터 군소 도서관 설치에 주력했고, 이에 교회, 병원, 학교, 선교센터 등에는 도서 열람실과 전시실, 서점을 설치할 것이 권고되었다. 선교부는 조선예수교서회라는 출판사를 통해 인쇄, 출판, 유통망을 확보하고 있었고, 기독교인 네트워크를 유지할 수 있는 정기 간행물도 수종 발행했다. 선교부는 이들 출판물을 보급, 비치할 수 있는 교육·의료 기관 등을 전국적으로

---

39 민영달은 연희전문에 기증한 반면, 민영휘는 경성제대도서관에 기증 및 기부를 한 기록이 발견된다.

40 『동아일보』, 1922.11.14. 관련 기사 다수.

41 「한창수 남작가 재산전」, 『동아일보』, 1932.10.19.

다수 운영하고 있었기 때문에 도서관 비치를 위해서라면 다량의 서적을 염가에 공급해주는 등 지원을 아끼지 않았다.[42] 원두우의 장서는 트롤로프 주교가 '원두우 컬렉션 리스트'를 정리할 정도로 당시로서는 가치 있는 문헌들로 구성되어 있었다. 그의 관심 서적은 주로 조선에 관한 해외 저술들이었는데 그 목록과 의의에 관해 정리한 글은 『왕립아시아학보』에 1931년과 1935년 두 차례 실리게 된다.[43] 따라서 원두우 장서는 해외 한국학 서적에 집중되어 있었고 원한경의 것 역시 영미 서적이 대부분이었다. 그밖에도 관련 선교사들의 기부가 있었기 때문에 1920년대까지는 영미 서적이 상대적으로 잘 갖추어져 있었다.

언더우드와 에비슨에 뒤이은 선교사 문고는 1941년에 설치된 성공회문고가 있다. 이는 태평양전쟁 시기에 영국성공회 선교사들이 성공회문고를 연희도서관에 영구 보존 기증한 것인데, 그 컬렉션의 영문 이름을 보면 컬렉션의 역사를 알 수 있다. 랜디스 컬렉션(Landis Collection)의 랜디스(Landis)는 1890년에 코프(Corfe)주교와 제물포에 상륙한 미국인 의료선교사이다. 그는 인천에서 의료 선교 활동을 하며 조선의 전통의학, 종교, 민속, 문학 등을 연구, 『동의보감』을 번역 소개하고 조선 관련 글을 22편 남기기도 했다.[44] 그 과정에서 모은 조선 관련 자료들은 1903년 Landis Library가 되었으나 그의 타계 이후 그 문서들은 성공

---

42 선교사 중심의 기독교 단체가 조선의 '독서'에 기울인 관심과 제도적 실천의 방식에 관해서는 다음의 논문에서 기술했다. 김성연, 「식민지 시기 기독교 출판과 책의 유통—조선예수교서회를 중심으로」, 『사이』 18호, 2015.

43 H. H. Underwood, "A Partial Bibliography of Occidental Literature on Korea from Early Times to 1930", *Transactions of the Korea Branch of the Royal Asiatic Society* vol. 20, Seoul : Royal Asiatic Society Korea Branch, 1931.

44 랜디스의 민속학 활동에 관해서는 다음 논문을 참조. 김승우, 「19세기 말 의료선교사 엘리 랜디스의 한국민속 연구와 동요 채록」, 『한국민요학』 39, 한국민요학회, 2013, 49쪽.

회문고로 유입되었고 그것이 이후 연희전문에 기탁되게 된 것이다.

한편 1930년대로 들어서면서 조선인 장서 기부를 통해 조선의 고문헌이나 조선인이 독서한 서적들이 유입되게 된다. 연희전문은 이재량의 기부로 6천원 상당의『이조실록』을 구입할 수 있게 되어 조선 내 제국도서관 이외에는 사립 도서관으로서는 유일한 소장처가 되었음을 자부했다. 총독부는 조선왕조가 전국 5개 사고에 분산 보관하던『실록』중 1911년 당시 존재하던 4개를 모두 접수했는데, 2개를 조선총독부로 이관하고, 1개는 일본의 동경제국대학으로(1923 관동대지진 때 소실), 또 1개는 구황궁 장서각으로 옮겼다.[45] 조선총독부로 이관했던 정족산과 태백산『실록』은 1930년 경성제국대학으로 옮겨졌고 이는 일본인 이왕직 장관의 결제와 경성제국대학 교수들의 감책 감증을 통해『이조실록』이란 이름으로 20부가[46] 제작되어 6천원에 판매되었다. 1929~1932년 경성제국대학이 간행한 이 영인본은 조선 내에는 7~8부만 남겨졌고, 이는 대체로 경성제대 도서관, 총독부도서관, 이왕직도서관 등 국공립 도서관에 소장되었기 때문에 이를 구입하게 된 연희전문은 그와 같은 자부심을 표명했던 것이었다.

정봉태의 기부로 들어온 정씨가문의 7대 고서들은 고조선의 역사, 과학, 문화를 망라한 고조선 문헌으로 그 중『동현진묵』50여 권은 희귀본이었다. 이와 함께 가야금·거문고 및 인장 100여점과 현판 50여개를 함께 기부했다. 1932년의 일간지 인터뷰에서 교장 원한경(H. H. Under-

---

45　강명관,『조선시대의 책과 지식의 역사』, 천년의상상, 2014, 531쪽.

46　*KMF*에는 20부 제작으로 기록된 반면, 그 밖의 조선왕조실록 관련 문헌에는 30부 제작으로 기록되어 있다. 송기중 외,『조선왕조실록』보존을 위한 기초 조사 연구』Ⅰ, 서울대 출판부, 2005, 3~6·156쪽.

wood)은 "보관은 물론이오 아울러 조선문화 조선의 과학연구에 획기적 수확을 얻도록 노력하겠다"는 의지를 표명했다.[47] 그리고 덧붙여 장서 가들에게 학교와 "조선문화를 위하여" '5년 5만 권 장서 모으기 운동'에 동참해줄 것을 요청했다.

도서관 개인문고 중에는 친일파로 알려진 윤치호와 한창수 남작의 것도 있었는데, 이들의 기증에는 유길준의 자제이자 1934~1938년 연희전문학교 부교장으로 재직했던 유억겸이 관계되어 있었다. 윤치호의 기증으로는 독일어 서적과 정기간행물이 구비되었고, 한창수의 장서에는 고문서들이 상당량 있었다. 즉, 연희전문 도서관의 개인문고는 선교사, 조선인 기독교인, 한학 배경 자산가, 귀족 등 다양한 주체들로 구성되어 있었다.

4) 도서관 운영위원회

도서관은 연희전문 교수 회의로 선출된 도서관 운영위원회에 의해 운영되었다. 위원회는 먼저 도서관 규정을 제정하며, 특별 열람권에 관한 사항을 심의 의결하고, 도서관 예산 편성과 도서 구입을 담당했다. 이는 경성제국대학 부속 도서관 상의원과 그 기능이 유사했다.[48] 1931~1932년 당시 도서관 운영위원회는 9명으로 조직되어 있었는데, 피셔(J. E. Fisher)가 책임자였고, 정인보, 최현배, 유경상, 이DW 등이 위

---

47 「7대에 달해 수집한 만권의 진서보책 도착」, 『동아일보』, 1932.9.29.
48 김용성, 「사상이 있는 도서관」, 『인문과학연구논총』 24호, 명지대 인문과학연구소, 2002.

원이었다.[49] 1932년을 전후로 집중적으로 이루어진 개인문고 기증에 정인보나 최현배가 적극 가담했던 까닭은 여기에 있다. 1940년대에는 백낙준이나 최현배가 외압으로 교수직을 박탈당한 후 임시로 도서관에 근무하기도 했다.

연희전문 도서관 담당자는 차례로 밀러 부인(M. H. Miller), 피셔, 유경상, 이묘묵이었는데, 즉 초기에는 선교사 부인이나 선교사가 담당하던 것이 1930년대 초반부터는 조선인 관할로 이전되었다. 이 중 피셔는 언더우드와 비슷한 시기에 박사학위논문으로 조선의 교육에 관한 논문을 집필, 출판했다. 홍이섭은 언더우드의 *Modern Education in Korea*(New York, 1926)와 피셔의 *Democracy and mission education in Korea*(Columbia University, New York, 1928)를 함께 언급했는데, 이때 그는 피셔의 저서가 교육을 정치·경제·문화와 연결시켜 논의하고 총독부의 정책뿐 아니라 선교사측의 사업도 비판적 시선에서 분석하고 있음을 고평한 바 있다.[50] 피셔는 "The Chosen Christian College Library"(*KMF*, 1933.9)라는 글을 통해 연희전문에 소장된 한국학 관련 도서들을 소개하기도 했다.

연희전문 도서관의 조선인 사서나 도서관장은 다른 학교의 재직자에 비해 대외적으로 활발히 도서관 관련 글을 기고했다. 대표적 사서 유경상은 1931년부터 1939년 사이에 도서관 사서로 일한 기록이 있다. 기독교인으로 각종 강연회에서 활약하고 『기독청년』이나 정기간행물에 도서관 관련 기사를 게재하는 등 도서관 관계자로서 전문성 있는

---

49 *CCCB* 1931~1932, p.141.
50 홍이섭, 「한국기독교사 연구소사」, 『한국사의 방법』, 탐구당, 1968, 439~440쪽; 강명숙, 「H. H. 언더우드의 *Modern Education in Korea*와 일제시기 한국교육사 연구」, 『동방학지』 165집, 2014, 238~239쪽.

글을 다수 남겼다. 특히 그는 1934년 『동아일보』에 「도서관 만담」을 총 14회(1934.6.3~6.20) 연재하는데, 이는 서양, 일본, 조선의 도서관 역사와 현황, 그리고 운영의 실제와 문제점에 관한 상세한 글로 연희전문의 도서관 개념과 실체를 추정할 수 있는 자료가 된다. 그는 이 연재물에서 도서관을 피교육자 중심의 능동적 교육이 가능한 공간이자 대학자를 배출할 수 있는 자유로운 공간으로 보는 등, 대학 도서관의 역능을 적극적으로 평가했다.

하지만 유경상은 정식 도서관장은 아니었고, 도서관학을 겸해 유학하고 돌아온 이묘묵이 연희전문의 최초의 조선인 도서관장 겸 박물관장이 되었다. 이묘묵은 1931년 미국 보스턴 대학에서 박사를 받고 시라큐스 대학에서 도서관학을 공부한 후 1933년부터 영문학과 역사학 강의를 하며 도서관 일을 보다가 1934년부터 1940년까지 연희전문 박물관장과 도서관장을 겸임했다.[51] 하지만 이후 *Korea Times* 초대 사장을 지내고, 주영한국공사로 파견 근무 중 별세하여 '도서관장'으로서보다도 '공사'로서 조명, 기억되었다. 연희 도서관은 이묘묵 관장이 부임한 시기를 전후하여 듀이 분류법과 열람카드 시스템이 정착된 것으로 보이는데, 이후 1939년 일본어로 작성된 「연희전문학교 일람」에 10쪽에 달하는 '도서관 규정'과 '도서관 세칙'이 실리게 되는 것으로 보아 30년대 후반에는 도서관 조직과 운영의 체계화가 어느 정도 이루어진 것으로 보인다. 1930년대 초반 집중 수집한 고문헌들은 1930년대 후반부터 '귀중도서', '특별도서'로 분류되어 별도로 관리되고 있었다.

---

[51] 1934년을 보고하는 「연희전문학교 상황보고서 1935」(6쪽)에 보직이 기록되어 있다. 연세대학교박물관, 앞의 책, 87쪽.

3. 책의 공유(公有)와 지식의 접합 혹은 경합

1) '장서 기부' 권하는 사회

1932년 9월 29일 『동아일보』는 「전 조선 장서가에게」를 사설 제목으로 하며 장서가들이 사회에 책을 기부할 것을 촉구한다. 사설은 연희전문학교에 장서를 기부했던 대표적 조선 장서가 집안 정씨의 사례를 언급하는데 이처럼 장서를 사회에 기증하여 '조선 문화를 보전, 토구(討究)'하여 '민족적으로 공공히 해야' 한다는 것이다. 이와 같은 주장을 담은 기사는 당시 일간지 지상에 왕왕 실렸다. 다음의 기사 또한 앞선 사설에서 언급한 '정씨 장서의 연희전문 기부'를 미담으로 내세우며 시작한다.

> 정씨의 연전에 대한 도서기증, 장씨의 식물표본기증, 안씨의 보전에 대한 도서기증 모두 깃븐 일, 고마운 일. 제 집에 모아놓은 것도 애서벽으로 칭찬할 일이지마는 모은 것을 대대로 전하던 것을 공중에게 내어 놓은 것은 가장 흠모할 아름다운 일. 나를 우리에게 바치는 일. 도서 있는 이는 도서를, 그림 있는 이는 그림을, 돈 있는 이는 돈을 내이며 도서관, 미술관, 학교 아니될 것이 없다.[52]

개인과 가문이 축적한 사재를 "공중에게 내어 놓는 것"을 "가장 흠모할 아름다운 일"로 미화하고 권고하는 이 글은 도서, 미술, 표본 등 문

---

[52] 「횡설수설」, 『동아일보』, 1933.1.26.

화적·학술적 가치가 있는 물품을 수집하는 "애서벽" 보다 '기증벽'이 더욱 "칭찬할 일"이라 강조한다. 도서관 설립과 확장의 필요에 대한 촉구와 그에 대한 기부를 권고하는 목소리는 근대 초기부터 지속적으로 있어왔다. '공익사업'은 근대의 성공자가 마땅히 해야 할 사회적 도리였고 그 중 강조된 것 중 하나가 바로 도서관 사업이었다. 1910~1920년대 조선에 집중 소개되어 온 벤자민 프랭클린 자서전이나 카네기 전기가 '문화적 공익사업'을 통해 부를 사회에 환원한 근대적 성공자로서 이들을 조명한 것 역시 당대의 사회적 분위기를 반영한다.[53]

이러한 사회적 분위기 속에서 학교들 역시 도서관 건립 및 기부금 모금 운동과 함께 장서 기부 운동을 활발히 추진했다. 연희전문의 뒤를 이어 도서관 확충에 박차를 가한 학교로는 보성전문학교가 있는데, 보성의 경우 도서관 건축 사업을 우선적으로 추진했다. 보성전문학교는 개교 30주년을 맞은 1935년 『동아일보』를 통해 도서관건립 및 도서기증운동을 전개했고, 그 기부금으로 1937년 도서관 건물을 세우고 김성수, 최남선, 이병도와 지방민들로부터 도서를 수집하여 유진오의 책임 하에 5천여 권의 귀중본 장서를 정리하게 된다.[54]

하지만 1930년대 후반 당시 경성 3대 학교 도서관으로 꼽히던 연전, 보전, 이전 중 연전은 "다른 곳에 비하야 꽤 내용이 구비되어" "장서만을 보드래도 8만여 권에 달아야" 보전이 3만 권 이전이 1만 5천 권인데 반하여 "훨씬 우세를 보이고 있다"고 고평되고 있었다.[55] 1930년대 후

---

53 식민지 조선의 지식인들을 통해 적극 소개된 벤자민 프랭클린 자서전의 번역 특성과 선택적 수용에 관해서는 김성연, 「근대 초기 청년 지식인의 성공 신화와 자기 계발서로서의 번역 전기물—프랭클린 자서전을 중심으로」 『현대문학의 연구』 42호, 한국문학연구학회, 2010.
54 『동아일보』, 1970.3.11.

반 학교 도서관을 비교 소개하는 기사는 사립학교 중 최대이며 경성제
대 다음으로 양적으로 우위에 있던 연전 도서관 소장 문서의 특징으로
'세계 각국의 신문과 조선의 고금의 대소 신문이 거의 수집되어 있다는
점'을 꼽았다. 연전 도서관은 각종 정기간행물을 정기 구독했을 뿐 아
니라 기증을 통해 이를 확보하기도 했는데, 윤치호의 기증품 중에도
희귀한 정기간행물 창간호들도 다수 포함되어 있었다.

2) 미션스쿨과 조선인 엘리트, 그리고 유학

연희전문학교는 미션스쿨이었기 때문에 주당 영어수업 시수나 영
문학의 비중이 상대적으로 높았고[56] 교수로 재직하거나 관계자로 있
던 서양인 선교사들의 기부나 주문 등이 빈번하여 영미권 서적, 특히
문학 서적을 다수 보유하고 있었다. 〈표 2〉 '도서관 소장 도서 언어 분
포'를 보면, 1930년대 초반, 한자 한문 서적이 집중 유입되던 시기에도
서양어 서적 보유량은 꾸준히 증가하고 있었다. 또한 1935년 이후 한
자 / 한문 / 중국어 / 조선어 문서의 보유 비중은 지속적으로 감소하고
일본어 비중이 증가하는 것으로 보아 1935년 이후로는 고문헌의 기증
이나 구입이 현격히 감소했던 것으로 보인다. 그런데 1933년 언어 분

55　1940년대 전후 연전 도서관 보유 장서량은 기록에 따라 6~8만 권 사이로 편차를 보인다. 8
만 권으로 보도한 기사는 「문화건설도상의 조선 2」, 『동아일보』, 1938. 1. 3.

56　연희전문 영어수업은 문과 1~4학년생이 9~12시간, 상과 10~11시간, 수물과 3~6시간으
로(1933~1934년 기준) 당시 다른 학교에 비해 상대적으로 영어수업 비중이 높았다. *Chosen
Christian College Bulletin* vol. 1, No. 2, August 1933.

〈표 2〉 도서관 소장 도서 언어 분포

(단위 : 권, %)

년도	보유수	서양어	한문/한자/중국어	일본어	조선어
1933	28,000	20%	80%		
1935	45,000	22%	55%	15%	8%
1938a	62,864	32%	46%	17%	5%
1938b	80,000	37%	37%	26%	

출전 : 1933, 1935, 1938b : *KMF* / 1938a : 『동아일보』, 1938.1.

포도에는 1931년부터 1932년 사이 대거 유입된 한학 서적들이 포함되어 있었기 때문에 1930년 이전의 구성에서는 서양어 서적이 차지했던 비중은 훨씬 높았을 것으로 추정된다.

그럼에도 불구하고 학교와 도서관 측은 영문학 서적을 지속적으로 보강할 필요가 있음을 강조했다.[57] 개인 소장 단행본들의 기부가 주가 되어 개인 독서용 판본들이 다수였던 연희전문의 컬렉션은 총독부의 지원을 받아 Oxford University Press, Cambridge University Press, Harvard University Press 등 세계 주요 출판사의 정본 시리즈를 고루 구입해 갖추어 놓았던 경성제국대학의 장서 목록과 비교할 때[58] 그 체계성에 있어서 만족할만한 컬렉션은 아니었기 때문이다. 반면 선교사들의 문서 출판 사업은 종교서적을 중심으로 한 각종 서구 문헌의 조선어 번역에 주력하고 있었고, 따라서 조선어 번역본 배치량은 연희전문이 앞서 있었다. 예컨대 찰스 디킨스의 *Christmas Carol*이나 존 번연의 *Pilgrim's*

---

[57] M. M. Lee, Ph. D, Librarian, "The Chosen Christian College Library," *KMF*, 1935.5, pp.106~107.

[58] 연희전문과 경성제대의 영문학 원서와 번역본 보유량의 비교에 관해서는 다음의 논문 참조. 윤혜준, 앞의 글, 205~211쪽.

Progress 등의 조선어 번역본은 연희전문학교 도서관이 독보적이거나 혹은 그 소장량이 압도적으로 많았다.

그런데 미션스쿨의 도서관이라고 하여 기독교 관련 서적들만 소장했다거나 신자들이라면 응당 미션스쿨에 기부하기만 하는 것도 아니었다. 물론 교파연합 미션스쿨인 연희전문의 선교사들이나 교수들은 역시 교파연합 출판사였던 조선예수교서회에 직간접 관여하고 있었고 비단 종교서적 뿐 아니라 일반서적들도 상당량 포함되었던 그 출판물들이 연희전문 도서관에 주로 소장되어 있었던 것은 사실이다. 하지만 대학의 종교 이념과 기증자의 종교, 기증 도서의 성격이 반드시 일치해왔던 것은 아니다. 일례를 들면 목사의 장남이자 기독교 신자였던 '1967년 모범장서가 표창자'인 김약슬의 경우 1968년에는 연세대에 기독교 관련 서적을 전시했으나 그의 사후에는 고려대에 '신암문고'로 기증되었다.[59] 또한 '마지막 서적 중개상'으로 불리는 송신용의 경우에는 백낙준 연세대 전총장과의 친분으로 인해 수원 용주사 절에서 1796년 간행된 보물급의 『불설대보부모은중경(佛說大報父母恩中經)』을 연세대에 기증하기도 했던 것이다.[60]

이러한 '개인문고' 중 한학 배경 가문의 연희전문 기부는 어떻게 가능했을까? 1930년대 집중적으로 이루어진 연희전문 장서 기부 행위는 유교문화권인 조선의 전통적 관습, 서양 제도와 문화의 유입, 그리고 일본의 영향이라는 세 가지 역학 속 어디 쯤 위치하고 있었던 것일까? 우선 조선 후기 장서 문화를 살펴보면, 사대부 가문에서 개인의 장서

---

59 이민희, 『16~19세기 서적중개상과 소설, 서적 유통관계 연구』, 역락, 2007, 97쪽.
60 이민희, 『마지막 서적중개상 송신용 연구』, 보고사, 2009, 210~211쪽.

는 곧 그 학문을 나타내는 것이며 따라서 "장서 소장은 사대부의 본질을 증명하는 요소 가운데 하나"였다.[61] 장서의 열정적 수집은 자손과 가문이 흥하게 될 만한 덕을 쌓는 미덕이었고, 그것은『가장서적부』와 같은 문서로 정리 기록되었으며, 후손은 장서를 가보로 잘 전수해야 할 의무가 있었다.[62] 하지만 선대로부터 내려온 장서를 공부하는 일이 더 이상 입신출세에 유용하지 않은 시대가 도래하자 이들 장서의 상징적, 실용적 가치는 하락한다.

물론 조선 후기에도 장서 기증 문화는 존재했다. 우선 상호간에 대가없는 도서 기증은 사대부 사회 내부에서 서적을 유통시키던 손쉬운 방법이었다.[63] 제례와 교육, 서적 문헌 보존 기능을 겸하고 있었던 향교 문고는 중앙로부터 도서와 기금을 지원받는 것이 원칙이되 규칙대로 원활히 이루어지지 않아 결국 지방 수령의 기금 조성과 개인들의 기증을 통해 확장 유지되었던 것이다.[64] 당시 향교의 장서는 향교의 교육을 위한 서적과 성균관 입학시험, 생원시 예비시험을 대비한 서적 등이 주였고 개인의 기증 문고는 문중에서 간행한 문집인 경우가 많았다. 서원 역시 크게 다르지 않았는데 16세기 중반 이황의 요청으로 설립된 백운동서원은 이후 국가의 공인을 받은 사설교육기관으로『소수』라는 사액을 받아 소수서원으로 불리게 되고, 교육기관으로서 인정을 받은 이후에야 사림들로부터 기부와 지원을 받게 된다.[65] 이때 마련된 서적

---

61 황지영, 「중국서적을 중심으로 본 조선후기 출판과 장서문화의 신국면」,『다산과 현대』3호, 연세대 강진다산실학연구원, 2010, 19쪽.
62 위의 글, 19~20쪽.
63 강명관, 앞의 책, 353쪽.
64 채현경, 「조선후기 향교소장 서책 목록과 관리운영」,『서지학보』32호, 2008, 142~148쪽.
65 서원 도서관에 관한 이해는 다음의 논문 참조. 윤희면, 「조선시대 서원의 도서관 기능 연

의 기증자와 수집 방법이 서적 표지나 장부에 기록되었다. 다만 그 장서 규모가 백운동서원의 경우에도 초기 500권에서 시작한 장서가 50년 뒤에도 3배 정도만 증가되는 등 그 확장 속도는 더딘 편이었다. 이러한 향교나 서원의 문고는 대출이 아닌 보존과 제한적 열람이 주된 목적이었다. 따라서 이들 소수 엘리트층의 문고는 다수의 열람을 목적으로 하는 공공도서관이라기보다는 보존과 관계자의 제한적 열람을 허락하는 아카이브적 성격을 띠고 있었다고 볼 수 있다. 그리고 이러한 도서 기부 관습은 1910년대 활발히 존재했던 도서종람소들의 기부[66]에서도 찾아볼 수 있는 등 이어지고 있었다.

즉, 본디 사대부 가문의 장서 수집은 미덕으로 인식되었으나 입신출세의 관문이 달라진 근대로 접어들자 가문의 장서가 더 이상 위세도 효용도 발휘할 수 없게 되었다. 사실상 생계가 다급한 집안, 특히 고아나 과부들의 경우에서는 가장 쓸모가 없게 되어버린 고문서들을 파는 일이 빈번하여 이를 전문적으로 헐값에 구매하여 이윤을 챙기는 서적 중개상들이 심심치 않게 활약하고 있었다.[67] 따라서 '장서 기증'은 최소한 생계 걱정이 없는 계층이 할 수 있는 것이었으며 장서 기부 문화도 면면히 이어져와서 그 행위 자체가 낯선 것만은 아니었다.

이들 개인문고에 기증된 서적은 대체로 선대부터 물려받은 것이고, 이 경우 문고 이름은 기증자 아버지의 호를 따서 작명되었다. 이 중『이조실록』구입비용을 기부한 1건을 제외한 나머지 4건은 아버지의 사

구」,『역사학보』186집, 역사학회, 2005, 1~26쪽.

66 권두연,「근대 초기 유통서적 연구」,『현대문학의 연구』, 한국문학연구학회, 2015.

67 이민희,『16~19세기 서적중개상과 소설, 서적 유통 관계 연구』, 역락, 2007, 151~152쪽.

후, 그의 장서를 아들이 기증한 경우였다. 이 경우 가문의 장서는 선조의 이름으로 관리·호칭되었기 때문에 도서관에의 '개인문고' 설립을 통해서 '가문'은 보다 영구히 공개적으로 기억될 수 있었다. 따라서 '기리기 위함'이라는 기부자의 목적은 성취된 셈이었다. 이는 도서의 분류와 배치라는 물리적 공간을 학문 혹은 장르 간의 경계라는 인위적인 개념적 구성물로 전환시킨[68] 멜빌 듀이(Melvil Dewey, 1876년 도서관분류법 발표)의 10진 분류법에서 벗어나 있는 존재였다. 듀이의 분류법은 이미 1930년대 초반부터 연희전문 도서관 정리에 적용되고 있었는데, 이 분류에 따르면 한 작가의 서적일지라도 다른 화제를 다루거나 다른 형식으로 쓰이면 한 장소에 놓일 수 없었다. 즉 지식 생산자인 '작가'조차 자기 저술의 결집 능력을 상실한 근대적 도서관 공간에서 개인이나 가문이 '기증자'로서 존재감을 드러낼 수 있었던 것이다.

현재 연세대 고문서 소장량은 1만 8천여 점으로 사립대학 중 보유량 최대치로 추정되고 있는데,[69] 1931~1932년 사이 장서가들에게 기부받은 수량 2만 점 중 상당량이 이에 해당하는 것으로 보인다. 이 중 조선 제일의 장서가 가문이었던 정봉태의 연희전문 기부는 앞서도 언급했듯이 그 이후 몇 년간 기사거리가 될 정도로 세간의 주목을 받았다. "조선사회에 유조하게 쓸 만한 어떤 단체 도서관에 긔증하라"[70]고 한 정봉태 부친의 유언을 따라 연희전문이 선택되었고, 따라서 "조선에서 장서가 이야기가 나면 수 년 전 연희전문학교에 만여 권 도서를 기증

---

68   데이비드 와인버거, 이현주 역, 『혁명적으로 지식을 체계화하라』, 살림Biz, 2008, 95쪽.
69   양진석, 「한국 고문서학의 전개과정」, 『규장각』 34, 서울대 규장각 한국학 연구원, 2009, 24쪽.
70   「7대에 달해 수집한 만권의 진서보책 도착」, 『동아일보』, 1932.9.29.

한 전남 곡성 정씨를 첫재로 꼽고"라는 말이 왕왕 날정도로 이 사건을 화제 거리였다.

그리고 그 장서 유치에는 조선인 교수들의 활약이 컸다. 정봉태 장서를 받기 위해 정인보와 이순탁이 곡성으로 출장을 갔고[71] '이들의 숨은 노력'[72]은 결실을 맺게 된 것이다. 1931년 연희전문 교수진 28명 중 서양인 8명, 조선인 16명, 일본인 4명으로 조선인의 비중이 가장 높았으며 조선인이 교장과 부교장을 제외한 모든 보직에서 실무를 담당하고 있었으며[73] 도서관 관련 일 또한 조선인 교수 및 사서들이 진행하고 있었다.

기증 도서 작업에 두 차례 관여한 이순탁 교수를 살펴보면, 그는 전남 해남 송정리에서 유교적 가풍의 자작농 출생으로 교토대 경제학부에서 일본 최고의 맑스주의 경제학자로 주목받던 가와카미 하지메[河上肇]를 만났다.[74] 그의 『빈핍물어(貧乏物語)』는 사회비판적 조선 유학생에게 널리 읽혔는데 이순탁은 그의 강의와 저술들을 섭렵하며 '조선의 가와카미'로 불릴 만큼 그의 사상에 공명했다고 한다. 1922년 귀국 후 경성방직, 조선상업은행을 거쳐 1923년 연전 상과 교수를 부임했으며 이러한 그의 사상적 경향이 주시를 받아 연전 상과 경제연구회를 비롯한 학생 단체와 활동은 1938년 치안유지법으로 구속되게 된다. 여하튼 그가 전남 해남 이재량의 기부와 전남 곡성 정봉태의 기부 작업에 적

---

71 「칠대 수집한 서적 만권 연희전문학교에 기부」, 『동아일보』, 1931.12.6.
72 「약진하는 연희도서관」, 『연희타임즈』(창간호), 1935.9.1.
73 1930년대 「연희전문학교 상황보고서」에 따르면 교장 부교장급을 제외한 보직 교수는 전부 조선인이다.
74 이순탁에 관한 정보는 연세대학교 국학연구원 편, 『연세국학연구사』, 연세대 출판부, 2005, 403~408쪽.

극 관여하게 된 것은 그가 전남 해남 출생이라는 사실과 무관하지 않은 것으로 보인다.

전남 곡성 정씨의 기증 작업에는 정인보도 함께 했는데, 그는 그밖에도 다른 고택들을 답사하며 후손들에게 원고의 출판이나 장서 기증을 권고하기도 했다. 그는 주로 호남지역을 순방하며 발굴·수집했는데 여름방학을 활용한 연구여행에 관해서는 1934년 7월부터 9월까지 『동아일보』에 「남유기신」이라는 43편의 서신의 형식으로 연재하기도 했다. 그의 제자들도 전국의 고택들을 답사하며 원고를 찾아내곤 했다.[75] 1910년대부터 조선학자들 사이에서 일기 시작했던 조선학에의 관심은 1924년 경성제대의 출범과 일인 학자들이 생산하는 조선학에 자극이 되어 더욱 활발해졌다. 연전에서 조선학을 적극적으로 활성화했던 정인보 역시 1929년 교열본 『성호사설』을 간행했고, 문과 연구원이며 이후 1940년에는 도서관원으로 근무한 신한철과 함께 연암 박지원 연구도 착수하는 등 실학 연구를 시도했다.[76] 그는 1934년에는 다신 정약용 서거 99주년 기념사업으로 『여유당전서』를 간행한다. 정약용의 외현손이 편찬자가 되고, 정인보와 안재홍이 교열, 윤치호 등이 지원하여 신조선사를 통해 출판된 『여유당전서』는 다산 서거 100주년을 맞은 1935년 언론의 집중 조명을 받는다.[77] 『여유당전서』의 경우 출판을 통해 텍스트가 공유되고, 이후 『신조선』 등의 잡지를 통해 조선

---

75 1934년 8월 정인보와 안재홍은 신경준의 고택인 순창 남산대를 방문했고(368쪽), 1939년 1월 정인보의 제자 서정만과 민영규는 경기도 장단군 진서에서 빙허각 이씨의 『청규박물지』를 발굴했다(장문석, 「식민지 출판과 양반−1930년대 신조선사의 고문헌 출판 활동과 전통 지식의 식민지 공공성」, 『민족문화연구』 55, 2014, 390쪽).
76 연세대학교 국학연구원 편, 『연세국학연구사』, 연세대 출판부, 2005, 50~51쪽.
77 장문석, 앞의 글, 364쪽.

인 논자들의 담론이 생산된 사례는, 고문헌의 발굴과 소장, 확보, 출판 행위가 조선인이 조선어로 조선의 문헌을 논하는 아카제미 장을 형성하게 하는 기반이 될 수 있었음을 보여준다.[78] 그리고 다산연구 강연회는 바로 중앙기독청년회에서 열렸는데 그 강연 장소는 조선학 운동과 기독교 단체 및 미션스쿨의 관련성을 보여주는 상징적 사례이다.[79]

이러한 장서 기증을 통해 조선 고문헌들을 대량 보유함으로써 연희전문 도서관은 일반교양, 상식이나 교육적 도서뿐 아니라 연구로 이어질 수 있는 '연구자료'를 확보하게 된 것이다.[80] 조선총독부나 경성제대도서관이 조선의 고문헌을 정리하고 출판하는 와중, '우리 고문헌'은 '나라'를 의미하여 사회주의자들조차 고문헌에 관심을 보이고 있었다.[81] 조선인들의 아카데미나 미디어 역시 고문헌을 다루면서 조선학의 주체로 본격적으로 나섰는데, 그 신호탄 중에 하나가 바로 1930년대의 고문헌 출판과 조선학 담론의 형성이었으며 정인보의 연희전문 도서관 '고문헌' 기증 유치 사업은 그와 무관하지 않은 기획이었다.

---

78 위와 같음.
79 1930년대 조선학운동과 연희전문의 중추적 역할에 관해서는 도현철의 다음 논문 참조. 도현철, 「조선학운동과 연희전문의 실학 연구」, 『일제하 연세학풍과 민족교육』, 혜안, 2015, 175~193쪽.
80 조선총독부도서관을 비롯한 부립도서관은 조선의 고문헌을 '연구자료'로 분류, '특별도서부'로 별도 항목으로 관리, 집중 수집했다. 김남석, 「대구부립도서관과 일제의 식민지정책」, 『한국도서관 정보학회지』 32권 4호, 2001, 20쪽.
81 장문석, 앞의 글, 354~356쪽.

3) 지식 아카이브의 헤게모니 쟁투

총독부는 식민 통치의 우민화 전략을 실현시킬 수 있는 학교 이외의 장소로 공공도서관에 주목했을 뿐 아니라 제국의 위용을 채울 고문헌와 조선연구에 필요한 문서들에도 주목하여 이들을 '특별자료'나 '연구자료'로 별도로 관리했다. 1911년 6월 1일 전국의 왕실 소장고와 국공립 장서는 조선총독부 취조국에[82] 몰수되었는데, 그 규모는 규장각 소장 도서 및 경복궁 내 경성전, 태백산사고, 오대산사고 등 전국 5개 사고만 합해도 11만 권이 넘었다.[83] 총독부의 소유물이 된 이들 서적은 이후 1924년 경성제국대학 창설 시 그 부속도서관 장서가 되었다. 1923년에는 지금의 소공동 위치인 당시 남별궁 원구단 / 환구단 근처에 도서관 2층, 서고 5층짜리 조선총독부 도서관 건물도 완공되었는데, 1만 2천 권의 개관 장서 중 1만 권은 조선총독부 사무용 도서로 사실상 일반인이 열람할 서적이 빈약한 수준이었으나 1934년에는 12만 권을 채우게 된다.[84] 12만 권에는 몰수량도 상당했지만 구입한 서적도 상당했는데, 서적의 가치와 상관없이 권수만으로 값을 매겨 전량 매입하는 방식을 이용하기도 했다. 여기에는 조선인 서적 상인이 동원되었는데, 대표적 예로 환산서림을 운영한 조선인 이성의(李聖儀)는 총독부도서관과 거의 독점적 거래를 했던 책쾌(방문 서적 상인, 이후 와룡동의 화룡서림

---

82 1912년 조선총독부 관제 개편으로 고문서 수집 사업 담당 기관은 취조국에서 참사관실로 바뀌었다. 양진석, 「규장각한국학연구원 고문서 조사 정리의 현황과 과제」, 『영남학』 9, 경북대 영남문화연구원, 2006.
83 카토 카츠오・카와타 이코이・토조 후미오리, 앞의 책, 193쪽.
84 위의 책, 205・216쪽.

운영)로 경성제대 일본인 교수 이마니시 료우(今西 龍, 조선사 전공)와의
친분으로 일본 고서점과 조선을 드나들며 조선의 고문헌을 구입해 공
급했다.[85]

총독부는 도서관 확장과 병행하여 도서관 주간(1923.11~1938.11), 도
서보급운동('도서관 주간'의 개칭, 1939.11~), 전국도서관대회(1907~, 일본, 조
선, 만주, 대만가 연합된) 등 각종 운동과 대회를 정책적으로 장려했다. 이
시기를 국민정신 부흥주간과 겹치게 하여 '사상의 척도'로서의 도서관
의 목표를 분명히 했다. 총독부도서관은 1930년부터는 연중무휴로 운
영하고 1931년부터는 조선도서관연구회 기관지인『조선지도서관(朝鮮
之圖書館)』을 창간하는 등 1930년대로 넘어가며 보다 적극적으로 도서
관을 운영했다.

사실상 사설 도서관들은 이러한 규모와 권력, 자본력, 추진력을 갖
춘 총독부도서관이나 경성제국대학 부속도서관과는 경쟁 상대가 되지
못했다. 조선인 개인이 뜻있게 자산을 털어 설립한 도서관까지 부립도
서관으로 접수되는 실정이었다.[86] 하지만 왕실 서고를 주로 접수하고
일괄 구매하는 방식으로 컬렉션을 구성하던 제국도서관의 수집 방법
에 비해 개인의 소장이나 기증, 주문으로 구성되는 방식에도 이점은
있었다. 예를 들면, 전남 곡성 정씨 다음으로 꼽혔던 대구 문장지씨 장
서에는 기호 본위로 모은 규장각 도서관이나 이왕직 도서관이 갖추지

---

85 이후 그의 장서들은 미국 컬럼비아 대학에 일부 소장된다. 이민희,『16~19세기 서적중개상
    과 소설, 서적 유통관계 연구』, 역락, 2007, 95~96쪽.
86 1920년 윤익선이 그리고 1921년 이범승이 경성에 설립한 경성도서관이 이후 1926년 경성부
    에 양도되어 경성 부립도서관 종로분관(이후 서울특별시 종로도서관)이 된 사례. 카토 카츠
    오·카와타 이코이·토조 후미오리, 앞의 책, 201쪽.

못한 영남의 제현문집류가 있었다.[87]

총독부와 조선인, 그리고 선교사들은 각자의 목적을 위한 도서관 운동을 진행했다. 선교사들은 1890년대부터 소규모로 지속적으로 도서관 설치와 운영에 공을 들였고, 조선인들은 청년이나 농촌을 중심으로 각 지역, 교육, 종교 단체별로 1910~1920년대에 활발히 그 필요와 설치를 주창했고,[88] 1920년대에 인프라를 구축한 총독부는 1930년대부터 도서관 관련 관제 사업을 본격화했다.

총독부가 공문서 보관소와 개인 소장 한국사나 학문적 저술들을 "체계적으로 수집하여 모두 태워버렸"으며 "한국 학자들은 이것을 알렉산드리아의 도서관 파괴에 버금가는 돌이킬 수 없는 상실로 보았다"는 기사가 실릴 정도로[89] 문서는 수집, 소각, 보존 그 어느 목적으로든 쟁탈의 대상이었다. "역사와 학문은 과거에 성취한 것을 기록한 것이고 언어는 창의력이 풍부한 천재를 낳는 표현의 매체"임을 "일본의 정치인들은" 잘 알고 있었기 때문이었다. 사설 도서관 역시 총독부의 검열을 피할 수 없었으며 급진적이고 비판적인 사상의 유입과 확산의 진원지가 될 수 있었던 연희전문 도서관 역시 감시 대상이었다. 1938년 2월 24일 홍이섭과 조풍연 등 독서그룹 회원들은 이른바 자유주의 철학서와 문화서적 등을 도서관에 기증하자는 운동을 벌였다.[90] 당시 도서관

---

87 「고전섭렵수감-양산가 식우집 등 (하)」, 『동아일보』, 1935. 2. 17.

88 김남석, 「일제하 청년단체의 도서관 설립 활동에 관한 연구」, 『도서관학논집』 18권, 한국도서관정보학회, 1991.

89 『중국학생연합 월간신문』 13권 7호, 1918. 5(한국독립운동사 정보시스템(http://search.i815.or.kr)).

90 관련 정보는 다음의 기사를 참조. 양재영 기자, 「어려운 시기를 살다간 이묘묵」, 『연세춘추』 1977. 5. 23.

장 이묘묵은 이를 지지하며 광고했고 관계서적 수백여 권이 기증되었는데 이 일이 서대문 경찰서에 적발된 것이다. 고등계 형사는 적색도서 불온문서라는 명분으로 도서관을 수색하여 수백여 권의 도서를 압수해갔는데, 연희 측의 기록에 따르면 이는 한일합병에 관한 영문사료와 반일관계서적이었다고 한다. 같은 해 12월 15일에는 백남운과 이순탁, 노동규 교수를 치안유지법위반으로 구속하고 두 트럭 분량의 불온서적과 증거물을 압수해갔다.[91]

4. 결론

사원이나 국가, 즉 종교나 정치의 관할 하에 있었던 도서관의 오랜 역사는 지식의 수집, 정리, 보존의 주도권이 권력과 관련되어 있을 수밖에 없다는 사실을 상징적으로 보여준다. '제국'의 권력도, '대학'의 권위도 없었던, 게다가 서양인 선교사의 기독 학교로 알려져 있었던 미션스쿨의 도서관으로 가문과 개인의 도서가 유입된 역사적 사실은 '지식의 보관소'로 식민지 '정부'가 아닌 다른 영역이 상상되고 존재하고 있었음을 드러내준다.

1930년대 연희전문 도서관의 '개인문고'는 서구 근대 지식에 기반한

---

91 『동아일보』에 따르면 그 수색 날짜는 1938년 2월 17일이었다. 「적색연구회의 혐의로 연전 삼 교수 등 송국」, 『동아일보』, 1938.12.17.

선교사와 조선인 엘리트가 유교/실학 전통과 접속하면서 조선 사회에 뿌리내리고, 지식 아카이브로서의 공신력을 두고 제국과 경합하며, 친일적 인물의 장서도 흡습해야했던 고투를 날 것으로 보여주는 역사적 공간이다. 선교사가 설립한 연희전문은 한문학 소양에 기반한 서양 유학파인 조선인들을 교수로 대거 기용하며 동양과 서양이 하나가 되는 '동서화충'을 추구했다.[92] 그 일환으로 정인보를 위시한 조선인 교수들이 매진한 '조선학'과 '문서고' 강화 사업은 '문헌학'이 곧 '국학'이라고 했던 빌헬름 훔볼트를[93] 상기시킨다. 근대 대학의 효시인 베를린 대학은 바로 이 빌헬름 훔볼트의 이념에 따라 설립되었던 것이다.[94]

염상섭의 『삼대』(『조선일보』, 1931)에는 각기 유교, 기독교, 제국엘리트로 상징되는 조의관, 조상훈, 조덕기 3대가 고루 비판받으며 등장한다. 제1세대 조의관이 친척들의 꼬임에 넘어가 삼 사 천원을 족보 박는 일에 쓰게 되자 조상훈은 이렇게 비판한다. "세상에 좀 할 일이 많습니까. 교육사업, 도서관사업, 그 외 지금 조선어자전 편찬하는 데 (…중략…) 서원을 짓고 유생들을 몰아다 놓으시렵니까? 돈도 돈이거니와 지금 시대에 당한 일입니까."[95] "목사 장로는 아니라 하여도 교회 사업을 하고 있는" 조상훈이 말하는 교육, 도서관, 출판 사업은 모두 선교사 중심의 기독교계가 주력했던 사업이다. 반면 조의관은 조상훈의 사업이란 것이 남 좋은 일이라며 힐난한다. 사실상 문제는 조상훈이나 조

92　허경진, 「연희전문의 문학 교육에서 보여진 동서고근 화충의 실제」, 『일제하 연세학풍과 민족교육』, 혜안, 2015, 145쪽.

93　문헌학과 국학의 관계는 정종현의 논문에 기술되어 있다. 정종현, 「단군, 조선학, 그리고 과학」, 황종연 편, 『문학과 과학』 I, 소명출판, 2013, 250~252쪽.

94　요시미 순야, 앞의 책, 26쪽.

95　염상섭, 『삼대』, 문학과지성사, 2004, 135~136쪽.

덕기 모두 조의관의 유산으로부터 자유롭지 못하다는 데 있었다. 조의 관의 자산은 조선조 서원의 부활에 쓰이고 그의 유산 상속의 방향은 제국 유하생에게로 기울어지고 있었다. 곧 사라져갈 조의관과 초조한 조상훈을 두고 "덕기는 낮에 조부 몰래 빠져나와 총독부 도서관에 들어가 앉아서 반나절을 보냈다." 조의관이 족보와 서원에 집착하고, 조 상훈이 기독교 문화사업에 기염을 토하고, 조덕기가 조선총독부 도서 관에서 시간을 죽이는 모습, 그것은 1931년의 초상이었다. 바로 이러한 '삼대'가 공존하던 시기, 1932년 연희전문학교 도서관의 기증사는 지식 의 수장고를 둘러싸고 기독교와 유교와 제국이 경합, 혹은 제휴했던 식민지 현실을 재현한다.

제2장

식민지 시기 기독교와 의학지식의 형성

세브란스 의전 교수 반 버스커크의 출판 활동을 중심으로

1. 서론

식민지 조선의 '의료선교'는 '과학과 종교', '기독교와 사회', '지식과 실천', '서양과 조선' 등 근대적 의학 지식의 형성에 개입된 복합적 변수들을 내포하고 있으며, 나아가 '국가–학문–종교'가 교차하며 형성한 근대의 에피스테메를 구체적으로 검토할 수 있는 유용한 논의의 장이다. 본 논문은 이러한 문제의식 하에, '의료선교'가 식민지 조선에서 사회적으로 존재했던 방식을 이들의 출판 활동을 통해 밝히고자 한다. 의료선교 주체가 조선 사회의 주체, 제도, 담론과 길항하며 어떠한 문서를 생산했는지를 조명하는 작업은 식민지 시기 의료선교를 통한 의학 지식의 사회적 확산 경로와 성격, 그리고 의료선교의 정체성을 규명하는 작업이기도 하다.

이에 본론에서는 의료선교사이이자 세브란스 의전 교수였던 반 버스커크가 발간했던 의학 관련 일반 서적에 주목한다. 당시 의학 전문 지식은 주로 강연과 문서를 통해 개인과 가정 단위에서 실천할 수 있는 의학 상식으로 변모하여 보급되었다. 이러한 일회적 강연과 간략한 리플렛을 보강해 발간된 것이 단행본 출판물이므로 의학 지식의 사회적 확산 측면에서 보면 '의학 전문가의 대중서 저술'의 의미는 간과할 수 없다. 또한 식민지 시기에는 조선어로 된 의학 교과서의 출판과 사용이 금지되어 있었기 때문에 출판 가능한 형태로 생존했던 '조선어 의학 관련 일반서적'의 역사적 의의는 더욱 크다고 볼 수 있다.

무엇보다도 의료선교사가 '식민지적 제약', '선교부의 입장', '조선 사회의 요구'와 길항하며 조선 사회에 제출했던 일반 서적은 시대의 담론과 운동을 반영하고 있다. 따라서 이 글은 반 버스커크의 저술들이 '기획—저술—출판—홍보'된 과정과 정황을 밝히며, 이것이 '기독교 출판사'라는 제도와 또 다른 주체인 '조선인', 그리고 '조선사회의 요구'와 어떻게 조우하고 있었는지를 중심으로 살피고자 한다.

2. 의학 지식의 대중화 주도

1920년대 일간지 지상에는 소위 '의학지식'을 전달하는 기사가 왕왕 게재되었는데, 1928년도 『동아일보』의 「결혼의학의 지식」(총 17회)[1]이

라는 연재물은 일상과 '의학지식'이 긴밀히 밀착하게 된 시대를 상징적
으로 보여준다. 의학 전문가가 아닌 일반인까지 인생의 세목들을 의학
적 관점에서 바라보고 생애 주기에 따른 의학적 지식을 습득해야 할
사회적 요구에 직면한 것이다. 이 장에서는 이렇게 '의학'을 논제로 내
건 기사와 강연이 풍성하던 1920년대의 시대 상황 속에서 의료선교사
반 버스커크가 펼친 출판 활동을 정리해본다.

1) 반 버스커크의 약력

반 버스커크와 김명선은 사제지간으로 이들의 약력과 출판물은 함
께 살펴볼 필요가 있다. 반 버스커크(J. D. Van Buskirk, 반복기(潘福奇), 1881
~1969)는 1880년 미국 미주리주 캔사스시에서 태어나 1906년 캔사스
시립대 의과를 졸업하고 의학박사학위를 받는다.[2] 1908년에 내한하여
충남 공주 북감리교 선교병원장으로 복무하던 중 1909년 세브란스 의
학교를 연합의학교로 운영하기로 결의하며 조성된 위원회의 위원으로
위촉된다.[3] 1913년부터 그는 세브란스연합의학교 생리학교실 교수이
자 부속병원의사로 재직하고 1914년 밀즈(R.G. Mills), 러들로(A. I. Ludlow)
와 함께 연구부를 창설한다.[4] 그는 1916년에는 '세브란스연합의학전문

---

1   「결혼의학의 지식」,『동아일보』, 1928.10.31~11.18.

2   버스커크의 약력은『건강생활』(조선예수교서회, 1929)의 저자 소개란 참조.

3   이만열,『한국기독교의료사』, 아카넷, 2003, 185쪽.

4   여인석,「세브란스의전 연구부의 의학연구 활동」,『의사학』13권 2호, 대한의사학회, 2004,
234쪽.

학교'로 개편하기 위해 개최된 제1회 이사회에서 부이사장이 되고 1917년 세브란스가 전문학교로 승격되자 부교장이 되어 1932년까지 직분을 유지했다. 그는 세브란스의전 부교장으로서 경성제대 의학부장이자 총독부위원장인 시가 기요시[志賀潔]와 함께 중화의학회 회의에 참석하는 등[5] 대외활동도 활발히 했다. 1929년 세브란스 30주년 기념행사에는 13년 근속직원표창을 받고[6] 1933년 서울을 떠나기 전까지 에비슨 교장을 보좌하며[7] 식민지 시기 세브란스의 운영과 연구의 주축이 되었다.

그는 학생과 신자, 그리고 일반인을 대상으로 한 강연과 집필 활동도 병행했다. 1920년대 초중반에 그는 세브란스의전뿐 아니라 감리회 신학교 등에서 '과학과 건강'에 해당하는 과목을 강의했다.[8] 또한 중앙기독교청년회에서 주최하는 강연회나 중앙예배당 강연회에서 '종교의 필요성', '생존경쟁', '인생의 요구와 기독교', '인격의 표준', '사상의 변천과 오인의 각오', '물질' 등 과학, 종교, 철학을 아우르는 각종 주제로 강연했다.[9] 1920년대 후반에는 『동아일보』에 「위생강화」, 「전염병예방책」, 「안전제일―전염과 방역」 등의 연재 기사를 집필하기도 했다.[10] 그리고 선교사가 주축인 출판사였던 조선예수교서회에 '신간도서 구독자 제도'를 제창하여 인쇄 전에 판매 부수를 예측하고 안정된 출판과

---

5   신규환, 「식민지 지식인의 초상―김창세와 상하이 코스모폴리탄의 길」, 『역사와 문화』 23호, 2012, 454쪽.

6   『동아일보』, 1929.5.12.

7   신규환·박윤재, 『제중원 세브란스 이야기』, 역사공간, 2015, 144쪽.

8   J. D. Van Buskirk, "Present Problems", *The Korea Mission Field*, 1925.10, p.208(이하 *The Korea Mission Field*는 *KMF*로 약칭하기로 한다).

9   『동아일보』, 1924.3.30·1925.1.20·6.5·9.27·11.8·1929.10.27.

10   「위생강화」, 『동아일보』, 1927.6.11~13; 「전염병예방책」, 『동아일보』, 1927.7.7~9; 「안전제일―전염과 방역」, 『동아일보』, 1927.8.23~24.

공급을 유지하는 제도를 정착시킨 장본인이기도 하다.[11]

반 버스커크는 YMCA 위원으로 조선 YMCA 멤버들과도 교류했다. YMCA를 수시로 드나들었던 윤치호는 1910~1930년대 선교사와 조선 기독교인들과의 회합의 자리에서 종종 반 버스커크를 만났음을 기록한다.[12] 반 버스커크는 윤치호뿐 아니라 YMCA 총무 신흥우와도 교류가 있었으며 이러한 YMCA를 매개로 한 네트워크는 그의 출판물에 직간접으로 드러난다.

이처럼 의사, 연구자, 선교사로서 활약했던 그는 목회자 중심의 선교사 사회에서 '의료선교인'으로서의 정체성을 분명히 유지하고 있었다. 의료 선교가 선교의 하위이거나 부수적인 것이라는 시선이 존재했던 당시, 의료행위는 그 자체로 그리스도 정신의 표현이라며 의료선교사의 의의와 자부심을 확고히 표명했던 것이다.[13]

김명선(金鳴善, 1897~1982)은 1897년 황해도 태생으로 향리교회가 운영한 초등학교를 졸업한 이후 지속적으로 미션 스쿨 교육을 받았다. 그는 1914~1918년 평양 숭실학교, 1920~1921년 연희전문 수물과를 거쳐 1921~1925년 세브란스 연합의학 전문학교를 졸업했다. 이후 1929~1932년 미국 노스웨스턴대 생리학교실에서 박사학위를 받고 귀국하여 세브란스 졸업생 중 최초의 박사학위 소지로 언론의 주목을 받았지만[14] 총독부가 사립전문학교 교수 임용 자격을 일본 박사학위 취득자

---

11 E. W. Koons, "The Christian Literature Society Carries on 1912-1939", *KMF*, 1940.6, p.103.
12 『윤치호 일기』, 1918.3.26·1930.12.15(한국사료총서 19집, 한국역사정보통합시스템(www.koreanhistory.or.kr)).
13 "Christian Medical Education, Its Place and Opportunity", *KMF*, 1914.7, p.213.
14 『동아일보』, 1932.10.30.

로 제한했기 때문에 일본 의대에서 다시 학위를 받아야 했다. 따라서 그는 이전에 영어로 썼던 박사논문을 일어로 번역하고 일부 논문을 덧 붙여서 경도의대(교토부립 의과대학) 박사학위 논문으로 제출했고[15] 일본 문부성으로부터 의학 박사로 인정된 후 세브란스 교수가 된다.[16] 그 와중에 김명선은 반 버스커크의 생리학 강의와 연구를 보조하며 그의 후임으로 생리학교실을 책임지게 된다.[17]

앞서 살펴본 것처럼 일반인의 교육을 위한 강연과 문서 작업을 꾸준히 했던 반 버스커크는 1910년대 초부터 1930년대에 이르기까지 저술을 지속했다. 김명선이 세브란스의전을 졸업한 1926년을 기점으로 반 버스커크의 저술에는 김명선의 이름이 번역 및 공저로 비중있게 등장하기 시작하는데[18] 공교롭게도 이 1926년에는 반 버스커크의 개정판 『영 ○ 양육』과 『과학과 종교』, 그리고 반 버스커크 부인의 『건강―Good Health』(Mrs. J. D. Van Buskirk)[19]이 한꺼번에 출판되었다. 세브란스 생리학 교실을 담당했던 반 버스커크와 김명선은 일반인을 대상으로 한 집

---

15 『동아일보』, 1935.2.20.

16 여인석, 「김명선―세브란스의 수호자」, 『연세의 발전과 한국사회』, 연세대 출판부, 2005, 425~426쪽.

17 여인석, 「제중원과 세브란스 의전의 기초의학 교육과 연구」, 『연세의학사』 21권 1호, 2009, 52쪽.

18 김명선은 식민지 시기 축적된 연구와 저술을 토대로 원고 가뭄이던 해방기 출판 시장에 두 권의 의학서적을 출간하는데, 의학 교과서의 공저자로, 의학사전에는 교열자로 참여한다 (김명선·최신해, 『중등생리위생―일반과학 인류계 교과서』, 정음사, 1947(연세대 소장); 유병서 편, 김명선 교열, 『영한 의학 소사전』, 과학서원, 1948). 다음의 저서에 그 출판물의 존재가 기록되어 있다(오영식 편저, 『해방기 간행도서 총목록 1945~1950』, 소명출판, 2009, 56쪽). 이 『영한의학소사전』에 뒤이어 이듬해 '세브란스 의대 치과학교실 편'으로 『영한치과의학소사전』이 발간되는데 이처럼 해방 직후 세브란스 의대는 '영한 의학 사전' 발간에 주력한 것으로 보인다.

19 Mrs. Van Buskirk, 『건강―Good Health』, 조선예수교서회, 1926(50쪽, 1,500부).

<표 1> 식민지 시기 반 버스커크의 의학 관련 서적 출판물

번호	출판년도	제목	필자표기	출판사	가격 / 쪽	표기	소장처
1	1912	영ㅇ양육론 嬰兒養育論	판권지 : 반복긔バン ボク スケ	조선예수교서회	3전 / 13	한글	연세대학교
2	1913	신체삼해론	―	The Woman's Christian Temperance Union	―	한글	KMF.1913.12. 신간소개.
3	1921	身體三害論	겉표지 : 醫學博士 潘福奇 판권지 : 美國人 潘福奇	조선예수교서회	10전 / 16	한자	연세대학교
4	1926	영ㅇ양육	겉표지 : 潘福奇 판권지 : 美國人 潘福奇	조선예수교서회	8전 / 34	한글	연세대학교
5	1926	科學과 宗教	겉표지 : J. D. Van Buskirk, M. D. 속표지 : 醫學博士 潘福奇 · 世專 醫學士 金鳴善著 영문속표지 : J. D. Van Buskirk, M. D. assisted by M. S. Kim, M. B. 판권지 : 美國人 潘福奇	조선예수교서회	30전 / 113	한자	연세대학교 / 국립중앙도ㅅ
6	1929	健康生活	겉표지 : 醫學博士 潘福奇 판권지 : 潘福奇	박문서관	1원 / 171	한자	국립중앙도서
7	1938	健康生活 (訂正增補版)	겉표지 : 醫學博士 潘福奇, 醫學博士 · 哲學博士 金鳴善 共著 판권지 : 潘福奇, 金鳴善 共著	조선예수교서회	55전 / 216	한자	연세대학교 / 국립중앙도ㅅ

필 작업을 지속했다. 한 권의 책 내부에서도 표지, 속표지, 판권지란 등에 따라 두 명의 저자 이름이 선택적으로 표기되는 경우가 있기 때문에 <표 1>에서는 각 표기법을 모두 기재했다. 같은 원고나 활자의 재판이 아니라 내용 자체가 수정된 증보판의 경우, 별개의 책으로 다루었으며 제목은 표지에 표기된 방식을 그대로 따랐다.

2) 육아지침과 절제운동 제시 - 『영〮아양육』, 『신체삼해론』

반 버스커크는 1910~1920년대 『영〮아양육』과 『신체삼해론』을 각기 두 차례 출판하는데, 이는 선교부에서 진행한 육아복지와 공중위생보건, 그리고 절제운동의 연속선상에 놓인 산물이다. 각종 기독교 연합 단체들은 개인의 자기 절제를 권면하는 절제운동을 펼쳤는데, 반 버스커크 역시 일본에서 시행되고 있던 미성년음주금지법의 조선 도입 운동과 미국/세계 금주동맹과의 연합 활동을 주도했다.[20] 그의 『신체삼해론』(1913)은 절제운동의 핵심적 단체였던 '여자 기독교 절제회(The Woman's Christian Temperance Union)'를 통해 발간한 출판물이었다.

『영〮아양육론』(1912)은 제목 그대로 자녀를 건강하게 양육하는 법을 '출산, 위생, 영양, 치료'의 항목으로 나누어 설명하고 있다. 총 4장으로 구성된 이러한 목차 구성은 14년 이후 1926년 개정판에서도 그대로 이어지지만, 각 장의 소 항목이 '관'에서 '절'로 바뀌어 성경과 같은 '장'과 '절' 구성을 취하게 되고 내용이 보완되었다. 개정판 전체 분량은 34쪽으로 13쪽이었던 초판에 비해 3배 가까이 늘었고 이 중, 3장과 4장이 집중적으로 추가되었다. 질병치료법에 해당하는 4장에서는 '급성열성병, 종기, 학질'이 추가되었고, 영양공급법을 설명하는 3장에서는 '유모의 젓을 먹이는 법'이 삭제되고 대신 인공영양법이 상세하고 체계적으로 보강되었다. 특히 "3장. 어린〮아히 먹이ᄂ법"의 초판본은 7쪽 분량이었는데 개정판에서는 26쪽이 되어 분량이 4배 가까이 증가되었다. 주로 삽화와 표 등이 대거 추가되었는데, 초판에는 문장으로 간단히

서술되어 있던 분유, 전유, 연유 등의 인공영양법이나 천연영양법이 시간, 날짜, 계량 등의 수치가 기재된 표와 삽화로 보완된 것이다.

그의 『영ᄋ양육』이나 『건강생활』이 음식물 섭취, 영양 공급에 관한 내용이 주가 된 것은 그가 주로 조선인의 식생활 문제를 연구 대상으로 삼았기 때문이기도 하다. 반 버스커크는 식생활과 음식, 그리고 위생과 어린이 사망률에 관한 논문을 다수 남겼다.[21] 또한 재한 선교사들과 목회자들, 그리고 해외 선교사들이 주요 독자였던 잡지들에도 이와 관련된 연구 보고서를 수차례 게재했다.[22]

『身體三害論』(1921)의 영문 제목인 *Three Things Injuries to the Body or The Effects of Alcohol, Tobacco and Sexual Excess*는, 이 책이 경계하는 세 가지 해악이 '술, 담배, 성'임을 요약 제시한다. 반 버스커크는 서론에서 기왕에 "純全한 朝鮮文"본이 있었으나 "청년 지식계급에 더 접근케" 하기 위해 "鮮漢文混用"으로 증간했음을 밝히고 있다. 『신체삼해론』의 초판본 실물은 확인되지 않으나, *The Korea Mission Field*의 1913년 12월호 '신간소개란'에 이 책이 소개되어 있는 것으로 보아 1913년에 출판되었음을 알 수 있다. 기사는 이 책이 잡다한 소책자류와는 다른 '진지한 연구물'임을 강조하며 따라서 교사나 교역자가 교실과 교회에서도 사용하기 적합하다고 권고한다.[23] 1910년대 초반, 선교부에서는 '금

---

21 J. D. Van Buskirk, "Studies on the Diet of the Korean People", *The China Medical Journal*, 1921.3, p.305; J. D. Van Buskirk, "Some Common Korean Foods", *Transactions of the Korea branch of the Royal Asiatic society*, 1923.2; J. D. Van Buskirk, "The Composition of Typical Korean Diets", *Japan Medical World*, 1924.6, pp.1~4.

22 J. D. Van Buskirk, "What and How Much Shall the Student Eat", *KMF*, 1918.12, pp.263~264; J. D. Van Buskirk, "The Cost of Enough to Eat", *KMF*, 1919.3, pp.55~56; J. D. Van Buskirk & Miller, "Korea Child Morality", *KMF*, 1930.5, p.110; J. F. Genso, "Child Welfare Observation", *KMF*, 1926.5, pp.92~95.

주, 금연, 폐창, 위생, 예방'을 요지로 하는 생활 습속 개선 운동을 하며 이미 팸플릿 식의 다양한 소책자를 제작, 배포하고 있었는데, 『신체삼해론』에 관해서는 이러한 소책자들과의 차별성을 강조하며 '전문적 지식'으로서의 수준을 강조한 것이다. 1913년 한글 『신체삼해론』은 당시 의료 선교가 출간하는 보급형 문서가 여성이나 무학자를 대상으로 한다는 사회적 인식을 의식하고 그와는 다른 전문성을 강조한 것이다.

이처럼 1913년도 『신체삼해론』은 전문성을 강조했을 뿐 아니라, 사실상 '음주(飮酒), 끽연(喫煙), 탐색(貪色)'의 계도 대상이 주로 남성이었으며, 한학이 교육 배경인 남성들이 사회 주요 구성원으로 존재하고 있었기 때문에 '국한문혼용'을 택할 수 있었을 것이다. 하지만 출판 주체가 '여자 기독교 절제회'였고 출판사가 한글 출판에 주력한 '조선예수교서회'였기 때문에 이 책은 '순한글'로 출판되었다. 따라서 1921년에 굳이 '여성'과 '한글'과 결별하고 '국한문혼용'으로 바꾸어 재출간한 것은 기독교출판과 의료선교측이 새로운 필요에 봉착했음을 뜻한다. 1920년대로 넘어가며 기독교의 사회적 기여에 의문이 적극 제기되었고, 이에 기독교 출판은 남성 지식인 중심인 조선 사회 담론장에 기독교의 문서를 적극적으로 편입시키고자 하는 의지가 작용했던 것으로 보인다. 사실 선교 초기인 1890년대만 해도 선교사들은 중국 개신교 신자 사이에서 인기를 끈 서적을 수입하며 한학자들에게는 한문본으로, 일반인에게는 한글로 번역하여 배포하기도 했으나, 이후 선교사들의 출판 사업은 대체로 한글 문서에 주력했다. 이에 1915년, 문서 번역과 출판, 그리고 교육사업에 복무했던 선교사 언더우드는 '국한문혼용체' 서적 출

---

23 "Book Notices", *KMF*, 1913.12.

판을 소홀히 함으로써 발생한 문제를 우려하는 목소리를 내고 있었다. 그는 교육을 많이 받은 식자층에게 접근하기 위해서는 국학문 혼용체의 성경과 소책자를 출판할 필요가 있다고 주장했고 실제로 이를 준비하기도 했다.[24] 또한 선교사들의 진단에 따르면 조선어 문서는 1920년대 중반이 되어도 여전히 한학지식인들에게 외면 받았고 게다가 일제에 의해 일본어를 국어로 학습한 청년 세대에게도 환영받지 않는 진퇴양난의 입장에 놓이게 된 것이다.[25] 따라서 1921년도 국학문『신체삼해론(身體三害論)』은 '외국인'이자 '기독교'라는 조선의 타자로 존재했던 의료선교측이 이러한 1920년대 조선 사회 담론장을 의식하며 제출한 산물로 볼 수 있다.

3) 기독교 출판사를 통한 도서의 기획과 보급

한국의료선교사협회는 1912년 연례회의에서 선교사들 간의 협력사업을 위해 각종 위원회를 조직했다. 이 중 '출판위원회'와 '의학용어위원회', '연구위원회'의 창설은 의학 관련 서적을 본격적으로 출판하려는 협회의 의지를 보여주고 있어 주목할 만하다. 의료선교사들은 조선

---

24 "이 시점에서 국한문 혼용체로 된 서적을 준비하는 데 특별한 노력을 기울여야 한다고 생각합니다. (…중략…) 저 자신은 교육을 많이 받은 한국인들과 기독교에 대해서 이야기하는 것이 이 계층이 쉽게 이용할 수 있는 책자가 없다는 사실 때문에 대단히 어렵게 느껴졌습니다." 이만열・옥성득 편역, 「개인연례보고서 1915」, 『언더우드자료집』 V, 연세대 출판부, 2005, 220~221쪽.

25 J. W. Hitch, "Present Tendency in Korea Literature", *KMF*, 1926.6, pp.129~130. 이 글은 게재 이후『동아일보』에 바로 번역 연재 되었다. 허아각(J. W. Hitch), 「조선문학의 현세」, 『동아일보』, 1926.6.8・12.

예수교서회를 통해 출간하는 의료서적의 배포에 목회선교사들이 적극적으로 협력하여 줄 것을 요청했다.[26]

에비슨은 일찍이 1900년대에 의학 전문가 양성을 위한 의학 교재 번역뿐 아니라 대중적 의료 지식 전파를 위한 소책자를 발간했으며[27] 이렇게 출판된 위생 관련 소책자들을 제중원, 지방순회 선교사, 교회 신자 등을 통해 배부했다.[28] 그러던 중 1912년 의료 선교부(The Korea Medical Missionary Association)는 팸플릿 정도의 규모를 발행하던 기존의 관행에서 나아가 보다 본격적인 "의학 시리즈(Medical Series)"를 기획했는데, 그 제1권이 바로 반 버스커크의 『영ᄋ양육론』이었다. 기초의학인 생리학 담당자였던 반 버스커크가 이 "의학 시리즈" 1권을 담당했고 얇은 소책자 형식으로 4,950부를 인쇄한[29] 것으로 보아 보급형으로 기획했던 것으로 보인다. 하지만 이후 "의학 시리즈"라는 제호를 단 다른 출판물이 발견되지 않고 있고 1912년 『영ᄋ양육론』의 개정판인 1926년의 『영ᄋ양육』에서도 "Medical Series"라는 시리즈명이 탈각된 것으로 보아 이 기획은 성공적으로 지속되지는 못한 듯하다. 1926년도 개정판의 발행 부수도 초판본 부수의 반 이상을 줄인 규모인 2,000부였다.

의료선교 서적의 출판 창구였던 조선예수교서회는 교파 연합 출판사이자 현 대한기독교서회의 전신으로 기독교 관련 도서, 일반 출판물, 잡지 등을 간행하며 식민지 시기 조선어 출판 시장에서 간과할 수 없는 비중을 차지했다.[30] 종교 서적이 주를 이루었지만, 문학, 교양, 실

---

26 Hugh N. Weir, "Korea Medical Missionary Association", *KMF*, 1913.1, p.13.
27 O. R. Avison, "Some High Spots in Medical Mission Work in Korea," *KMF*(34), 1939, p.122.
28 『연세대학교 의과대학 소아과학교실사』, 연세대학교 의과대학 소아과학 교실, 2013.
29 발행 부수는 이장식, 『대한기독교서회백년사』, 대한기독교서회, 1984.

용, 교재 등 일반 서적도 상당량 발행했고 이 중 대중의 건강·보건·
위생을 위한 서적도 일군을 이루었다. 서회는 1910년대부터 1920년대
까지 금연, 금주, 폐창을 주요 골자로 한 절제운동[31]과 연관된 소책자
를 활발히 간행했다. 절제운동은 각종 '절제회'가 창설되며 활기를 띠
었고,[32] 포스터, 리플렛, 소책자를 대량 인쇄 배포했다. 이중에는 '세계
여자 기독교 절제회' 간부로 1923년 조선을 방문, 3백여 회의 강연을
통해 여성이 주축이 된 절제운동 붐의 주역인[33] Tinling의 저서도[34] 있
었다. 이러한 소책자는 보급을 목적으로 했기 때문에 가격이 염가로
책정되어 있었다. 또한 서회는 위생, 질병 예방, 치료뿐만 아니라 『청
년필지』(1907), 『처녀의 비밀론』(1936), 『여자육체변화개론』(1936) 등 성
교육과 관련된 서적도 발간하였다.

이러한 출판 활동은 1930년대 후반에도 이어졌다. 1939년도 『건강
생활』 증보판의 권말 광고에는 관련 주제 도서들이 소개되고 있었는데
이들 목록과 광고 내용은 당시 기독교 출판사를 통해 발간된 의료선교
문서들의 특성을 잘 보여준다. 광고된 네 권의 도서는 다음과 같다.

　　① 李수田, 『영양과 건강』, 조선예수교서회, 1930. 35전, 164쪽

　　　(소장처 : 서울시립대 도서관).

30　조선예수교서회의 '기획—출판—유통—독서'에 관해서는 다음의 논문에 상술되어 있다. 김
　　성연, 「식민지 시기 기독교 출판과 책의 유통—조선예수교서회를 중심으로」, 『사이』, 국제
　　한국문학문화학회, 2015.
31　송상석 편저, 『한국절제교육연구사료집』, 성광문화사, 1979.
32　조선여자기독교절제회(1923), 조선기독교절제회(1932) 평양 창설.
33　민경배, 『한국교회의 사회사』, 연세대 출판부, 2008, 394쪽.
34　Miss. C. I. Tinling, S. S. 최 역, 『금주미담』, 조선예수교서회, 1922(2,000부).

② 潘福奇, 『영아양육』, 조선예수교서회, 10전.

③ 께이로드, 『아동위생』, 조선예수교서회, 32전.

④ 산두일, 『응급치료법』, 조선예수교서회, 30전.

이 책들은 일상생활에서 알고 행해야 할 실천적 지식으로 소개되고 있다. 이 중 세 권이 아동 양육에 관한 것인데, 여기에는 진정한 사랑은 "알고 행함"으로 완성된다고 하는 선전 문구가 동원되었다. '과학적 육아'가 아이를 향한 '진정한 사랑'으로 득세한 것이다. 그리고 이러한 개념은 근대적 사랑법인 과학적 육아법으로 건강하게 키운 우량아기를 선별하는 대회를 통해 일상에서 가시화되었다. 선교부는 1910년대부터 건강한 아기를 뽑는 'Baby Show'를 개최했는데[35] 이후 이 대회는 '우량아동 시상식', 혹은 '아동 건강회'라는 대회명으로 1930년대에도 지속되었다.[36]

위 네 권의 책 중 세 권이 서양인 / 선교사 필자의 것이었으며 유일한 조선어 필자인 리금전은 여성이었다. 리금전[37]의 저서는 "산파, 간호학 전문가"인 필자가 "조선녀자로서 조선의 영아를 위하야 쓴 최초의 글"임이 강조되며 광고되었다. 반 버스커크의 『건강생활』 역시 '번역'이나 '번안'이 아닌 조선의 현실을 다룬 조선인을 위한 저술임이 강조되었는데, 이처럼 건강 관련 서적은 외래의 이론서나 번역물보다도

---

35 C. Erwin, "Baby Show at Songdo", *KMF*, 1916.4, pp.113~114.

36 『동아일보』, 1927.6.4;「경성연합영아보건회 주최 우량아동 시상식」, 『기독신보』, 1935.6.5.

37 리금전은 세브란스 간호학과를 졸업하고 이후 세브란스 간호학교장, 대한간호협회회장 등을 역임, 1959년 나이팅게일상을 수상한 바 있다(관련 기사는 『연세춘추』 2권 169호, 1959.6). 해방 이후에는 『보건간호학』, 『간호사』 등의 번역물을 주로 남겼다.

토착인의 몸과 현실을 잘 알고 있는 현지 필자의 저술의 유용함이 인식되고 있었고 이는 광고 전략으로 활용되었다.

이처럼 의료선교사 혹은 세브란스 의전 출신 조선인의 일반인을 대상으로 한 의학 관련 서적들은 주로 조선예수교서회를 통해 출판되었다. 이들은 순한글본으로 된 얄팍한 염가의 소책자류와 국한문혼용으로 된 보다 전문적 지식을 다루는 서적으로 나눌 수 있다. 전자는 대체로 여성 독자를 상대로 양육, 영양, 가정위생을 다루거나 특정 질병에 대한 예방 및 치료법을 제공하며, 절제운동 같은 운동과 연합하여 보급을 목적으로 대량 제작되기도 했다. 또한 그 필자들은 의료선교사나 선교단체의 운동 관계자, 세브란스 의전 출신 조선인 등으로 대체로 조선에 체류하는 이들이었다. 이는 조선예수교서회의 다른 분야 출판물, 예컨대 종교, 문학, 사회과학, 전기 등의 서적이 대체로 미국 원서의 번역물이었던 데 비해 두드러지는 차이로 볼 수 있다.

3. 과학의 도전에 대한 의료선교의 대응

1) YMCA를 통한 사회복음주의의 유입

1920년대에 들어서며 국내외 정치·경제 상황의 변화와 함께 사회과학과 자연과학이 종교에 위협적인 세력으로 떠오르자 선교부는 새

방향을 모색해야 했다. 선교부에서는 개인의 도덕적 각성을 촉구하는 방식으로 전개되어온 절제운동의 한계를 돌파하고 사회 문제를 다루는 담론 장에 적극 개입하려는 모색이 시도되었다. 이러한 분위기 속에서 사회복지사업의 필요를 절감하고 있던 선교부는 '개인의 구원을 넘어 사회의 구원'을 주창한 미국의 사회복음주의를 받아들이게 된다. 미국에서 출발한 당시 사회복음주의는 세계 YMCA와 접촉하는 조선 YMCA를 통해서도 1920년대 조선에 유입되었다. 1912년 미국에서 출판된 라우센부쉬의 사회복음주의 서적은 1920년대 YMCA 잡지 『청년』에 소개되다가 1930년 조선예수교서회에서 『야소의 사회훈』(고영환 번역)으로 번역되었다.[38] 미국 학생기독교 운동 지도자 에디(S. Eddy)의 영향을 받은 신흥우가 YMCA의 총무로 재임하는 동안 YMCA의 사업은 사회복음운동의 성격을 띠기도 했다.[39] 바로 이 신흥우가 1926년 반 버스커크의 『과학과 종교』의 서문을 작성했던 것이다.

그런데 이에 앞선 1919년 반 버스커크는 교회가 지역사회에 "사회봉사(Social Service)"를 할 필요가 있음을 주장했다.[40] 물론 그는 이를 사회 전반적인 복지라기보다는, 사회적 약자를 위한 것 그리고 궁극적으로 신앙생활을 위한 것으로 기획했으나 사회복지나 사회봉사가 제도적·개념적으로 정착되지 않았던 1910년대 후반의 'social service'라는 제언은 그 자체로 선도적인 것이었다. 그는 주일 신앙을 일주일간의 생활

---

38 식민지 조선에서의 기독교 사회복음주의 유입에 관해서는 다음 논문을 참조. 황미숙,「내한 미국감리교회 선교사들의 사회복지사업 연구, 1885~1960」, 목원대 박사논문, 2014, 64~74쪽.

39 신흥우와 사회복음주의, 그리고 YMCA에 관해서는 다음 논문을 참조. 김상태,「일제하 신흥우의 '사회복음주의'와 민족운동론」,『역사문제연구』창간호, 1996; 노치준,「일제하 한국 YMCA의 기독교 사회주의 사상 연구」,『한국사회사연구회논문집』7집, 1987.

40 J.D. Van Buskirk, "The Need for Social Service", *KMF*, 1919.11, p.237.

규범 속에서 유지하게 함으로써 주일에만 기독교인으로 사는 성속 이원론을 극복하고 조선의 지역 사회와 일상생활까지 기독교의 신념 체계로 변화시키고자 했다. 따라서 그의 저술들은 '자기', '가족', '사회 구성원'의 신체를 과학적·합리적으로 관할하며 나아가 정신의 윤리성까지 확보하는 방편으로 제시된 것이었다. '고통의 완화에서 나아가 사회 경제적 사회악의 근본 원인을 제거해야 한다'는 그의 '사회봉사론'은 『신체삼해론』의 개인적 절제운동 방식보다 사회적 방향으로 나아간 것으로 볼 수 있다. 그는 '사회문제'를 발견하고 '사회악'을 규정하는 데에서 나아가 '사회조사'를 통한 과학적 진단과 '사회개선운동'을 통한 실천을 촉구했고,[41] 이러한 그의 입장이 반영되어 연합공의회에서는 사회봉사위원회(the Committee on Social Service of the Federal Council)가 조직되기에 이르렀다.[42] 하지만 조선인 전반이 아닌 장애인, 환자, 걸인, 아동, 여성, 노인, 노동자 등이 그 봉사 대상이었는데[43] 이는 보편적 복지가 아닌 특정 집단에 편중되는 선택적 복지의 특성을 보인다는 점에서 제3세계 특히 식민지를 거친 국가 복지의 전형성을 띤다고 볼 수 있다.[44]

1914년 밀즈(G. G. Mills), 반 버스커크(J. D. Van Buskirk), 러들로(A. I. Ludlow)가 주축이 되어 설립한 세브란스의전 연구부는 이러한 흐름 속에 놓이게 되었다. 선교사 사회에서는 의학연구가 선교본질에서 벗어

---

41 식민지 시기 활발히 발생했던 '사회'를 둘러싼 담론에 관해서는 다음 저서 참조. 김현주, 『사회의 발견』, 소명출판, 2013.

42 이만열, 앞의 책, 304~305쪽.

43 위의 책, 304~305쪽.

44 제3세계 복지 개념의 특징은 다음의 논문 참조. 정근식·주윤정, 「사회사업에서 사회복지로─'복지' 개념과 제도의 변화」, 『사회와 역사』 98집, 한국사회사학회, 2013, 21~22쪽.

나 학문적 호기심을 충족시키는 것이라고 우려하는 목소리가 나왔기 때문에 의료선교사 측에서는 이것이 조선 사회가 당면한 보건 문제에 기여하며 궁극적으로는 선교에 도움이 된다는 사실을 보여줄 필요에 직면했다.[45] 의료 선교부 역시 선교 자금의 축소로 가장 먼저 사업 축소의 압박을 받게 되었고, 또한 총독부의 지속적인 견제와 제재 속에서 국립 의료 제도와 경쟁·공존해야 하는 상황이었다. 이런 정황 속에서 '의학 연구'의 '사회적 의료' 성격은 강조될 수밖에 없었던 것이며, 이러한 사상적 유입과 현실적 요구에 대해 의료 선교측은 문서적 대응을 해야 했다. 1920년대는 기독교 출판이 의료·위생·건강을 중심으로 한 사회 복지(Social Welfare)에 관한 문서에 주목해야 한다고 하는 목소리가 불거져 나오게 된다.[46]

2) 사회 / 과학의 득세와 문서적 대응 – 『과학과 종교』

유물론과 진화론으로 지식인 청년들의 신앙이 위협받고 선교사나 교회의 사회적 역할이 의문시되던 1920년대 초, 선교사와 조선기독교인들은 이에 대한 기독교 측의 응답이 필요함을 자각하고 촉구했다.[47] 이에 1920년대 중반부터 사회과학적 문제를 다룬 기독교 서적이 조선예수교서회에서 활발히 출판되기 시작했다. 『과학적 사회』(하워즈 존스

---

45 여인석, 「세브란스의전 연구부의 의학연구 활동」, 『의사학』 25호, 대한의사학회, 2004, 234쪽.

46 Rhodes, D. D., "Christian Literature Needed in Korea", *KMF*, 1927, p. 262.

47 Hugh Heung-wo Cynn, "The Kind of Christian Literature that Korea Needs", *KMF*, 1922.1, pp. 6~7(Hugh Heung-wo Cynn는 신흥우).

턴, 오천영 역, 1925), 『현대사회의 문제』(Paul Read, R. A. Hardie, 김태원 역, 1931)[48]는 미국 서적의 번역물인데『동아일보』는『현대사회의 문제』발간 당시 이를 4단 분량으로 적극 소개하며 독자들에게 기독교 문서라고 외면 말고 이들의 사회과학적 답변에 귀를 기울여 볼 것을 권면하고 있었다.[49] 즉, 기독교 출판사의 사회과학적 출판물은 비신자들에게도 소개되었던 것이다. 또한 1925년부터 1930년대에 이르기까지 일본의 사회 실천적 기독교 사상가들의 저서가 대거 번역되었다. 가가와 도요히코[賀川豊彦]의『기독교와 그 진리』(조신일 역, 1931),『해방의 종교』(이태규 역, 1933)와 야마무로 군페이[山室軍平]의『평민의 복음』(배위량 역술, 1925),『노동과 기독교』(박원철 역, 1933) 등이 그 예이다. 미국인 선교사가 중심이 된 조선예수교서회가 일본의 사회실천적 기독교 사상가들을 적극적으로 소개한 것은 다소 의외의 일이지만 무교회주의자이자 선교사에 대한 의존을 비판적으로 보았던 우치무라 간조[內村鑑三]의 책은 제외되었다. 그런데 이들 서적들은 모두 미국과 일본 출판물의 번역서로 식민지 조선의 현장에서 저술된 저작물은 찾아보기 힘들었다.

따라서『과학과 종교』(1926)는 비록 외국인 선교사의 저술이며 서양 이론과 학설을 인용하기는 했으나 조선의 강의실과 강연장에서 청중의 반응과 질문을 반영한 원고를 바탕으로 한 저작물이라는 점에서 이들과 차별화가 되었다. 앞서『신체삼해론』이 청년지식인들에게 다가

48　원제는 *Facing our Social World*.
49　고영환, 「독서 : 내외신간평 :『현대사회문제』, 「포올 리드」 원작, 김태원 역」, 『동아일보』, 1931.12.13, 6면, 1~4단.

가기 위해 국한문혼용을 선택했던 것처럼 이 책 역시 한자어를 노출한 국한문혼용을 택했다. 『과학과 종교』는 기독교가 도전받은 대표적 사회과학인 유물론과 자연과학인 진화론을 전면적으로 다루었고, 사회과학서적 출판 규모가 1,000부를 넘기 힘들던 당시 2,000부를 발행하는 등 기대와 지원 속에 출판되었다. 기독교측은 반기독교적 공격으로부터 수호하는 임무를 맡은 이러한 논설을 '기독교 변증론(Christian apologetics)'이라고 범주화했는데, 『과학과 종교』가 바로 "한국어로 출판된 최초의 기독교 변증론"으로 자평되었던 것이다.[50]

이처럼 『과학과 종교』는 1920년대가 되면서 본격화된 반기독교 운동과 사회과학·자연과학적 지식과의 갈등에 대한 선교부측의 문서적 응답이었는데 이것을 목회선교사가 아닌 의료선교사를 통해 제출했다는 점에 주목할 필요가 있다. '과학과 종교'는 1910년대부터 1930년대에 이르기까지 기독교 출판물, 총독부 기관지, 천도교 잡지 등 매체의 성격을 가리지 않고 지속적으로 화두에 오르는 논쟁적 논제였다.[51] 따라서 『과학과 종교』라는 제목을 내건 기독교 출판사의 최초의(유일한) 본격 서적이 세브란스 의전 교수에 의해 집필된 사실은, '의료선교사'가 '선교사' 집단의 과학적, 학문적 대변인으로 호출되었음을 말해준다.

이 책의 '서(序)'와 '자서(自序)'는 종교와 과학의 역할을 구분한 후, 과

---

50 원문은 다음과 같다. "the first original work on Christian apologetics in the Korea language." J. D. Van Buskirk, *Korea Land of the Dawn*, New York : Missionary Education Movement of the United Stated and Canada, 1931.

51 「종교와 과학」, 『중앙청년회보』, 조선중앙기독교청년회, 1916.2; 「종교와 과학」, 『청도교회월보』, 천도교회월보사, 1918.1; 「종교와 과학」, 『청년』, 청년잡지사, 1922.8; 「과학과 종교」, 『매일신보』, 1923.1.11~1.19(사설란, 7회 연재).

학을 통해 종교적 진리를 확신할 수 있고 종교를 통해 과학의 실천이 가능함을 역설한다. 즉, 종교와 과학의 충돌이 아닌 조화와 협동을 강조하고 있다. 서(序)를 집필한 신흥우는 종교를 진리원칙의 영역에, 과학을 현상작용의 영역에 놓고, 청년 독자들에게 "종교의 영구적 발견"과 "과학의 진보적 연구"를 아우를 것을 당부한다. 그에게 과학은 종교적 진리를 더욱 확실하게 증명하는 수단이었다. 저자인 반 버스커크 역시 "과학은 봉사·희생·애 등의 진리를 교시"하며 "종교"를 통해 이를 "실행하는 동기"에 이를 수 있다고 설명한다. 저자는 과학과 종교를 상생 가능한 관계로 규정하며 시작하나 결론적으로는 유일신 사상이 진리임을 증명하는 데에로 나아간다.

여기서 조선인 신흥우가 의료선교사인 반 버스커크의 저서에 서문을 달게 된 연유를 살펴보면 『과학과 종교』와 같은 의료선교사의 저술이 조선 사회의 어떠한 교류 속에서 제출되게 되었는지를 이해하는 데 도움이 된다. 일단 신흥우는 YMCA 및 세브란스 관계자였다. 의료선교사 셔먼은 일찍이 신흥우에게 의학 교육을 시키고자 했으나 그는 미국 남캘리포니아 대학 예과를 수료한 후 문리대로 전과했다. 귀국한 신흥우는 이후 1920년부터 1935년까지 YMCA 총무로 활약했다. 또한 세브란스 이사회의 이사이자[52] YMCA대표로 세브란스 졸업식 축사를 하기도 했다.[53] 즉 신흥우는 YMCA, 세브란스 등을 통해 의료선교사들과의 인맥을 유지하는 조선 기독교인 지도자 중 한 명이었기 때문에 선교사

---

52 1934년도 세브란스 이사회에 조선인의 비중은 35% 정도였고 이 중 신흥우와 오긍선이 있었다. 이만열, 앞의 책, 596쪽.

53 J. W. Hirst, "Severance Union Medical College Exercise", *KMF*, 1930.5, p.101.

출판물의 서문이나 머리말을 종종 담당하곤 했다.[54] 이처럼 반 버스커크와 신흥우는 모두 YMCA와 세브란스를 활동 반경으로 하고 있었다. 그리고 앞선 절에서 살펴본 것처럼 YMCA와 신흥우는 미국 사회복음주의를 적극 수용하고 있었다. 따라서 이러한 조류에 무지할 수 없었던 반 버스커크는 『과학과 종교』 저술시 보수적인 신학 사상보다는 적극적으로 각종 자연과학, 사회과학 지식을 활용했으며 이 책의 '자서'에도 "메이데이"에 작성했음을 일부러 밝히고 있었다. 하지만 『과학과 종교』는 각종 반기독교적 사상의 한계를 지적하며 유일신사상과 성경, 그리고 기독교 복음의 진리성을 논증하는 식으로 현학적·이론적 탐색을 모색하는 데에 집중되어 있었기 때문에 '조선 사회 현실 문제'에 대한 답변을 기대했던 독자들에게 파장은 그리 크지 않았던 것으로 보인다.

3) 지식과 생활의 괴리 노출–『건강생활』

1929년 4월 『동아일보』 광고 면에는 '의학박사 반복기 선생'의 『건강생활』이 실리는데 우선 1면에 3단 크기로 단독 배치되었다는 점에서 눈길을 끈다. 이 정도로 광고비를 투자하는 품목은 주로 의약품이었고, 드물게 도서라 해도 대중적인 베스트셀러물 정도였으므로 실용 의학 지식서인 『건강생활』의 광고는 예외적인 공격적인 마케팅이었다고

---

54 신흥우는 최초의 조선 기독교인 전기물로 조명받았던 노블 부인의 『승리의 생활』(조선예수교서회, 1927) 머리말을 집필했다. 여기서 서문은 윤치호가 담당했다.

볼 수 있다. 이는 당시 출판사가 조선예수교서회가 아니라 베스트셀러 산실이던 박문서관이었기 때문에 가능했던 것으로 보인다.[55] 『건강생활』은 반 버스커크의 출판물 중 예외적으로 조선예수교서회가 아닌 일반 출판사에서 출간되었다. 그 연유는 아직 명확히 밝힐 수 없으나, 박문서관의 점주 노익형이 일찍이 예배당 앞에서 서점을 열면서 기독교 서적을 주요 상품으로 취급하며 사업을 확장했던 사실을 염두에 두면 박문서관은 일반 출판사 중에서는 기독교 출판물과 친연성이 있는 편이었다고 볼 수 있다. 또한 일반인을 대상으로 한 홍보와 판매 자체를 목적으로 할 때에는 박문서관을 통한 출판이 조선예수교서회보다 더 유리한 지점도 있었을 것이다. 이렇게 박문서관을 출판사로 했던 『건강생활』의 광고는 일반 출판사의 자극적인 광고 문법을 그대로 따르고 있었다. 광고는 건강한 신체를 유지함은 독자 자신의 '쾌락(快樂)'과 '유열(愉悅)'을 위한 것이라고 설파한다.[56] 여기에는 종교적 교리가 아니라 쾌락주의와 합리주의가 전면화되어 있고, '합리적', '적극적' 건강법을 익혀 실천하라는 주지는 "첫재에도 건강! 둘재에도 건강!"이라는 반복되는 선동적 문구를 통해 강조된다.

이 책은 탄생에서부터 죽음에 이르기까지의 전 과정에서 필요한 의학적 지식을 총 망라하여 출산, 양육, 영양, 성, 질병, 위생, 정신 등 건강한 생명의 유지에 필요한 정보를 항목별로 정리했다. 반 버스커크는 이 책이 "다른 위생서적을 역술하거나 번안한 것이 아니"며 "조선인의

---

55 광고는 박문서관 초판본일 때 더욱 적극적이었으며, 조선예수교서회의 재판본은 대신 정가가 반으로 낮추어 책정되었다. 조선예수교서회는 가격 경쟁력을 높이기 위해 타 출판사보다 30% 가까이 낮은 가격을 매기기도 했다.
56 광고면, 『동아일보』, 1929.4.26.

당면하여 있는 현하의 문제를" "가급적 실제적으로 의논한 것"임을 강조한다. "지난 수십 년 간 중등급 전문학교와 교역자회에서 강연한 초고"를 바탕으로 했기 때문에 이 책은 적어도 이들 정도의 학식을 갖춘 지식인 계급, 주로 남성을 대상으로 구상된 것으로 볼 수 있다. 따라서 부녀자를 대상으로 한 『영아양육』과는 그 다루는 내용의 범위 및 깊이가 다르고 한자 표기도 더욱 빈번하다.

『건강생활』은 서적으로 출판되기까지 세 명의 조선인의 손을 거쳤다. 김명선이 번역을, 김태원이 원고교정을, 주요한이 문체교정을 담당했는데 이를 통해 서양인 의료 선교사의 서적이 조선 사회에 출판되는 과정에 관여했던 조선인 네트워크를 파악할 수 있다. 주요한의 경우 그의 부친이 동경 조선인 유학생 선교목사였기 때문에 일찍이 기독교의 가풍 속에서 자랐고 따라서 기독교인들과의 교류는 자연스럽게 유지되었다. 최초의 순문예지 『창조』의 동인이자 시인이던 주요한은 1929년 당시 『동아일보』 편집국장이었는데 앞서 살펴본 것처럼 『건강생활』이 『동아일보』에 적극적인 광고를 싣게 된 것은 이러한 인맥을 통해 이루어진 것으로 보인다. 김태원은 1926년에 노블 선교사 부부의 비서로 노블 부인이 편집한 최초의 조선 기독교인 전기자서전인 『승리의 생활』(1927)의 실질적인 조선어 조역자였다. 1930년대에는 조선예수교서회 직원으로 재직하며 흑인 교육 사업가인 『뿌커 티 워싱턴 자서전』(1935)과 미국 신학자의 사회과학 저술인 『현대 사회 문제』(1931) 등 주요한 저서를 번역했다.[57] 그런데 김명선의 경우는 1929년 판에는

---

[57] 김태원에 관해서는 다음의 논문에서 상술한 바 있다. 김성연, 「근대 초기 선교사 부인의 저술 활동과 번역가로서의 정체성」, 『현대문학의 연구』 55집, 한국문학연구학회, 2015, 275쪽.

'번역자'로 1938년 판에는 '공저자'로 기재되어 있는데, 두 판본의 내용 차이가 별로 없기 때문에 1929년 판에서 김명선이 단순한 번역 이상의 적극적인 역할을 수행했었거나 혹은 1938년도 판의 개정에 보다 깊이 기여했을 두 가지 가능성을 모두 고려해볼 수 있다. 이처럼 출판 과정의 조력자로 언급된 세 명의 조선인인 김명선, 김태원, 주요한은 『건강생활』의 집필·출판·홍보에 세브란스와 조선예수교서회, 그리고 『동아일보』에 종사하던 조선인이 개입되어 있었음을 보여준다.

'서언(序言)'을 쓴 에비슨은 이 책을 통해 "위생 조례를 일반 공중이 협력"해주길 바란다는 간략한 당부를 남긴 반면, '서문(序文)'을 쓴 주요한은 몇 가지 중요한 점을 놓치지 않고 기술한다. 우선 그는 "이 책의 사명"이 '미신 타파, 무지 퇴치, 영아 사망률 선전'에 있다고 요약하고, 개인의 몸이 사회의 것이고 따라서 불건강은 죄라는 전제를 내건다. "내 몸은 내 몸이 아니니 사회의 것"이므로 각종 주의와 사상을 떠나 자기 건강의 유지는 의무로 지켜야 한다는 것이다. '건강' 지식의 습득과 실천은 '과학적'이며 '윤리적'인 것으로 권고되고 있다. 주요한은 여기에서 나아가 『건강생활』과 같은 서적이 조선 사회에서 갖는 현실적 한계를 짚어내는데 이는 선교사 필자들에게서는 찾아볼 수 없는 비판적 목소리이다. 그는 이러한 "건강의 지식"을 주더라도 "그를 실행할만한 경제력이 부족"한 조선인들이 도처에 있음을 인정한다. 따라서 "지식을 활용할 만한 생활의 여유"를 줄 것을 추가적으로 요청한다. 비록 누가 누구에게 어떻게 경제력을 줘야할 지에 관한 명확한 진술은 결여되어 있으나, 주요한의 지적은 선교부가 의료선교나 여성단체를 중심으로 추진했던 절제운동 류가 개인적 도덕, 위생, 습속의 개선에 치중함

으로써 구조적·제도적 난관에 봉착한 식민지 조선의 현실을 바꾸기
에는 역부족이었음을 반성적으로 지적하고 있는 것이다.

4. 결론

　1912년부터 1938년까지 이루어진 반 버스커크의 출판 활동에 관한
검토를 토대로 '의료선교사의 역할과 정체성', 그리고 '의료선교와 조
선 기독교 및 사회와의 관계'를 정리하면 다음과 같다. 우선 의료선교
사는 '강의／강연, 리플렛 배포, 단행본 저술'을 통해 의학 지식의 대중
화와 실천을 유도했는데 이러한 지식은 합리적이고 과학적이면서 동
시에 윤리적이고 종교적인 것으로 권고되었다. 의료선교와 선교부, 그
리고 기독교 출판사는 1910년대에는 리플렛과 보급형 소책자 형태로
대량 출판했으나 1920년대를 거치면서 이들을 청년지식인의 담론장
에 적극 진입시키고자 내용과 외관을 보완하는 의욕을 보였다. 의료선
교사의 출판물은 타겟 독자에 따라 표기 문자와 문체를 의식적으로 선
택하는 등 지식과 독자를 연결하는 적절한 매개 문자를 찾기 위해 전
략적으로 접근했다. 1925년을 기점으로 하여 선교부와 기독교출판사는
사회현실 및 사회과학적 문제를 적극적으로 다루고자 했고, 이에 의료
선교부 역시 관련 서적을 집필·출판하게 되었다. 의료선교사이자 세
브란스 의전 교수였던 반 버스커크는 반기독교운동에 대응하는 사회

과학 저서를 집필했는데 이는 목회선교가 중심에 있던 선교부에서 의료선교사의 역할을 재정비하는 하나의 계기가 될 수 있었을 것이다.

의학 관련 일반서적은 번역물보다는 직접 저술한 비중이 압도적으로 높았다. 반 버스커크의 경우 역시 조선의 학생, 신자, 일반인들을 대상으로 한 강연, 강의, 기고 등을 통해 조선 사회의 요구와 관심을 반영한 원고를 축적할 수 있었다. 또한 그는 조선 기독교 지식인들과의 네트워크를 통해 조선 기독교 사회의 사상적 유입과 요구를 체감할 수 있었다. 그는 세브란스 의전에서의 연구 및 강의에 조선 기독교 및 일반 사회의 요구를 결합하여 『영유양육』, 『신체삼해론』, 『건강생활』, 『과학과 종교』를 출판했다.

1926년부터 반 버스커크의 저술에는 김명선이 점차 비중을 넓히며 등장하기 시작한다. 의료선교사의 조선어 저술 출판에 관여한 조선인은 김명선과 같은 '세브란스 의전' 소속뿐 아니라, 'YMCA', '조선예수교서회', '동아일보' 관계자들이 있었는데, 의료선교사의 출판물은 이러한 조선의 교육·단체·출판·언론 기관의 자장 속에서 생산·유통·홍보되고 있었다. 또한 반 버스커크의 저술에서는 1920년대 후반부터 '건강 지식을 실천할만한 생활 여건의 확보'를 요청하는 조선 기독교인의 비판적 / 자성적 목소리가 들리는데, 이는 사회적으로 제출된 의료선교 지식과 조선의 현실 사이에 불가피한 낙차가 존재했음을 드러내준다.

식민지 시기 의료선교의 풍경은 과학문명과 기독교를 동시에 접해야 했던 한국의 근대화 장면을 압축적으로 보여준다. 1890년대 언더우드 선교사의 선교여행 가방에는 약과 책이 함께 들어 있었다. 언더우드는 "키니네는 육체의 어떤 병에는 효과가 있지만, 이 약으로 인간의 영혼은 구원할 수 없고 인간의 영혼을 구할 수 있는 약은 따로 있다"라는 문구를 인쇄하여 말라리아 약 키니네에 붙였다.[58] 치유의 기적을 꿈꾸는 병자에게 문서를 건네며 죄인이 구원받을 믿음을 권고하던 '의료선교'의 현장은 '과학적인 것'이 '종교적인 것', '윤리적인 것'과 결합하며 무엇을 창출해냈는지 주목할 필요를 요한다. 의료선교가 무엇을 말하고 있었는가, 무엇을 말해야만 했는가를 밝히는 과정은 식민지 조선 사회에서 근대적 지식의 형성에 관여한 종교적·학문적 주체들과 그 관계를 직시하는 작업이 될 것이다. 이에 대한 규명을 바탕으로 할 때, 그간 정치적 헤게모니 경쟁상대로 견주어지던 '일제의 공식 의료'와 '선교의료' 간의 비교 항목은 보다 입체적이고 정교해질 것이다.

---

58 L. H. 언더우드, 이만열 역, 『언더우드—한국에 온 첫 선교사』, 기독교문사, 1999, 151쪽.

제3장

계몽의 요철(凹凸)

점자(點字)와 점역(點譯)의 근대사

1. 서론

로만 야콥슨은 『일반언어학이론』에서 번역 / 해석의 종류를 다음의
세 가지로 분류했다.

① 언어 내적 번역, 혹은 바꾸어 말하기(rewording) : 같은 언어 안에서 다른
언어 기호로 해석하는 것.

② 언어 간 번역, 혹은 본연의 번역(translation proper) : 어떤 언어로 언어 기
호를 해석하는 것.

③ 기호 간 번역, 혹은 기호 변경(transmutation) : 비언어적 기호 체계로 해석
하는 것.[1]

이 중 우리가 일반적으로 번역이라고 칭하는 대상과 개념은 '언어 간 번역'인 ②이다. 그런데 시각 장애인을 위한 '점자'로의 번역인 '점역(點譯)'은 이러한 '번역'의 분류 체계에 들어맞지 않는다. 점역을 한 문화권 내에서 언어의 물리적 기호 변경으로 본다면 ③에 해당하는 면도 있다. 하지만 적극적인 점역 작업은 단순히 문자의 물리적 형태를 변환시키는 것이 아니라 구체적 경험의 부족으로 추상적인 사고를 할 수밖에 없는 시각 장애인의 사고, 지식, 감각을 고려하며 진행되기에 점역사의 '해석'이 개입될 필요도 있다는 점에서는[2] ①의 성격도 있다. 그리고 점자를 독립된 문자 체계로 본다면 ②의 번역 개념에도 해당된다.

통상 '번역'이라는 행위는 역설적으로 민족 / 민족어 혹은 국민 / 국어라는 주체의 단일한 표상이 존재한다는 상상을 가능하게 만든다.[3] 그런데 '점역'은 단일한 것으로 상상된 '국어 / 민족어' 내부에 '시각 장애인의 문자', 즉 '특수 문자'라고 밖에 칭할 수 없는 하나의 문자 체계를 더 지목하며 표준화된 국어 / 민족어의 표상에 균열을 가한다. 보편적 번역 개념이 '자기-타자'의 관계성을 '모국-외국'으로 나누는데 반해 '점역'은 '자기 안의 타자'라는 항을 하나 더 만드는 것이다. 국가는 이들 언어를 '예외적 문자'로 명명하고 이들의 신체를 '특수한 신체'로 지목함으로써 건강하고 온전한 신체와 문자, 정신을 갖춘 국민의 형상을 공고히 한다.

이 글은 근대의 인공어인 점자와 점역의 근대사에 주목한다. 특히 근

---

1   로만 야콥슨, 권재일 역, 『일반언어학이론』, 민음사, 1989, 84~85쪽.
2   「인터뷰—실로암 시각장복 하은주 음악점역팀장」, 『에이블뉴스』, 2015.8.14(www. ablenews. co.kr).
3   사카이 나오키, 후지이 다케시 역, 『번역과 주체』, 이산, 2005, 64쪽.

대화를 거치며 나타난 점자의 출현이 역설적으로 점자의 사용 주체를 소외시킨 과정, 그리고 식민지 조선이라는 특수한 조건 속에서 정치, 종교, 문화적 주체가 이들에게 접근한 방식에 초점을 둔다. 일간지에 '점자'가 언급된 것은 1920년대였으며, '점역'이라는 용어가 본격 등장한 것은 1960년대,[4] '점역사'라는 직업이 대중적으로 익숙해진 것은 1980대에 이르러서였다.[5] 20세기를 거치며 '점자'가 생성, 보급되고 '점자로의 변환'이 '번역'으로 간주되어 '점역'이라는 합성어가 정착되고 나아가 그 작업이 하나의 전문 기능직 혹은 사회 봉사직으로 인식되기까지 '주체'와 '언어'의 위상과 관계는 변화하고 있었다. 점역의 역사는 일반 언어 텍스트가 점자 언어로 번역되는 일방통행의 역사였다는 점에서 점자와 그 언어 주체 자체를 대상화한 방식에 대한 반성적 재고를 요구한다.

20세기 초반은 구술문화에서 문자문화로의 이동이 급속히 진행되면서 문맹타파와 맹인교육, 점자보급이 동시다발적으로 이루어졌던 시기이다. 이러한 시기 정치, 종교, 문화적 주체들은 '점자'와 '점역책'을 보급하며 시각장애인을 계몽의 대상으로 편입시켰다. 시각중심주의, 이성중심주의의 근대화의 과정 속에서 다른 신체장애보다도 시각 장애에 대한 관심이 유난했으며 이들은 사회적 실체뿐 아니라 비유적 존재로도 기능했던 것이다.

비록 '점자' 및 '점역'이 '문자'와 '번역'에 관한 일반적인 개념을 교란시킬만한 사회적 존재감을 가지고 있지는 않았지만 그 역사적 과정은

---

4   『동아일보』, 1963.3.1.
5   YMCA에서 주부를 대상으로 '점역사' 교육 프로그램을 시작하면서 '점역사'는 사회에 봉사하는 직업으로 인식되기 시작했다(『동아일보』, 1983.9.13). YMCA에서 신행한 점역사 양성 프로그램은 이후 수년간 지속되었다.

주체와 언어의 권력과 권리에 관해 재검토해보기에 충분한 다양한 사유와 담론적 지점들을 내포하고 있다. 폴 리쾨르는『번역론』에서 번역을 둘러싼 연구란 '언어활동'을 통해 주체성과 타자성, 그리고 욕망을 밝히는 철학적 성찰과 긴밀한 연관관계 속에 있음을 언급한 바 있다.[6] 이러한 통찰은 점자로의 번역이라는 예외적이고 특수한 번역, 즉 번역의 비대칭성과 일방향성이 극적으로 드러나는 점자로의 번역이 성립되는 과정에 관한 검토에도 유효하다. '문맹타파'의 시대에 '맹인'이 '점역'을 통해 '점자'의 '독자'로 거듭나게 되는 과정은 이들을 타자화한 근대 주체의 필요 혹은 욕망을 보여주는 창이 될 것이다.

2. 문맹(文盲)과 맹인(盲人)의 동시적 탄생

1) 점자(占者)에게 점자(點字)를 쥐어주다

1925년 연재된 이광수의『춘향』에는 맹인을 부르는 세 가지 호칭이 나온다.

　　"무꾸리를 하오! 문수하리!"[7] 하고 외치며 지나가니

6　폴 리쾨르, 윤성우 · 이향 역,『번역론』, 철학과현실사, 2006, 24~25쪽.
7　무꾸리, 문수(問數) : 무당이나 판수, 점쟁이에게 길흉을 물음.

춘향이 하도 답답하여 마침 들어왔던 옥사장을 보고

"어젯밤이 하도 흉하니 장님 불러 해몽이나 하려하오." 한즉,

옥사장도 가긍히 여겨 뛰어나가

"여보 김판수!"하고 부른다.

(…중략…)

춘향의 맹렬한 성품에 소경놈의 뺨을 개뺨치듯 하고 싶건만 분을 꾹 참고

"장님 여보시오,"[8]

식민지 시기 재생산된 『춘향전』[9]에서 맹인의 직업적 호칭은 '판수'이고, 부정적 뉘앙스로 '놈'과 결합시켜 부를 때는 '소경놈', 그리고 예를 갖춘 호칭은 '장님'이다. 여기서 감판수는 정상인은 이해할 수 없는 꿈의 의미를 읽어내는 해몽 능력이 있다고 믿어지는 '판수'로서 호출된 것이다. 이 세 호칭은 1890년대 이중어 사전에서는 모두 '맹인'을 가리키는 단어로 등재되어 있었다. 1897년 선교사 게일(J. S. Gale)이 펴낸 『한영ᄌ뎐』의 이 네 단어에 대한 정의는 다음과 같다.[10]

쇼경(盲人) a blind man *see* 쟝님

쟝님(盲人) a blind man *see* 판슈

---

8 현대어 표기─인용자. 이광수, 「춘향 78회」, 『동아일보』, 1925.12.16.

9 1925년 『동아일보』에 연재된 이광수의 「춘향」은 이해조의 「옥중화」가 아닌 최남선의 「고본 춘향전」을 저본으로 삼았으며 부분적인 개작이 있기나 하지만 '고전을 훼손하면 안된다'는 『동아일보』 '현상모집'의 조건을 충실히 지킨 것이었다. 따라서 인용된 소설의 어휘 또한 이에 근거한 것으로 보면 된다. 이에 관해서는 이상현의 발표문에 상세히 논구되어 있다. 이상현, 「〈춘향전〉의 번역과 민족성의 재현」, 『번역의 거처─한국문학의 내부와 외부』, 고려대 번역인문학연구원 제5회 연례 심포지엄, 2015.11.7.

10 황호덕, 이상현 편, 『한국어의 근대와 이중어사전─게일, 『한영ᄌ뎐』 V』, 박문사, 2012.

판슈(盲人) a blind man　　*see* 쇼경

맹인(盲人) a blind man　　*see* 판슈

‘소경’은 ‘장님’을, ‘장님’은 ‘판수’를, ‘판수’는 ‘소경’을 참조하라는 이 화살표는 서로를 참조 항으로 삼으면서 원을 이루는데 이들은 공히 한 자어 ‘맹인’을 동반하고 있다. 이들 세 단어가 모두 수렴되는 ‘맹인’ 항을 찾아보면 이는 다시 ‘판수’를 참조 항으로 지목한다. 사실 ‘판수’는 ‘맹인’을 가리키는 황해도 말인데 ‘무당과 판수’라는 말은 보통 여자 무당과 남자 맹인 판수를 일컬었다. 즉, 남자 맹인은 보통 점을 치거나 해몽, 독경을 하는 판수업에 종사하는 관행이 있었던 것이다. 영어 ‘a blind man’에 대응하는 조선어 단어들이 이렇게 다양했다는 것은 그만큼 맹인이 조선 사회에서 적극적으로 기능하고 일반인에게 호명되었다는 것을 뜻한다.

한중일 문화권에서 고래로 이들을 일컫는 공식 명칭은 ‘맹인’이었으나 지역과 시대에 따라 더 다양한 명칭이 존재했다. ‘소경’과 ‘봉사’는 맹인에게 주었던 관직명에서, ‘장님’과 ‘판수’는 직업에서 유래된 명칭인데, 이러한 ‘소경’, ‘장님’, ‘봉사’ 등은 본디 높임의 의미를 지녔으나 세간에서 비하의 의미로 사용되면서 그 존중의 의미가 퇴색되었다.[11] 즉, 맹인의 사회적 지위와 역할에 따라 호칭이 지속적으로 생성되고 그 뉘앙스도 변화해왔다.

맹인이 눈에는 보이지 않는 진실이나, 미래 · 꿈의 세계를 보는 “제3의 눈”[12]을 가지고 있으리라는 믿음은 동서고금의 문화에서 공히 나타

11　임안수, 「맹인 명칭고」, 『시각장애연구』 1호, 한국시각장애연구회, 1997, 5~22쪽.

나 그리스 비극에서도 찾아볼 수 있었다. 예컨대 소포클레스의 『오이디푸스 왕』에서도 맹인은 진실을 말해주는 예언자로 등장했다. 오이디푸스는 맹인 예언자 테이레시아스에게 아버지를 죽인 범인을 묻자 예언자는 바로 질문자인 오이디푸스 자신이라고 답했고 이에 분노한 오이디푸스는 그를 궁 밖으로 내쫓았다. 맹인은 비가시적 진실을 말해주는 존재로 믿어졌지만 동시에 언제든지 핍박 받을 수 있는 존재이기도 했다.

이렇게 '장님'이 독점하다시피 했던 점복이라는 시장은 20세기로 넘어서면서 비과학적이며 전근대적인 미신으로 분류되었다. '미신'은 '근대화'와 '문명화'를 기치로 조선에 정주했던 정치적 주체인 조선총독부나 식민지 시기 서구 세력으로 새롭게 진입한 종교적 주체인 기독교 선교사 모두에게 타파해야 할 비효율적 혹은 비윤리적 대상이었다. 그와 동시에 장님에게서는 '독해불능자'로서의 무능함이 부각되었다. '맹인'과 관련된 용어는 '문맹자'를 지칭하는 관용어로 사용되게 되었다. 이에, 앞서 살펴본 1897년도 판 게일의 이중어사전에는 등장하지 않던 '문맹(文盲)'이라는 단어는 1931년도 개정증보판에 '문식 능력 업음(Illiteracy)'과 '무지(Ignorance)'를 가리키는 단어로 등재하게 된다.

1922년 최현배는 「우리말과 글에 대하야」라는 글에서 '문맹'에 대응하는 한글로 '글장님'이라는 용어를 사용한다.[13] 그는 "세상에 조선 사람같은 장님", "조선 사람같은 무식장이는 없다"며 민족의 무지몽매함을 개탄한다. '장님＝문맹자＝무식장이＝무식우둔'[14]이라는 이러한 도

---

12 1968년 출판된 최절로의 점자 시집의 제목. 「신간 안내」, 『농아일보』, 1968.10.31.
13 최현배, 「우리말과 글에 대하야 15」, 『동아일보』, 1922.9.13.

식은 당시 지면에서 심심찮게 찾아볼 수 있었다. 그리고 이 '글장님'의 구체적인 모습은 1928년 『동아일보』의 문맹퇴치운동 포스터를 통해 시각적으로 재현된다.[15] 〈글장님 인도 포스터〉는 상의를 탈의한 건장한 단발 청년이 횃불을 든 채, 삿갓을 쓰거나 상투를 튼 한복 복장의 글장님 무리를 인도하는 장면을 담고 있다. '글장님'은 젊고 건강한 청년과 대비되는 늙은 구식의 인물로 이미지화된다.

즉, 인쇄술에 기반 한 근대화의 과정에서, 맹인은 문맹의 표상이자 무지몽매의 상징이 된 것이다. 언어는 기본적으로 구술 / 목소리에 의존하는 것임에도[16] 기록 문자에 기반한 인쇄 출판 시대에 이르러서는 '문자를 읽고 쓰지 못하는 구술성'의 능력은 평가 절하된 것이다. 벤야민은 경험의 가치가 하락하고 이야기꾼의 존재감이 없어지면서 '정보'를 전달하는 신문이 그 자리를 차지하게 되는 근대의 현상에 주목하며 이러한 진행과정이 극명해진 사례로 1차 세계대전 이후의 전쟁 경험이 소비되는 방식을 예로 들었다.[17] 전쟁으로부터 귀환한 사람들은 입을 다문 반면 전쟁에 관한 책들은 홍수처럼 쏟아지게 되었다는 것이다. 직접 경험을 나누는 일보다 이를 정보화해서 문서화나 숫자화한 기록에 대한 신뢰와 효용이 높아지게 된 것이다.

그런데 1898년 출판된 이사벨라 버드 비숍의 기록에 따르면, 1890년

---

14 「형제여 글을 읽자」, 『동아일보』, 1923.12.12.
"무식우둔한 맹인이 엇지 명안박식을 당할 수 있으랴?", 「「조선사람은 엇지하면 살고」를 읽고」, 『동아일보』, 1922.12.29.

15 〈글장님 인도 포스터〉, 『동아일보』, 1928.3.25.

16 월터 J. 옹, 이기우·임명진 역, 『구술문화 문자문화』, 문예출판사, 1997, 16~18쪽.

17 발터 벤야민, 반성완 편역, 「얘기꾼과 소설가」, 『발터 벤야민의 문예이론』, 민음사, 2005, 166쪽.

대만 해도 맹인들은 점복업이라는 직업을 가질 수 있어서 맹인을 자녀로 가진 가정의 생활 형편은 웬만한 무직 자녀들의 가정보다 나았다.[18] 하지만 이로부터 십여 년 후인 1905년 『대한매일신보』에 실린 서사적 논설인 「소경과 앉은뱅이 문답」[19]에서는 이들의 상황이 달라지기 시작하는 조짐을 감지할 수 있다. 두 화자인 소경과 앉은뱅이는 각기 생계가 예전 같지 않음을 한탄한다. 여기서 앉은뱅이는 망건을 짓는 업에 종사했는데, 단발로 인해 더 이상 망건이 팔리지 않게 되었다는 것이다. 소경은 점복업에 종사하는데 일전에는 '문수' 소리를 지르고 돌아다니면 이집 저집 불려들어가 못 벌어도 30량이더니 근일에는 서너 푼도 건질 수가 없다. 이는 바로 "경무청에서 무당과 판수를 엄금"했기 때문인데, 그럼에도 불구하고 "소경놈은 아무 것도 할 수 없고 다만 배운 바 경 읽고 점치는 수밖에 없"었던 것이다. 실제로 고종은 1895년 질병 치료에서 맹인의 주술을 사용하지 못하게 했다.[20] 이들 소경과 앉은뱅이는 한일신조약에 따라 조선의 외교권을 쥔 통감부가 경복궁 안에 설치된 사건에 관해 통탄하는데, 이러한 국가 위기의 상황에 "인민의 지식"과 "국민의 복"이 없음을 더욱 비탄한다. '두 눈이 밝아도 학문이 없으면 소경이오 신문 역시도 읽어주는 사람이 없으면 휴지'니, 이러한 지경에 이른 인민은 "병신"에 "등신"이라는 것이다. 그리고 바로 이 1905년의 소경과 앉은뱅이의 형상, 망건을 쓴 소경의 형상이 앞서 언급한 1920년대 "문맹타파" 포스터에서는 퇴치 혹은 인도해야 할 "글

---

18 이사벨라 버드 비숍, 이인화 역, 『한국과 그 이웃나라들』, 살림, 1996.
19 김영민 외, 『근대계몽기 단형 서사문학 자료전집』 하, 소명출판, 2003, 27~44쪽.
20 임안수, 『한국시각장애인의 역사』, 한국시각장애인연합회, 2010, 665쪽.

장님"의 시각 이미지로 남게 된다.

점복업 금지령은 한일합방 이후에 더욱 강화되었지만 1920년대에도 이들의 수요와 공급은 꾸준히 있어왔다. 이태준의 데뷔작 「오몽녀」(『시대일보』, 1925)[21]에도 점복업자가 등장했다. 주인공 오몽녀는 갓 스무 살의 젊은 아낙인데 그녀의 남편은 마흔 살이 넘은 맹인 지참봉이다. 이들은 함경북도 북단 서수라라는 두만강 밑 국경 지대에서 숙박업을 하며 객에게 "부업으로 점도 치고 푸닥거리도" 한다. 그들이 가난한 건 점복술의 인기가 떨어져서라기보다는 "보행객이 많아야 한 달에 오륙 인에 지나지 못"하는 "두메의 국경"이기 때문이다. 마흔 살이 넘은 맹인이 정상 시력의 스무 살 처자를 아내로 맞이할 수 있었던 것은 점을 치는 그의 생계유지 수완이 썩 나쁜 조건에 있지는 않았기 때문이다.

굿이나 경 읽는 행위에 대한 총독부의 엄격한 처벌과 제재에도 불구하고 무녀와 장님들은 '숭신인조합(崇神人組合)'과 같은 조직을 통해 집단적 세력 거점을 확보한 채 활동했다.[22] '숭신인조합'은 일본인 김재현이 1921년 경성에 창설한 것으로 무녀와 장님들이 굿이나 경에 대해 50전에서 2원 사이의 금액을 납입하며 운영되었다.[23] 평양 경찰서는 이들 조합의 간부를 호출하고 '도심으로부터 얼마 이상 떨어진 교외에서만 할 것, 주간에만 할 것' 등 무속 점복업 활동의 시간과 장소를 세세하고 엄격히 제한했지만, "일반인의 반대가 격렬"하여 이것이 지켜지는 것은 쉽지 않았다. 1921년 당시, 직업이 있는 맹인의 절반에 해당

---

21 이태준, 「오몽녀」, 『이태준문학전집』, 서음출판사, 1988.
22 『동아일보』, 1922.8.19.
23 「숭신인조합폐해」, 『동아일보』, 1922.9.10.

하는 인구가 '점, 축, 무녀'로 활동하고 있었고 그 다음이 농업에 종사
했기 때문에 사실상 맹인의 대표적 생계는 점복업을 통해 영위되고 있
었다.[24]

이렇게 구전, 구술, 암기, 신기 혹은 임기응변에 의지해 생계를 유지
했던 이들 점복업자들은 근대화의 과정 속에서 손으로 책을 읽으라는
권고를 받게 되었다. 이들에게 점자책을 보급하려는 주체들은 각각의
이유로 점자를 장려했다. 기독교 선교부는 시각 장애인 포교를 위해 성
경 점자책을 권했고, 계몽에 뜻을 품은 조선인 예컨대 맹아학교 교사
박두성은 구전으로 전수되고 체계가 없던 맹인들의 판수업을 점자책
을 통해 '학문적'으로 전문화시킬 것을 권고했다. 조선총독부 제생원
에서는 조선 맹인을 일본 맹인의 전통적인 직업인 안마사로 양성시키
고자 직업적 기술을 담은 실용 점자책을 양산했다. 이렇게 기독교 선
교부, 조선총독부, 그리고 조선인 자신에 의해 맹인은 '말하는 자'(점자
(占者))에서 '읽는 자'(점자(點字)의 독자)로 그 위상이 변화되고 있었다.

2) 맹인의 표상 변화 – 'for the blind girls'

1910년대 이후 맹인의 표상은 『심청전』의 무능력한 가장 심봉사나
『춘향전』의 "문수하오"를 외치는 김판수 대신, 문자 해독을 통해 지력
을 획득한 소녀와 기술을 잘 연마한 소녀 기능공이 그 자리를 차지하

---

[24] 8,792명의 맹인 중 직업이 있는 인구는 3,487명이었고 이 중 1,737명이 '점, 축, 독경, 무녀'로
활약하고 있었다. 『조선맹아자통계요람』, 조선총독부제생원, 1922.

게 된다. 평양 선교부는 훈련시킨 맹인 소녀들의 수공예품을 미국에 보내는데, 1914년 『시카고 헤럴드(Chicago Herald)』지는 이들이 크리스마스 선물로 만들어 보낸 아기 용품들을 전시 소개하는 기사를 싣는다.[25] 기사는 조선의 맹인 소녀가 전달한 선물을 그간 서로를 이해하기 힘들던 동과 서를 한발 다가가게 만드는 기폭제로서 의미화 한다. 일찍이 러일전쟁시기에 조선은 '남성 맹인'으로 그려지면서 국가의 무능력과 무기력이 극적으로 재현된 바 있었다. 풍전등화의 시기 조선이 전근대적 복장의 남성 맹인의 복색으로 재현되었다면 식민지가 된 이후 조선은 자신으로부터 이러한 이미지를 스스로 제거하고자 했다. 이러한 맥락 속에서 보면, 앞서 언급한 '문맹 퇴치'와 같은 포스터가 이들 '노인 남성 맹인'을 퇴치의 대상으로 후경화했고, 대신 건강한 신체의 근대적 남성을 전경화한 것은 의미 있는 차이이다. 그리고 '여성 / 아동 맹인'을 새로운 맹인 표상으로 주목함으로써 계몽화와 문명화라는 희망의 가능성을 담은 '여성 / 아동' 맹인이 전경화된 것이다. 맹인을 재현하는 방식은 맹인의 실체와는 다를 수 있는데 바로 이 '재현'과 '통계'의 간극을 빚는 것이 해석과 재현 주체의 필요와 욕망이다. 인쇄 매체에서 형성되는 맹인의 표상은 이를 언급하는 시각 정상인들의 필요에 따른 것이기 때문이다.

선교 초기에 기독교 선교부가 주력한 포교 대상은 보다 설득이 수월했던 여성과 아동이었다. 그리고 이들 조선 기독교인 여성들은 신앙을 얻기 전의 자신의 정체성을 "나는 눈이 있어도 보지 못했고, 귀가 있어도 듣지 못했으며, 입이 있어도 말하지 못했다"[26]고 회상하기도 했는

---

25 "The Blind Girls of Korea Understood", *KMF*, 1915.3.

데 이는 당시 연설문에서 흔히 발견되는 상투적인 문구였다. 즉 맹인은 종교적·문화적 각성 이전의 정신 상태를 비유하는 상징적 육체였다. 이광수가 「예수교가 조선에 준 은혜」(『청춘』, 1919.7)에서 지목했듯이 기독교가 조선 여성과 아동의 지위 향상과 언문의 확산에 기여하며 이들 삶을 '어둠에서 빛으로 인도한' 공은 왕왕 언급되는 바이다.

선교 초기에 조선에 파견된 선교사들은 조선 여성들에게 접근하기 위해 여성 선교사가 필요함을 본국에 요청했다. 이후 선교부는 여성 선교사 혹은 여성 의료 선교사들을 조선에 적극적으로 파견했다. 로제타 홀 역시 여성 의료 선교사로 입국했고 이들의 눈에 띈 것은 집안에 갇혀 지내다시피 했던 맹인 여성이었다. 맹인 여성은 가문의 오명으로 여겨져서 그 존재를 은폐하거나 은둔시키는 경우가 많았고 따라서 이들의 현실은 더욱 곤란할 수밖에 없었다. 1921년과 1927년 조선총독부가 주도한 맹인 인구 조사에서 남자가 여자의 두 배수로 파악되었는데,[27] 앞서의 이유로 여자 맹인이 상당수 누락되었을 수 있다. 보다 덜 공식적인 통계루트인 평양맹인조사(평양부 인사상담소) 조사에 따르면, 조선인 남자맹인 44인, 여자맹인 47인으로 파악되어 여성 수가 더 많았던 것이다.[28]

흥미로운 것은, 이러한 기독교 세력이 유입된 이후 기독교계 인쇄물뿐 아니라 그 밖의 지면에서도 이들이 보도하고 재현하는 맹인의 표상에 변화가 오기 시작했다는 것이다. 선교사들의 잡지였던 *Korea Mission*

---

26 전삼덕, 「내 생활의 약력」, 『승리의 생활』, 조선예수교서회, 1927, 6~13쪽.
27 1921년 남자 5,862명, 여자 2,930명, 1927년 남자 7,188명, 여자 4,018명.
28 「평양의 맹인 조사수」, 『동아일보』, 1921.9.3.

Field(1905~1941)에는 평양지역 맹아선교와 교육에 주력한 로제타 홀의 활동과 경성, 원산 등 전국 각 지역의 맹아에 관한 보고가 지속적으로 게재되었다. 이때 가장 많이 언급되는 대상은 '소녀와 아동'이었다. 그런데 고전소설에서 재현된 맹인은 「심청전」의 '심봉사'나 「춘향전」의 '김판수'를 보건대 주로 성인 남성이었다는 점을 상기하면, 20세기 초 '어린' '여성' '맹인'이 주목된 것은 간과할 수 없는 변화 지점이다.

헬렌켈러는 당시 새롭게 등장한 맹인 소녀의 대표적인 상이었다. 기독교 출판사인 조선예수교서회는 1923년 헬렌켈러 자서전의 최초 한글 번역본 『나의 생애』를 출간한다. 헬렌켈러가 20살 당시 집필한 이 자서전은 소녀의 10대 성장 시기에 초점을 맞춘 것으로, 이후 그녀의 자서전에 기반 해 서술된 다양한 서사들은 헬렌켈러가 아동기에 사물을 언어와 연결시켜 인지하게 되는 에피소드를 중심으로 반복적으로 재생산되었다. 이때 그녀는 "20세기의 기적"[29]으로 소개되었는데, 이는 곧 교육을 통한 계몽의 기적을 뜻했다. 1910년 이전에는 주로 구국의 남성 영웅상이 주목받았던 데 반해 헬렌켈러가 식민지 조선에 소개된 1920년대는 문화통치와 계몽운동의 시기로, 자기 개발과 수양, 성공의 서사들이 정착하기 시작하던 때였다.

이후 헬렌켈러는 식민지 조선을 방문하기도 했는데, 1937년 7월 헬렌켈러의 방문과 강연이라는 사건은 '여성맹인'의 존재를 부각시켰다. 그리고 이러한 이벤트들은 일간지에 그 추이와 내용이 상세히 보도되어 「헬렌켈러는 여성에게 무엇을 부르짖었는가」[30]과 같은 제목의 기사

---

29 「삼중고의 성녀 헬렌켈러, "이십세기기적"의 반생 5」, 『동아일보』, 1937.7.12.
30 「헬렌켈러는 여성에게 무엇을 부르짖었는가」, 『동아일보』, 1937.7.20.

를 당시 왕왕 접할 수 있었다. 또한 이 시기에는 점자 출판도 주목받아 「바람과 함께 사라지다」의 미국 점자 출판이 기사거리가 되기도 했다.[31]

그런데 이때 가시화된 헬렌켈러의 사진 이미지는 일반 맹인들과는 달랐다. 그녀는 당시의 일반인들보다도 말쑥하고 세련된 복장을 차려입고 자연스러운 미소와 포즈를 취하고 있었다. 시각을 잃은 자가 취하기 힘든 모습인 것이다. 통상 맹인들은 눈을 감거나 얼굴이 다른 곳을 향하는 것이 보통인데 그녀는 유리로 된 인공 안구를 넣어 정면으로 눈을 뜨고 바라보는 모습을 연출할 수 있었다. 즉, 그녀의 시각 이미지는 시각을 갖춘 이들이 보기 좋게 '연출'된 것이다. 이러한 문명화되고 세련된 예외적인 맹인의 모습은 일반인들에게도 죄책감이나 불편함을 갖지 않게 했고 '차이'가 없는 외양은 그녀를 위협적으로 보이지 않게 했다. 따라서 그녀는 예외적으로 '환영받는' 맹인으로 존재할 수 있었다.

31　뉴욕맹인협회의 출판 지원을 받아 맹인학생이 한 달 걸려 16책으로 완성했다는 기사. 「「바람과 함께」 점자로」, 『동아일보』, 1937.8.22.

3. 정치와 '맹인' 그리고 '점자'

1) 식민지 조선의 0.05%의 타자

1911년 10월 1일, 조선총독부 기관지 『매일신보』는 "조선총독부 시정 1주년간의 사업"이라는 전면 기사를 싣는다. 총독부의 조선 통치를 합리화하기 위해 '조선의 근대화에 기여한 바'를 기술한 것이다. 그 세목은 다음과 같다. "통치기관개량, 저축사상함양, 토지조사사업, 의료시설개선, 위생사상교정, 제생원의 신설, 학교정리통일, 풍속습관조사."[32] 이 기사의 목적은 '일본이 식민 통치를 통해 이룩한 조선의 근대화'를 강조하는 것으로, 대체로 근대적 복지 시설과 제도, 의식 개혁의 차원에서 '변화된 지점'을 기술한다. 여기에서 언급된 '제생원의 신설'은 다른 정책들이 조선인이라는 불특정 다수를 상대로 하는 데 반해, 극소수자에 불과했던 농맹아를 대상으로 한다는 점에서 차별화된다.

그리고 조선총독부의 이러한 '농맹아'에 대한 관심은 1920년대 진행된 인구 조사에서도 부각된다. 총독부는 식민 통치의 편의를 위해 인구 조사에 착수, 그 통계 결과를 산출했는데 이때 인구 전반, 성별, 연령, 지역 분포 뿐 아니라 장애인 역시 주요한 조사 대상이었다. 소수자에 관한 별도의 통계를 진행했다는 것은 그것의 효용성이 양적으로 측정할 수만은 없는 '의미화'의 영역에도 걸쳐있었다는 것을 뜻한다. 1921년 제국 일본은 본국 뿐 아니라 식민지인 대만, 조선에서도 차례로 맹

---

[32] 「조선총독부 시정 1주년간의 사업」, 『매일신보』, 1911.10.1.

아자(盲啞者) 통계를 냈다. 이 통계는 조선총독부 제생원에 의해 1922년 출판되었는데 조선총독부 사무관은 그 서문에서 '조선은 위생사상의 미비와 혈족결혼으로 농맹아의 수가 내지에 비해 많은 것'이라는 분석을 남겼다.[33] 여기에는 명백하게도 '미개한 조선을 문명화시킨다'는 명분으로 조선 통치의 정당성을 확보하고자 했던 제국 일본의 논리가 담겨있다. 1921년도 맹아는 8,792명, 농아는 6847명이었는데 맹인의 경우 인구 1만 명 당 5명으로 전체 인구의 0.05%를 차지하는 것으로 집계되었다.[34] 1927년도 통계에서는 0.059%로 근소한 차이로 높게 파악되었다.[35] 이중 여성은 1,930명, 남성은 5,862명으로 남성의 수가 여성의 두 배 이상으로 측정되었다. 그러나 앞서 언급했듯이 맹인, 특히 여성 맹인의 존재를 은폐하고 가내에 은둔시키던 풍습이 있었기 때문에 맹인 여성 중에서는 상당 수 통계에 포함되지 않은 인원이 존재했을 것이다. 예컨대 또 다른 집계, 즉 1921년도 평양부인상담소의 조사표에 따르면 맹인은 일본인 남자 3명, 여자 2명, 조선인 남자 44명, 여자 47명으로 조선 여성이 남성보다 상담소에 왕래한 수가 많았던 것이다.[36]

홍미로운 것은 맹인의 인구 비중이 0.05%였다고 할지라도 '결집된 0.05%'는 결집되지 않은 나머지보다 단일한 목소리로 인식될 수 있었다는 것이다. 농맹아들이 결집할 때에는 '남녀, 노소, 민족'이 분열되지 않는 것으로 보였다. 앞서 맹인의 문화적 표상은 '어린 여성'이었던 데

---

33 『조선맹아자통계요람』, 조선총독부제생원, 1922.

34 이들은 평균적으로 생후 5세 전후로 맹인이 되었으며 그 병명은 눈병 59인, 천연두 28인, 기타 과실과 모태 맹인이 9인이었다. 『조선맹아자통계요람』, 조선총독부제생원, 1921.

35 『조선맹아자통계요람』, 조선총독부제생원, 1927.

36 「평양의 맹인조사수」, 『동아일보』, 1921.9.3.

반해, 이들이 정치적 존재로 인지될 때에는 '젠더, 세대, 민족'이 굳이 구분되지 않는 '단일한 맹인상'으로 인식되었던 것이다. 1921년에 제생원에서 벌어진 사건에 관한 다음의 기사는 이를 잘 보여준다.

> 보통사람은 말이 다르기 때문에 한곳에서 배우지 못하지만은 그들은 말을 할 줄 모르니까 조선인과 일본인의 구별이 전혀 없으며 무슨 일이 있으면 단체되는 품이 놀라워서 일본인이나 조선인이나 (…중략…) 어린 아해나 나의 많은 아해나 구분 없이 한 덩어리가 되어 자기들의 요구를 주장하고 조금 마음대로 되지 아니하면 난폭한 행동으로[37]

만일 이들이 실제로 '젠더, 세대, 민족'을 넘어서 결집될 수 있었다면, 그것은 이들이 변방의 소수자로서의 정체성과 이해관계를 공유했기 때문일 것이다. 이들 사이에서는 '민족어' 별로 존재하던 점자의 민족어 간의 구분보다는 '정상인'과의 구분이 더 큰 의미가 있었을 것이다. 따라서 우선적으로 일본인과 조선인으로 구분되는 일반 사회에서 일본맹인과 조선맹인이 '민족'의 이해관계에 앞서 "구별이 전혀 없이" "단체되는 품"은 "놀라"움을 자아내게 했던 것이다. 이러한 점에서 맹인들은 그 밖의 다양한 이해관계와 조건 속에 놓여 좀처럼 단일한 상으로 포착되기 힘들었던 99.05%의 조선인보다도 단일한 상으로 인식되는 존재였다.

그리고 이들 맹인들은 자신들의 단합된 힘을 이용한 저항의 역사를 스스로 인지하고 있었다. 식민지와 해방 이후 사회를 경험한 노년의

---

37 「제생원아생의 폭동」, 『동아일보』, 1921.11.17. 중략—인용자.

시각장애인들에게 전해져온 구술서사의 핵심은 바로 "국가가 시각장애인들의 직업을 보호해주었다"는 것과 "시각장애인에게 부당한 일이 발생하면 시각장애인이 집단적이고 격렬하게 저항한 저항의 기억"이었다.[38] 이들은 생계를 위해, 그리고 권익을 위해 집단 행동했으며 달리 의사소통의 방법이 없었기에 시위를 위해 문자 그대로 줄을 잡고 줄서서 관공서로 찾아가는 적극성을 보일 수밖에 없었다.

조선총독부가 조선인구의 0.05%에 불과한 맹인을 적극적으로 활용하며 펼치고자 했던 메시지는 다음의 사례를 통해 재차 확인할 수 있다. 1915년 선교사 로제타 홀은 평양에서 농아 맹아를 위한 극동 지역 교육 회담을 주관한다. 일본, 중국, 조선을 대표하는 농맹아들은 각 나라의 국어로 보고를 했고, 조선 총독부 관리 마츠나가가 축사를 남겼다. 그는 선교사들이 평양에서 벌인 활동을 치하하며 정부 또한 경성에 이들을 위한 근대적 교육 시설을 마련했음을 강조했다.[39] 제생원 맹아부는 12~20세 조선남녀맹인 중 신체 건강한 자로 급비생 10명, 자비생 2명을 선발하고 있었다. 조선총독부 기관지인 *The Seoul Press*는 이것이 전쟁 중에 있는 유럽과 달리 일본제국이 식민지를 개척하던 '극동' 및 조선에서 '박애적'이고 '고상한 인류애'를 발휘하고 있는 징표임을 강조하며 보도했다.[40] "사랑과 문명의 천사가 유럽에 작별을 고하고 극동의 농맹아에게 왔다"는 식의 문구는 변주되며 반복되는데, 이처럼 농

---

38 주윤정, 「시각장애인의 구술전통과 역사전하기」, 『구술사연구』 5권 2호, 한국구술사학회, 2014, 25쪽.

39 "Translation of Governor Matsunaga's Address at the Reception Given by Dr. Hall to the Delegates and Visitors at the Pyengyang Convention for Blind and Deaf", *KMF*, 1915.3, p.81.

40 Rosetta S. Hall, M. D., Director, "Department for Blind and Deaf, Pyeung Yang", *KMF*, 1915.8, p.228.

맹아를 향한 복지 정책은 제국 일본이 극동에서 서양제국과는 변별되는 인도주의적 정책을 펼치고 있음을 증거하는 근거로 활용되었다.

2) "○○의 은혜는 장님에게까지"－과학과 종교와 정치의 타자

일찍이 유길준은 『서유견문』(1895)에서 빈민수용소, 정신병원 등의 서양의 사회복지 제도를 소개하는 지면에 '맹아원'을 상세히 소개했다.

> 맹아원은 장님을 가르치는 학교다. 그 제도는 대강 농아원과 같다. 그러나 학습하는 책자는 문체의 모양과 글자를 볼록하게 인쇄하고 지도는 종이에다 바늘로 구멍을 뚫어 바다와 땅의 형상을 나타낸다. (…중략…) 영국의 맹아원 제도는 6년으로 정해져있는데 그들의 생활 방법은 조선의 경우처럼 경문을 외거나 점을 쳐주는 것이 아니고 물건을 만드는 일이다. 가르치는 동안의 잡비는 모두 정부에서 담당하며, 부자의 자녀는 반드시 그 비용을 내지만 가난한 자는 그렇지 않다.[41]

유길준은 『서유견문』에서 '맹아원'을 선진 문물의 대표적 사례로 주목한 것이었다. 여기서 그는 장님에게 문자와 교육이 필요하며, 이들을 경제적으로 자립시키기 위해 제조업의 근로자로 훈련시켜야 하고, 국가의 보조는 필수적임을 지목했다. 사실상 시각 장애인을 향한 근대적 교육법과 이를 위한 복지제도의 필요에 관한 세목을 고루 언급한

41　유길준, 허경진 역, 『서유견문』, 서해문집, 2004, 466~467쪽. 중략－인용자.

셈이다.

맹인을 위한 교육 시설, 글자, 책, 도서관, 보조기구 등은 문명국의 수준을 보여주는 경이로운 사례로 언급되곤 했다. 1921년 신문 기사는 「맹인의 독서」라는 제목으로 〈장님의 글 읽는 광경〉 삽화를 게재한다.[42] 기사 표제어는 "과학의 은혜는 장님에게까지"인데 "○○의 은혜는 장님에게까지"의 공란에는 사실상 '신'과 '천황'도 놓일 수 있었다. 맹인은 선교사에게는 적극적 포교 대상이었고 총독부에게는 일본 제국의 식민 통치의 인도주의적 측면과 천황의 자애를 보여줄 수 있는 선전도구였다. 총독부가 제생원을 조선총독부에서 가까운 옛 선희궁터에 자리 잡고 시찰이나 강습회 장소로 애용한 것은 이를 선전 과시하기 위해서였다.[43] '맹인'은 과학, 종교, 국가의 시혜의 범위를 가시적으로 보여주는 척도였다.

선교사와 조선총독부가 공통적으로 착수한 일은 맹인의 전통적 생계 방식인 점복업을 부정하고 새로운 직업, 교육을 주고자 한 것이었으며 이런 점에서 기독교 선교부와 총독부는 농맹아 교육과 복지 제도에 있어서 표면적으로는 우호적인 관계에 있었다.[44] 기독교 측은 점복업자들이 기본적으로 미신, 혹은 속임수에 기반 해 영업하는 것으로 보고 그들의 윤리의식을 문책했으며 따라서 당시 맹인 중에는 유일한 생계수단인 점복업을 포기할 수 없어 기독교에 입교할 수 없었다는 진술을 남기기도 했다. 총독부는 민심을 교란시키고 혹세무민한다는 이

---

42 「맹인의 독서」, 『동아일보』, 1921.6.12.
43 주윤정, 「자선과 자혜의 경합—식민지기 '맹인' 사회사업과 타자화 과정」, 『사회와 역사』 80집, 한국사회사학회, 2008, 155~156쪽.
44 위의 글. 주윤정은 두 주체의 관계를 상호 협조 및 우호적인 것으로 정리했다.

유로 점복업을 제재했다. 이에 선교사 로제타 홀은 평양을 주축으로, 총독부는 경성의 제생원을 기반으로 자신들의 목적에 적합한 농맹아 교육 사업을 진행했다. 총독부는 맹아들을 동경의 맹아학교로 보내 교사로 육성하는 장학 사업도 지원하는 등[45] 적극적인 면모를 보였는데 이는 조선 일반에 고등교육은 불허했던 것과는 상반되는 정책이었다. 정치적 종교적 주체가 동시에 진행하던 농맹아 교육 사업은 조선총독부가 경성에서 운영한 제생원이 본원 졸업자에게만 직업 면허증을 발급하고 일본어 점자 및 한글 점자를 보급시키면서 평양에서 이루어진 기독교 선교부의 맹아 사업보다 우위를 차지하게 된다.[46]

무속 신앙이 존속하던 식민지 조선 사회에서 기독교 사회사업은 농맹아 사업을 지속했다. 1903년 평양의 감리교계 정진학교에서 맹인여학교를 설립했고 역시 1904년 평양에서 장로교 마펫 선교사 부인에 의해 남자맹인학교가 설립되었다. 1915년에는 이들이 통합되어 평양맹아학교로 인가를 받았다.[47] 이 중 적극적으로 맹인 선교 및 교육을 추진한 이는 여성 의료선교사 로제타 홀(Rosetta Sherwood Hall)이었다.[48] 그녀는 평양 체류 기간인 1897~1917년 동안 평양 기휼병원과 광혜여원에서 의료선교활동을 했다. 특히 시각장애인 교육에 심혈을 기울여 1894년 시각 장애 소녀 오봉래에게 기름종이에 바늘로 찍은 점자를 가르쳤

45　Rosetta S. Hall, M. D. Director, "Department for Blind and Deaf, Pyeng Yang", KMF, 1915.8, p.227.

46　주윤정, 「자선과 자혜의 경합―식민지기 '맹인' 사회사업과 타자화 과정」, 『사회와 역사』 80집, 한국사회사학회, 2008, 161쪽.

47　이만열, 『한국기독교 문화운동사』, 대한기독교출판사, 1987, 280쪽.

48　그의 아들 Sherwood Hall은 결핵 퇴치를 위한 크리스마스 씰을 발행한 인물이다. 신동규, 「일제침략기 선교사 셔우드 홀과 크리스마스 씰을 통해 본 한일관계에 대한 고찰」, 『한일관계사 연구』 46, 한일관계사학회, 2013.

으며, 1897년 뉴욕 시각장애인학교를 방문하여 뉴욕포인트[49] 점자체계를 조선에 적용하기로 한다.[50] 홀부인은 1925년 『신약성서』를 뉴욕포인트식으로 점역하기도 했지만[51] 1910년대 전후만 해도 점자 성경책을 사기는 쉽지 않았기 때문에 시각 장애인들 중에서는 차라리 스스로 점자 성경을 만들기도 했다.[52] 1910년 개원한 평양 맹학교는 1912~1913년에는 총 39명이 재학했으며 이후 장애인과 비장애인이 함께 교육받는 통합교육을 시도했다. 그 영향인지 1921년 통계에서는 평안남도의 맹인 비율이 인구 만 명당 11명 즉, 0.11%로 전국 최고에 달했다.

식민지 조선에서 맹아에 주목했던 종교적, 정치적 주체들은 때때로 각자의 목적을 품은 채 같은 일을 도모하기도 했다. 앞서 언급한 1937년 헬렌켈러의 극동 순방은 내지의 정치, 외교, 기독교, 맹인협회가 주축이 되어 기획한 것이었고 조선 측에서는 '조선 총독부'와 '조선 기독교 단체', '맹인관련 단체'의 적극적인 협조 하에 진행되었다. 그녀가 극동을 순방한 시기가 중일전쟁 시기였다는 점, 그 혼란한 시점에도 순방을 강행시켰다는 점은 신체 불구의 표상인 헬렌켈러가 '전쟁' 참전 장려에 어떠한 방식으로 소비되었는가를 상기시킨다. 2차 대전 이후 헬렌켈러가 서구권에서 호명된 방식이나 한국전쟁 당시 그녀가 방한할 뻔했던 역사적 사건들은 '전쟁'과 '훼손된 신체'를 둘러싸고 헬렌켈러가

---

49 최초의 점자책은 프랑스 맹인 교사 루이스(Louis Braille)가 1829년 출판했으며 이후 점자는 그의 이름을 따 Braille이라고 한다. 뉴욕 포인트 점자는 1860년 뉴욕 맹인학원 원장 윌리엄 웨이트가 개발한 것이다.

50 탁지일, 「시각장애인 교육의 선구자 로제타 홀」, 『한국기독교신학논총』 74집, 한국기독교학회, 2011, 90~91쪽.

51 이만열, 『한국기독교 문화운동사』, 대한기독교출판사, 1987, 100쪽.

52 Edwin Kagin, "The Blind Chungnim", *KMF*, 1909.7, p.147.

'활용'될 수 있었던 가능성을 상기시킨다. 즉 2차 대전 이후 헬렌켈러는 주로 군부대에 호명되면서 정치적으로 소비되는 변화된 양상을 보이게 된다. 하지만 이 시기에도 민간 차원에서 그녀를 실감하는 방식은 이와는 다소 달랐다. 헬렌켈러의 순방에 관한 일간지의 보도는 부가적으로 '점자'와 '수화'라는 언어의 존재감을 부각시켰다. 바로 이 '점자'와 '수화'는 '외국어-국어-민족어'를 관통하며 이들의 경계를 임시 봉합시킬 가능성을 품고 있는 것으로 재현되곤 했다. 강연에 참관한 청중들은 헬렌켈러의 존재를 눈으로 확인하고 '점자'와 '수화'라는 '인공어'를 체험했다.

기독교와 총독부는 각기 영어식 점자와 일본어 점자를 배포코자 했다. 선교사가 주축이 된 평양의 맹인 교육기관은 뉴욕 포인트식 영어 점자를 모델로 한 조선어 점자를 개발했다. 선교부는 성경의 언문 번역과 배포가 상당한 성과를 내자 성경의 점역 사업에도 눈을 돌렸다. 총독부가 설립한 제생원의 교사인 조선인 박두성 역시 기독교인이었는데, 그는 선교부에 브레일식 점역을 제안했고 이에 대영성서공회 조선지부 총무인 밀러(H. Miller, 민휴)는 1931년 12월 마태복음을 브레일식 점역으로 완성한다.[53] 1943년이면 영국의 맹인들이 보내준 점자인쇄기로 신구약점자 성경이 완간[54]되기에 이른다. 하지만 이는 성경이나 종교서적에 제한된 것이었고 사실상 교과서나 직업 교육을 위한 기술서 등의 실용서적들은 총독부의 일본어 점자가 장악하고 있었다. 1918년부터 조선총독부에서는 일어 점자교과서를 평양맹학교에도 배급했는

---

53 기독교대백과사전편찬위원회 편, 『기독교 백과사전』 13, 기독교문사, 1984, 862쪽.
54 「맹인들의 빛 훈맹정음」, 『경향신문』, 1963.8.29.

데, 이전까지 평양 맹아교육에 집중했던 홀 여사가 경성으로 이동한 상태라서 평양에서의 교과서 점역은 쉽지 않은 일이었기에 사실상 실용 점자책은 일본어 점자책이 경성과 평양에 모두 배포되기 시작했다고 볼 수 있다.

하지만 식민지 조선의 시각 장애인들 입장에서는 '조선어 점자'에 대한 요구가 있을 수밖에 없었다. 한글 점자 '훈맹정음'의 창안자로 알려진 박두성은 한성사범학교 출신으로 1913년 1월부터 제생원 맹아부에 근무하기 시작했다. 그 해 9월에 제생원 맹아부에는 일본으로부터 점자인쇄기가 들어오고 일본어 점자 교과서를 출판하기 시작한다. 이에 박두성은 조선어 점자의 필요성을 제안하고 1918~1919년에는 평양의 맹아학교에서 시도한 뉴욕 포인트식으로 『천자문』을 제판한다. 하지만 여전히 뉴욕 포인트식 점자의 불편함은 남아 있었고 이를 개선하고자 제자들과 '육화사'라는 한글점자연구회를 만들어[55] 프랑스 브라이식 6점식 점자에 기반한 '훈맹정음'을 1926년 완성했다. 뉴욕포인트식은 4점식 점자인데 반해 파리 맹아교육 회담에서는 6점식 점자를 사용하기로 한데다가 일본도 6점식을 사용하고 있었으며 받침이 있는 한글의 오독의 가능성을 줄이는 데에도 6점식이 적합했다. 그는 조선어 독본 점자책을 만들고, 1926년부터 시각 장애인을 위한 점자 통신교육을 실시했고 제자들을 모아 같은 해 점자연구회, 이듬 해 조선맹인사업협회도 창설했다. 체계화된 한글 점자가 조선인에 의해 완성되자마자 『조선일보』에는 「조선문점자 완성」이라는 제목의 기사가 실렸다.[56]

---

55 위의 글.
56 「조선문점자 완성」, 『조선일보』, 1926. 7. 29.

이후 1920년대 후반부터는 일간지면에 '점자란 무엇인가' 혹은 점자강
습에 관한 기사가 본격적으로 실리기 시작했다.[57]

　총독부와 교육계가 맹인의 직업적 기술을 도모하는 교재의 점역서
를 생산했다면, 박두성은 맹인의 문학적 교양을 위해 각종 문학서를
점역했다. 기독교인이었던 박두성은 사복음, 사도전, 로마서 등도 점
역했으나 이는 선교부도 시도했던 일이고 그가 독보적으로 점역 작업
에 임한 분야는 문학이었다. 그는 점자 통신교육 기관인 육화사(六花社)
를 운영하며 점자를 익힌 맹인에게 『조선어독본』이나 『천자문』과 함
께 다른 점역 문학 작품들, 예를 들어 이광수의 「프란다스의 개」 번역
물인 『불쌍한 동무』와 홍명희의 『임꺽정전』을 보내주었다는 기록이
있다.[58] 박두성이 점역한 200여 종의 점자책 중 한국문학은 이광수, 박
계주, 박종화, 홍명희의 작품들이 있었다. 그는 1935년 제생원에서 권
고사직을 당한 후 정동교회로부터 영화학교 교장으로 발령받아 내리
교회 옆 숙소에서 이광수의 『사랑』(박문서관, 1938), 『흙』, 박계주의 『순
애보』(1938), 박종화의 『금삼의 피』(박문서관, 1938), 그리고 홍명희의 『임
꺽정』(『조광』, 1940)을 점역했다.[59] 당시 그가 집중 점역한 한국문학은 대
체로 1930년대 후반에 신문에 연재된 장편소설들이었다. 하지만 이렇
게 박두성이 제작 유포한 훈맹정음은 1936년 당시 맹인들의 1~2% 정
도만이 해독할 수 있었다.[60] 정확한 통계는 좀 더 확인이 필요하나, 조

57　「점자 강습 개최」, 『중외일보』, 1928.8.31; 「장님들의 강습회」, 『동아일보』, 1929.8.21.

58　한국시각장애인연합회 편, 『한국 시각장애인의 역사』, 한국시각장애인연합회, 2010, 548쪽.

59　박정희・허은광, 「인터뷰―시각장애인들의 세종대왕 송암 박두성, 송암 선생의 차녀 박정
　　희 여사」, 『플랫폼』, 2008.9, 100쪽; 백남중, 「송암 박두성 선생의 재활사업」, 『황해문화』,
　　2008 겨울, 345쪽.

60　「이색의 감사회, 문맹깨쳐준 은사 박두성 선생을 청하야 점지기념, 아름다운 모임」, 『매일

선어 점자 훈맹정음이 0.05%의 맹인 중 1~2%정도가 사용하는 문자였
다면 점자는 그 실체로서보다도 점자를 거론하는 담론에 의해 그 존재
의미가 더욱 적극적으로 생성되었던 것으로 보인다.

3) 점자의 참정권과 '제국-식민'의 갈등

식민지 시기 맹인이 의료·복지·교육 제도의 시혜 대상으로 포섭
될 때, 이들은 규율과 통제가 가능한 안전한 대상으로 인식되었다. 따
라서 이들에 대한 점자 교육은 식민지 정부 차원에서도 적극적으로 지
원되는 듯 했으며, 점자 기술서는 이들을 경제적 자립 주체로, 점자 문
학서는 이들을 문화적 향유 주체로 거듭나게 하는 듯 보였다. 문제는
이렇게 육성된 맹인들이 참정권을 가진 국민의 권리를 내세우는 순간
발생했다. 점자는 일반의 언어가 점역되는 방향으로만 사용되었지 사
실상 그들의 문자인 점자는 일반어로 번역될 기회와 권리를 갖지 못한
것이다. 맹인이 정치에 참여하려면 그들의 의사 표현 수단인 점자를
사용해야 했다. 이때, 참정권을 수행하는 가장 기초적이고 상징적인 행
위는 투표인 바, 점자의 투표가 사회적 문제가 되는 사건이 발생한다.
그리고 그것은 일본과 조선에서 순차적으로 발생했다.

1921년 일본 기후[岐阜] 지역에서 벌어진 기후시회의원선거에서는 아
홉 표의 점자투표용지가 나왔다. 일본 맹인회는 이 표를 유효화 할 것
을 주장했고 초기에는 유효설이 유력했으나 이는 관철되지 않았고 맹

신보』, 1936.11.21.

인회는 이를 일본 8만 맹인의 중대 문제로 부각시켰다.[61] 내지의 사건은 『매일신보』와 『동아일보』를 통해 식민지 조선에 전해졌다. 1924년에도 동경에서 나온 맹인 점자 투표용지를 둘러싼 논란이 일었으나 결국 내무성은 이를 무효로 결정했다.[62] 그 즈음 식민지 조선에서도 유사한 일이 벌어졌다. 1923년 제생원 맹아부의 일본인 교사가 경성학교조합의원 선거일에 점자투표를 하였으나, 당국은 '점자는 문자가 아닌 부호이므로 유효표로 인정할 수 없다'고 무효처리했다.[63] '점자'는 계몽의 '부호'였지 국민의 '문자'로서의 자격은 부여받지 못한 것이다.

그런데 1925년 일본 중의원 선거법은 점자를 '문자'로 인정하고 1925년 보통선거부터 점자투표를 유효화 했다. 1928년 당시 동경 시내 맹인 4천 명 중 유권자는 5백 명이었는데, 당국은 이들 신유권자들을 위해 선거입회감시 120명에게 점자교습을 시행하기도 했다.[64] 식민지 조선에서는 1930년대부터 점자의 정치적 발화권이 변화되었다. 1931년 4월 1일부터 실시되는 조선지방선거실시에 관한 기사는 지방자치제를 실시하면서 "무식한 사람과 맹인을 위하여" 투표 방법에서 편법을 인정한다는 관의 결정을 게재한다.[65] 본디 투표는 "피선거인의 씨명을 자서하지 못한 자"는 무효처리하게 되어있었다. 그리고 1935년 5월 21일 부협의원선거에도 각 지방의 점자 투표가 실시되어 점자 투표가 공인되었다.[66]

---

61 「맹인회의 비격」, 『동아일보』, 1921.7.8.
62 「내무성에서는 맹아점자투표를 무료로 결정하였다」, 『매일신보』, 1924.5.11.
63 한국 시각장애인 연합회, 『한국 시각장애인의 역사』, 2010, 378쪽.
64 「동경시내 맹인유권자수 감시에 점자교습」, 『동아일보』, 1928.2.12.
65 「지방자체제 실시와 선거편법의 시행」, 『매일신보』, 1931.2.19.
66 한국시각장애인복지재단 편, 『한국맹인근대사』, 한국시각장애인복지재단, 2004, 87쪽.

홍미로운 것은, 1925년 일본에서 점자 투표가 유효화 된 이듬 해 식민지 조선의 신문 사설이 이 사건에 대해 보인 반응이었다. 사설은 당시 일본의 투표가 한문, 영어는 물론이고 점자까지 인정하는 데 반해 일본에 체류하는 조선인의 조선 문자 투표는 인정하지 않고 있음을 한탄했다.

> 일본에서 보통선거가 실시됨을 따라 조선이라는 세계적 특수구역 내에 거주하는 조선인은 정치상 인격이 없지만은 이러한 조선인이라도 일본에 가서 어느 시일동안 거주하면 일본정부는 정치상 인격을 인정한다는 법규가 생기었다. 그 결과로 인하야 조선인에 따라 다니지 아니할 수 없는 조선 문자까지 문제거리가 된 모양이다. 설마 그네들도 조선 문자가 맹인에게나 필요한 점자만도 못하다고는 단언하지 못할 터이지만은 일본위정자가 일본에서 거주하는 조선인은 어느 정도의 법규상 인격을 인정은 하지만은 조선인의 사상을 발표하고 조선인의 문화를 표시하는 문자까지 인정함에는 매우 주저하는 듯하다. 그리하야 한문자는 물론이오 멀리 로마문자뿐 아니라 맹인을 위하야 비로서 발명되고 맹인 외에는 쓸 필요도 없는 점자까지 인정하는 총명을 가진 일본위정자는 조선인에게서 발명되고 조선인의 세계적 영예로 믿는 조선 문자만은 인정하지 아니하는 그 도량이야말로 실로 타기할 바라고 할 것이다.[67]

1926년 『동아일보』의 사설은 일본이 국민투표에 있어서 점자는 인정하면서 조선어는 받아들이지 않는 태도에 이의를 제기하고 있다. 사설 논자는 "총명을 가진 일본 위정자"를 향해 점자도 인정하는 마당에

---

67 「조선문투표는 무효」, 『동아일보』, 1926.6.20.

'이제는 조선인의 문자를 받아들여야함'을 역설했다. 일본에 체류하는 조선인의 '정치상 인격을 인정한다는 법규'가 생겼기 때문이다. 하지만 이후 1930년 일본 총선거에서도 조선어 투표는 인정되지 않았고 이에 대해 신문 사설은 이전과 같은 논리, 즉 영어와 점자조차 인정되는데 조선어 투표 역시 유효표로 인정되어야 한다는 주장을 폈다.[68]

이 사설은 '점자 투표 유효화'라는 사건을 통해 '식민지 언어'인 조선어의 정치적 권리를 주장하고 있는데, 엄밀히 말해 '맹인'의 권익 향상과 정치적 주권 확보라는 사안은 '식민지 언어'와 '식민지민'의 문제와는 별개의 사안이다. 하지만 사설이 이렇게 다소 간극이 있는 두 사안을 연결시키고 있음에도 불구하고 이 발화는 "문명화 사명"이라는 기만적 기치를 내건 일본 제국의 정책적 모순을 들추어내는 데는 성공했다. 제국은 자신의 내지와 식민지를 포함한 범제국적 영토 속에서 "같은 종족에게서 보호받아야 할 대상으로서" 장애인이라는 서벌턴적 주체를 호명하고 이들을 "옹호"하는 입장에 섬으로써 "좋은 사회를 확립하는 자로서 제국주의의 이미지"를 확립하고 있었다.[69] 제국이 서벌턴적 존재들을 대상화하며 인류 보편애에 호소하는 방식으로 자신의 병합과 지배의 정당성을 강화했다면 식민지민은 이를 매개로 해서 그로 인해 보류되던 자신들의 입장을 발화한 것이다.

---

68 「조선문은 무효」, 『동아일보』, 1930.2.1.
69 스피박이 다음의 저서에서 억압받던 인도 여성을 구원하는 포즈를 취했던 제국 영국의 전략과 효과를 분석했다면 본고는 식민지 조선과 제국 일본에서 계몽과 시혜의 대상으로 겹으로 타자화되었던 맹인의 존재에 주목한다. 가야트리 스피박, 태혜숙 역, 『서벌턴은 말할 수 있는가?』, 그린비, 2013, 110쪽.

4. 결론

근대 초기, 풍전등화의 조선은 나라 안팎에서 맹인으로 곧잘 표상되었다. 그런데 1910년 이후 식민지가 된 조선은 더 이상 자신을 '남자 노인 맹인'과 동일시하지 않았다. 식민지 조선은 이들을 후경화하고 이후 '어린 여성 맹인'으로 대체하면서 이들을 타자화했다. 문맹타파를 외치며 진행되었던 이 과정에는 제국주의와 계몽주의, 서구 기독교화라는 근대의 파도들이 겹치게 된다. 0.05%라는 소수자의 언어였던 점자를 둘러싸고 일본 내지, 조선총독부, 기독교 선교부, 계몽주의 조선인들이 보인 관심과 활약은 근대화의 주요 화두인 '민족'과 '언어', '계몽'의 문제를 보다 복잡한 국면으로 이끈다. 각 방면의 주체들에 의해 맹인은 문맹으로 주목되었고, 이제 문맹은 맹인으로 표상되었다. 눈을 감고도 미래를 말할 수 있던 점자(占者)는 손을 더듬어 점자(點字)를 읽어야 문맹으로부터 벗어나 문명해질 수 있었다. 이들은 자신들만의 언어를 통해 자유를 얻게 되는 듯 했으나 대체로 그것은 발화가 아닌 학습의 차원에서 소용되었고 따라서 점자로의 번역인 점역이라는 일방향적인 번역이 주가 되었다. 시각중심, 문자중심의 근대가 필연적으로 소외시킬 수밖에 없었던 맹인은 복지와 계몽의 제도로 구원받는 듯했으나 당시 벌어진 점자투표 사건 등을 보건대 결국 그들이 보내는 주파수는 언어화되지 않은 부호로 떠돌며 일반인 시야의 맹점에 남게 되었다.

20세기 초에 초점화되었던 맹인과 점자, 점역의 역사와 그에 관한 은유를 겹쳐 읽을 때, 우리는 근대성과 제국주의, 계몽주의 그리고 번역의 본질에 관해 질문하게 된다. 제국 일본은 아인슈타인은 한 달간 일본 본토에만 묶어둔 반면, 헬렌켈러는 식민지 조선, 만주로까지 원정 강연을 돌렸다. 당시 아인슈타인은 세계 이해에 대한 혁명적 지식의 생산자로 세간의 열광을 받았지만 아무리 통번역되었다 해도 그의 학문적 언어를 이해하는 청중은 드물었다. 반면, 농맹아 헬렌켈러는 일반인이 난생 처음 접하는 점자와 수화를 사용하는 데도 무학의 일반인도 이해할 수 있는 메시지를 전달했다. 제국이 식민지와 나누고 싶었던 것, 식민지민에게 기대한 것은, 혁명적인 고급 지식의 생산자가 아닌 자기 극복과 성찰의 순응자였다. 20세 이후 헬렌켈러가 사회비판적이고 사회주의적 성향의 발언과 활동을 했다는 사실은 극동에 알려지지 않았다. 그녀는 기적처럼 세상을 이해하고 자신의 의사를 전달했지만, 상당 부분 그것은 그 메시지의 수신자와 후원자가 듣고 싶어 하는 형태로 남게 되었다. 일반어는 그것이 식민지의 민족어이든 제국의 국어이든 간에 점자를 인정하는 데 인색했다. 일반어로부터 점자로 흘러갔던 번역은 제국으로부터 식민지로 흘러갔던 번역, 서구로부터 동양으로의 흘러 내려온, 평행을 이루지 못한 근대 번역사의 경사각을 드러낸다.

게다가 조선어 투표가 인정되지 않는 상황에서 점자 투표가 합법화된 순간 식민지 조선인이 느꼈던 박탈감은 서벌턴적 존재를 구원하며 문명화를 기치로 내건 제국의 기만적 식민 통치를 부각시켰다. 이렇게 맹인과 점자는 계몽주의의 대상으로, 제국주의의 전시로, 식민지민의 자기 투영으로 존재했다. 요철로 이루어진 점자의 근대사는 정치적, 종교적, 문화적 계몽의 타자를 끊임없이 필요로 했던 20세기 근대화의 요철을 적나라하게 보여준다. 식민지 시기, 맹인과 점자를 둘러싸고 생성되던 담론은 계몽주의와 제국주의로 점철된 20세기의 자화상이다.

제2부

식민지와 번역된 기독교, 그 출판의 지형

제1장

식민지 시기 기독교 출판과 책의 유통

조선예수교서회를 중심으로

1. 서론

이 글은 식민지 조선의 지성사를 입체적으로 조망하고자 '기독교'라
는 외래적 변수의 역할을 적극적으로 살펴보고자 한다. 특히 식민지
시기 기독교 출판, 그리고 외국인 출판의 대부분을 장악했던 선교사의
활동에 주목한다. 식민지 시기 출판 시장에서 '외국인 선교사'는 '조선
인'과는 차별적인, 그러나 '일본인'과도 동일하지는 않은 조건 속에 놓
인 출판 주체였다. 바로 '서양인'이면서 '기독교인(종교인)'이라는 두 가
지 정체성 때문이었는데, 이 두 항목은 식민지 조선의 출판 시장을 구
성했던 외래적 요인이었다. 기독교가 학교, 병원, 출판 등을 통해 식민
지 조선의 근대 지식의 학문의 정착에 기여한 바는 기왕에 살려진 사

실이나, 이들이 한국 근대 지성사에 실제적으로 개입한 바는 보다 세밀하게 고찰될 필요가 있다. 이에 이 논문은 식민지 시기 대표적인 기독교 출판사이자 선교사들이 중심인 '조선예수교서회'의 활약을 집중 조명한다. 다양한 교파가 공존했던 식민지 조선에서 이들이 연합한 출판사는 '조선예수교서회'였으며,[1] 그 현 명칭은 대한기독교서회이다.

본론에서는 조선예수교서회가 1890년대부터 1920년대까지 '기획─출판─유통─독서'라는 '책의 탄생으로부터 소비까지'의 전 과정을 주무한 방식을 살펴본다. 특히 식민지 조선의 사회적 요구가 변하고 서회의 출판 사업이 적극화되던 1920년대를 중심으로, 식민지 출판·독서 시장에서 기독교 출판사가 개입한 방식을 규명하고자 한다. 이는 서회가 출판을 통해 식민지 조선의 지식의 생산과 유통의 장에 미친 영향을 구체적으로 파악하고 문화사적으로 재구하기 위함이다. 이를 위해 『대한기독교서회 100년사』[2]와 당시 간행된 서회 출판물들과 서회 간행물이자 선교사들의 교파 연합 잡지인 *The Korea Mission Field*, 그리고 선교사와 부인들의 공적·사적 기록물에 남겨진 정보들을 교차·대조·보완하여 '기독교 출판과 책의 유통'의 전체 지형을 그리고자 했다. 한국의 근대화에서 기독교와 서구가 끼친 영향력을 고려할 때, 출판 주체로서 외국인 선교사라는 '외래적' 변수의 개입에 대한 이해는 식민지 출판문화사를 더욱 입체적으로 이해하는 데 도움이 될 것이다.

---

1 이하, 편의에 따라 '조선예수교서회'를 '서회'로 약칭하기로 한다.
2 이장식, 『대한기독교서회 100년사』, 대한기독교서회, 1984.

2. 식민지 조선에서의 선교사의 출판 활동

1) 조직과 출판 규모

조선예수교서회는 1890년 아펜젤러, 언더우드, 게일, 허버트, 레이놀즈, 올링거 등의 선교사들이 헌장을 만들어 설립한 연합 교파 출판사이다. 그 한글 명칭은 조선성교서회(1891~1906), 조선예수교서회(1907~1936), 조선기독교서회(1937~1947), 대한기독교서회(1948~현재)로 바뀌어 왔다.[3] 서회는 이 단체의 설립 목적을 "본회는 조선어로 기독교 서적과 전도지와 정기 간행의 잡지류를 발행하여 전국에 보급하기 위하여 조직된 것이다"라고 밝히고 있었다.

서회 헌장에는 출판에 복무하는 위원회의 업무가 좀 더 상세히 기록되어 있는데, 1910년대의 회칙에 근거하여 그 업무를 요약하면 다음과 같다.

실행위원회 : 회장, 부회장, 총무, 서기 등으로 구성. 새 원고와 다른 저술들을 주선하여 출판과 판매를 감독하고 서고를 개설한다. 책값을 매기고(일반적인

---

3 대한기독교서회는 1888년 삼문사에서 출발하여 1890년 'The Korean Religious Track Society'를 창립(6월 25일), 1891년 1월, 한국 명칭을 '죠선셩교셔회(朝鮮聖教書會)'로 결정한다. 1907년 서회의 한국 명칭을 '조선예수교서회(朝鮮耶蘇教書會)'로 개칭하여 현판을 건다. 중간에 1918년에는 조선예수교서회의 영어 명칭을 'The Christian Literature Society of Korea'로 개칭한다. 이후 1937년에는 '조선기독교서회'로, 1948년에는 대한민국 정부 수립과 함께 '재단법인 대한기독교서회'로 개칭한다. 정확한 연도는 문서마다 상이한 경우가 있어, 대한기독교서회 공식 사이트의 연혁을 따랐다(http://www.clsk.org).

책값 책정 규칙대로 인쇄자의 청구금보다 많아야 한다) 책을 기증하는 일을 한다. 본 위원회는 모든 문서 사업을 파악하고 서회의 일을 조화롭게 도모해야 한다. 출판에 관한 모든 제안은 먼저 실행위원회에 회부되어 심의되며 여기에서 거절되지 않은 것은 심사위원회에 넘겨진다.

심사위원회 : 선교사 다수와 일부 조선인으로 구성. 실행위원회에서 발송한 원고들을 받아 최소한 위원 3인 이상이 참석한 상태에서 교리와 문학적 특징과 일반적인 유용성 등을 심사한다. 위원 3인 중 2인이 반대하면 위원장은 그 원고의 부적당함을 보고한다.[4]

이후 1922년부터는 편집위원 제도를 만들어 체제를 개편했고, 1920년대 중반부터는 전임제 편집위원이 다른 시간제 편집위원들의 보조 속에 업무를 수행하는 제도가 정착되었다. 이전에는 무급 시간제 봉사로 그 인력이 자주 바뀌었던 데 반해, 전임제 편집위원이 전담하며 이끌게 되자 이전에 비해 보다 연속성 있는 출판 기획이 가능해졌다. 이들 편집위원은 한 달에 한 번 회의를 통해 출판 여부를 결정하고, 번역과 교정 업무를 보았으며 인쇄와 장정은 출판부가, 광고·홍보·배송은 총무부가 담당했다.[5]

서회는 1900년대 성서공회 건물 안에 입주했다가, 1906년 종로 2가의 부지와 건물을 매입하여 2층짜리 건물을 사용했다. 이후 1931년 대대적으로 건축된 서회 건물은 엘리베이터를 탑재한 4층 건물로 세간

4　이장식, 앞의 책, 19~20쪽.
5　Chas. S. Deming, "The Christian Literature Society", *The Korea Mission Field*, 1929.7, pp.143 ~144.

의 주목을 받았다. 서회 건물은 당시 종로 거리의 소위 신식 건물이던 전기회사, YMCA 건물보다 높게 솟아올랐고 이는 세 건물이 모두 서양인과 관련된 건물이라는 점에서 "종로 바닥에 큰 집이라고는 코 큰 사람이 선편을 죄다 한 셈"이라는 조선인의 자조적 목소리가 나오기도 했다.[6]

선교사들은 문서 선교를 위해 일찌감치 인쇄기 수입에 공을 들였음에도 불구하고[7] 1920년대 서회 출판물의 인쇄소를 보면 신문관, 대동인쇄, 동아인쇄소 등 다양한 외부의 인쇄소와 인쇄공을 활용하고 있었다.[8] 이후 1920년대 후반부터는 조선기독교장문사를 주요 인쇄소로 삼았다. 경성에 위치했던 서회의 출판물은 타 지역의 인쇄소를 활용하여 동시 발행을 시도하기도 했다. 베어드 선교사에 의해 평양에 비치된 인쇄기는 평양 선교와 숭실학당 교재 출판 등에 이용되었는데, 이로 인해 경성에 위치한 서회의 출판물이 경성과 평양에서 동시에 발행된 것이다. 숭실학당 과학 교재인 『식물학』(A. L. Gray, 베어드 부인 역, 1913)

---

6 「종로 야담」, 『동광』 34, 1932.6.

7 선교사들이 조선에 서회 출판의 구심점으로 인쇄기를 정식으로 설치한 것은 1888년이다. 아펜젤러가 기독교와 교육 문서 인쇄를 위해 배재학당 지하실에 설치한 이 인쇄기를 기반으로 미미활판소(美美活版所)와 삼문출판사가 운영되었으며 이곳에서 『독립신문』도 인쇄되었다. 삼문출판사는 조선어, 영어, 중국어 세 가지 문자로 출판한다고 하여 삼문(三文), Trilingual Press라는 명칭을 갖게 되었다. 정동제일교회 역사편찬위원회, 『정동제일교회 125년사』 1, 정동삼문출판사, 2011, 130쪽. 1900년에 감리교출판사(Korean Methodist Publishing House)로 개명, 1909년에는 폐쇄된다. 이후 1899년 선교사 베어드의 형인 베어드 박사는 샌프란시스코에서 인쇄기를 구입해서 일본 고베를 거쳐 진남포로, 다시 대동강을 통해 평양으로 운반해 왔다. 리처드 베어드, 김인수 역, 『배위량 박사의 한국 선교』, 쿰란출판사, 2004, 234쪽.

8 다음의 1920년대 출판물들에는 각기 다른 인쇄소, 인쇄공이 기재되어 있다. 노돈 부인 역, 『님군의 새옷과 다른 니야기』, 1925(인쇄소 신문관, 인쇄공 김익주); 노보을 부인 역, 『팔늬앤아』, 1921(인쇄소 대동인쇄주식회사, 인쇄공 김중환); 기일·이원모 역, 『류락황도기』, 1924(인쇄소 동아인쇄소, 인쇄공 우건명).

과 평양 기독교인들에게도 상당량 소비되었던 『창가집』(베어드 부인 ·
베커 부인 편, 1915)이 그 예이다.

일제하 조선 출판 시장에서 조선예수교서회의 활약은 일본에서의
기독교 서회 성과와 견주어 볼 때에도 그 적극성이 두드러졌으며,[9] 1930
년대 후반에는 성경, 구약, 신약, 간략본(portion, 주로 비신자들이 구입하던)
의 배포율이 세계 5위에 달할 정도의 성과를 거두었다.[10] 연도별 총 간
행 부수는 1911년 24만 부에서 1915년 70만 부로 지속적으로 증가하여
1920년에는 120만 부, 그리고 1925년에는 170만 부에 이르게 된다.[11]

단행본 서적은 1,000부에서 5,000부 사이, 캠페인 성격의 서적은 5,000
여 부 정도, 그리고 『매일성경요과』, 『기도회제목』 등 예배와 신앙생활
에 활용되는 서적은 회당 만 부 이상 발행되었다. 서회의 베스트셀러
중 하나인 『예수행적』의 경우에는 1933년까지 총 140만 부가 발행되었
다.[12] 신간 역시 활발히 간행되어, 1926년의 경우 일반 출판사들의 신
간 서적 발행이 80여 종이었는데 서회가 발행한 신간이 40여 종으로[13]
전체 신간 서적의 3분의 1가량이 서회에서 발행되었다. 1929년에는 78
종의 신간과 26종의 재간이 사회 · 교육 · 전기 · 아동 · 종교 · 위생 ·
음악 · 주석 / 주해 · 농업 · 경제 분야에 걸쳐 발행되었다.[14] 또한 1928

---

9 이장식, 앞의 책, 38쪽.

10 J. Y. Crothers, "Translations and Distribution of the Scripture", *Korean Mission Field*, 1939.9,
 p.181.

11 〈대한기독교서회의 각종 통계표〉, 이장식, 앞의 책, 286쪽.

12 『조선예수교서회 43주년 사업보고』, 1933, 7쪽; 서신혜, 「1920~30년대 기독교 출판 서적의
 양상과 그 시대적 의미」, 『동아시아문화연구』 54, 2013, 368쪽 재인용.

13 H. H. Underwood, "The Christian Literature Society of Korea", *The Korea Mission Field*,
 1927.4, pp.83~86.

14 Chas. S. Deming, "The Christian Literature Society", *The Korea Mission Field*, 1929.7, pp.143~
 144.

년에는 조선, 만주, 중국, 일본, 미국, 캐나다, 영국, 독일로부터 3만 5천 건의 우편 주문을 받았다고 하는데, 어떠한 서적이 주문되었는지에 관해서는 기록되어 있지 않다.

2) 출판 자본

조선예수교서회는 애초부터 단일하고 확고부동한 조직체로서 탄생한 것은 아니었다. 영국(스코틀랜드), 미국, 캐나다 성서공회들은 각기 별도의 조직체였고, 따라서 이들로부터 지원을 받아 운영될 수밖에 없던 조선의 성서공회는 재정 안정화와 조직의 구심점에 있어서 난항을 겪었다. 예를 들면 1888년 언더우드와 아펜젤러의 마가복음판은 스코틀랜드 성서공회에, 로스 역의 누가복음판은 영국성서공회에, 스크랜턴 박사가 수정한 이수정 역 마가복음판은 미국성서공회에 인쇄비 지원을 요청하는 식이었다.[15] 이런 문제를 해결하기 위해 혜론 의사의 제안으로 1889년 미국과 영국의 서회 재정을 통해 지원금을 확보한 채 조선성교성회(Korean Religious Tract Society)가 조직된 것이다.

이렇게 출범된 서회의 출판 자금은 기본적으로 미국·캐나다·호주·영국 등 각 선교 지부에서 원조를 받았고, 선교사들이 해외로부터 유치하는 기부금과 각종 기독교 단체 후원금으로 운영되었다. 식민지 조선에 파견된 선교사 중 미국인 선교사가 60% 이상을 차지했기 때문에[16] 미국에서 유치할 수 있는 기부금 또한 가장 컸다. 성경은 앞서 언

---

15 해리 로즈, 최재건 역, 『미국 북장로교 한국 선교회사』, 연세대 출판부, 2009, 397쪽.

급한 것처럼 각국 공회들의 지원금으로, 전도지나 찬송가 역시 파견 선교회나 구미 기독교 단체의 지원으로 이루어졌으나, 서회는 그 밖에도 일반 출판물을 비롯한 다양한 문서를 출판해야 했고, 서회 건물 증축이나 인건비, 그 밖의 운영 자금도 필요했다. 따라서 서회 임원직을 맡은 선교사들의 주요한 업무 중 하나는 모금 운동이었고, 선교사들은 본국 체류 기간을 활용하여 모금 캠페인을 벌이곤 했다.

일반 서적 출판은 개인 후원자의 자금으로 이루어기도 했다. 영국 작가 존 번연(John Bunyan)의 *Pilgrim's Progress*의 조선어 번역본인 『천로역정』은 미국 선교 잡지 *Missionary Review of the World*의 편집장인 피어슨(Arthur T. Pierson) 목사의 후원으로 이루어졌고 이는 식민지 시기 4판 이상 출간한 베스트셀러가 되었다. 특히 선교사는 조선어 출판물을 낼 때 번역·교정·출판 업무를 보아 줄 조선인을 필요로 했는데, 활용할 수 있는 개인 비서가 있지 않은 경우에는 이들을 위한 인건비가 따로 확보될 때까지 출판 기획이 지연되곤 했다. 노블 선교사 부인은 선교사 부부의 주요 후원자였던 에밀리 페커의 기부로 1926년 조선인 김태원을 정규직 비서를 고용할 수 있게 되었고 오전 9시부터 12시까지 1년간 그와 문장 검토를 하며 『승리의 생활』 집필 마무리 작업을 진행했다.[17] 후원자의 이름은 단행본의 서두나 말미에 감사의 문구로 기입되어 있는 경우도 있었으나, 그렇지 않은 경우도 있었다. 선교사의 가족·지인들이 지속적인 후원자인 경우도 있었는데, 대표적인 예는 언

---

16 내한 선교사 통계는 다음의 자료 참조. 김승태, 박혜진 편, 『내한선교사총람』, 한국기독교역사연구소, 1994, 4~5쪽.

17 매티 노블, 손현선 역, 『매티 노블의 조선 회상』, 좋은씨앗, 2011, 567~569쪽(1927.7 기록).

더우드 선교사의 형인 존 T. 언더우드(John T. Underwood)인데 그는 미국 언더우드 타자기 회사 대표로 언더우드의 선교·교육·출판 자금을 지원했다.

조선 내부에서 모금된 자금은 교회와 회원, 선교사들로부터 나왔다. 서회는 각 교회마다 매년 1월 셋째 주일에 서회를 위한 특별 헌금을 마련해 줄 것을 요청했고, 서회 회원들은 회비(일반회원 2원, 평생회원 20원)를 통해 자금을 모았다. 그런데 1928년의 회계에 따르면, 조선 교회의 모금액은 영국성서공회의 지원금의 10분의 1 정도에 해당하는 액수였고[18] 일부 연도를 제외하고는 식민지 시기 전반에 걸쳐 서회 주일헌금과 회원 회비로 모아지는 조선 내부의 자금은 해외 기관 원조금의 10~30% 정도에 그치는 해가 많았다.[19] 해외 기관의 원조금에 기부금까지 더하면 사실상 서회 자금은 미국과 영국에 전적으로 의존하고 있었다. 1930년대에 이르면 조선의 교회는 조선인의 교회로서 자립하는 경우도 있었으나, 기독교계 학교, 병원, 출판의 경비는 전적으로 미국으로부터 오고 있었고 선교사가 직접 관여하고 있었다.[20] 즉, 서회를 중심으로 한 기독교 출판의 자금과 운영 주체는 지속적으로 '서양'과 '선교사'였던 것이다.

서회는 전체적으로는 이윤이 남지 않는 출판업을 보조하고자 몇 가지 수익 사업을 병행하며 사업의 수지를 맞추었다. 1890년대에는 서적 판매 유통망을 이용한 의약품 판매가 서회의 주요 사업 중 하나였다.

---

18 Chas. S. Deming, "The Christian Literature Society", *The Korea Mission Field*, 1929.7, p.144.

19 전체 재정에서 조선 내부의 모금액이 차지하는 비율은 이장식이 기록한 서회 재정 연표를 참조로 산출했다. 이장식, 앞의 책, 291쪽.

20 「신흥우 씨와 교담록, 기독교의 자립 문제를 중심 삼아」, 『삼천리』 5~10, 1933.10.

대표적인 예는 언더우드가 유통을 주도했던 '키니네(quinine / kinine)'였
다. 이 약은 해열·진통·강장(强壯)·말라리아에 효과가 있었으나 당
시에는 만병통치약으로 통하기도 했다. 그러나 1898년에는 선교사의
서양 의약품 직접 수입과 판매에 대해 미국 무역상이 불만을 품고, 신
자나 서적상들 역시 이를 통한 이윤에 과욕을 부리는 분위기가 조성되
자 언더우드는 '키니네'의 권서인 유통을 중단했다.[21] 그러나 영국 회
사의 키니네 수입 광고는 이후 1911년에도 지속적으로 *The Korean
Mission Field*에 전면 광고로 게재되었다. 또한 선교사 빈튼은 재봉틀
을 수입했고, 언더우드는 그 밖에도 농기구, 석유, 석탄 등을 수입하기
도 했으나 이것 역시 비난을 받았다. 선교사들은 자신들은 조선에 주
재한 무역 상사와 달리 판매 대리인으로 활약한 적은 없다고 주장해야
했는데,[22] 이처럼 선교사의 수익 사업은 상업적·국가적 이해관계 속
에서 종교인으로서 입장을 표명하기 난감한 사안이었다.

그럼에도 불구하고 서회는 이후에도 출판과 관련된 사업은 적극적
으로 활용했다. 대표적인 예로 사무용품·문구 사업을 운영했는데, 주
로 달력·수첩·지도·엽서·카드·단어장(한자 학습)·학습 교구 등을
취급했다. 이 중에는 언더우드 선교사 형이 운영하던 언더우드 타이프
기도 포함되어 있었다.[23] 이러한 문구류 사업은 박문서관, 대동서시
등 당시 다른 출판사와 서점에서도 병행했던 사업이나[24] 주일학교 교

---

21 언더우드, 「기고문」, 『독립신문』(영문판), 1898.8.28; H. G. Underwood, 이만열·옥성득
   편역, 『언더우드 자료집』 II, 연세대 출판부, 2006, 290~291쪽.
22 언더우드, 「기고문」, 『독립신문』(영문판), 1898.8.28; 위의 책, 290~291쪽.
23 권말 광고면, *The Korea Mission Field*, 1913.5.
24 한기형, 「1910년대 신소설에 미친 출판, 유통 환경의 영향」, 『한국학보』 22-3, 1996, 135쪽.

구나 서양 문구류를 주로 다룬 것은 기독교 출판사 사업의 특징적인 부분이었다. 1924년부터는 자사 출판물 이외에도 의뢰받은 신구서적의 바인딩을 대행해주는 북 바인딩 업체와 수입 식기나 티세트 등의 테이블 웨어를 취급하는 '도자기 담당 부서(Crockery department)'를 새로운 사업 부서로 운영하기도 했다.[25] 이러한 생활 도자기는 선교사 가족들이 조선 체류 시 소용되기도 했거니와, 선교사부인이 조선여성들과 요리 강습을 통해 교류하기도 했으므로 이를 통해 필요가 창출되기도 했던 것으로 보인다.

3) 선교사와 검열

선교사는 외국인이면서 종교인이라는 점에서 식민지 시기 출판계에서 특수한 위치에 있었다. 조선인이 신문지법, 출판법을 따라야 했던 것과 달리 외국인은 일본인과 함께 신문지규칙, 출판규칙이 적용되는 출판 주체였다.[26] 따라서 외국인 신분이었던 선교사들은 조선인에 비해 상대적으로 자유로웠던 것은 사실이며, 이로 인해 조선인이 일인이나 서양인의 이름을 발행인 명의로 빌리게 되는 일이 발생하곤 했던 것이다.[27] 게다가 3·1운동 이후 사이토 총독은 선교사와 조선인의 결탁을 경계하고, 선교사 탄압으로 인한 국제적 비난을 피하기 위해, '선

---

25 *The Korea Mission Field*, 1924.9.

26 정근식, 「식민지적 검열의 역사적 기원―1904~1910」, 『사회와 역사』 64, 한국사회사학회, 2003.

27 정진석, 「일제 강점기의 출판 환경과 법적 규제」, 『근대서지』 6, 2012, 27쪽.

교사 담당'이라고 불릴 정도로 외국인 선교사 관리에 심혈을 기울였다.[28]

하지만 법 조항이나 사이토 총독의 회유책과는 별개로 사실상 경찰은 서회의 원고 준비·출판·판매 전 과정을 지속적으로 주시했다. 번역 작업을 선교사의 업무 1순위로 꼽았던 베어드 선교사의 1918~1919년도 보고서에 따르면 조선인 번역가들과 함께했던 공동 번역 작업은 중간에 늘 경찰의 급습에 시달렸고 번역가들이 구류되기도 했다.[29]

3·1운동 직후 작성된 「재한선교사보고문건」[30]의 기록 역시 이들 출판물에 대한 검열이 다각도로 이루어지고 있었음을 보여 준다. 이들이 언급한 1911년도 출판법에는 '외국인'과 '기독교' 출판 주체에 대한 지침이 명시되어 있었고, 이에 따라 기독교 출판사는 발행일 사흘 전에 인쇄물의 사본을 경찰에 제출해야 했고 기독교 정기 간행물은 종교적인 주제만을 담아야 했다. 하지만 서회 측에서 순수히 종교적인 서적이라고 판단했던 단행본 서적, 예컨대 『악마로부터 멀어지는 법』이나 『기독교인의 메시지』조차도 '정치적 함의'를 지니고 있다는 이유로 몰수·삭제되었는데 이러한 경우는 빈번했다.

이렇게 검열관의 오해를 살 만한 것이 있는지 자체적으로 검열하여 의식적으로 저술, 편집했음에도 불구하고 뜻하지 않게 검열에 걸리는 경우가 있었는데, 선교사 노블의 부인이 편집한 최초의 조선 기독교인 전기/자서전 열전인 『승리의 생활』(1927) 역시 그러한 경우에 속했다.[31]

---

28 「Ⅲ. 사이토의 식민 통치 특성과 지방 순시」, 『해외사료총서 15―일본 소재 한국사 자료 조사 보고』; 한국사데이터베이스.

29 "Report of William M. Baird for 1918~1919"; www.i815.or.kr.

30 「재한선교사 보고문건」, "현재의 법과 한국에 있는 기독교 교회 및 선교 사업에 대한 정부의 태도에 있어 바람직한 변화에 관한 선교사들의 의견"; www.i815.or.kr.

31 매티 윌콕스 노블, 손현선 역, 『매티 노블의 조선 회상』, 좋은씨앗, 2011, 569쪽.

조선인의 이야기이지만 '외국인' 필자를 내세웠기 때문에 검열이 약화될 것이라 기대했던 출판사가 인쇄를 먼저 진행시키고 납본 검열을 받았으나 결국 상당량의 삭제를 지시받았던 것이다. 당시 선교사 부인의 저술과 출판 업무를 보조하던 조선인 비서 김태원이 경찰을 상대하여 일곱 군데의 활자를 겹으로 인쇄하여 삭제하는 것으로 합의를 보았다. 검열에 대응하는 자세는 조선인이 좀 더 담대하여, 김태원은 조선에서 검열당할 경우 책의 가치는 오히려 높아진다며 노블 부인을 위로하기도 했다.[32]

그리고 경찰은 책의 유통 단계까지 감시했다. 기독교 서적은 대부분 종교 서적 행상인의 지방 방문 판매로 이루어졌고 따라서 경찰과 지역 관리들이 서적 행상인과 구매자를 방해하면 서적 판매의 성과는 저조할 수밖에 없었다. 선교사 측은 왕왕 벌어지는 이러한 처우와 공적·사적 편지까지 검열되는 상황에 대해 '종교·언어·발언·보도·토의의 자유가 침해당하고 있음'을 근거로 일본 측에 지속적으로 항의했다.[33]

---

[32] 김태원은 1930년대가 되면 『뿌커 티 워싱턴 자서전』(1935)이나 『현대 사회 문제』(1931) 등 주요 인물 자서전이나 사회과학 서적을 단독으로 번역하며 번역자로 활약하게 된다. 당시 그의 번역은 선교사들에게 잘 트레이닝된 언어 실력을 기반으로 "구식 부인도 모를 것 없이 능히 읽을 수 있도록 잘 번역"한 것으로 평가되었다. "舊式의宣敎師로서는 대단히 忌嫌할만한 主張도 많이하엿을뿐만 아니라 그譯者인 金泰源氏로 말하면 (…중략…) 구식부인으로도 모를것없이 能히 읽을수잇도록 잘번역" 「현대사회문제」, 『동아일보』, 1931.12.13, 6면.

[33] 「재한선교사보고문서」, 독립기념관 자료실; www.i815.or.kr.

4) 조선 출판 시장 분석과 출판 경향

일찍이 1897년 서회는 기독교 출판사가 서양 문헌의 번역물 중심임을 반성하고 한국인의 심성에 맞는 책과 일반 문화의 발전에도 기여하는 출판사가 되어야 함을 촉구했었다.[34] 즉 기독교 출판사일지라도 종교 서적에 국한되지 않는 각종 교양서, 실용서, 그리고 조선인 저작물이나 창작물을 중시했다. 서회는 선교사, 목회자, 기독교인, 비기독교인을 모두 독자로 상정했으며, 따라서 그 발행 문서의 종류는 다양할 수밖에 없었다. 그러나 실제로는 1920년대에 이르러서야 본격적인 규모로 일반 단행본들을 출판할 수 있게 되었으며 이때까지도 번역서의 비중이 높았다. 조선인과의 공역 등을 통한 협업이 종종 있었고 조선인 필자가 간혹 등장했음에도 불구하고 서회의 정체성을 규정할 때에는 여전히 서양인 선교사 중심의 "외국 조직"임을 부인할 수 없었고, 따라서 한국 교회, 목회자, 신자의 참여를 통해 권리와 책임을 점차 이양해야 한다는 의견은 1920년대 후반에도 지속적으로 나오고 있었다.[35]

지식과 사상의 효과적인 전달 수단이 강연에서 문서로 이전되는 시대적 흐름 속에서,[36] 서회 역시 1921~1922년도를 "대약진 운동의 해"로 명하고, 이전의 설교 중심에서 문서 선교의 비중의 늘렸다. 이에 1910년대에는 50여 부 내외를 오가던 신간 서적의 수가 1920년대를 맞이하여 100여 부 가까이 유지하게 되었다. 이 시기 편집부는 체제 정비가

---

34   이장식, 앞의 책, 108쪽.
35   *The Korea Mission Field*, 1927.10, p.214.
36   김현주, 『사회의 발견』, 소명출판, 2013, 488쪽.

이루어졌고, 서회 위원들이 원고의 선정부터 출판까지 책임지는 방식으로 운영되었기 때문에 초반 신소설, 고소설류나 창가 등이 신간의 반 이상을 차지하던 1920년대 출판 시장 속에서 서회는 차별화된 출판물의 성격과 수준을 유지할 수 있었다.

서회 측 선교사들은 대체로 1920년대 조선 출판 시장을 부정적으로 평가했다. 1926년도 서회 회장이던 히치(J. W. Hitch)는 *The Korea Mission Field*에 조선 문학과 출판의 현황을 비판적으로 논했는데, 이 글은 '외부자의 비판에 귀 기울여 조선인들의 각성을 촉구하자는 의도'에서 『동아일보』가 바로 조선어로 번역 연재하기도 했다.[37] 히치는 조선문학의 현 상황을 과도기로 보고, 기존 지식인층은 한문학을 고수하고 일본 국민으로 교육받아 양성된 청년 계층은 일본어 서적을 선호하고 조선어문을 폄하하고 있는 상황에서 조선어로 발표되는 문학의 질이 높아지기 힘든 현실을 안타까워했다. 조선문학은 과거의 한문학과 일상적으로 볼 수 있는 일본어 서적과 유입된 서양 문학 사이에서 놓인 존재라는 것이다. 그는 이렇게 일본어를 국어로 교육시킨 세대가 자라나 싸고 모던한 외관에 상대적으로 검열에 자유로워 다양한 내용을 담고 있는 일본 책이 젊은 세대를 장악한 시대가 되어 조선 서적의 입지가 위태로워졌음을 진단했다.[38] 이런 상황 속에서 조선의 정기간행물은 독자에게 자극적이고 부정적인 감정을 불러일으키며 상업적으로 어필하고 있고 조선 출판계에는 사실상 가치 있는 문학이라고 할 만한

---

37 J. W. Hitch(허아각, 許雅各), 「조선문학의 현세」, 『동아일보』, 1926.6.8・12.
38 J. W. Hitch, "Present Tendency in Korea Literature", *The Korea Mission Field*, 1926.6, pp.129~ 130.

것이 부재하다고 비판한다. 그는 이에 기독교 문서들은 윤리적 문학적이고 사회에 긍정적 영향을 미칠 만한 출판물을 제공할 필요가 있음을 촉구했다.

서회는 이처럼 사회적으로 윤리적이고 긍정적인 영향을 미치는 서적, 청년층의 사회 문제 의식이나 지적 욕구에 응답하는 서적, 그리고 문학적으로 우수하며 장정과 시의성에 있어 경쟁력을 갖춘 서적을 출간해야함을 자각하고 있었다. 이러한 의식 속에서 이들이 1920년대 출판한 일반 서적들은 대체로 번역물이었다는 점에서 '조선어' 서적이기는 했으나 아직 '조선인'의 서적의 비중이 크지는 않았다. 이때 서양인 여성 선교사, 조선인 여성 등의 여성이 번역자나 필자로 활동하는 비중은 다른 출판계에서보다 상대적으로 높았다는 점이 특징적이다.[39] 1920년대 출간된 서회 일반 서적 단행본의 유형은 크게 다음의 세 가지, '생활 습속 개선, 사회 문제·지식, 문학서'로 정리할 수 있다.

① 생활 습속 개선 : 폐창, 금연, 금주 등 절제운동과 병행한 서적. 위생, 질병, 성교육, 육아, 부부, 가정생활 지침서 등.

② 사회 문제·지식 : 각종 사회사업, 과학, 농촌, 자선, 돈, 소유, 윤리 등을 다룬 서적.[40]

③ 문학서 : 19~20세기 영미문학 중심으로, 성장소설류가 주류를 이룸. 아동문학과 미국 인물 전기와 자서전 번역물.

---

[39] 선교사 부인의 번역 활동에 관해서는 다음 논문에 상술되어 있다. 김성연, 「근대 초기 선교사 부인의 저술 활동과 번역가로서의 정체성」, 『현대문학의 연구』 55, 2015.

[40] 1920~1930년대 기독교 사회운동 관련 출판물에 주목한 논문은 서신혜, 「1920~30년대 기독교 출판 서적의 양상과 그 시대적 의미」, 『동아시아문화연구』 54, 2013.

3. 조선예수교서회와 지식의 유통

1) 광고와 가격 책정

서회 역시 식민지 시기 출판 시장의 고질적 문제들, 예를 들면 할인 판매와 외상의 문제를 공유하고 있었다. 이에 더해 서회는 종교 서적 출판사로서 무료 배포라는 또 다른 문제를 고민해야 했다. 기독교 서적은 초기에 성경을 비롯한 종교 서적의 무료 배포를 통해 가급적 많은 신자를 만들고자 했으나, 서회의 운영과 권서인의 수입에도 지장이 있을뿐더러 "조선인은 공짜는 하찮게 여기며, 돈 주고 사지 않은 것은 읽지 않는다. 책 종이를 벽지나 과일, 약, 포장지로 사용한다"[41]는 목격 담들이 속출하여 곧 무료 배포를 지양하는 방향으로 선회했다. 이때 무료는 아니지만 현금 대신 현물을 받는다든가 하는 융통성은 발휘했다.

서회는 개인의 생활 습속을 개선하는 서적의 배포를 중시했고 따라서 이들 서적은 염가로 책정했다. 1920년대 중반, 서회는 술·담배·아편 중독, 성, 위생, 질병, 매춘 등을 둘러싼 사회운동 캠페인을 벌였고, 1926년도에 발간된 술, 담배, 아편에 관한 도서만 해도 10여 권 이상 발행되었다. 당시 이러한 절제운동(Temperance Campaign) 시리즈 도서들은 60~90여 쪽 분량의 서적들로 0.08~0.18원 정도의 가격에 공

---

[41] "사람들은 집의 벽을 다 도배했기 때문에 책을 사고 싶지 않다고 말했다. 우리는 벽이 종교 서적으로 도배되어 있는 것을 볼 수 있었다. 그것들 중에 작년 달력이 있었는데—내 생각에—지난해 공주로 여행 가는 모펫에게서 구입한 것 같다." 리처즈 베어드, 「부산에서 서울로의 여행(1893.9.25~10.11)」, 리처드 베어드, 앞의 책, 73쪽.

급했다. 선교사들이 파악하기에 학생들보다는 일반인들이 책의 가격에 더욱 민감했기 때문에[42] 대중적 보급을 목적으로 하는 서적의 가격은 낮게 책정했다.

1920년대에는 비용 절감 차원에서뿐 아니라 다른 경쟁적 출판사들이 부상하여 외부에서 들어오는 원고도 급감하였기 때문에 서회의 직분을 맡고 있던 선교사나 교인들을 주요한 원고 공급자이자 기증자로 활용했다. 1921년 당시 20대 중반으로 몸값이 아직 높지 않았던 김억조차 한성도서주식회사로부터 전기물 번역료로 편당 200~300원씩 받았으므로 이런 번역료만 지급하지 않아도 비용은 상당 부분 절감될 수 있었던 것이다. 덕분에 한성도서, 광익서관, 박문서관 등 타 출판사들이 같은 시기 발행한 유사한 분량의 번역 단행본에 비해 10~30% 정도 책값이 낮게 책정될 수 있었다. 이는 1930년대까지 이어져, 타 출판사의 동일 분량 번역서들 판매가의 절반 정도 수준까지로도 내릴 수 있었다. 이러한 판매 가격 인하와 원고료 지급 절감을 위해 서회는 기존에 조선어 번역물이 있는 경우에도 서회 내부 인력을 무상이나 염가로 활용하여 재번역물을 출판하기도 했다. 미국 흑인 노예 성공 신화의 주역이었던 부커 티 워싱턴의 자서전이 이러한 경우이다.[43]

서양인 선교사가 집중적으로 번역물을 양산한 시기는, 이들이 편집위원이나 심사위원으로 봉직했던 시기와 일치한다. 번역문학의 예를 들면, 피이터(Pieter)는 심사위원이자 편집위원이던 1927~1929년 사이

---

[42] "Findings from the Conference on Christian Literature-September 19", *The Korea Mission Field*, 1927.10.

[43] 고영환, 「해방 전후의 흑비 뿌커 와싱턴의 자서전을 읽고」, 『동아일보』, 1931.4.6~5.3; B. T. Washington, 김태원 역, 『뿌커 티 워싱턴』, 조선예수교서회, 1934.

에 『서부전선은 조용하다』와 『동화 연구법』을, 힐만(Hillman)은 편집위원이던 1926~1927년 사이 『서서국 어린이 하이디』, 『흑준마』, 『아프리카 동화』를, 그리고 히치(Hitch)는 회장직을 맡던 1926년에 디킨스의 『성탄의 환희』를 번역했다. 조선인 오천영, 김필수 또한 임원 재직 기간에 각각 16권씩을 번역했으며 이 기간 발행된 다른 서회 원고의 교열 감수도 도맡아 했다.

그리고 서회는 광고의 본질을 정확히 파악하고 이를 적극 활용했다. 선교사는 '광고 과학(the science of advertisement)'이란 '욕망 창출의 기술임(the science of creating a desire)'을 직시했다.[44] 조선기독교서회의 광고 방식은 서회 출판물에 싣는 인쇄 광고와 공공장소 광고물 부착, 그리고 개개인을 통한 구두 광고로 나누어볼 수 있다. 서회가 발행하는 단행본 권말 광고를 기본으로 하고, 서회와 선교사가 직간접 관여한 간행물 *The Korea Mission Field*, *The Korea Repository*, *The Korea Review*, 『기독신보』, 『신학월보』 등에 서적 광고를 실었다. 클라크 목사는 지나치게 많은 서적 목록을 나열하는 조선의 서적 광고 방식이 효과적이지 않음을 지적하고 소수의 책 중심으로 상세한 설명을 덧붙일 것을 제안했다. 따라서 이들 광고는 가급적 서적 내용의 소개문을 한 단락씩 동반했다. 또한 『동아일보』와 같은 일간지의 광고뿐 아니라 신간 서적 소개란을 적극 활용했다. 출판도서 목록집(Book-Shelf)을 연간 2회 제작하여 교회, 교인, 상인들에게 배포하기도 했는데[45] 1920년의 경우 이를 영어로 500부, 한글로 7,000부를 제작 배포했다. 그 밖에도 자동

---

44 C. A. Clark, "The Distribution of Literature", *The Korea Mission Field*, 1927.11, p.223.
45 W. M. Clark, "The Editor of the C. L. S. Tells his Story", *The Korea Mission Field*, 1931.7, p.143.

차, 호텔, 기차역, 온천 지대 등 공공장소에도 광고문을 배포했다.

그런데 이러한 권말 광고, 신문 잡지 광고, 신간 소개란 활용, 자사 간행물 활용, 독자 명부 관리, 판매도서목록 제작 배부, 특매 광고, 포스터·전단지·입간판 활용 등의 광고 방식은[46] 기독교 출판사만의 독창적인 것은 아니었다. 종교 단체가 시도할 수 있는 가장 차별화된 광고 형태는 기독교 자본인 인력, 공간, 조직을 활용하는 것이었다. 따라서 목회자, 권서인, 전도 부인, 교사 등을 통해 인구가 회집하는 교회, 학교, 강연회, 병원, 장시[47] 등에서 직간접적인 구두 광고를 했다.[48] 특히 서회는 서회 단행본 추천 도서 리스트를 작성하여 목회자들이나 크리스천 학교 교사들로 하여금 책을 소장, 회람하게 할 뿐 아니라 교회의 설교나 학교의 강의에서 서회 출판물의 발행 소식을 적극적으로 전달할 것을 권면했다. 특히 목사나 선교사, 교사들은 그들의 책상 위에 서회 책을 진열하여 방문객에게 한 번이라도 더 노출시킬 것을 권고 받았는데 이는 개인적으로 수행하는 광고가 불특정 다수를 향한 인쇄 광고보다 효과적임을 인식한 서회 측의 분석에 따른 전략이었다.[49] 또한 앞서 언급한 것처럼 '서적 구입의 욕망을 창출하기 위해' 한 권을 무료로 전달하고 추가적인 서적 구입을 유인하는 방법도 시도했는데, 이러한 목적 때문에 서적 행상인들이 일반인들에게 책을 파는 사람

---

46 식민지 시기 서적 광고에 관해서는 방효순, 「근대 출판사의 서적 판매를 위한 광고 전략에 대한 고찰」, 『출판잡지연구』 21, 2013, 112~115쪽.

47 황미숙, 「초기 선교사들의 전도 활동과 장시」(제269회 학술발표회 주제 발표), 『한국기독교 역사연구소식』 85, 2008.

48 서회의 광고 방식에 관해서는 서회 회의 내용을 정리한 다음 기사에 기술되어 있다. "Findings from the Conference on Christian Literature-September 19 1927", *The Korea Mission Field*, 1927.10.

49 C. A. Clark, "The Distribution of Literature", *The Korea Mission Field*, 1927.11, p.223.

(book-sellers)으로 비치지 않고 책을 주고 전시하고 권해 주는 사람(book-exhibiters)으로 인식되도록 그 명칭을 '매서인'이 아닌 '권서인'으로 해야 할 것이 주장되기도 했다.[50]

그리고 서회는 1920년대부터 책 자체의 장정을 세련화하여 경쟁력을 확보하고자 했다. 프린팅과 바인딩을 비롯한 장정의 스타일에 심혈을 기울이기 시작했으며 각 책마다 디자인과 커버를 도안하고 양질의 종이에 삽화 또한 가급적 많이 싣고자 했다.[51] 젊은 남녀 독자들을 구매 타깃으로 삼아 분량이 짧고 크기가 작으며 합리적인 가격에 매력적인 새로운 내용을 담고 있는 책을 출판해야 한다는 전략을 폈으며, 장정도 두 가지(paper cover와 cloth binding)로 발행했다.[52] 서회의 번역서들은 독자의 흥미를 유도하기 위해 삽화나 사진을 적극적으로 게재하곤 했는데, 일찌감치 『천로역정』의 경우에는 풍속화가 김준근을 고용하여 조선의 토속적 배경을 담았고, 『동물학』(A. L. Gray, 베어드 부인 역, 1906)에도 조선인 삽화가들의 해부도로 대체하여 싣는 등 조선인 독자의 눈에 익숙한 삽화를 담는 전략을 펴는가 하면, 각종 서양 동화들을 번역한 『님군의 새옷과 다른 니야기』(노돈 부인 역, 1925)의 경우에는 원서의 이국적 그림을 가져오기도 했다.

---

50 Ibid., p.223.
51 Gerald Bonwick, "A Year of Successful Publishing", *The Korea Mission Field*, 1922.1, p.8.
52 E. W. Koons, "Time to Spend Money on Books", *The Korea Mission Field*, 1920.12, p.262.

2) 판매와 배포

　서회 출판물 중 소책자와 일부 도서들은 교회, 선교 센터, 병원, 미션 스쿨 등에서 일정 수량 이상 자체적으로 소비되었다. 숭실학당, 배재학당, 세브란스, 연희전문, 이화여고보 등은 선교사의 주도로 설립 운영된 것이었고, 따라서 이들 학교에서 필요로 하는 의학, 과학, 수학, 역사, 음악, 문학, 교육, 신학 등의 교재 역시 상당수 서회를 통해 출판되었다. 또한 서회의 신간 서적을 정기적으로 받아보는 구독자 회원 역시 서적의 일정량을 소비해 주었으나, 그 수를 보면 1920년에는 128명, 1922년에 200여 명, 1927년에도 202명에 불과했다.[53] 이들은 신간 서적을 1~2부 정도 배송 받았으며 따라서 각 판본은 최소한 350~400여 부 정도 출간 즉시 소비되었다.[54] 따라서 1,000~5,000여 부를 발행하던 단행본들의 경우, 나머지 재고는 직접 소비자를 찾아가야 했다.

(1) 서점

　서회의 책 판매소는 크게 ① 기독교 서점과 ② 일반 서점, 그리고 ③ 상설 서점이 있었다. 1920년도에 조선예수교서회가 확보한 전국의 기독교 서점은 전국에 18개였고[55] 1920년대 후반에는 전국 13개도 모든 군에 서회 판매원을 배치하게 되었다.[56] 이 중 서회 내부에서 가장 주목받았던 대표적 기독교 서점은 1905년에 2층 건물로 세워진 평양종

53　이장식, 앞의 책, 180~184쪽.
54　Gerald Bonwick, "A Year of Successful Publishing", *The Korea Mission Field*, 1922.1, p.7.
55　C. A. Clark, "The Circulation of Christian Literature", *The Korea Mission Field*, 1920.8, p.173.
56　이장식, 앞의 책, 40쪽.

교서점이었다. 이곳은 1층은 서점, 2층은 비신자나 비구매자들도 이용할 수 있는 도서실로 구성되어 있었으며 당시 서점 경영자는 교회의 조사로 있다가 서점 보부상을 하던 조선인 정익노였다. 그는 한 해 동안 서회 간행물 3만여 부, 성서 2만여 부를 판매하는 등 높은 판매 실적을 내어 그의 경영 실적이 우수 사례로 보고되었고, 다른 모든 서점 인력들에게도 이러한 세일즈맨으로서의 기술을 주기적으로 교육시킬 필요가 있다는 제언이 나오기도 했다.[57] 서회는 이후 실제로 1927년에는 "4일간의 세일즈맨십" 프로그램을 개설하여 지방 서적 상인들에게 영업과 마케팅 등을 교육, 훈련시키는 등 사업적으로 수완이 좋은 서점 상인의 육성을 장려했다.[58]

기독교 출판사는 일반 서점도 판로로 활용했다. 박문서관의 노익형은 예배당 앞에서 서점을 열면서 기독교 서적을 주요 상품으로 취급했으며, 동광당이나 청진서관과 같은 학생, 청년들이 많이 이용하던 서점들에서도 서회의 서적을 구매할 수 있었다. 선교부측에서 볼 때 문제는 이들 일반 서점에서는 기독교 서적이 유리한 위치에 전시되어 있지 않은 경우가 많았다는 점이었다.

간이 서점도 개설되었다. 이는 주로 종교적 행사가 열리는 곳에 개설되었는데, 많은 사람들이 모이는 기회를 활용하여 책꽂이에 책을 전시하고 판매하는 부스를 마련하는 식이었다.[59] 그 밖에도 교회 역시 서회에 권서인으로 등록하여 도매가로 서적을 매입하고, 교인들에게

---

57 C. A. Clark, "The Circulation of Christian Literature", *The Korea Mission Field*, 1920.8, p.173.
58 C. A. Clark, "The Distribution of Literature", *The Korea Mission Field*, 1927.11, p.223.
59 이장식, 앞의 책, 176쪽.

는 소매가로 영업하는 경우도 빈번히 있었다.[60]

(2) 인력

1920년대 중반 이후 우편 주문 판매가 정착되었지만 서회는 문서를 판매하기 위해 직접 발로 뛰는 조선인을 지속적으로 활용했다. 남성보다는 여성이, 부자나 지식인보다는 그렇지 않은 경우가 기독교 서적 구매에 더 호의적이었으며, 지식, 계층, 성별, 연령, 지역마다 피력할 수 있는 서적과 화술이 달랐기 때문에 서적 상인은 전국적으로 파견을 나가 일대일 대면 접촉으로 구매를 설득해야 했다. 이에 '권서인'은 전도뿐 아니라 전국적 서적 유통에 기여한 것으로 평가받는다.[61] 이들 기독교 서적 행상인들은 'give'의 의미를 부각시킨 '권서인(勸書人)' 혹은 'sell'의 의미를 담은 '매서인(賣書人)'으로 불렸다. 선교사 측에서는 이들을 종교 서적 행상인을 뜻하는 프랑스어 'colporteur' 혹은 나귀에 짐을 싣고 다닌다 하여 'donkey men'이라고도 불렀다. 이들 중 여성은 단순 서적 상인이 아니라 '전도 부인(bible woman)'으로 불렸다.

1880년대 활동했던 대표적인 초기 권서인인 서상륜 이후로 1945년까지 '권서인'과 '전도 부인'으로 활동한 인원은 2천여 명에 이른다. 1891년부터 1916년도까지 서적 행상인을 통한 판매가 총매출의 80% 이상을 차지할 정도로[62] 서회 측에서는 서적 판매에 있어 이들에 대한

---

60 C. A. Clark, "The Distribution of Literature", *The Korea Mission Field*, 1927.11, p.223.

61 조선인의 역할과 평가에 관해서는 다음 논문 참조, 이옥희, 「초기 한국 개신교 형성에 미친 권서들의 활동에 대한 연구」, 한신대 석사논문, 2005.

62 *Quarter Centenary*, Seoul; Korean Religious Book and Tract Society, 1916; 마이클 김, 「서양 선교사 출판 운동으로 본 조선 후기와 일제 초기의 상업 출판과 언문의 위상」, 『열상고전연구』 31, 2010, 16쪽 재인용.

의존도가 높았으나 정작 이들의 생계는 판매액을 통한 수익만으로는 충분치 않았다. 따라서 1890년대에는 이들 권서인들에게 수입 의약품을 함께 취급하도록 함으로써 수입에 보탬이 되도록 했다. 그리고 '책'을 '약'과 함께 판매하는 것은 권서인의 이윤뿐만 아니라 서회 서적의 전파와 전도에도 실질적으로 도움이 되었다. 기독교 포교 초기에 선교사들이 조선인들에게 접근한 방법 중 하나가 의료 선교였으며, 조선인에게 선교사는 서양 의약품을 얻고 의료 혜택을 입을 수 있는 대상이었다. 이러한 목적으로 다가온 조선인들에게 성경 구절이 적힌 쪽지를 첨부한 약을 전달하며 문서도 소개, 배포하고 포교하는 것이 이들의 목적이었다.[63] 앞서 언급한 키니네의 사례가 그 대표적 예이다. 언더우드는 미국에서 도매로 구입한 키니네의 약병에 "키니네는 육체의 어떤 병에는 효과가 있지만, 이 약으로 인간의 영혼은 구원할 수 없고 인간의 영혼을 구할 수 있는 약은 따로 있다"라는 문구를 따로 인쇄하여 포장했는데[64] 이는 선교사의 약효를 신뢰하는 조선인들에게 약을 매개로 성경을 비롯한 기독교 문서와 신앙을 선전하려는 의도를 담고 있었다. 언더우드의 선교여행 상자에는 상당량의 키니네와 진통제, 그리고 책이 함께 들어 있었다.[65]

초기 권서인은 각 지역 선교사가 관할하는 식으로 운영되었다. 예컨대 서회 편집위원으로 지속적으로 활동했던 클라크 선교사는 1927년 서회 소속의 5명의 평양 지부 권서인을 관리하고 있었고, 이때까지만

---

63 릴리어스 호튼 언더우드, 김철 역, 『언더우드 부인의 조선 견문록』, 이숲, 2011, 97~103쪽.
64 L. H. 언더우드, 이만열 역, 『언더우드―한국에 온 첫 선교사』, 기독교문사, 1999, 151쪽.
65 위의 책, 89쪽.

해도 이들은 정식 봉급이 없었기 때문에 이들이 서점보다 높은 수수료를 받을 수 있도록 배려했다.[66] 이들은 대체로 시간제로 고용되었으며 1915년 이후에야 서회의 자금으로 전임 인력으로 고용되게 되었지만 이들을 위한 안정적인 자금은 1928년에 이르러서야 성서공회로부터 확보할 수 있었다. 이 자금은 각 도별로 한 사람의 권서인을 배치하여 이들을 훈련시키고 월급을 주는 데 소비되었다.[67] 이들의 짐 보따리에는 성경과 찬송가 이외에도 서회에서 발행하는 일반 문서들도 함께 들어 있었으며 그 비율은 1 : 2 정도였다. 이때 성경은 20%, 일반 서적은 40%의 커미션을 책정해 권서인 생계에 도움이 되게 하였다.[68] 이들이 출발할 때 싣는 서적은 200원어치 정도였고, 이 중 일부는 우편으로 부쳐서 목적지에서 받을 수 있도록 했다.[69]

이들은 지방의 교회나 선교센터를 활용하기도 했으나 비기독교인을 상대해야 한다는 미션 때문에 가정집을 방문할 뿐 아니라 학교, 공동 작업장, 잔칫집, 장시 등 사람들이 모이는 곳을 집중 공략했다. 권서인들은 기독교에 노출되지 않은 지역에 진입하여 문서 선교, 한글 교육 등을 통해 기독교에 대한 호감과 지식을 쌓게 하여 이후 선교사가 선교 센터나 교회를 건립하고 진입할 때 수월하도록 하는 기능도 했다. 즉 이들은 일반 서적 행상인과 달리 단순한 서적 판매뿐 아니라 전도의 사명도 동시에 부여받았기 때문에 선교사로부터 훈련을 받고 전

---

66 C. A. Clark, "The Distribution of Literature", *The Korea Mission Field*, 1927.11, p.226.

67 이장식, 앞의 책, 184쪽.

68 C. A. Clark, "Literature Distribution Problems from the Field Standpoint", *The Korea Mission Field*, 1931.12.

69 C. A. Clark, "The Distribution of Literature", *The Korea Mission Field*, 1927.11, p.226.

도 여행을 마치고 나서야 권서인으로 인정받았다. 이들 내부에서도 서회의 월급을 받는 유급 권서인은 보다 적극적으로 비신자들에게 접근할 것을 권고 받았다. 따라서 비신자를 공략하는 언술도 훈련에 포함되어, 훈련의 과정에는 남의 집 안에 들어가는 법, 말을 시작하는 법, 그리고 "주의 환기―흥미 유발―구매 욕망 유발―결심"으로 유도하는 4단계 세일즈 전략뿐 아니라 사회주의자, 진화론자, 한학자들의 반박에 대응하는 발화법에 관한 교육까지도 포함되어 있었다.[70]

전도 부인의 경우 봇짐이나 나귀, 우마차 등을 거느리고 다니던 남성 서적 상인들과 달리 이들이 지고 다닐 수 있는 서적의 양에는 한계가 있었고 그 인원수 또한 남성 권서인에 비해 적었다. 또한 성경 자체만 놓고 볼 때 성서 반포에 기여한 수치는 남자 권서에 비해 낮았다.[71] 하지만 1910년대까지의 여성 선교는 전적으로 여성 인력을 통해서만 가능했고, 또한 상대적으로 기독교와 서적에 마음을 쉽게 열었던 여성들을 공략할 수 있는 인력으로 유용했다는 점에서 간과할 수 없는 역할을 한 주체이다. 또한 조선에서 유독 두드러지게 활약했던 특수한 집단이다. 초기 전도 부인들이 가난과 구습의 결혼 제도로 버려진 여성들이 대부분이었다면, 후기에는 미션계 여학교를 졸업한 여학생들도 합류했다. 전도 부인의 활동 영역과 성과의 예를 들면, 대표적 전도 부인인 김서커스의 경우 평안남북도와 황해도를 횡단 총 2,900리의 여정을 걸었으며, 또 다른 전도 부인은 일 년에 6,730명을 만나고 4,491권

---

70 이만열, 「초기 매서인의 역할과 문서선교 100년」, 『기독교사상』 34, 1990, 58~60쪽.
71 영국성서공회연례보고서의 1908~1940년 통계에 따르면 남자 권서들이 79.5%, 부인 권서들이 3.0%, 무급 권서들이 2.7%를 반포했다. 이만열, 「초기 매서인의 역할과 문서선교 100년」, 『기독사상』 34, 1990, 63쪽.

의 성서를 판매했다.[72]

　이때 권서인과 전도부인의 전국적 성과를 좌우하는 변수는 앞서 언급했듯이 바로 지방 행정관, 경찰이었는데, 그 중 '군수'의 역할에 대한 기록도 발견된다. 선교사 혹은 종교 서적상이 특정 지역에 진입하기 위해서는 군수의 허가가 필요했고 따라서 이에 대한 협조나 배타적 태도에 해당 지역에의 문서 사업의 성패가 달려 있었다. 군수가 기독교에 호의적일 경우에는 본인이 적극적으로 기독교 문서 보급에 앞장서기도 했다. 예컨대 1896년 황해도 송천의 한 군수는 한글과 한문으로 된 기독교 서적의 재고를 확보하고 범죄자로 끌려오는 죄수들에게 이를 권고하며 훈시하기도 했다.[73] 물론 군수의 이러한 태도는 신앙의 깊이에서 나온 것이라기보다는 민족중흥을 위한 교육에 유교의 유산인 향교가 무능한 반면 기독교가 도움이 된다는 실리적 판단에 따른 것이어서 선교사의 눈에는 차지 않았지만[74] 그 동기가 무엇이었든 간에 결국 주민들에게 기독교 서적을 권고했던 것이다. 지방 행정관들이 기독교 서적상, 교역자들에게 어떠한 태도를 취했는가가 해당 지역 문서선교의 성패를 좌우하는 중요한 변수였다는 기록은 1920년대의 선교문서에서도 지속적으로 찾아볼 수 있다.

(3) 배포

　조선예수교서회는 하나의 사업체이기는 했으나 비영리적 조직임을

72　장진경, 「초기 개신교 전도 부인의 교육과 여성 선교」, 『기독교교육정보』 21, 2008, 226쪽.
73　H. G. Underwood, 「전도보고서, 1896」, H. G. Underwood, 앞의 책, 169쪽.
74　위의 글, 196쪽.

공표한[75] 종교적 단체이기도 했으므로 서적 무료 배포는 불가피한 일이었다. 이들이 다양한 판로를 통해 서적을 비치하고 대여를 유도한 것은 이들이 표방한 목적이 단지 서적 판매에 그치지 않고 독서 행위를 통해 독자를 변화시키는 데 있었기 때문이었다. 서회 측은 기독교가 언문 보급에서 나아가 조선인의 "독서 습관을 정착시킨 것"에 공헌했음을 강조하곤 했는데[76] 그 실제 성과에 대한 평가는 차치하고라도 서회는 일반 출판사보다는 '판매' 이후의 '독서'까지도 관심을 두고 있었음은 사실이다. 서회는 '책 소비자'와 '독서 인구'를 구별하여 정기간행물의 경우 독서 인구가 책 구매자의 5배에 이를 것을 추정하는 등 독서 인구 자체를 파악하고 이를 늘리는 데 관심을 보였다.[77] 그리고 읽히지 않는 서적에 대한 책임은 이를 매력적으로 생산해 내지 못한 출판사와 편집부원 자신의 탓으로 돌리고 자성을 촉구하기도 했다.

서회 서적의 배포처는 교회, 선교센터, 병원, 학교와 사람들이 모이는 기차역, 온천지, 여관뿐 아니라 감옥도 포함되어 있었다. 선교사들은 전도 여행을 떠날 때 온천과 여관같이 많은 사람들이 모일 수 있는 곳을 지나치지 않고 책을 비치했고, 역에도 서점을 비치하여 여행객들이 뜻하지 않게 책을 열어볼 수 있도록 유도했다.[78] 교회, 선교 센터, 병원 등에는 서점과 독서실을 함께 붙여 놓아 서적을 구매하지 않아도

---

75 "This is not a profit-making organization" 서회 광고, *The Korea Mission Field*, 1924.3.

76 H. H. Underwood, "The Christian Literature Society of Korea", *The Korea Mission Field*, 1927.4, pp.83~86.

77 서회 발행 신문인 Christian Messenger는 4,000부를 발행하지만 서회 측에서는 실제 독자 수는 5배에 해당할 것으로 추정한다. H. H. Underwood, "The Christian Literature Society of Korea", *The Mission Field*, 1927.4, p.85.

78 C. A. Clark, "The Circulation of Christian Literature", *The Korea Mission Field*, 1920.8, p.183.

열람할 수 있도록 했다. 서회는 교회마다 '대여 문고'로 기능할 서적실 (bookroom) 마련을 권고하며 1원에 10원어치의 책과 책꽂이를 제공해주는 등 구입 비용을 원조했다.[79] 또한 교인들에게 산 책 돌려보기 운동도 권장했다.[80] 세브란스의 전신인 제중원에도 역시 1897년 일찌감치 도서관과 서점이 개설되어 있었으며 송도와 행주 지역에도 준비 중이었다.[81]

이 중 선교사들이 문서 포교 초기부터 심혈을 기울였던 표적 중 하나는 감옥이었다. 1903년 한성감옥에 생긴 최초의 감옥 서적실은 성서공회 선교사들의 적극적 지원 속에서 마련된 것이었고 따라서 비치된 서적의 대부분은 성서공회의 서적과 선교사들의 기증 서적이었다. 당시 투옥되어 있던 이상재, 이승만을 비롯한 개화파 지식인과 양반들은 투옥이라는 특수한 상황 속에서 종교 서적을 접하고 다수가 입교하게 되었다.[82] 조선인 여성 수감자는 선교사 부인이 쓴 조선 여성의 삶에 관한 소설을 독서하기도 했다.[83] 구한말 설치된 옥중 서적실은 1910년 이후에도 별 개선 없이 유지되었기 때문에 초기에 비치된 기독교 관련 서적들은 식민지 시기 감옥에도 남아 있을 수 있었다. 그리고 1919년에도 베어드 선교사가 수감자에게 조선예수교서회 출판물을 무료로 보급하는 기록이 있는 것으로 보아, 식민지 시기에도 기독교 서적은

---

79 이장식, 앞의 책, 177~182쪽.

80 E. W. Koons, "Time to Spend Money on Books", *The Korea Mission Field*, 1920.12, p.263.

81 H. G. Underwood, 「전도보고서, 1897」, H. G. Underwood, 앞의 책, 198쪽.

82 유영익, 『젊은 날의 이승만―한성감옥 생활(1899~1904)과 옥중잡기 연구』, 연세대 출판부, 2002, 85쪽.

83 한성감옥의 서적실의 대출 정황에 관해서는 유춘동, 「한성감옥서의 〈옥중도서대출부〉 연구」, 『서지학보』 40, 2012.

감옥에 지속적으로 공급된 것으로 보인다.

서회에는 1920년대 중반에 자체적인 도서관이 마련되었다. 1924년에 언더우드(H. H. Underwood)의 제안으로 교회연합도서관(federal council library)이 서회 건물에 마련된 것이다.[84] 약 500여 권의 소장 도서로 출발했던 서회 도서관의 도서 목록은 크게 5종(① 조선어 혹은 중국어 책 ② 각종 회의록과 보고서 ③ 정기간행물 ④ 역사서와 서사물 ⑤ 정부간행물)으로 분류되었다. 서회는 독자들에게 서회 도서관을 위해 각종 문서를 기부해 줄 것을 광고하며 도서관의 확장 유지에 관심을 기울였다.

3) 서적의 국제적 유통로

한국 근대 문화에서 기독교의 공헌도는 주로 성경의 한글 번역과 출판물 배포를 통한 '한글 보급'의 차원에서 거론되어 왔다.[85] 1920년 『동아일보』 사설은 기독교가 "외국 문화를 수입하여 조선문으로 화한 절대의 효과와 교묘한 노력"으로 "조선 문화 보급"에 기여했음을 인정했다.[86] 서회는 실제로 '한글 교육'과 '조선어 서적 출판'에 앞장섰으나 그 문화적 영향력은 '지식 상품의 유통'이라는 측면에서도 살펴볼 필요가 있다.

서회는 서적의 번역과 수입을 통해 기독교적 장에서나마 국경을 넘

---

84 R. C. Coen, "The Federal Council Library", *The Korea Mission Field*, 1924.3, p.59.
85 김윤경, 「훈민정음 발포 484주년 기념일 당하여 과거를 회고함 (5)」, 『동아일보』, 1930.11.23.
86 「조선문화의 일 방법 (하)」, 『동아일보』, 1920.9.22.

는 문화 교류를 가능하게 했다. 수입 서적에 대한 검열에 촉각을 곤두세웠던 총독부 측에서 기독교의 서적 수입에는 구체적으로 어떠한 방식으로 개입했는지는 아직 밝혀지지 않았으나, 서회는 식민지라는 제한적 환경 속에서 조선과 '미국·중국·일본' 간의 서적의 이동을 시도했다.

서회의 번역 원본으로는 영미권 저서가 가장 많이 선택되었으며, 1924년에는 300여 권의 영미 도서 번역본이 출판되었다.[87] 영어 서적 수입의 경우 종교 서적을 중심으로 하되 서회가 유익하다고 판단한 일반 서적을 포함하여 수입했으며, 1928년 당시 영어 서적의 위탁 판매액은 서적 매출의 12%를 차지하고 있었다.[88] 따라서 서회는 영어권에서 발행된 서적의 구입 창구로도 인식되고 있었다. 예를 들면 구미에서 출판된 게일 번역의 *The Cloud Dream of the Nine*(구운몽)이나 재미 조선인 강용흘의 소설 *The Grass Roof*(초당)를 어디서 구입할 수 있느냐는 『동아일보』 독자의 질문에 대해 신문사는 '조선예수교서회에 문의해 볼 것'이라 답한다.[89] 즉 서회는 조선과 관련된 영어 서적을 구입할 수 있는 서점으로 일반인에게 소개되고 있었던 것이다. 선교사 게일은 조선 고전 및 고소설 영역 작업에 성과를 이루었고[90] 따라서 그의 해외 저서를 서회에서 취급한 것은 종교적 울타리 안에서 일견 당연해 보이나, 서회가 『구운몽』을 판매한 방식을 보면 조금 더 사업적 감각으로 접근했음을 알 수 있다. 『동아일보』에 문의와 답변이 실린 것은 1935

---

87 *The Korea Mission Field*, 1924.8.
88 이장식, 앞의 책, 45쪽.
89 「동아 살롱」, 『동아일보』, 1935.5.1.
90 이에 관해서는 다음의 연구서에 상술되어 있다. 이상현, 『한국 고전번역가의 초상—게일의 고전학 담론과 고소설 번역의 지평』, 소명출판, 2013.

년이지만, 서회는 10여 년 전인 1924년도에 이 책을 대량 구입해 두었다. 『구운몽』 영역본을 발행한 런던 출판사가 도산했고 이에 서회가 재고를 매입해서 정가의 반값에 공급할 수 있게 된 것이다.[91] 16장의 삽화와 347쪽의 볼륨을 가졌던 이 수입 서적의 1925년도 판매가는 5원이었다. 그리고 서회는 자체적으로 영어 출판물을 발간하기도 했는데, 그중 조선인 저자의 것도 있었다. 변영태의 *My Attitude toward Ancestor-worship*(1926), 조선 시조의 영역과 자작 영시를 담은 *Songs from Korea*(1936)가 그 예이다.

또한 서회 간행물에는 중국과 일본 서점 광고가 실리기도 했다. 이처럼 1920년 전반에 걸쳐 상해의 'The Mission Book Company'나 도쿄의 감리교 출판사인 'Kyo Bun Kwan' 광고가 살려 있었는데, 그 서적 목록을 살펴보면 비단 종교 서적에 한정되지 않고 의료, 교육, 문학, 교과서 등 일반 서적 역시 광고하고 있었다. '한-중-일' 기독교 출판물을 다루는 출판사·서점 간의 네트워크가 근대 초기 동북아시아 서적의 공유와 유통에 실제로 얼마나 기여했는지는 광고를 넘어서 면밀히 살펴볼 필요가 있다.

서회는 조선에서의 출판 활동 초창기인 1890~1910년에는 중국에서 발행된 기독교 서적을 주로 참조했다. 중국어본은 성경 번역뿐 아니라 단행본 발행 시에도 고려되었는데, 서회의 최초 번역소설 역시 중국 파견 선교사의 저술인 『인가귀도』(그리피스 존, 프랭클린 올링거 역, 1894)였던 것이다. 선교 초기에 중국 출판물이 적극적으로 검토되었던 것은 내용적으로나 언어적으로 이점이 있었기 때문이었다. 일찍이 동양 문

---

91 "Notes & Personal", *The Korea Mission Field*, 1924.9.

화권에 진출했던 중국 선교사의 글은 조선에서도 적용될 법한 내용이었고 한자를 기반으로 한 중국어 원문은 조선 수용에 유리한 지점이 있었던 것이다. 서회는 중국 개신교 신자들에게 인기를 끈 서적을 수입할 때에 한학자층에는 한문본 그대로 공급했고 일반인들에게는 한글로 번역하여 배포하면 되었다.[92] 이러한 관습은 1920년대에도 이어져,『양극탐험기』(William Spencer Bruce, 이원모 · 이창직 역, 1924)를 번역할 때에도 영어본을 직역하지 않고 조선인 번역자가 중국어 번역본을 중역하여 출판하게 된다.

1910년 이후부터 서회는 일본의 기독교 출판물을 적극 검토하기 시작했으며 이들은 이후 유사한 조선어 저작물의 탄생에 영향을 주었다. 베어드 선교사는 스님에서 목사가 된 일본인의 저술『조상 숭배와 기독교』와『왜 나는 불단을 떠나 기독교인이 되었는가?』[93] 등을 조선어로 번역한 예를 들면서 "일본인 기독교 서적 가운데 양서를 더 많이 찾아내서 조선어로 번역하는 것이 나의 목적"임을 밝혔다.[94] '조상 숭배'와 '불교문화'는 조선에 파견된 선교사들 역시 직면한 문제였고 이에 대한 일본인의 저술을 하나의 참조로 삼고자 했던 것이다. 이러한 일본 서적이 번역된 지 10여 년 이후에는 조선어판『조상 숭배와 기독교』에 해당하는 변영태의 저술이 출판되게 된다.

그 밖에도 일본 구세군의 사령관이자 사회사업가로서 노동자와 부인 문제에 주목했던 야마무로 군페이[賀川豊彦]의『평민의 복음』(베어드

---

92 정동제일교회 역사편찬위원회,『정동제일교회 125년사』1, 정동삼문출판사, 2011, 131쪽.
93 K. Imai, 베어드 역,『여의 개종의 전말』, 조선예수교서회, 1921.
94 Report of William M. Baird for 1918~1919; www.i815.or.kr.

역, 1925)과 『노동과 기독교』(박원철 역, 1933), 그리고 빈민가 전도에 주목했던 가가와 도요히코[賀川豊彦]의 『신생의 종교』(조신일 역, 1930), 『기독교와 그 진리』(조신일 역, 1931) 등 일본의 사회 실천적 기독교 계통의 주요 서적들이 서회를 통해 조선어로 번역되었다. 그러나 외국인 선교사로부터의 자립을 주장했던 우치무라 간조[內村鑑三]의 저술은 번역되지 않았다.

서회 임원 혹은 서회의 저술, 번역가로도 활동했던 선교사와 선교사 부인들은 서회 내부뿐 아니라 국외에서도 출판했다. 우선 이들 선교사는 조선에 관한 저술들을 미국에서 출판함으로써 초기 한국학 관련 자료를 남기게 되었다. 이들은 플레밍(Fleming) 출판사에서 기획한 인도, 중국, 우간다, 조선 파견 선교사들의 기록물인 '선교 여행(Missionary Travel)' 시리즈물의 단행본을 상당량 저술하며 조선에 관한 정보를 제공했다.[95] 그리고 동일 원고를 기반으로 한 출판물을 조선과 일본, 혹은 조선과 미국에서 출판하기도 했다. 조선에서 조선어로 발행되었던 노블 부인 편집의 『승리의 생활』(1927)은 일본의 기독교 출판사 교문관(敎文館)에서 *Victorious lives of early Christians in Korea*(1933)라는 제목의 영어 문서로 출판되었고, 미국에서 발행된 베어드 부인의 *Daybreak in Korea*(1909, New York : Fleming H. Revell Company)는 이후 조선에서 『고영규전』(1911)으로 각색되어 출판되기도 했다.

---

95 Underwood, Horace G, *The Call of Korea*, New York : Fleming H. Revell Company, 1908; Allen, Horace Newton, *Things Korean : a collection of sketches and anecdotes, missionary and diplomatic*, New York : F. H. Revell Company, 1908; Annie Baird, *Day Break in Korea*, New York : Fleming H. Revell Company, 1909; Lilias H. Underwood, *With Tommy Tompkins in Korea*, New York : Fleming H. Revell Company, 1905; Lilias H. Underwood, *Underwood of Korea*, New York : Fleming H. Revell Company, 1918.

4. 결론

조선예수교서회는 문서 포교라는 기독교의 종교적 사명감과 서양
의 자본주의적 영업 전략, 그리고 조선의 지역적 특성 속에서 토착화
되었던 혼종적 성격의 출판사였다. 서회는 기독교 출판사였지만 성경
과 찬송을 비롯한 종교 서적뿐 아니라 문학, 사상서, 교재, 실용서 등
일반 서적과 정기간행물을 통해 식민지 시기 출판 시장에서 양적·질
적으로 유의미한 영향력을 행사했다. 식민지적 조건 속에서 서회는 종
교 출판사의 '문화 상품'을 통해 종교적, 언어적, 민족적 자장의 안팎을
넘나들었다. 따라서 이는 식민 통치의 법조망이 출판물 검열을 통해
관리 감독하고자 했던 '주체, 문자, 영토'의 경계들을[96] 교란시키던 존
재였다. 선교사 주체는 조선인, 일본인, 그리고 외국인으로 주체를 나
누던 법률 속에서 '외국인'이었으나 '조선어'와 '조선인'을 활용해 '조선
인 독자'와 소통하고자 했다. 하지만 자금 출처는 미국과 영국에 의존
하고 있었고 서회의 업무를 주도하는 주체는 명백히 '서양인'이었다.
서회에 복무했던 선교사들의 국적은 미국이 다수였으나 한 국가의 정
치·경제적 이해관계로 환원될 수만은 없는 종교적 정체성을 유지하
고 있었다. 통치자의 입장에서 이러한 선교사는 조선인과의 관계나 국
제적 관계에 신경 쓰이게 하는 애매한 존재로, 선교사의 출판은 기획

---

[96] 식민지 시기 검열이 구획한 주체, 문자, 지리의 경계와 그 의미에 관해서는 다음 논문이 주목
한 바 있다. 이혜령, 「식민지 검열과 '식민지-제국' 표상」, 『대동문화연구』 72, 성균관대 대
동문화연구원, 2010.

부터 유통까지 주시하지 않을 수 없는 상대였다.

조선예수교서회는 기독교가 확보한 인적, 제도적 네트워크를 활용하여 전국적 망에서 서적의 홍보와 유통을 적극적으로 시도했다. 또한 출판과 판매에 머물지 않고 서적의 보급과 독서까지 관여하며 식민지 조선의 독서장에 실질적인 영향력을 행사했다. 이러한 사실은 식민지 조선 문화에서 기독교의 기여가 '한글 보급'이라는 문자적 차원에서 주로 언급되던 기존의 논의에서 나아가 '지성사'의 장 속에서 세밀히 살펴질 필요가 있음을 촉구한다.

무엇보다도 서회는 조선 내부의 경계에 머물지 않고 중국, 일본, 미국의 출판 시장을 넘나들며 상호 참조, 번역, 저술, 수입함으로써 서적의 국제적 이동, 즉 지식의 월경을 시도했다. 지식의 생산과 이동이 정치적으로 통제되던 식민지 조선에서 종교적 망을 통해 지식의 유통이 모색된 것이다. 따라서 식민지 시기 조선예수교서회라는 출판사의 활약은 정치적 통제의 시기, 종교적 통로를 통한 문화 생산 가능성을 검토해보게 만드는 사례가 된다.

지성사의 물적 / 문자적 토대인 출판물과 내적 / 제도적 토대인 종교성을 아울러 살필 수 있다는 점에서 '기독교 출판'은 식민지의 지성과 감성을 조망하는 유용한 논의의 장이 될 것이다. 조선예수교서회의 출판 활동에 관한 실증적 정리는 식민지 시기 출판과 독서 문화사를 보다 입체적으로 이해하는 데 도움이 될 것이다. 이를 통해 한국 근대화의 주요 촉매제인 서구와 기독교가 식민지적 조건 속에서 지식의 생산과 유통에 개입한 바를 구체적으로 파악할 수 있을 것이다.

제2장

기독교, 전기를 번역하다

식민지 시기 조선예수교서회의 번역 전기 출판

1. 서론—1900년대 구국의 영웅전기, 그 이후

주지하다시피 1900년대는 구국의 영웅, 특히 유럽의 민족 영웅에 관한 번역 전기물의 전성 시대였다. 그 번역자였던 신채호, 장지연, 유길준, 이해조 등은 언론, 출판, 정치, 학술 등 제반 분야에서 다양한 사회적 역할을 하고 있었으며, 번역 전기는 개인의 육체를 빌은 서사를 통해 민족과 국가의 흥망성쇠사를 전달하는 사명을 띠고 있었다.[1] 그런데 1910년 이후 대부분의 민족 영웅 전기는 금서가 되고 이들은 더 이

---

[1] 1900년대 번역 전기에 관해서는 다음 논문 참조. 손성준, 「전기와 번역의 종횡」, 『현대문학의 연구』 51권, 한국문학연구학회, 2013; 손성준, 「『오위인소역사』와 1900년대 번역의 한국적 특수성」, 『대동문화연구』 84, 2013.

상 전기를 번역하지 않는다. 이 글은 '그 이후'의 번역 전기 출판물과 그 번역 주체에 주목한다.

한일합방 이후 보급서관, 박문서관, 영창서관, 광문사 등 군소 발행소를 통해 번역 전기 단행본이 근근이 출판되었으나 단발적, 일회적 출판인 경우가 대부분이었다. 이들은 대체로 일본에서 다수 발행되던 서양 인물 열전의 번역본이거나 개인 전기의 축역본이었으며, 번역 원본이나 번역물임을 밝힌 경우도 드물었다. 근대 계몽기의 번역 전기과 유사한 형식으로 편역자가 논평을 곁들인 것들도 있었다. 즉, 이들은 일본 출판계의 자장 속에서 산발적으로 생산된 혹은 1900년대 번역 영웅전기의 잔재였다.

이들과 달리 보다 장기적인 기획 속에서 대량으로 번역 전기를 출판한 주체는 한성도서주식회사였다. 장도빈이 주도한 한성도서주식회사는 김억과 강매, 노자영 등 당대 시인, 언론인, 교육인, 베스트셀러 작가 등을 번역자로 하여 애초에 30여 권 가까운 번역 전기 전집을 기획했다.[2] 주로 일본의 하쿠분칸[博文館] 출판사의 번역위인전기 전집을 모델로 한 이 기획 중 실제로 출판된 것은 10여 권 남짓이었으나 식민지 번역전기 출판 시장에서 조선인 출판 주체로서는 가장 의욕적으로 펼친 규모였다.

그런데 식민지 시기 번역 전기 출판물 목록을 작성하다보면 이들과는 이질적인 그러나 지속적으로 존재했던 단행본들이 눈에 띄는데 이는 바로 개신교 선교사들의 출판사였던 조선예수교서회의 출판물이

---

2 한성도서주식회사의 번역전기전집에 관해서는 다음 저서를 참조. 김성연, 『영웅에서 위인으로-번역 위인전기 전집의 기원』, 소명출판, 2013.

었다. 가장 본격적인 번역전기총서 기획을 했었던 한성도서주식회사조차 1920년대 초반에 그 출판이 집중되어 있었던 데 반해, 조선예수교서회는 1910년대부터 1930년대까지 30여 권을 꾸준히 발간했기 때문에 식민지 전 시기에 걸쳐 가장 많은 수의 번역 전기를 발간했다고 볼 수 있다. 사실상 한성도서주식회사와 조선예수교서회는 번역 출판을 주요 사업으로 내세웠던 몇 안 되는 출판사였는데 이들이 공히 전기물 번역에 주력한 것은 주목할 만한 사실이다. 한국 번역사에서 개신교의 역할은 성경과 찬송의 언문 번역을 중심으로 논의되었으며[3] 이후 이들의 이중어사전 편찬과 선교사의 고전번역의 의미에 관해서도 조명된 바 있다.[4] 이 글에서는 보다 일상적인 독서장에 침투했던 기독교 출판 주체의 활약을 살펴본다. 근대의 이상적 인물상에 관한 서사의 출판과 독서 시장에는 서양과 일본의 자본과 사상뿐 아니라 기독교라는 종교적 제도, 실천, 감성의 영향도 있었던 것이다.

---

3   김병철, 『한국 근대 번역문학사 연구』, 을유문화사, 1975.

4   황호덕 · 이상현, 『개념과 역사, 근대 한국의 이중어사전』 1 · 2, 박문사, 2012; 황호덕, 「번역가의 왼손, 이중어사전의 통국가적 생산과 유통―언어정리 사업으로 본 근대 한국(어문)학의 생성」, 『상허학보』 28, 2010; 이상현, 『한국 고전번역가의 초상―게일(James Scarth Gale)의 고전학 담론과 고소설 번역의 지평』, 소명출판, 2013.

2. 선교사와 번역, 그리고 전기

1) '선교사여 번역하라, 전기물을'

식민지 시기 선교사들이 성경과 찬송의 번역과 이중어사전의 편찬에 주력하며 일본어, 영어 그리고 한자 표기 사이에 놓여 있던 한글의 확산과 정립에 기여한 사실은 잘 알려져 있다. 문서 선교에 주력했던 선교사들은 특히 선교사 자신들의 번역 활동을 촉구했는데, 이때 비단 성경이나 교리와 직접 관련된 종교적 서적뿐 아니라 일반인이 읽을 수 있는 인물 전기 역시 번역할 필요가 있음을 강조했다. 이들의 독자 타겟에는 교역자, 기독교인 뿐 아니라 비기독교인 역시 포함되어 있었기 때문이다.

클라크(C. A. Clark)[5]는 "당신은 왜 번역활동을 하지 않고 있습니까?"라는 도발적인 제목의 글을 통해 선교사들에게 바쁜 일정 속에서도 반드시 번역 작업을 할 것을 권고했다.[6] 그는 대부분의 선교사들이 저술 및 번역 활동에 소홀함을 지적했다. 1918년까지 기독교 출판사가 발행한 서적 형태의 출판물 357권 중 조선인과 일본인 저자의 것을 제외한 선교사의 저술과 번역본은 261권인데, 그나마도 이 중 187권만이 75페이지가 넘는 볼륨을 갖춘 서적으로 팸플릿 정도의 규모를 탈피한 서적

---

[5]　C. A. Clark : 1916년부터 평양신학교 교수이자 1917년부터 조선예수교서회 이사 및 부회장, 위원으로 봉직.

[6]　C. A. Clark, "Why are you doing no Translation Work?", *The Korea Mission Field*, 1918.7(이하 *The Korea Mission Field*는 *KMF*로 약칭하기로 한다).

은 얼마 되지 않는다는 것이다. 이 187권은 11명의 여성이 포함된 47명의 선교사에 의해 집필되었고, 이는 당시 조선에 체류하던 500여명의 선교사 중 10%만이 번역 저술 활동에 참여하고 있는 셈이었다.

이때 그는 조선인 독자를 위해 번역해야 할 서적의 예로 전기물을 든다. 조선인들이 전기에 관심이 있다는 사례를 들기 위해 그는 일전에 들른 상점에서 조선인 주인이 『가필드 전기(*The Life of Garfield*)』를 흥미롭게 보고 있었음을 언급한다. 이러한 조선인들에게 선교사와 기독교가 '양질의 책'을 공급하지 않으면 이들은 세속적 서점에서 고른 책을 읽게 된다는 것이다. 그는 조선 선교 역사가 33년이나 되었음에도 불구하고 소전이나 축약본 형태가 아닌 온전한 『예수전(*Life of Christ*)』이나 『바울전(*Life of Paul*)』조차 없다는 것, 그나마 웨슬리전 하나가 있을 뿐 칼빈이나 녹스의 전기도 없음을 안타까워했다. 이들은 이후 대부분 1920~1930년대를 거치며 번역되는데 이처럼 기독교 출판사의 번역 전기는 1910년대의 기대와 전망에 크게 벗어나지 않는 범위에서 발행되었다.

같은 해 본윅(G. Bonwick)[7] 역시 선교사들의 번역을 권고한다.[8] 그는 조선에 체류하는 선교사들 500명에게 출판 준비 중인 원고가 있는지 여부를 묻는 설문을 보냈으나 20명만 답변이 왔고 그 중 1명의 여성 선교사만이 조선인을 위한 번역물을 준비 중이라고 답변했다고 보고한다. 실제로 여성 선교자나 선교사 부인들은 남성의 영역이던 성서 번

---

7 G. Bonwick : 반우거, 班禹巨(1914~), 런던 메트로폴리탄 상업학교 졸업, 1892년 구세군 사관, 1908년 구세군 선교사로 내한하여 1910년대 조선예수교서회 총무로 취임.

8 G. Bonwick, "The Production of Christian Literature", *KMF*, 1918.7, p.151.

역이나 주해서를 제외한 서적의 번역에서 상대적으로 활약이 컸다.[9] 이들 역시 현지인이 그들의 정신을 반영한 저술을 직접 창작하는 것이 이상적임을 인정하긴 했지만 당시 조선의 출판 실정을 볼 때 양질의 기독교 정전들을 번역 혹은 번안하는 것이 우선적으로 필요하다는 것이다. 즉 서회측은 '① 선교사 번역 → ② 조선인 번역 → ③ 조선인 저술'의 단계로 집필 주체와 방법이 변화해야 함에는 합의하고 있었고 실제로 1920년대에는 조선인 번역물이, 1930년대에는 조선인 저술이 다수 출판되기 시작했다. 본원이 발화한 1918년은 선교사 번역조차 충분하지 않은 단계라 그 참여를 촉구했던 것이다.

또한 그는 무엇을 저술하거나 번역할지 감이 오지 않는 선교사들을 위해 조선예수교서회 출판부가 환영하는 세 가지 번역 장르, '전기', '종교적 도서', '주석서'를 제시했다. 그가 추천한 전기 인물은 다음과 같다 : 나이팅게일(Florence Nightingale), 바울(St. Paul), 무디(Moody), 프랑시스경(St. Francis), 크롬웰(Cromwell), 젓슨(Judson),[10] 리빙스턴(Livingstone), 요셉(Joseph). 이렇게 선교사나 조선인 기독교 목회자가 추천했던 인물 전기들이 실제로 어느 정도 출판되었는지는 다음 항에서 살펴본다.

---

9   여성 선교사나 선교사 부인의 번역 활동에 관해서는 김성연, 「근대 초기 선교사 부인의 저술 활동과 번역가로서의 정체성」, 『현대문학의 연구』 55집, 한국문학연구학회, 1915.

10 아도니암 저드슨(Adoniam Judson)과 앤 저드슨은(Ann Judson) 미얀마에 파견된 미국 선교사로 당시 선교사들의 추앙을 받았다.

2) 1910~1930년대 번역 전기의 요구

선교사와 조선인 교역자는 식민지 시기 지속적으로 조선 사회에 전기물을 번역할 필요가 있음을 강조했다. 1910년대 초반, 조선의 기독교인들에게 어떤 서적이 필요한가를 논할 때에도 전기물은 종교 서적과 함께 유일하게 언급되는 일반 서적 장르였다. 당시 선교사 밀러는 문서 선교의 성과와 전망을 보고하는 지면에서 조선 기독교 사회에 필요한 책으로 경건문서(devotional literature)와 함께 전기물을 꼽았는데, 여기서 경건문서란 아우구스티누스의 『고백록』과 같은 성직자들의 자전적 문서를 뜻했다.[11] 그는 1913년인 당시까지 루터나 평양의 홀 박사 두 명의 전기만이 출판되었음을 안타까워했다. 여기서 홀 박사는 평양 의료 선교사 윌리엄 제임스 홀(William James Hall)로 그의 부인 로제타 셔우드 홀(Rosetta Sherwood Hall)이 그에 관한 전기 *The Life of Rev. William James Hall*을 영문으로 남겼다.

1910년대 후반 양주삼 역시 조선 기독교 사회에 필요한 인쇄물로 '신문'과 '잡지'에 이어 '전기'를 언급했다.[12] 그는 목사, 선교사, 순교자 등 교회의 지도자나 영웅의 삶을 통해 젊은 독자들이 감화를 받을 것을 기대했으며 보급형으로 저렴하고 쉽지만 문학적으로 쓰여져야 할 것을 요구했다. 그가 젊은 독자들을 염두에 두며 번역 전기의 필요를 강조한 것은 1917년부터 개성 송도고보 교감으로, 또한 1919년부터 종교교회 목사로 청년 계층을 이끄는 교육과 사역에 복무하며 그 필요를

11　Mr. Hugh Miller, "Report of Christian Literature Committee", *KMF*, 1913.6.
12　J. S. Ryang, "The Urgent Need of Christian Literature in Korea", *KMF*, 1918.7, p.244.

느꼈기 때문인 것으로 보인다.

1920년대 후반, 선교부는 조선 독자 계층에 따라 필요한 서적을 세분화해서 점검하는데, 교회 지도자들의 설교에 필요한 서적으로는 종교서적, 사회복지 서적과 함께 전기물이 언급되었다.[13] 그는 조선예수교서회가 당시까지 출판한 15종의 전기물이 대부분 교역자나 선교사의 전기이므로 다른 분야의 인물, 예컨대, 리빙스턴, 글래드스톤, 루즈벨트, 윌슨 등의 번역 전기를 요구했다. 더 다양한 남녀 인사들을 다루어 조선의 여러 계층 독자들에게 고루 감화를 줄 필요가 있다는 것이다.

1930년대에도 여전히 선교사들은 조선 사회에서 좋은 전기물은 언제나 환영받고 필요하지만 사실상 드물다고 평하고 있었다.[14] 조선예수교서회는 선교부 정기 간행물에 지속적으로 서적 광고를 실었는데 1930년대 후반에는 16종의 전기물 리스트를 "Lives of Great Men all Remind us : Give your Friends this Inspiration"이라는 문구 하에 묶어 광고했다.[15] '전기'는 사실상 기독교 출판사가 종교 서적이나 절제운동 서적을 제외하고는 유일하게 별도로 리스트업한 서적 장르였다.

하지만 선교사들이 중시한 이러한 인물 전기들의 상업성이 보장되었던 것은 아니었다. 1937년 선교사 클라크(A. D. Clark)는 전기물이나 주석서(commentaries)가 조선에서 잘 팔리지 않아왔다고 회고했다.[16] 그는 1926년 이원모가 번역한 『무디 행술』을 추천하며 이러한 인물 전기를 통해 그들의 성스런 영혼과 삶에 교화를 받을 것을 권고했다. 즉, 전

---

13 H. A. Rhodes, D. D., "Christian Literature Needed in Korea", *KMF*, 1927.12, p.262.
14 G. Bonwick, "Additions to The C. L. S. Bookshelf", *KMF*, 1930.3, p.65.
15 *KMF*, 1937.8.
16 A. D. Clark, "Book Chat Ⅳ", *KMF*, 1937.8, p.172(A. D. Clark(곽안전)은 C. A. Clark의 아들).

기는 신앙 생활을 위해 교육적, 계도적 관점에서 권고되는 장르였으며 서회는 학교, 병원, 교회, 선교센터 등의 도서관 비치를 지원했기 때문에 저조했던 일반 개인 구매자 수에 비해서는 실제 독서 인구는 더 높았을 것으로 보인다.[17]

3. 무엇이 번역되었는가

1) 조선예수교서회의 번역 전기물

식민지 시기 서회에서 출간된 번역 전기 단행본은 30여 권 정도 확인되며 여기에는 전도문서나 소책자 형태로 발행된 짧은 소전들은 포함되지 않았다. 1920년을 기점으로 서회의 번역전기 출판이 활성화되는데, 이는 편집부와 심사위원 체제가 정비되었기 때문이다. 그밖에도 번역 전기를 출판 준비 중이라는 언급만 확인될 뿐, 출판 광고물에도 그 기록이 남아 있지 않은 원고들도 있었다. 예컨대, 배위량(W. M. Baird) 선교사는 1918년 선교부 보고서에서 『천로역정』의 저자인 존 번연의 자서전 『풍성한 은혜』를 번역 완료했으며 인쇄를 기다리는 중이라고

보고했으나 실제 출판되었는지 여부는 알 수 없다. 출간이 확인된 번역 전기물 목록을 정리하면 다음과 같다.

〈표 1〉 식민지 시기 조선예수교서회 번역 전기물 목록

간연도	제목	번역자	소장처	원저자 / 원제목
16	요한웨슬네힝젹 (71쪽, 12전)	무야곱 (J. Robert Moose)	연세대(원문)	Curnock, Nehemiah / Life of John Wesley
20	함정에서(114쪽)	허아각(J. W. Hitch)	연세대	J. R. Miller / The Story of Joseph
21	안 쎳슨 스젹	윤가태(McCune, Catherine Ann)	서강대(원문)	Hubbard, Ethel Daniels / Ann Judson
21	그리스도 행적(161쪽)	하리영(R. A. Hardie)	연세대	James Stalker
22	지온지쌔돈즈젼 (116쪽, 45전)	위철치 (魏喆治, Rev. George H. Winn)	연세대	Paton, John Gibson / Life of John G. Paton
22	지요지뮬라젼 (49쪽, 15전)	원두우 부인(H. L. Underwood)	연세대	Life of George Muller
22	(여러 어진)그리스도인의[새젹	윤가태(McCune, Catherine Ann)	연세대	Three Christian Worthies
22, 23	헨으리 마틴(95쪽, 20전) (published by P6resbyterian publication fund)	윤가태(McCune, Catherine Ann)	연세대	Henry Martine
23	슬네서메리	미나양(美羅孃, Miller,Lula), 김태진(金兌鎭) 共譯	장로회신학대학	(The) Life of Mary Slessor
23	끄랜펠젼	맹호은(F. J. L. MacRae) 역술	연세대	F. J. L. MacRae / The Story of Wilfred Grenfell
25	베드로전기	소안론 역(W. L. Swallen)	연세대	Thomas, W. H. Griffith / Outline Studies in the Life of Peter
26	무듸행슐 (230쪽, 75전)	이원모, J. S. Gale 역술	연세대, 국립중앙도서관 (원문)	William R. Moody / (The)life of Dwight L. moody
26	쫀 녹쓰의 생활(87쪽)		연세대	부두일(富斗一)Foote, W. R. / The Life of John Knox
27	구약의 부인들(213쪽)	강운림·오천영 역	연세대	A. T. Lundholm / Women of the Old Testament
29	루터의 위적(偉跡)	백남석(白南奭) 역	연세대 국립중앙도서관	Nuelsen, John Louis / Luther : The leader
29	나의 생애	최태영 역술	연세대	Helen Keller

출판연도	제목	번역자	소장처	원저자 / 원제목
				/ The Story of My Life
1930, 1937	아브라함 린컨전(65전)	최태영 역술		Wilber F. Gordy / Abraham Lincoln 전기
1930	성 바울 ―여행자 급(及) 로마시민(274쪽)	강운림(康雲林, W. M. Clark), 오천영 역	연세대, 국립중앙도서관	W. M. Ramsay / Paul : The Traveller and Roman Citizen
1931	애의 사도 웨슬레의 생애와 사업 (1원)	송흥국		The Life of John Wesley : Evangelist and Author
1932	근대지성공자(近代之成功者) (84쪽, 25전)	최상현 편	국립중앙도서관	Modern Successful Men
1933	라벗마풋내외의 사적 (272쪽, 80전)	윤가태 역	연세대(원문)	Ethel Daniels Hubbard / Robert and Mary Moffa Missionary Pioneers to Sou Africa
1933	용투적 성공가(134쪽, 30전)	조정환 역	연세대	Wallace, Archer / Stories of Grit
1933	펜실베니아 개척자 윌늬암 펜	이원모 역	연세대	William Penn : Founder of Pennsylvania
1933, 1936	(사복음 종합) 예수 일대긔 (294쪽, 70전)	소안론 편집(Swallen. W. H.) 이성낙	연세대(원문), 국립중앙도서관	The Life of Our Lord : a Hmony of the Four Gospels
1934	끄렐넷의 선교역사(154쪽)	이원모 역	국립중앙도서관	William Guest / The Life of Stephen Grelle
1935	뿌커 티 와싱톤 자서전 (200쪽, 50전)	김태원 역, R. A. Hardie 서문	연세대	Washington, Booker T. / Up from Slavery
1935	(대부휴가)핀의 자서전 (198쪽, 50전)	최상현 역	국립중앙도서관 (원문)	Charles C. Finney / Grea Revivals from the Au biography of Charles C. Finr
1937	삼대성도의 사적 ―배반, 회개, 죽음 (194쪽, 25전)	윤가태 역술 (Catherine Ann McCune)	연세대(원문)	Three Christian Worthies
1938	메케이사적	윤가태 저술 (Catherine Ann McCune)	국립중앙도서관, 연세대(원문)	Mackay of Uganda : missionary to Africa
1935, 1936, 1940, 1942	칼빈의 생애와 사업 (200쪽, 50전)	김태복 저술	서울대, 서울신학대	John Calvin, His Life and Wo

2) 기독 번역 전기의 특성

개인과 신을 직접 대면하게 하는 문헌의 종교이자 고해의 종교인 기독교가 "자기 대면적(reflective) 자아 담론 형태" "교육소설, 교양소설", "일기와 전기"의 출현과 밀접한 관련이 있었다는 역사적 사실을 돌이켜 볼 때,[18] 기독교 출판사가 전기, 자서전, 혹은 성장소설의 플롯을 띠는 서사들의[19] 번역 소개에 주력한 것은 낯설지 않은 풍경이다. 사실상 기독교의 교리적 근거인 성경과 그에 관한 주석서는 그 자체가 전기적 특성을 띠고 있다. 성경의 각 전, 예컨대 사도행전이나 누가복음 등의 장르적 구분에 관해서는 전기문학, 전기적 / 역사적 소설, 서사시, 역사 등 의견이 분분하나[20] '전기적 서사'라는 점에 대해서는 어느 정도 합의가 이루어져 있다.

서회에서는 번역 전기를 출판할 때 조선 사회에서의 필요나 시장성을 진단해야 했는데, 이럴 때 일본이나 중국의 선례를 참조하곤 했다. 예컨대, 『지운지쩨돈즈전』(1922)을 번역한 선교사 위철치는 역자 서언에서 일찍이 일본에 파견된 선교사가 일본어로 번역하여 반응이 좋았던 John G. Paton의 자서전을 조선어로도 번역하고자 한다고 밝히고 있다. 이처럼 극동에 파견된 선교사들은 중국과 일본, 조선 독자의 반응을 상호 참조하며 문서 활동을 하여 삼국에 기독교적 문서 유입이라는 공통분모를 마련했다.

---

18 울리히 벡, 홍찬숙 역, 『자기만의 신—우리에게 아직 신이 존재할 수 있는가』, 길, 2013, 151쪽.
19 『폴리앤아』, 『소공자』, 『흑준마』.
20 이종철, 「사도행전 장르에 관한 연구」, 『신학연구』 51집, 한신대 한신신학연구소, 2007, 148쪽.

조선예수교서에서 발간한 번역 전기물들은 대체로 한글 겉표지와 영어 속표지, 역자 서문, 초상화 및 삽화에 이어 본문으로 이어지는 순서로 책이 구성되었다. 초상화나 현지의 모습을 담은 사진 등 당시 다른 출판사의 서적에 비해 삽화가 상대적으로 풍성히 실려 있었다. 본문의 진행은 '장' 단위로 이루어져 있고 이는 전임 번역가와 외부 번역가, 선교사와 조선인의 번역에 모두 적용되므로 서회의 편집 방침으로 일괄 적용된 것으로 보인다. 그리고 인물의 탄생에서 시작하여 죽음까지 연대기적 순서에 따라 기술하고 있었다.

그리고 기본적으로 이들 전기물은 한 개인의 영웅성을 강조한다기보다는 신의 섭리 하에 이룩해냈음에 초점을 맞춘다는 점에서 비기독교 전기물과의 차별성을 보인다. 이러한 신앙인 전기들은 "나의 지나간 모든 일을 회상하면 오직 하나님의 은혜를 감사히 알 뿐이다"[21]는 식의 결말을 취하고 있어, 개인의 의지나 고투보다도 신의 섭리나 은혜가 강조되어 기술된다. 어느 인물 전기가 되었든 개인보다는 '하나님'의 역능이 부각되는데, "위대한 사업의 전부는 칼빈 자신의 힘보다도 그 뒤에 전능하신 하나님의 손이 항상 같이 하심을 볼 수 있다"[22]는 칼빈 전기의 진술이 그 대표적 예이다. 이러한 겸양의 태도는 자서전 필자들에게도 두드러지게 나타나서 "나의 이름을 널리 알게 하기를 원치 아니하"며 "나의 경험한 바를 말하여 타인에게 유익한 일이 있기를 바란다"[23]는 식의 진술을 찾을 수 있다.

---

21 노블 부인 편저, 『승리의 생활』, 조선예수교서회, 1927, 146쪽.
22 김태복, 『칼빈의 생애와 사업』, 조선예수교서회, 1935.
23 위철지 역, 『지운지쎼돈즌젼』, 조선예수교서회, 1922, 1쪽.

(1) 종교인의 전기

서회 발간 번역전기는 역시 목사, 선교사, 순교자 및 성경 인물의 전기가 다수를 이루었다. 이에 더해, 성경 이해를 위해 발간된 성경 인물에 관한 서사들인 『구약의 부인들』, 『신약의 부인들』, 『성경인물』 등도 있었다. 선교부에서 가장 중요하게 생각한 전기는 예수의 전기인 『예수일대기』(1933)였는데, 이 책은 신약을 공부하는 이들의 편의를 위해 네 개 복음서의 예수의 행적을 연대순으로 편집하여 서술한 것이었다. 이 책의 경우 선교부로부터 출판비 보조를 받아 편람이나 지도를 다수 포함한 3백 쪽 분량의 책을 70전이라는 염가에 제공할 수 있었다. 이는 당시 유사한 볼륨의 다른 출판사 서적 판매가의 절반 정도로 책정된 금액이었다. 서회 서적은 기독교 단체나 개인의 지원을 받거나 내부 번역가를 활용하여 번역료를 절감하는 등의 방법으로 서적 판매가를 낮추어 가격 경쟁력을 확보하고자 했다.

또한 선교사들 자신이 모델로 삼을만한 선교사나 순교자 전기와 교역자들이 예배나 전도에 활용하기에 적합한 신앙인의 전기를 주로 다루었다. 이러한 전기물은 『요한 웨슬레 힝적』에서 출판 의도를 밝힌 것처럼 독자가 전기 주인공을 "본받아 예수를 믿고 후세에 착한 일함을" 배워, 그와 같이 "천추만대에 전하는 사람이 되기를 바라"는 의도로 기술되었다.

한편, 종교계에서 전기문학은 그 교파 / 학파의 정통적 교리를 확립하는 기능을 하기도 했다.[24] 종교인 전기의 경우 교파의 정통성이나

---

24 이종철, 앞의 글, 134쪽.

역사를 알리기 위해 편찬하는 경우도 있었는데 요한 웨슬레 전기가 대표적인 예이다. 아펜젤러 등을 위시로 한 초기 감리교 선교사들은 감리교회의 정체성을 확고히 하기 위해 감리교의 권위있는 교사였던 요한 웨슬리의 생애 및 신앙을『신학세계』를 비롯한 기독교 지면에 지속적으로 소개했다.[25] 따라서 그의 전기는 가장 먼저 단행본으로 발간되었으며 예수교서회뿐 아니라 조선기독교감리교를 통해서도 발행되었다. 이후 조선예수교서회에서는 선교사가 아닌 조선인 송흥국의 번역인『웨슬레의 생애와 사업』(1931)이 출판되었다. 송흥국은 요한 웨슬리 신학 전문가로, 그의 번역본은 *The Life of John Wesley : Evangelist and Author*를 원본으로 하되 일문과 영문으로 된 요한 웨슬레 전기 5권을 추가적으로 참조했음을 밝혔다. 요한 웨슬레와 같은 종교인은 "감리교의 창설자"로서뿐 아니라 "부패 타락한 영국을 갱생의 길로 인도한 대전도자"로서 광고되었다. 즉 종교인의 민족 · 국가 인도자로서의 역할이 강조된 것이다.

여기서 나아가 선교사 전기는 '기독교 문명국'과 대비되는 비기독교 국가의 후진성을 부각시키는 기능을 하기도 했다. 아프리카 우간다로 파견되었던 맥케이 선교사 전기의 경우, 단지 그의 개인적 삶만을 이야기하지 않고 우간다의 문화를 소개하는 역할을 했는데 이때 책에 실린 삽화들은 전형적인 오리엔탈리즘적 시선을 담고 있었다. '늙은 추장과 그의 첩들'이나 '늙은 추장과 600명 부인 중 한명의 사진' 등의 사진을 실으며 '축첩 제도'의 폐해를 강조했고 '약과 무당 물건' 사진은 비

---

25 초기 감리교단에서의 웨슬리 수용 정황과 송흥국의 활약에 관해서는 다음 글을 참조. 이덕주, 「초기 한국교회의 웨슬리 이해」, 『세계의 신학』 30호, 1996.3.

과학적 의술과 결부된 샤머니즘을 부각시켰다. 또한 '아프리카 종을 데리고 가는 길'이라는 사진은 '노예제도'를 드러냈다. 즉, 선교의 대상이 되는 제3세계 국가는 '여성인권, 계급평등, 과학화'의 척도로 볼 때 비판적으로 조명되고 있었고, 따라서 종교적으로 '구원' 받는 과정이 '과학화'와 '평등화'를 통한 문명화와 등가되는 것임이 강조되었다.

(2) 일반 전기

그 밖에 비종교인의 전기도 발행되었는데 이들은 종교인과 마찬가지로 영미권 인물, 특히 미국인이 중심이었다. 이는 내한 선교사의 약 70%가 미국인이었으며 당시 서회의 지원금 중 상당량이 미국 기독교 단체 및 독지가의 후원에 의지하고 있었다는 사실과 무관하지 않다. 조선에 파견된 선교사의 출신국은 미국인 70%, 영국인 13%, 캐나다인 6.4%, 호주인 5.6%로 총 94%의 선교사가 영어권 출신[26]이었기 때문에 이들은 거의 대부분 영미권 서적을 번역 원본으로 삼았다. 이들을 통해 조선예수교서회에서 본격 번역 소개된 링컨, 헬렌켈러, 부커티 워싱턴 이들 세 인물은 공히 신앙을 기반으로 태생적 한계를 극복하거나 사회의 편견을 타파한 성공 신화의 주인공으로 서술되었다.

① 헬렌켈러 자서전

번역가 최태영은 메이지대 법학부 출신으로 헬렌켈러 자서전 번역 시 일본어 번역본을 상당 부분 참조했으며, 일본어본에는 없던 기독교

26　김승태·박혜진, 『내한선교사 총람』, 한국기독교 역사연구소, 1994, 4〜5쪽.

적인 수사가 담긴 목차와 기독교적 사상을 서사에 일부 가미했다.[27] 헬렌켈러 자서전은 애초에 태생적 조건을 신의 섭리로 받아들이는 19세기 기독교 자서전의 전통을 이어받아 쓰여진 것이었으나[28] 일본에서는 이 부분이 부각되지 않았다. 조선어본 헬렌켈러 자서전은 1929년 출판되었지만 1937년 그녀의 일본, 조선, 만주 순회 강연을 기점으로 다시 주목받았다. 헬렌켈러의 일본 방문 자체가 일본 기독교 단체의 초청에 의한 것이었고 조선 방문 역시 조선 기독교 단체가 주관했으며 강연회에서는 윤치호가 그녀를 환대했다. 그녀는 미일 친선의 상징적 존재이면서 일본 정부와 조선 총독부의 협조가 가미되어 중일전쟁이라는 민감한 시기에 동북아시아를 두루 순회하는 것이 가능했던 것이다. 헬렌켈러라는 삼중고의 존재는 '미-일 관계', '제국 일본의 식민통치', '기독교 네트워크'라는 역사적 조건 속에서 식민지 조선에서 위안의 서사로서 적극적으로 받아들여지게 되었다.

② 링컨 전기

선교부는 1930년대 최태영의 링컨 전기를 출판하며 이것이 조선어 최초의 번역본임을 강조했다.[29] 1917년과 1920년에 장도빈이 출판한 『위인린컨』(백산서원)이 있기는 했으나 62쪽에 불과하고 그나마 3분의 1은 필자의 논평인 '서언'과 '결론'으로 채워져 있어 40여 쪽의 짧은 축

---

27 헬렌켈러 자서전의 번역 수용에 관해서는 김성연, 「근대의 기적서사 「헬렌켈러 자서전」의 식민지 조선 수용」, 『사이』 13호, 2012.

28 Martha Stoddard, Holmes, *Fictions of Affliction : Physical Disability in Victorian Culture*, University of Michigan Press, 2009, p.185.

29 G. Bonwick, "Additions to The C. L. S. Bookshelf", *KMF*, 1930.3, p.65.

약본이었다. 이것은 사실상 그의 사회적 활약이나 정치적 업적보다는 노력을 통해 출신성분의 한계를 극복한 '성공신화'로 조명된 '수양총서' 였기 때문에 본격 번역 전기로 보기는 어려웠다. 따라서 조선예수교서회가 200쪽 이상의 볼륨을 갖추고 번역 원본도 제시하고 완역을 시도한 번역본에 자부심을 가질 만도 했다. 서회가 번역 대본으로 삼은 원서의 원작자인 Wilbur F. Gordy는 그밖에도 *American Leaders and Heroes* (Charles Scribner, 1901) 등 미국 지도자 영웅 전기 및 역사서를 다수 출판했으며 그의 링컨전기 역시 당시 주목받던 단행본이었다. 현재 최태영의 번역본은 확인할 수 없으나 1937년도 판 『삼대성도의 사적』 광고란을 통해 제목 및 광고 문구를 알 수 있다. 선교사의 기록을 통해 이 책의 특징을 살펴보면, 권두 삽화로는 링컨의 초상화가 실려 있었고 학생들이 읽기 쉽도록 국한문 혼용체를 의도적으로 사용했음을 알 수 있다.[30] 당시 링컨은 "전세계 자유와 평화의 아버지가 된 링컨 대통령"으로 소개되었으며 독자들은 "그의 거룩한 생애와 사업을 통하여 새로운 교훈을 얻을 것"을 권고 받았다. 이렇게 식민지 시기 기독교 선교부를 통해 미국 대통령 링컨의 긍정적 인물상이 확고히 정착되게 된다.

③ 뿌커 티 워싱턴 자서전

뿌커 티 워싱턴의 자서전은 식민지 시기 두 차례 번역되었다. 1931년 『동아일보』에 14회에 걸쳐 번역 연재되었으나[31] 이후 서회의 직원이던 김태원 번역본으로 단행본 출간된다. 서회측은 이전에 고영환의

30　Ibid., p.65.
31　고영환, 「해방전후의 흑비 뿌커 와싱턴의 자서전을 읽고」, 『동아일보』, 1931.4.6~1931.5.3.

번역본이 있으나, 책값을 낮게 책정하기 위해 내부 인력에게 다시 번역을 맡기게 되었음을 밝혔다. 김태원은 1933년부터 서회의 편집위원으로 활동했기 때문에 그에게는 별도의 번역료를 지급하지 않을 수 있었다. 『동아일보』 연재본은 번역자의 논평 곁들인 축약본이 한자로 표기된 것이었던 데 반해, 조선예수교서회 번역본은 완역, 직역, 순한글역이었다. 이렇게 서회를 통해 번역되면서 『동아일보』 번역본과는 달리 순한글 완역 번역본이 탄생하게 되었다.

여기서 소개된 부커 티 워싱턴은 흑인과 백인의 혼혈로 자수성가하여 흑인의 자립을 위한 실업계 교육 기관을 설립하고 흑인의 실력 양성과 자립을 도모했던 인물이다. 그의 자서전인 *Up from Slavery*(1901)의 초기 판본들은 각 대학에 다수 소장되어 있는데 식민지 시기 각 미션 스쿨들에 비치되어 상당량 읽혔을 것으로 추정된다. 예컨대 함석헌은 1963년 자신의 자서전을 쓸 때[32] 부커 티 워싱턴의 *Up from Slavery*를 소제목이자 비유로 들며 식민지민이었던 과거 정체성을 기술한다.

> 「종살이에서 올라 와서(Up from Slavery)」
>
> 검둥이 위인 부커 와싱턴의 제 이야기를 읽은 지도 몇 십년이 되어 인제 그 감격스러운 내용이 다 잊어지고 기억되는 것도 없다. (…중략…) 그러나 그 책의 제목만은 잊어지지 않는다. 참 잘된 이름이다. 잘된 것은 사실이기 때문이다. 부커 와싱턴의 일생을 「종살이에서 올라 와서」라는 이 한 마디보다 더 잘 줄여 나타낼 말은 없을 것이다(26).[33]

---

32 함석헌, 『죽을 때까지 이 걸음으로』, 삼중당, 1964; 함석헌, 『나의 자서전』, 제일출판사, 1979.
33 함석헌, 『나의 자서전』, 제일출판사, 1979, 26쪽. 이하 같은 지면에서의 인용은 괄호에 쪽수

그는 수십 년 전에 이 책을 독서했다고 하는데 당시 조선어 번역본이 두 버전이나 있었음에도 원서 제목을 살려 임의로 번역하여 기재한 것으로 보아 일제시대 유입된 영어 원본을 염두에 둔 것으로 보인다. 그는 "부커의 『종살이에서 올라 와서』를 잊지 못하는 것은 그것이 내 소리기 때문"이었음을 고백한다(30). 즉, 그는 식민지민으로서 흑인 노예의 삶에 동질감을 느끼고 감정 이입을 하게 된 것이다.

함석헌은 자서전 구상 단계에서 *Up from Slavery*라는 제목을 떠올리게 되면서 정체성의 구심점으로 'Slavery'와 다를 바 없는 식민지민으로서의 경험에 주목했고, 'Up from'에 착목해서 '신분 상승 서사'를 구성하고 있었다.

> 「물 아랫 사람」
>
> 부커 와싱턴이 종살이에서부터 기어 올라온 사람이라면 나는 물 아래서부터 기어 올라온 사람이다. 『종살이에서 올라 와서』이야기가 나온 것은 내가 내 소리를 하려니 자연 연상이 돼서 한 소리다. 나는 황해 바닷가에 태어나서 「물 아랫 사람」, 「물 아랫 놈들」, 「감탕물 먹는 놈들」이라는 소리를 들으며 자란 사람이다(33).

이 장은 "나는 물 아래서 감탕 물을 먹고 자라나 하늘로 올라 가고야 말려는 사자 새끼의 영혼을 받았다"(43)로 마무리된다. 그리하여 이 이후로부터는 성장과 상승을 기반으로 한 '자서전' 서사의 윤곽이 잡히게 된다.

만 표기한다.

부커 티 워싱턴 자서전은 식민지 조선의 기독교 문서 사업과 일간지를 통해 적극 번역 소개되었고, 미션스쿨 쪽에서는 그의 터스키기 학교를 모델로 자조부를 구상하기도 했다. 반면 일본에서는 1945년 이전까지 한 차례 단행본으로 번역 발간되었는데, 이는 당시 일본에서 번역 전기 자서전의 붐이 일었던 것에 비할 때에는 상대적으로 저조한 실적이다. 1919년에 번역된 그의 자서전 서문은[34] 이 책이 일본에서 받아들여진 방식을 잘 보여준다. 부커 티 워싱턴의 삶은 수양과 고학으로 분투했던 소년청년시대와 흑인들이 무지·무직·무산에서 벗어날 수 있도록 개발 지도에 매진한 희생적 삶, 그리고 흑인뿐 아니라 백인들도 사업에 동정하도록 한 성과로 요약 소개된다. 그는 일본문명협회에서 발행된 『태서영걸전』에 흑노해방운동자 카리손 등과 함께 흑노교육자로서 언급되었지만 역자는 그를 교육자로서 본격적으로 소개하고자 『교육연구』지면에 매월 연재하다가 그의 자서전을 전격 번역 출간하게 되었다고 한다. 이어서 그는 일본에 그의 삶을 소개하는 이유를 명시하는데, 일본이 그의 인격과 사업 뿐 아니라 미국 사회의 태도에서 배우는 바가 많을 것이며, 특히 일본 소년 청년들에게 그의 "희생적 분투"와 "대정신"을 권한다. 결국 이 책은 일본 독자들에게 "희생적 분투"와 "항상 매진의 열성"을 장려하는 "입지담"과 "성공담"으로서 제시된 것이다. 반면, 함석헌 뿐 아니라 윤치호를 비롯한 다양한 사상과 실천의 행보를 보인 조선 지식인 기독교인들의 경우에는 '흑인'이라는 '노예로서의' 정체성이나 그의 대 백인 전략에 공명하여 실력양성론과 결합되는 지점이 있었다. 식민지 시기 조선이 일본의 출판 시장을 통

---

34 ブッカー・ワシントン, 佐々木秀一 譯, 『黑偉人 : ブッカー・ワシントン伝』, 目黒書店, 1919.

해 중역된 번역 전기를 받아들이기도 했지만, 식민지민이라는 자의식과 기독교 출판 및 제도, 그리고 사상적 변수를 통해 굴절 확산되며 수용되었던 것이다.

(3) 근대 위인 열전

『근대지 성공자』(최상현, 1932)와 『용투적 성공가』(조정환, 1933)는 다양한 서양 인물들을 모은 열전이다. 이러한 전기 모음집은 일본에서 다량 출간되었는데, 일본의 출판물에는 '석가, 공자, 마호메트, 예수' 등이 맑스, 에디슨, 셰익스피어 등의 세속의 인물과 함께 모여 있다는 것이 특징이다. 식민지 조선 출판시장에서도 이들을 참조로 한 위인전 열전이 다수 출판되고 있었는데, 반도출판사의 『세계지위인』(김영진, 1929)이[35] 그 대표적 예이다. 하지만 이들과 달리 기독교 출판사의 위인 열전에는 '석가, 공자, 마호메트, 예수'의 인물군은 누락되어 있고, 예수만이 별도의 단행본으로 취급되었다.

『근대지성공자』는 뭇솔리니, 맥도날드, 니체, 다윈, 입센 등 각 분야의 인물들을 20명 소개하고 그 마지막에 종교인 요한 웨슬레와 요한 칼빈을 덧붙인다. 정치가, 사상가, 과학자, 사업가, 예술가, 종교인 등 인물 구성은 다채롭지만 서양 인물들로 채워져 있으며 이는 '세계'나 '근대', '성공'을 제목에 붙여 발간되던 다른 약전들의 구성과 유사하다. 최상현은 서문에서 3년 전 『근대지위인』을 출간하여 매진되었고 『근대지성공자』는 그 2편으로 보아달라는 당부의 말을 남겼다. 그는 이들

---

35 김영진, 『세계지위인』, 반도출판사, 1929.

인물들이 대체로 비천한 현실 속에서 자력으로 노력 분투하여 성공한 인물들이기 때문에 제목을 '위인'에서 '성공자'로 바꾸었다고 밝혔다. 서문의 제목 역시 "청년 성공의 도(道)"로 타겟 독자와 이들의 요구를 정확하게 짚어내고 있었다. 이들이 성공한 사례들을 모은 이 책은 '하늘은 스스로 돕는 자를 돕는다'는 메시지를 기반으로 하고 있고, 막스 베버가 벤자민 프랭클린의 자서전을 예로 들며 언급한 '프로테스탄트 윤리'를 전면화하고 있었다. 이는 '자조론'에 기반한 수양서의 일환으로 볼 수 있다.

조선어 창작물이라서 번역 전기물 표에 기록하지는 않았지만 『승리의 생활』(1927) 역시 간과할 수 없는 전기물이다. 이 책은 노블 선교사 부인이 조선인 조사 김태원의 도움을 받아 편집한 "초기 개신교 조선인에 관한 최초의 자서전과 전기" 모음집이다. 신흥우가 머리말을 윤치호가 서문을 담당하여 조선 사회에 기독교가 기여한 바를 서술하고 이 책이 담고 있는 목사, 전도부인, 평신도 등의 삶에 관한 서사는 기독교의 역사이자 한반도의 문화사로 기여할 것이라고 그 의의를 밝혔다. 이 책은 조선어로 출판된 이후 일본의 연합기독출판사를 통해 영문으로 번역되어 재출간되기도 했다.[36]

---

36 *Victorious Lives of Early Christian in Korea*, 東京 : 敎文館, 1933.

4. 두 번역 주체들

1) 조선예수교서회의 번역 시스템

조선예수교서회의 번역물은 서양인 선교사와 조선인 번역자가 협업한 산물인 경우가 많다. 이들은 공역자 혹은 편역, 번역자로 표지나 속표지에 그 역할과 이름이 명시된 경우도 있으나, 표지나 판권지에는 선교사의 이름만 기재되어 있고 서문이나 역자의 말에 조선인의 도움을 받았다는 기록이 남겨진 경우도 있었다. 따라서 이들이 실제로 번역물을 생산하는 기획, 번역, 출판 제반 과정에서 어떠한 방식으로 일을 했는가는 살펴볼 필요가 있다.

1918년부터 1919년에 제출된 선교사 베어드의 보고서에는 조선인 번역 보조자와 서양인 선교사의 초기 협업 장면이 상세히 기록되어 있다.[37] 베어드는 휴가 후 조선에 돌아와서 시작할 주요 작업으로 번역, 설교, 강의, 종교서적 행상인 감독을 차례로 꼽았으며 보고서의 대부분을 번역 작업에 관해 기술한 것으로 보아 그의 활동에서 번역의 비중은 상당히 컸던 것으로 보인다. 그는 조선인 번역 도우미를 찾는 것도, 이들을 훈련하는 것도 어려운 일이라고 고민했으나 늘 1~4명의 번역 조수를 필요로 했기 때문에 양성된 번역가가 아닐지라도 함께 할 수밖에 없었다. 베어드의 기록에 따르면 그의 문서팀 번역 작업은 다음과 같이 진행된다. 그는 조수에게는 영어판을 받아 적게 하고, 번역

---

37 Report of William M. Baird for 1918~1919. www.i815.or.kr.

보조자들에게 일본어, 중국어, 영어판을 토대로 번역하도록 하면서 자신은 그들이 이해 못하는 개념을 설명해주는 일을 했다. 일단 초벌 번역이 끝난 후 베어드는 함께 단어를 검토하며 보조 번역자에게 관용어법에 맞게 번역문을 다듬게 한다. 이후 필경사에게 번역문을 베끼게 한 후 오역 오탈자가 없는지 번역 보조자가 검토한다. 그리고 이러한 지난한 번역 작업 중 늘 경찰의 급습을 받았으며 번역가들은 구류되기도 했다. 이것이 1910년대 후반 '외국인 선교사와 조선인 번역가'의 협업 장면이었다. 베어드 박사가 1910년대 동역자로 함께했던 문서팀(literary staff)의 조선인들은 4명 중 한명은 서당 훈장 출신, 다른 한명은 신학교 출신의 미국 유학파, 나머지 2명은 일본어 능통자들이었다.[38] 즉 한문, 영어, 일어에 각기 능한 조선인 인력으로 문서팀을 꾸려서 팀 전체의 언어적 역량을 극대화했다.

이렇게 선교사가 자신의 비서나 조수를 활용하며 개인적으로 이루어지던 번역 활동은 1920년대 조선예수교서회의 편집부가 본격 정비되면서 제도적으로 체계화된다. 물론 선교사가 개인적으로 비서를 고용하여 번역, 집필, 출판 업무를 맡기는 일은 병행되어 예를 들면 1926년에 노블 선교사 부인의 경우 개인 후원금으로 김태원을 고용하여 최초의 조선 기독교인 전기 자서전인 『승리의 생활』을 출판할 수 있었다. 편집부는 출판될 원고를 심의하는 심사위원과 이를 교정하고 번역하는 편집위원으로 이루어져 있었다.[39] 1924년 클라크와 하디 목사를 편집부원으로 하고 그밖에도 서양인 선교사들 뿐 아니라 조선인 목사인

---

38 리터드 베어드, 김인수 역, 『배위량 박사의 한국 선교』, 쿰란출판사, 2004, 155쪽.
39 Chas. S. Deming, "The Christian Literature Society", *KMF*, 1929.7, p.143.

김필수, 오천영, 최상현, 김태원 목사를 전임 직원으로 임명하여 출판과 편집 일을 담당할 수 있도록 했다. 조선인 목사들의 경우에는 이전에 선교사가 개인적으로 고용하던 미션스쿨 학생이나 훈장 출신 등과는 선교사와 맺는 관계가 다를 수밖에 없었다. 이렇게 인력은 충원되었지만 서회에 항시 근무하지는 않는 다른 위원들까지 직접 만나 회의하기는 힘들었기 때문에 번역물에 관한 회의는 번역 원고의 심의와 선정을 위한 심사양식을 배포하여 그 결과를 수합하는 식으로 진행되었다. 심사양식에는 '적절한 독자계층이 있는지, 수요에 응할 만한 책인지, 시대에 뒤떨어지는 서적은 아닌지'를 점검하는 항목이 포함되어 있었다.[40] 서회의 번역 전기물은 기본적으로 서양인 선교사들과 조선인 교역자들의 관할 하에 출간되었다.

즉, 번역은 편집위원의 관할이었는데, 이때 편집부에 고용된 전속 번역사와 외부 번역사를 활용했다. 서회는 1908년부터 유급 전속 번역가를 고용했다.[41] 대표적인 전속 번역가는 오천영과 김필수였고 이들은 200여 쪽에 달하는 도서들을 각기 16권정도 번역했을 뿐 아니라 외부 번역자나 작가의 글을 교정하는 등 서회 출판 원고의 대부분이 그들의 손을 거쳤다.[42] 외부 번역자들은 조정환, 박원철, 백남석, 정은수 등이 있었는데 이들 외부 번역자들에게 번역을 맡길 경우는 위원회의 감독 하에 작업을 진행했다. 위의 4명은 클라크(W. M. Clark)의 관할 하에 19

---

40 이장식, 『대한기독교서회 100년사』, 대한기독교서회, 1984, 111쪽.

41 "How to Supply Korea with a Literature of Permanent Value and what part the Missionary is to take in its Production", *KMF*, 1908. 2, p. 19.

42 서회의 번역자들에 관해서는 W. M Clark, An Editor of the C. L. S. Tells his Story, *KMF*, 1931. 7, p. 143.

권의 영어 서적을 조선어로 번역했다. 선교부는 그밖에도 외부 번역자 인력으로 김영근, 김영옥, 최석추를 언급하고 있으나 이들의 번역물 및 신상 정보는 아직 파악되지 않고 있다.

1910~1920년대 중반까지는 선교사 이름을 내건 번역물이 대부분이었고 1925년을 기점으로 조선인 번역가인 이원모, 백남석, 최태영, 최상현, 조정환, 김태원 등이 단독 번역자로 등장한다. 1930년대 이후에도 꾸준히 번역 전기를 남기는 선교사는 윤가태(Ann Catherine McCune) 정도이다. 이러한 출판 흐름을 보면, 앞선 장에서 선교사들이 전망한 '① 선교사 번역 → ② 조선인 번역 → ③ 조선인 저술'의 수순을 밟았다고 보여지지만 이는 다른 각도에서도 살펴볼 필요가 있다. 물론 1930년대 중후반으로 접어들면서 조선을 떠나는 선교사들도 늘어나고, 초기에 번역 작업을 돕던 조선인들도 저술 작업에 들어갈 만큼의 연륜이 되면서 조선인이 번역 혹은 저술의 주체로 본격 등장하게 되는 것도 있다. 하지만 조선예수교서회 번역물의 전체적인 흐름은 그러하지만 번역자 개개인의 작업을 기준으로 볼 때에는 번역과 창작은 동시 다발적으로 이루어지는 경우도 다반사였기 때문이다. 기독교 출판사에서 서양인 선교사와 협업한 조선인 공역자나 번역자들은 유학파나 해외문학파 번역자와는 또 다른 성격의 번역 주체들이었다.[43]

---

43 박진영은 번역가 사전 편찬을 통해 번역가에 관한 사적 정리가 이루어질 필요를 촉구한 바 있다. 박진영, 「근대 번역문학사 연구와 번역가 사전 편찬」, 『책의 탄생과 이야기의 운명』, 소명출판, 2013.

2) 선교사와 조선인의 협업

(1) 최상현, 김태원과 하디

선교사 하디(R. A. Haridie, 하리영)는 두 명의 조선인, 최상현, 김태원과 공저 작업을 했다. 최상현과 하디는 1920년대에 5편 이상의 공저 / 공역을 남겼으며,[44] 1930년대에 이르면 최상현이 단독으로 편 / 번역, 저술하게 된다.[45] 캐나다에서 의학을 전공했던 하디는 1890년 의료 선교사로 내한, 부산에서 게일과 선교활동을 시작했다. 1900년에는 원산에서 하디 맥길과 구세병원을 개원하고,[46] 1917년부터 서울에서 에비슨과 세브란스 의전 의사로 의료선교를 지속한다. 1916년에는 『신학세계』를 창간하고, 1921~1927년 조선예수교서회 총무가, 1930년에는 『기독신보』 사장이 된다.[47] 의료선교사로 시작했으나 1935년 은퇴할 때까지 조선인 동역자와 49종의 책을 간행하는 등 이후에는 문서사업에 적극적이었다.[48]

최상현은 한학을 수학한 후 평양 숭실학교를 졸업, 연희전문학교 문과를 1회로 졸업했다. 이후 연희전문 조교수, 동창회장, 감리교협성신학교의 『신학세계』 편집을 맡으며 세계 위인의 생애와 사상에 관한 글

---

44 Weigle, Luther Allan, 하리영·최상현 역술,『교사와 학생』, 조선예수교서회, 1923; Trumble, H. Clay, 하리영·최상현 역술,『기도의 원측』, 조선예수교서회, 1925; Trumble, Charles G, 하리영·최상현 역술,『개인 전도의 원측』, 조선예수교서회, 1926; 하리영·최상현 역술,『판결 골짝이』, 조선예수교서회, 1926; 하리영·최상현 역술,『요한셔신강해』, 조선예수교서회, 1928.
45 최상현,『경험의 종교』, 조선예수교서회, 1927; 최상현 편역,『근대지성공자』, 조선예수교서회, 1932; Charles C. Finney, 최상현 역,『대부흥가 핀의 자서전』, 조선예수교서회, 1935.
46 이만열,「한말 미국계 의료선교를 통한 서양의학의 수용」,『국사관논총』3집, 1989, 218쪽.
47 신호철,『양화진 선교사의 삶』, 양화진선교회, 2005, 40·156~159쪽.
48 이장식, 앞의 책, 55쪽.

을 다수 발표한다.[49] 그는 1920년대에 하디와 『소년소녀 선교미담』(조선예수교서회) 등 다수 공역 작업을 했고, 1930년대에는 『근대지성공자』(1932)와 『대부휴가 핀의 자서전』(1935)을 단독 번역했다. 그는 자신이 "전기를 힘써 연구하여보았다"고 스스로 밝힐 만큼 전기물 출판에 지속적으로 관여했고 당시 서회 편집위원의 보조자였으며 그의 전기는 역시 전기 자서전 출판에 관심이 많았던 서회에서 주로 출판되었다. 최상현은 평양숭실학교와 연희전문 등 미션스쿨 출신인데다가 『신학세계』 일을 도우며 선교사들과의 접촉이 지속적으로 있을 수밖에 없었고 그 과정에서 하디와의 친분을 이어갔던 것으로 보인다.

하디나 노블 선교사 부인의 조선어 출판 작업을 도왔던 김태원은 1928년 상해 절강대학 영문과를 졸업하고 신문기자, 저술가, 번역가로 활약하며 조선예수교서회의 편집위원으로 활동했다. 『신약전서총론』과 『대부휴가 핀의 자서전』 등을 번역했으며 1931년에는 현대 사회 문제를 기독교적 관점에서 다룬 『현대사회문제』(포올 리드 원작, 1931)를 번역했는데, 이 번역물은 『동아일보』의 「내외신간평」을 통해 적극 소개되었다. 당시 김태원은 번역가로서 "하디 박사의 지도하에 다년간 번역 사업에 많은 경험이 있으니 만큼 그 노련한 솜씨를 가지고 번역 냄새가 조금도 나지 않게 순 한글로 쓴 까닭에 순전한 구식부인으로도 모를 것 없이 능히 읽을 수 있도록 잘 번역"하는 번역가로 평가받고 있었다.[50]

---

49 「요한, 칼빈의 생애와 사업―역사 및 전기」, 『신학세계』 5권 4호, 감리교회협성신학교, 1930.7.
50 고영환, 「내외 신간평―『현대사회문제』, 「포올 리드」 원작, 김태원 역」, 『동아일보』, 1931. 12.13.

(2) 오천영과 클라크

오천영과 클라크(W. M. Clark, 강운림)는 바울의 생애를 공역했을 뿐 아니라, 『구약의 부인들』, 『신약의 부인들』, 『성경인물』 등을 번역했다. 그는 전기적 서사나 성경 주석서 해설서뿐 아니라 『과학적 사고』(Howard Agnew Johnston, 1925)와 같은 기독교 사회과학서도 번역한다. 이후 오천영은 YMCA 농촌운동에 참여하며 각종 농촌 계몽서인 『조선농촌 교회사업』(1930), 『농촌사회사업 —지주와 봉사』(1936)도 저술했다. 그리고 1939년에는 이전에 게일과 이창직, 이원모가 번역했던 『천로역정』을 개역하기도 한다.

클라크는 게일과 함께 서회의 전임 편집인으로 일했으며 게일의 은퇴 후 하디와 서회 편집 업무를 보았다. 그는 1924년부터 서회 전담 번역가가 된 오천영과 김필수 및 최병헌과 같은 조선인 목사의 도움을 받아 33종을 번역했다. 이때 오천영과 김필수는 영문 원저의 일본어나 중국어 번역본을 상당량 참조한 것으로 보인다.[51]

(3) 김태진와 밀러, 힐만

김태진은 주로 밀러의 가문, 혹은 여성 선교사들과 번역 작업을 함께 하며 전기물이나 국가의 발전에 관한 서사물의 출판에 관여했다. 그는 이들과 공역 이후 1929년부터는 『비율빈의 발전』(1929) 등 단독으로 번역 작업을 남긴다.

밀러(Miss. L. A. Miller)는 미국 신학교를 졸업하고 미감리교회의 부인

---

51 W. M. Clark, "The Christian Literature Society of Korea", *KMF*, 1930.5.

선교사로 조선에 근무하다가 수원삼일여학교 교장을 역임했다.[52] 조선예수교서회에서는 김태진의 번역 도움을 받아 『슬네서메리』(공역, 1923)와 『일본의 발전』(공저, 1928), 그리고 선교사 밀러의 저술 『하나님의 돈』(밀러, 김태진 역, 1919)도 번역한다.

힐만(Miss. M. R. Hillman) 역시 미감리교회 여선교사로 1900~1906년 인천 여성 선교사업의 여학교 책임자였고, 1904~1905년 이화학당 당장서리로 복직했으며, 1916년 원주로 옮겨 강릉에서 선교사업을 했다. 1925년부터는 조선예수교서회 번역 사업에 주력하는데,[53] 그가 편집위원을 맡던 1926~1927년 사이에는 『아프리카의 발전』(힐만, 김태진 역, 1927), 『아프리카 동화』, 그리고 『서서국 어린이 하이디』를 김태진과 공역했다.

(4) 이원모와 게일

이원모는 이창직과 함께 게일(J. S. Gale)의 성서 번역을 도운 조사로 알려져 있다. 그가 게일과 함께 한 번역물로는 『텬로역정』, 『그루소 표류기』, 『류락황도기』, 『일산량인긔』 등이 있다. 번역뿐 아니라 『한영자전』 사전편찬 등 다방면의 집필 작업을 보조했다.[54] 이원모는 1935년 클라크(W. M. Clark)와 함께 성서개정위원으로 임명되었으며 해방 이후에는 『백범일대기』(백범김구선생기념사업회, 1977)를 발간한다.

---

52 Miss. L. A. Miller의 약력은 다음 기사를 참조. 「조선의 자랑의 사계의 중진, 본사 낙성 기념 사업의 일 공로자 소개」, 『동아일보』, 1927.7.21.
53 신호철, 『양화진 선교사』, 대한예수교장로회 서울서노회, 2004, 124쪽.
54 이상현, 『한국 고전번역가의 초상―게일(James Scarth Gale)의 고전학 담론과 고소설 번역의 지평』, 소명출판, 2013; 황호덕, 「번역가의 왼손, 이중어사전의 통국가적 생산과 유통― 언어정리 사업으로 본 근대 한국(어문)학의 생성」, 『상허학보』 28, 2010.

3) 그 밖의 단독 번역자들

개인적으로 번역 활동을 남긴 이들을 소개하면 다음과 같다. 윤가태 (Ann Catherine McCune)는 조선예수교서회 번역 전기 중 6권을 번역하는 등 1921년부터 1938년까지 지속적으로 번역활동을 했지만 그에 관해서는 알려진 바가 거의 없다. 선교사 윤산온(George S. McCune)의 여동생으로 알려져 있는 정도이다.[55] 윤산온의 딸 이름이 Anna Catherine Mc-Cune으로 이름이 유사하나, 1906년생인 그녀가 15세에 번역을 시작했다는 것은 무리이므로, 그의 여동생이라는 설이 타당해 보인다. 윤산온은 미국 파크대학 설립자의 사위로 평양의 숭실학교와 선천의 신성학교에 파크대학을 모델로 한 자조부를 정착시켰으며 105인 사건의 주모자이자 신사참배를 거부했던 인물로 기록되어 있다.[56] 히치(J. W. Hitch, 허아각)는 1920년 요셉 전기인 『함정에서』를, 1926년에는 찰스 디킨스의 「크리스마스 캐롤」의 번역인 『성탄의 환희』를 번역했다.

헬렌켈러 자서전인 『나의 생애』(1929)와 『아브라함 린컨전』(1930)을 번역한 최태영은 1927년부터 보성전문학교의 법학부 교수가 되는데, 이에 앞서 1925년 보성 학교 회보인 『보성』에 「나의 생애」를 게재한 '최치'와도 동일인물로 보인다. 그는 1938년 연희전문이 서양인 선교사 언더우드와 밀러에서 조선인 김홍량으로 명의가 이전될 때 이 일에 관여했다. 그밖에도 조선인 번역가로 기록된 조정환(曺正煥, 1893~1967)은

---

55 한국민족문화대백과(한국학중앙연구원)의 장선희(張善禧, 이화여대 미술학과 초대 과장) 항목에 그의 유학 후원자로 윤가태가 언급되어 있다.

56 윤산온에 관해서는 안종철, 「윤산온의 교육선교 활동과 신사참배문제」, 『한국기독교와 역사』 23, 한국기독교역사연구소, 2005.

서회 외부 번역가로 『용투적 성공자』를 비롯 다수 서적을 번역했다. 그는 세브란스의전을 2년 수료하고 미국 미시간대학 대학원을 졸업, 이화여전 교수로 부임했다. 해방 이후 미군정청 기획처 고문, 1956년 외무부장관, 이후 유엔총회 한국대표가 된다. 조정환처럼 서회의 외부 번역가였던 백남석은 1920~1930년대에 다양한 종교 서적을 번역하며[57] 조선예수교서회 번역물에 지속적으로 기여했다.

5. 결론

식민지 조선에서 문서 선교에 복무한 선교사들은 번역 활동, 특히 일반 독자들이 읽을 수 있는 전기물 번역을 촉구했다. 그 결과 식민지 시기 전반에 걸쳐, 종교인과 영미권 인물을 중심으로 한 전기 및 자서전이 다수 발간되었다. 이들은 번역 원본을 밝히고, 사진 및 삽화를 대거 삽입했으며, 역자 서문에 그 발간 정황을 기술하고, 목차는 성경 식의 '장' 구성을 취하고 있었다는 공통점이 있다. 이들을 통해 본격 소개된 대표적인 인물은 링컨, 헬렌켈러, 부커 티 워싱턴 등이다. 이들은 미국 대통령 링컨을 세계의 자유와 평화의 상징으로 정착시키고, 여성

---

57 Kern, John Adam, 『敎衆에 對한 職務, 第1編, 禮拜에와 說敎에』, 朝鮮監理敎會 協成神學校, 1923; 뗌시, 엘남 F, 『감초인 생명』, 朝鮮耶蘇敎書會, 1923; Orr, James, 『예수의 부활』, 朝鮮耶蘇敎書會, 1930; Biederwolf, William E, 『純潔한 生活』, 朝鮮耶蘇敎書會, 1930; Culross, James, 『벳아니에 家庭』, 朝鮮耶蘇敎書會, 1931.

장애인의 서사가 식민지민의 기억 속에 각인되게 하고, 교육을 통해 백인 사회로의 편입을 시도한 흑인 노예의 사례가 식민지 조선의 실력 양성론과 결합되게 하는 데 결정적인 역할을 하였다.

서회 번역 전기물은 크게 선교사나 목회자, 신앙인에게 종교적으로 소용되는 것, 일반인에게 자본주의와 기독교 신앙을 결합한 성공수기로 제시되는 것으로 나누어볼 수 있다. 이들이 밝힌 전기 번역의 목표들은 기본적으로 독자에게 이상적인 기독교인의 삶을 보여줌으로써 신앙심을 공고히 하고 일상적 실천을 유도하게 하기 위함이었다. 성직자나 신앙인을 대상으로 성경 이해를 돕거나 교파의 정통성을 확립하고 교육시키는 역할을 하는 전기물도 다수 있었다. 그런데 제3세계 파견된 선교사들의 전기 및 자서전을 통해서는 소위 '기독교 문명국'으로 거듭나기 위해 척결해야 할 야만적 풍습들, 예컨대 축첩제도나 무속에 의존한 의료 문화, 노예제도 등이 부각되면서 조선인 독자들에게는 이를 내면화하는 부수적 효과를 가져오기도 했다. 종교인이 아닌 인물 전기들은 청년 독자들을 상대로 하여 자본주의 근대 사회에서 자조론에 입각해 성공한 성공 수기로 제시되기도 했는데, 이는 바로 막스 베버가 언급한 '프로테스탄티즘 윤리의식'이 전면화된 서사였다.

이러한 번역 전기물이 출판되기 위해서는 영어 원문에 친숙한 서양인 선교사와 조선어를 능숙하게 구사하는 조선인이 콤비를 이루어 작업해야 했다. 조선인의 역할과 기여도는 편차가 있지만, 단순 번역 작업 이상의 출판 제반 업무들에도 관여했다. 이들 조선인은 크게 출판사에서 고용한 전일제 번역가와 외부 번역가, 그리고 목회자들로 이루어져있었는데 이들은 문학, 사회과학 서적 번역뿐 아니라 저술 활동도

하고, 교육이나 언론계에서 주요 직책에 복무했다. 조선예수교서회의 번역 전기 출판 정황을 살펴본 바를 토대로, 한국의 전기 출판과 독서 문화에 기독교가 미친 영향과 식민지 시기 서양인 선교사와 조선인 번역자의 만남이 빚어낸 결과, 그리고 식민지 시기 기독교적 세계관에 기반한 삶의 서사가 정착되며 한국인의 가치관을 구조화한 방식에 관해 심층적으로 고찰할 필요가 있다.

제3장

근대 초기 선교사 부인의 저술 활동과 번역가로서의 정체성

1. 서론

일제시대 조선에 파견된 외국인 선교사의 성비와 출신 국적비율을 보면, 1529명 중 여성이 70%, 미국인이 60% 이상을 차지했다.[1] 즉 '미국 여성'의 비중이 상당했던 것이다. 초기 파견된 선교사들은 남녀가 유별했던 당시 조선 문화의 특성을 고려하여 조선 여성에 접근할 수 있는 여성 선교사, 특히 기혼 여성의 파견을 본국에 요청했다.[2] 이러한 이유로 집중적으로 유치된 여성 선교사들은 초기에는 의료선교의 성

---

[1]   내한 선교사 통계는 다음의 자료 참조. 김승태, 박혜진 편, 『내한선교사총람』, 한국기독교 역사연구소, 1994, 4~5쪽.

[2]   이만열, 옥성득 역, 『언더우드 자료집』 I , 연세대 출판부, 2007, 4~5쪽.

격을 띠며 왕궁과 민간의 의료 사업에 복무하기도 했으나 이후에는 그 역할이 간호로 축소되고 대체로 여성과 아동을 대상으로 한 교육과 문화 활동을 전담하게 되었다. 그런데 조선의 기독교 전파가 세계 선교 역사 상 전례 없는 속도로 이루어지는 데 기여한 주체가 바로 '전도부인'을 비롯한 조선 여성들이었다는 점에서, 이들을 직접 대면하여 양산했던 서양인 여성 선교사들의 활약은 밝혀질 필요가 있다.

하지만 제도사 중심의 식민지 연구나 기독교사 연구에서는 이들의 역할에 대한 조명은 아직 초기 단계에 놓여있다.[3] 특히 사회적으로 정당한 직위를 부여받지 못한 채 보조적 업무를 수행한 것으로 인식되어 온 '선교사 부인'의 역할은 공적 기록물에 온전히 드러나 있지 않으므로, 일상사나 문화사적 접근을 통해 밝혀질 수 있다. 이들의 활약을 정리하는 작업은 식민지·기독교 역사 기술의 공백 지대를 메우는 성과에만 그치지 않고, 외부로부터 유입된 '서양적인 것'과 '기독교적인 것'이 일상적이고 문화적 차원에서 어떻게 스며들게 되었는지를 규명하는 데 필요한 기반 작업이 될 것이다. 종교적·문화적 영역은 개인의 일상과 내면, 즉 가치관과 세계관을 형성하게 하는 주요한 자원이기 때문이다.

이 글은 이와 같은 문제의식에서 출발하며, 식민지 조선에서 서양 문화와 기독교 문화 확산의 주요한 매개체였던 선교사 부인의 '문화적

---

3 일찍이 정미현은 '여성신학'의 관점에서 '선교사 부인'을 비롯한 여성 선교사에 관한 총체적 사료 정리와 그에 관한 세분화된 연구의 필요를 촉구했으며(정미현, 『또 하나의 여성신학 이야기』, 한들, 2007) 윤정란은 19세기 말부터 20세기 초까지의 서양과 조선 사회를 모두 체험한 여성 선교사의 특수한 정체성과 그 내면을 고찰한 바 있다(윤정란, 「19세기 말 조선의 안방을 찾은 미국 여성의 욕망—여선교사 릴리어스 호튼 언더우드를 중심으로」, 『사림』 34호, 2009). 여성 선교사의 여성적 삶과 활동에 주목한 최근의 연구로는 류대영의 「매티 노블의 일지—한 부인 선교사의 삶과 여성의 영역」(『동방학지』 160, 2012)이 있다.

주체'로서의 역할에 주목한다. 이들은 선교사의 부인으로서 가정과 사회에서의 임무를 수행했는데, 그 중 '번역'과 '집필' 작업은 가정부인으로서도 꾸준히 할 수 있는 외부 활동이었다. '번역과 창작', '종교문서와 일반 교양서', '문학과 비문학'을 넘나들며 영어와 조선어로 이루어졌던 이들의 집필 활동은 식민지 시기 문학사와 문화사, 혹은 한국학에서 간과할 수 없는 사료적 의미가 있다. 식민지 조선에 체류한 여성 선교사의 서사물을 분석한 최근의 연구들은 주로 베어드 부인에 집중되어 있는데, 기독교적 관점에서 의의를 평가하거나[4] 문학 작품으로서 창작 기법을 밝히고[5] 서양인의 시선에 비친 한국문화를 독해하는[6] 성과들을 양산했다.

이에 이 글은 대표적 선교사 부인인 언더우드, 베어드, 노블, 노튼 부인의 집필 정황과 출판물을 정리하여 '선교사 부인'이라는 집단적 주체의 문서 활동의 전반적인 윤곽을 파악하고자 한다. 이때 창작과 번역물을 함께 살피되 번역가로서의 정체성이 강했던 이들의 번역물의 의의에 주목하고자 한다. 그 과정에서 이들의 집필 작업을 조력했던 조선인들에 관해서도 일부 밝히게 될 것이다. 선교사는 내한 직후부터 조선인 어학교사, 비서, 조사, 통역사, 번역사들과 함께할 수밖에 없었고, 따라서 조선인의 역할이 상당할 수밖에 없었음에도 불구하고 이들의 활약과 이력에 관해서는 알려진 바가 거의 없다. 즉, 이 글은 식민지 기독교

---

4 민대홍, 「기독교의 문화변혁으로 본 애니 베어드의 소설 연구」, 숭실대 석사논문, 2011.
5 서신혜, 「『고영규전』의 서술 방식과 창작 기법에 관한 연구」, 『동아시아문화연구』 56집, 2014.
6 고예진, 「애니 베어드의 저서에 나타난 한국문화 이해양상 고찰」, 『인문과학연구논총』 33호, 2012.

문화사에서 '남성'과 '서양인'에 비해 문화 활동의 생산적 주체로 기록되지 못했던 '부인'과 '조선인'의 역사적 역할을 적극 규명함으로써 식민지 시기 문화적 주체와 그 문화 산물을 다원적으로 파악하고자 한다.

여성 선교사들은 주로 여성과 아동을 상대로 전도·교육·집필 활동을 했으며 따라서 교회와 각종 조직의 제도적·행정적 주체로 기능했던 남성에 비해 문화적 영역을 담당했다고 볼 수 있다. 남성 선교사들 역시 문서선교의 일환으로 번역 집필 작업을 활발히 했으나 이들이 사전, 성경, 성서주해 등에 주력한 반면, 여성 인력은 일반 교양서나 문학 등을 주로 편찬했다. 이들의 집필 영역은 주일학교 교리서와 같은 종교서 뿐 아니라 문학, 교양서(육아, 위생), 전기, 학습서 / 교재 등을 포괄했다. 그 원고는 다양한 기독교 교파들이 연합한 기독교 출판사이자 현 대한기독교서회의 전신인 조선예수교서회를 중심으로 출간되었다. 이들 출판물은 교회와 선교센터, 학교, 병원 등을 중심으로 홍보되고 교재로 선정되었으며, 전도부인이나 서적보부상의 인적 네트워크를 통해 성경과 함께 전국적으로 보급되었기 때문에 그 광고와 유통, 판매의 적극성은 일반 출판사에 견주어 볼 때에도 뒤처지지 않았다. 물론 기독교 서적은 일반 서점과 대리점에서 다른 출판사들의 서적과 함께 판매되기도 했다. 즉, 기독교 출판사는 기본적으로 교리 전파를 위한 종교적 사명감과 제도적 기반, 그리고 근대적 출판 경영법이라는 정신적, 제도적 두 가지 적극성을 경쟁력으로 갖추고 있었고 따라서 이들 출판물들의 파급력은 적지 않았다.

'언더우드, 베어드, 노블, 노튼 부인'은 선교사 부인들 중 가장 왕성한 번역과 집필 작업을 남긴 인물들이다. 이들의 저술은 각 기독교 단체나 인적 네트워크를 통해 홍보, 권장되었으며, 전국의 소규모 도서 관에 비치되었다. 조선예수교서회는 학교, 교회, 병원, 서점, 그리고 감옥에까지 서적실을 비치할 것을 적극 지원했던 것이다. 특히 기독교 출판사는 한글 출판을 통해 많은 여성 독자들을 확보했다. 따라서 기독교 출판사의 일반 서적, 특히 여성 필자 / 번역자의 서적은 당시 여성들이 쉽게 읽을 수 있는 언문 서적이 주고 신구소설들이었던 출판시장 속에서 나름의 차별적 경쟁력을 확보하고 있었다. 각 절에서는 부인별 집필 작업의 과정과 결과 및 의의를 정리하고 이들의 작업을 보조했던 조선인 조사에 관해서도 밝히기로 한다.

2. 언더우드 부인(Lilias H. Underwood, 元杜尤夫人, 1851~1921)

릴리어스 호튼 언더우드 부인은 미국 뉴욕 태생으로 선교사가 되기 위해 시카고 여자 의대를 졸업하고 간호사로 근무하다가 1888년 선교사로 조선에 들어왔다. 37세의 독신 여성이던 그녀는 미국 북장로회 해외선교부에서 조선에 파견한 첫 번째 여의사 선교사였다. 언더우드 부인은 애초에 인도 선교사로 파견될 것을 기대하며 의학을 공부했으며 언더우드 선교사 역시 같은 목적으로 신학 공부를 마치고 의학을 공부했다.[7] 그녀는 자신의 종교적 신념에 더해 독신 여성의 생계 유지

7　이만열, 옥석득 편역, 『언더우드 자료집』 V, 연세대 출판부, 2007, 304쪽.

와 사회적 생존이라는 현실적인 이유로 선교사라는 '직업'을 선택했다. 해외 선교사, 특히 인도 파견 선교사는 19세기 후반기 미국에서 여성이 사회적 명망을 얻을 수 있는 몇 안 되는 직업 중 하나였으며, 교육받은 중산층 미혼 여성은 경제적·직업적 불안정성에서 벗어나기 쉽지 않았는데, 이들 여성들에게 선교사는 '직업여성'으로 자립할 수 있는 돌파구가 되기도 했다.[8]

조선에 들어온 그녀는 제중원을 비롯한 선교사들의 진료소에서 여성을 진료하고 교역활동을 했으며 민비의 시의로 궁을 드나들었다. 그녀는 이듬해에 언더우드 선교사와 결혼, 원두우(元杜尤)부인이 되어 신혼여행을 떠나는데, 여러 위험을 무릅쓰고 장기간의 조선 지방 여행을 택해 선교와 의료 활동을 강행하여 선교사와 조선인들의 주목을 받기도 했다.[9] 그는 결혼 이후 남성 선교사의 안정적 기반이 될 가정의 유지에 집중하면서도 여성 사역을 비롯한 사회적 활약을 지속했다. 언더우드 선교사가 남성을 사역하는 동안 부인은 여성을 맡았으며 그밖에도 의료, 문서 활동을 지속했다.

식민지 조선 사회에서 그녀의 존재감은 그의 부고를 전하는 언론의 기록을 통해 알 수 있다. 『동아일보』는 사설을 비롯한 각종 지면을 통해 그의 '서거 기사'를 집중적으로 다루며 "조선을 위하야 공로가 많은 부인"인 언더우드 부인의 죽음을 애도했다.[10] 그녀가 임종 직전까지

---

8 윤정란, 앞의 글, 113~114쪽.
9 릴리어스 호튼 언더우드, 김철 역, 『언더우드 부인의 조선 견문록』, 이숲, 2008, 56~58쪽.
10 「元杜尤夫人逝去(원두우부인서거) 조선을위하야 공로가만흔부인」, 『동아일보』, 1921.10.30 (3면 사회면); 「元杜尤夫人(원두우부인)의 死(사)를悼(도)하노라」, 『동아일보』, 1921.10.31, 사설.

'조선에 서적을 보급코자 번역 작업 중이었다'는[11] 기사를 보면 그녀는 말년에 '번역가'로서의 정체성을 가지고 있었음을 확인할 수 있다. 그녀가 마지막까지 번역했던 원고는 사후 출간된 『지요지뮬라젼』(1922)으로 보인다.

언더우드 부인의 번역 및 저술 목록을 정리하면 다음과 같다.

〈표 1〉 언더우드 부인의 번역물 목록

번호	출판년도	번역 제목	원서제목	원저자	출판사
	1920	텬로력정2권 —긔독교부인 려행록	The Pilgrim's Progress, Part2	John Bunyan	조선예수교서회
	1921	쩨클과 하이드	A Strange Case of Dr.Jekyll and Mr.Hyde	Robert Louis Stevenson	조선예수교서회
	1921	병중소마(瓶中小魔)	The Bottle Imp	Robert Louis Stevenson	조선예수교서회
	1922	지요지뮬라젼	Life of George Muller	Müller, George	조선예수교서회

〈표 2〉 언더우드 부인의 저술 목록

번호	출판년도	제목	출판사
	1904	Fifteen years among the top-knots, or, Life in Korea (1908, 2dn ed.)	Boston : American Tract Society
	1905	With Tommy Tompkins in Korea	New York : Fleming H. Revell Company
	1918	일일의 량식	경성 : 조선예수교서회
	1918	Underwood of Korea	New York : Fleming H. Revell Company
	1920	사도신경요해	경성 : 조선예수교서회

언더우드 선교사가 주로 성경·찬송의 번역과 이중어 사전·조선어 문법서 편찬에 주력했던 데에 비해[12] 언더우드 부인은 소설·전기의 번역과 조선 체류담·전기 등을 간행했다. 남성 선교사가 종교적, 학

---

11 「七十老軀(칠십노구)로著述(저술)에專心(전심)」, 『동아일보』, 1921.10.31(3면 사회면).
12 언더우드의 활동은 이만열, 옥석득 편역의 『언더우드 자료집』에 정리되어 있다.

문적 문서의 집필 활동을 한 것과 달리 선교사 부인은 문학과 번역에 주력한 것이다. 그녀는 초기에 선교지인 조선에 관한 기록물은 남겼으나 1905년부터 중단되다가 언더우드가 미국에서 타계한 1916년부터 조선으로 귀국한 이후 집중적으로 번역 활동을 했다. 주요 단행본들을 중심으로 그 출판문화사적 의의를 소개하면 다음과 같다.

1) 번역

(1) 『텬로력정 2권』(1920)

영국 작가 존 번연(John Bunyan)의 *Pilgrim's Progress*의 조선어 번역 출판은 미국 선교잡지 *Missionary Review of the World*의 편집장인 피어슨(Arthur T. Pierson) 목사의 후원으로 이루어졌다. 조선어본인 『텬로력정』 1권은 일찍이 목사 게일의 번역으로 1895년 간행되었으며 식민지 시기 4판 이상 출간되는 베스트셀러였다.[13] 게일은 번역 작업에서 아내와 조선인 이창직의 도움을 받았고 본문 도입부에 '교열자'로서 '이창직'의 이름을 표기했다. 게일은 1권 번역시 중국 선교사 번즈(W. Burns)의 한문본 『天路歷程』을 참조했는데,[14] 인명과 지명을 한자어로 표기하고 이를 다시 조선어로 풀이하는 부록인 '인명과 디명의 목록 류취'는 이로 인한 산물로 보인다. 번역본 삽화로 영문저본의 원 삽화를 가져오지 않고 조선의 풍속화가인 기산(箕山) 김준근(金俊根)의 그림을 삽

---

13 존 번연, 게일 번역, 『텬로력정』(4th edition), 조선예수교서회, 1926.
14 이만열, 옥성득 편역, 『언더우드 자료집』 II, 연세대 출판부, 2007, 30쪽.

입하여 인물들에 조선 전통 의상을 입히고 배경도 조선의 산수와 가옥으로 묘사한 것 또한, 참조한 중국어 역본이 중국의 풍속화가의 삽화를 싣고 있었기 때문이다.[15]

『텬로력정』 1권이 남자 주인공이 천국으로 가는 기독교인의 길을 떠나는 이야기라면 2권은 남은 아내와 아들의 이야기로 '긔독도 부인 려힝록'이 부제이다. 언더우드 부인은 언더우드 선교사의 타계 이후 하루에 2시간씩 이 책의 번역 작업을 지속했다.[16] 당시 미망인이 된 언더우드 부인이 2부의 내용에 감정이입 된 측면도 있었을 것이다.[17] 2권 번역물에는 '교열자 이창직'을 표시했던 1권과 달리 어느 조선인이 참여했는지 관한 정보가 기재되어 있지 않으며, 삽화는 1권의 삽화가인 김준근의 것으로 보인다.

(2) 『쎄클과 하이드』(1921)

언더우드 부인은 1921년 한 해에 두 권의 스티븐슨 소설 번역본을 출간했다. 그녀가 19세기 후반 영국 작가인 스티븐슨(Robert Louis Stevenson)의 작품에 집중한 연유는 아직 파악되지 않으나, 스티븐슨이 젊은 시절 스코틀랜드의 기독교 집안에서 태어나 성경과 존 번연의 『천로역정』을 읽어야 했던 유년 시절을 부정적으로 회고하며 기독교를 거부하다가 이후 종교를 받아들이게 되었던 전기적 사실 또한 매력적으로 작용한 것이 아닌가 추정된다.

---

15 『텬로력뎡』의 삽화에 관해서는 다음의 논문에서 상세히 다루고 있다. 박정세, 「게일의 『텬로력뎡』과 김준근의 풍속삽도」, 『신학논단』 60호, 2010, 71쪽.

16 이만열, 옥성득 편역, 『언더우드 자료집』 V, 연세대 출판부, 2007, 285쪽.

17 정미현, 『릴리어스 호튼 언더우드』, 연세대 출판부, 2016.

먼저 『지킬박사와 하이드』를 보면, 식민지 시기에 이 책의 조선어 번역은 총 2회 이루어졌는데 모두 조선예수교서회에서 발행되었다. 1921년의 언더우드 부인 번역본이 첫 번째 번역본이고 1926년의 게일과 이원모 공역본이 두 번째 것이다. 1926년 본『일신량인긔』(1926) 속표지에는 "게일 & 이원모 공역"으로 표기되어있지만 판권지란에는 역술자 "영국인 기일 목사"만이 기입되어 판권은 게일 목사가 가지고 있었다. 이미 같은 출판사에서 5년 전 출간된 언더우드 부인 번역본이 있음에도 이 판본은 다시 번역하는 데 대한 설명을 하지 않는다. 그런데 1923년 일본 대지진으로 인한 요꼬하마 복음인쇄소의 화재 때문에 이 인쇄소에서 발행하던 조선예수교서회의 저서들이 새로 판본을 찍어내는 일들이 벌어졌던 사실을 상기해보면 재판의 이유는 밝혀진다.[18] 『지킬박사와 하이드』의 경우 역시 1921년도의 언더우드 부인 번역본이 요꼬하마 복음인쇄소에서 인쇄되었기 때문에 그 조판이 1923년 일본 대지진으로 소실되어 이후 새 원고를 작성해야 했던 것이다. 1926년도 게일과 이원모의 공역본은 그렇게 탄생했다.

1921년 언더우드 부인의 번역은 영문 원본과 목차만 일치할 뿐, 음주 습관에 관한 묘사와 같이 기독교 교리에 위반되는 내용은 축약했기 때문에 완역본은 아니었다. 서문에서도 밝힌 것처럼 번역의 의도는 청년들에게 악을 경계하고 도덕적 교훈 주고자 하는 데 있었고 따라서

18　1931년 조선예수교서회에서 3판이 발행된 게일의『한영대사전』의 머리말은 같은 조선예수교서회 출판사 내에서 이루어진 재번역, 재간행의 이유를 추정할 수 있게 해준다. 3판『한영대사전』은 요꼬하마에 간수되어 있었던 1911년 본 재판의 인쇄 지형이 1923년의 관동 대지진 화재로 소실되어버려 불가피하게 새 원고를 작성해야 했던 저간의 사정을 밝힌다. 이에 3년 동안 게일을 비롯한 몇몇 사람이 수정증보판을 준비했으나 게일이 한국을 떠나게 됨에 따라 피이터스(Pieters) 여사와 게일의 조수 이원모의 도움으로 3판 원고가 완성되었다.

교리에 위배되는 부분들은 삭제한 것이다. 그런데 이후 발간된 1926년도 게일과 이원모의 공역본은 그보다 더 짧아진 축역이되었을 뿐 아니라 문장의 수준도 퇴보했다. 게일과 이원모 공역본 역시 언더우드 부인의 번역본과 같은 4·6배판이었으나 언더우드 부인본이 102쪽이었던 데 반해 49쪽으로 분량이 줄어든 것이다. 게일과 이원모의 또 다른 공역 『그루소표류기』 역시 이전에 타 출판사에서 발간된 번역본보다 부실했다. 게일은 '성경 번역 시 과도한 의역을 시도했다는 점'에서 다른 선교사들의 비난을 산 바 있기도 하나,[19] 두 공역자가 후반기에 종종 이렇게 허술한 번역본을 남기게 된 연유에 관해서는 다른 지면을 빌어 좀 더 살펴볼 필요가 있다.

흥미로운 것은 언더우드 부인이 작품 결말부의 도덕적 교훈성을 강조하고, 선교사 게일 역시 인간의 선악에 관해 심금을 울리게 만드는 명작으로 소개했던 『지킬 박사와 하이드』가 영화로 수입되면서는 사회적으로 위험한 작품으로 경계되었다는 점이다. 파라마운트사의 영화 『지킬 박사와 하이드』는 1932년 조선에 수입 상영되었는데 경무국 검열에서 폭력성과 선정성을 이유로 대폭 삭제되었고 이를 지키지 않은 영화관은 필름을 몰수당하는 일이 벌어졌다.[20] 식민지 검열국과 서양인 선교사, 즉 국가 통치와 종교의 문학에 대한 관점 차이, 그리고 소설과 영화의 장르적 재현과 독해의 차이로 인해 벌어진 사태였다. 선

---

19 이만열, 옥성득 편역, 『언더우드 자료집』 II, 연세대 출판부, 2007, 8쪽.

20 「『지킬박사와 하이드씨』「파라마운트」社作(新映映畵)」, 『동아일보』, 1932.7.10; 「一九三二, 三三年度의 米國映畵藝術賞受領者 『지킬博士와 하이드』『뺏껄』의 主演者와 監督者 三名」, 『동아일보』, 1932.12.28; 「몰수당한 범죄영화, '지킬박사와 하이드씨', 근래 처음으로 전편 몰수, 경무국 검열망에 걸려」, 『중앙일보』, 1933.1.30.

교사는 "전편의 골자가 모다 끝장에 모였으니 읽는 자 마땅히 여기에 유의하여야 할 것"이라며 서사의 비극적 결말 부분에 주목하여 이 서사를 통해 인간을 파멸로 이끄는 악을 경계하자는 교훈을 이끌어냈다. 반면 검열국은 그 스토리의 진행 과정에서 영상으로 재현될 수밖에 없던 폭력성과 잔인성에 초점을 두었던 것이다. 선교사는 서사의 '궁극적 메시지'인 '교훈'에 방점을 찍었기 때문에 그 과정에서의 강력한 부정적 재현은 도리어 '악'에 대한 경계를 강화하는 것이므로 별 문제가 되지 않았다. 반면 검열국은 재현이 수용자에게 불러일으키는 감각적 자극의 진폭 그 자체를 경계한 것이다.

(3) 『병중소마』(1921)

『병중소마』 역시 루이 스티븐슨 원작의 단편 *The Bottle Imp*의 번역본이다. 역자인 언더우드 부인은 이 책을 소개하며 '마귀, 음주, 간사한 마음'을 경계하라는 등 선교사 부인으로서 당부의 말을 남긴다. 역자는 이 이야기를 통해 성서적 교리와 교훈을 유도하는 데 주안점을 두고 있다. 이 책은 무미건조하게 읽힐 것을 각오하면서도 원저자의 구절을 그대로 따르고자 축자역 번역을 시도했다고 설명했지만 실제로는 원작의 10분의 1 분량으로 번역본의 양이 줄어든 것만 보아도 알 수 있듯이 생략이 많은 축역이었다.

흥미로운 점은 「머리말」 필자가 '박태원'이라는 점이다. 이름이 한글로 표기되어 있어 문학 연구자들에게는 『천변풍경』의 작가 박태원(朴泰遠, 1909~1986)으로 오인되기 쉬우나 출판 시기인 1921년 당시 그는 12살이므로 적절치 않다. 여기서 박태원은 영문학 전공자이자 음악가였던 기독교인 박태원(朴泰元, 1897~1921)이다. 박태원은 대구 남성정교회 세례 교인인 부친의 영향으로 교회에 다니며 종교 음악을 통해 서양 음악을 접하게 되었고 기독교 재단인 대남학교-계성중학교를 졸업하고 1916년 평양 숭실대학 문학부를 거쳐 1916년부터 1921년까지 연희전문학교를 다니고 2회로 졸업했다.[21] 연희전문학교 재학 당시 음악부 활동을 하며 YMCA에서 열린 '연희전문 학생기독청년회 주최 자선음악회'에 성악가로 출연하는 등 1920년대 각종 자선 음악회에서 집중 활약한다. 또한 그는 찬송가를 비롯한 미국 민요 〈켄터키 옛집〉과 〈클레멘타인〉의 가사를 우리말로 번안했으며 1917년 대구 남성정교회에서 최초로 남녀혼성찬양대를 조직하여 헨델의 〈할렐루야〉를 공연하여 주목받았다.[22] 1921년 연희전문학교 졸업 직후 동경정칙영어학교에 입학했으나 폐병으로 중도 귀국 1921년 8월 사망한다.

영문학 전공자이자 독실한 기독교인이었던 박태원이 찬송가를 비롯한 영어 가사를 번역하는 작업을 했다는 사실은 당연해 보이나, 문제는 그가 언더우드 부인 번역으로 기록되어 있는 『병중소마』의 「머리말」만 쓴 것인지 번역 작업에까지 관여했는지의 여부이다. 그가 새삼스럽게 「머리말」의 필자로 등장하고 '번역문이 원저자의 뜻을 해치지 않기 위해 축자역을 시험했음'을 밝힌 것을 보면 번역에 무관했다고는 보이지 않으나 관여의 정도는 아직 밝힐 길이 없다. 다만 그가 연희전

---

21 음악가 박태원에 관한 정보는 손태룡, 「박태원, 대구지역 혼성합창의 창시자」, 『음악문헌학』 창간호, 2012.

22 그는 연희전문재학 시절인 1919년 문인 이상화와 하숙집을 공유하며 친분을 맺기도 했으며 그의 영전에 바치는 시 「二重의 死亡－가서 못오는 朴泰元의 애틋한 靈魂에게 바침」을 『백조』(1923.9)에 실었다. 박태원의 신변과 이상화의 관계에 관해서는 위의 글, 13쪽; 손태룡, 『한국 서양 음악가 연구』, 보고사, 2011, 박태원 편 참조.

문학교 재학 중 학비 충당을 위해 언더우드 교장의 서기로 근무했던 사실을 고려하면 당시의 인연으로 언더우드 부인과도 친분을 갖게 되었을 것이며, 따라서 언더우드가 타계한 이후인 1917년부터는 언더우드 부인의 번역 및 집필 작업에도 보조한 부분이 있을 것으로 추정된다.

2) 저술

(1) *With Tommy Tompkins in Korea*(1905)

1905년 뉴욕에서 출판된 *With Tommy Tompkins in Korea*는 극동 생활과 원주민들에 대한 서양 세계의 질문에 답하기 위해 저술되었음을 밝히고 있다. 이 책이 출판된 Fleming 출판사는 선교여행(Missionary Travel) 시리즈를 통해 인도, 우간다, 중국, 조선 선교사들의 기록을 발간하고 있었고, 언더우드의 *The Call of Korea*와 알렌의 *Things Korean* 역시 이 기획물에 속해 출간되었다.[23] 필자인 언더우드 부인은 독자들이 '행복한 서양 소년의 가족과 어둠에서 태어난 불쌍한 어린이들을 대조적으로 보여주는 이 책을 읽고 조선의 변화를 향한 염원과 의지가 일어나길 바란다'는 요지의 서문을 남겼다. 즉 미국 소년의 조선 체류담을 중심으로 조선의 기이한 풍습과 열악한 환경을 기술함으로서 조선 선교 활동의 필요성과 이에 대한 적극적 지원을 불러일으키기 위해 집필된 것이다.

---

23 서신혜, 「『고영규전』의 서술 방식과 창작 기법에 관한 연구」, 『동아시아문화연구』 56집, 2014, 139쪽.

(2) *Underwood of Korea*(1918)

언더우드 타계 직후 집필을 시작한 *Underwood of Korea*는 언더우드의 전기인데 역시 Fleming 출판사에서 출판되었으며 언더우드 선교사부부의 가장 큰 후원자였던 그의 형 John T. Underwood에게 헌정되었다. 세계적 규모를 자랑했던 언더우드 타자기 회사의 운영자였던 형의 재원으로 언더우드의 숙원 사업이던 연희 전문학교의 부지가 그의 서거 직전인 1915년에 매입될 수 있었던 것이다. *Underwood of Korea*는 단지 언더우드 개인의 삶뿐 아니라 선교사 부인의 눈에 비친 19세기 후반부터 20세기 초까지의 조선의 정황을 파악할 수 있는 자료로 기능했다.

3. 베어드 부인(Annie L. Baird, 安愛理, 1864~1916)

윌리엄 베어드(William M. Baird, 裴偉良) 선교사의 부인인 애니 베어드의 한자어 이름은 안애리(安愛理)이다. 역사·과학·음악 교재를 번역하고 찬송가를 집필하는 등 활발한 문서 활동을 한 베어드 부인은 초창기 조선어 학습교재를 집필할 정도로 조선어 실력이 상당했다. 하여 그녀를 도운 조선인에 관한 기록은 아직 발견되지 않고 있다. 그녀의 번역·저술 목록은 다음과 같다.

〈표 3〉 베어드 부인의 번역물 목록

번호	출판년도	번역본 제목	원서 제목	원저자	출판사
1	1906 / 1908	동물학	Zoology	A. L. Gray	Korean Religious Tract Society
2	1908	식물도설	Botany for young people and common schools (Hulbert's educational series; no. 2)	A. L. Gray	Korean Religious Tract Society
3	1911~1915	만국통감 1~5권 (W. M. Baird 원역, Annie L. A. 편역)	Sheffield's Universal History	Sheffield	경성 : 조선예수교서회
4	1913	식물학	Botany for young people	A. L. Gray	평양 : 야소교서원, 경성 : 조선예수교서회

〈표 4〉 베어드 부인의 저술 목록

번호	출판년도	제목	출판사
1	1896	Fifty helps : for the beginner in the use of the Korean language	조선 : Trilingual Press
2	1906	쟝자로인론(전도용문서)	
3	1905	샛별전(Story of Sait Pyel)	경성 : 조선예수교서회
4	1909	Daybreak in Korea : a tale of transformation in the Far East (2nd ed)	New York : Fleming H. Revell Company
5	1911	고영규전	경성 : 조선예수교서회
6	1913	Inside views of Mission life	Philadelphia : Westminster
7	1915 / 1920	창가집(L. B. Becker 공편)	경성, 평양 : 야소교서회

1) 번역

베어드 부인의 번역물은 주로 과학·역사 교과서이다. 베어드 선교 사가[24] 숭실학당의 설립자였기 때문에 베어드 부인 역시 숭실학당의

24　베어드 선교사의 행적은 그의 일기와 평전 등으로 기록되어 있다. Baird, William M, 『숭실 설립자 윌리엄 베어드의 선교 일기, Diary of William M. Baird, 1892.5.18~1895.4.27』, 숭실 대 한국기독교박물관, 2013; Baird, Richard H., 『(배위량 박사의) 한국 선교』, 쿰란, 2004.

교직에 복무하며 교재 번역과 편찬 작업을 했던 것이다. 이들의 번역 저술 활동은 대체로 후원자의 후원금이 뒷받침되어 이루어졌는데 『동물학』의 교재 말미에 사의를 표기한 인물들을 살펴보면 미국 부인들의 후원이 있었던 것으로 보인다.[25] 그가 번역한 『동물학』과 『식물학』의 원작자인 A. L. Gray는 예일대 신학과 강의 교재였던 *Natural science and religion; two lectures delivered to the Theological School of Yale College*(New York, Scribner's, 1880)의 저자이기도 하다. 따라서 식민지 시기 숭실학당에서 이루어진 자연과학 교육은 신학적 사상에 뿌리는 둔 것으로 예일대 신학과 자연과학 강좌의 계보 속에 놓여 있었다.

베어드 부인의 번역물은 당시 여타 번역 교재들과 견주어볼 때 내용적, 형식적으로 우수한 수준이었다. 그녀가 번역한 『동물학』 교재는 비슷한 시기 편찬되었던 보성관 번역부 역술의 『동물학교과서(動物學教科書)』와 비교할 때 몇 가지 점에서 보다 완성도 높은 번역본이자 쉽게 읽히도록 쓰여진 교과서였다. 우선 『동물학교과서』가 한자표기인 데 반해 베어드 부인의 『동물학』은 한글로 기술되어 있고 분류명의 경우에는 한글 옆에 영어와 한자가 괄호 속에 병기되어 있다. 교과서 후면에 '동물명목'을 마련해 '한글-한자-영문'으로 그 명칭을 표기하고 'Index'도 덧붙이는 등 보성사본보다 체계적인 구성을 갖추었다. 또한 내용적으로는 조선의 자연 환경을 고려하여 친숙한 동물을 중점적으로 서술했으며 각종 동물의 해부도를 삽화로 배치했다는 점이 눈에 두드러진다. 이 삽화는 조선인 한준금, 이근식, 정길영이 작업한 것이었는데[26] 이렇게 선교사의 번역 출판물은 간혹 원본의 삽화 대신 조선인

25　교재 말미에 애니 베어드가 사의를 표한 인물들.

삽화가의 것을 활용하곤 했다.

　무엇보다도 베어드 부인이 번역한 과학 교과서는 자연계의 질서를 신의 지혜이자 섭리로 이해하고자 하는 기독교적 시각을 보이고 있다는 점에서 다른 교과서와 변별된다. 장과 절로 구성된 서술 방식만 보더라도 성경과 유사할 뿐 아니라, "하느님끠셔 지으신 모든 물건" 중 동물을 논하고자 한다는 〈셔문〉을 비롯하여 동물계가 "하느님 풍성ㅎ신 지혜와 능ㅎ심이 ㅎ량업슴을 나타내는" 것으로 보는 〈동물학 총론〉의 진술들은 이 저서가 기독교 신학에 입각한 자연과학적 서술임을 명백히 드러낸다. 동물의 해부학적 구조나 생태 등이 제각기 "합당케 된 거시라"는 기술 등은 합리적 설계자로서의 창조주를 전제로 하는 것이었다. 베어드 선교사의 천문학 번역 교과서인 『텬문략히』 역시 같은 시기 출판되었던 또 다른 천문학 교과서인 정영택의 『천문학(天文學)』과 비교해보면 베어드 부인의 번역물과 같은 차이점을 보였다.[27] 이처럼 선교사와 그 부인들을 통해 기독교 계열 학교에 유입된 과학 교과서는 종교적으로는 기독교적 교리에서 벗어나지 않는 자연과학 지식을 유입했다. 또한 조선의 자연환경에 친숙한 내용을 중심으로 편집했고, 한자 및 영자를 부분적으로 병기한 한글 전용 표기를 채택했다는 점이 특징적이다.

　베어드 선교사와 부인의 번역물인 셰필드의 『만국통감』 역시 식민

26 　이들 조선인 삽화가의 이름은 영어로만 표기되어 있어 한글 표기는 정확치 않을 수 있다. Han Choon Gyum, Lee Keun Sik and Chung Kil Yong.

27 　베어드 선교사의 천문학 교재가 조선인 저작의 것과 보이는 차이에 관해서는 다음 논문에 상술되어 있다. 박은미, 「개화기 천문학 서적 연구―정영택의 『天文學』과 베어드의 『텬문략히』」, 충북대 석사논문, 2010.

지 시기 기독교계열 학교와 교회에서 역사 교재로 사용되었다.[28] 백낙준은 그녀의 식물학, 동물학, 역사 번역물이 교과서로서 많은 이들에게 읽혔고, 따라서 그 작업과 영향력의 측면에서 보건대 "베어드 부인만큼 뛰어난 문학적 성과를 남긴 여선교사는 없을 것"이라는 회고를 남긴 바 있다.[29] 실제로 베어드 부인은 조선어 / 영문, 창작 / 번역, 문학 / 비문학 분야 모두에서 다양한 문서활동을 남겼다.

2) 저술

베어드 부인은 선교사들에게 조선어 학습의 필요성을 강조했는데, 현지어인 조선어를 강조하는 베어드 부인의 태도는 토착적 선교를 지향하는 네비우스 선교방법의 일환으로 이해되기도 한다.[30] 그가 저술한 조선어 학습서인 *Fifty Helps-for the beginner in the use of the Korean language*는 1896년부터 50여 년간 선교사 및 서양인의 조선어 학습서로 사용되었다. *Fifty Helps*는 문법서나 사전과 함께 조선어 회화 및 예절 등을 익힐 수 있는 초보자를 위한 회화 입문서이며 조선어 교육기관인 The Language School의 주교재였다. 영어권 선교사들의 조선어 학습을 위한 목적으로 저술되었기 때문에 전도 및 설교에 필요한 구문과 어휘가 주를 이루었다. 에비슨이나 알렌과 같은 의료 선교사들 역

---

28 이만열, 옥석득 편역, 『언더우드 자료집』 II, 연세대 출판부, 2007, 251쪽.

29 리처드 베어드, 김인수 역, 『배위량 박사의 한국 선교』, 쿰란출판사, 2004, 144쪽.

30 고예진, 「애니 베어드의 저서에 나타난 한국문화 이해양상 고찰」, 『인문과학연구논총』 33호, 2012, 14쪽.

시 베어드 부인의 *Fifty Helps*로 조선어를 학습했다.

그녀의 첫 문학 작품인 『샛별전』(1905)은 조선여성 '샛별'을 주인공으로 한 소설로 조선 여성들의 교육과 기독교 교리 전파, 그리고 당시 사회적 풍토 속에서 기독교가 카톨릭과 스스로를 구분했던 전략 등을 알 수 있게 하는 자료이기도 하다. 그런데 이『샛별전』의 경우는 한성감옥 서적실의「옥중도서대출부」에서『천로역정』,『찬미가』,『신약전서』와 함께 가장 인기있던 서적 중 하나였다는 점에 주목할 필요가 있다.[31] 대출부에는 조선인 여성 수감자가『샛별전』을 대출한 기록이 있다. 한성감옥 최초의 서적실 자체가 1903년 1월 선교사와 성서공회의 지원으로 탄생된 것이었으므로 이들이 공급한 기독교 관련 문서들이 옥중도서를 이루었다. 그리고 1910년 한성감옥이 서대문형무소로 바뀌면서 서적실은 그다지 정비되지 않아 그 장서들이 그대로 유지되었으므로[32] 기독교 선교사들이 공급했던 초기 서적은 수감자들에게 지속적으로 노출되었다고 볼 수 있다.

조선 여성의 삶과 기독교 교리 전파를 다룬『샛별전』의 주요 골자는 이후 베어드 부인의 저술들에서도 이어져, *Daybreak in Korea*와『고영규전』에서도 반복적으로 등장한다. *Daybreak in Korea*는[33] 베어드 부인이 1908년 암수술을 위해 미국에 체류할 때 준비하여 1909년 뉴욕 Fleming 출판사의 선교여행 시리즈로 출간했다. 앞선 절에서 언급한 언더우드 부인의 *With Tommy Tompkins in Korea*(1905) 역시 같은 시리

---

31 〈옥중도서대출부〉의 특징에 관해서는 다음 논문을 참조. 유춘동,「한성감옥서(漢城監獄署)의 〈옥중도서대출부(獄中圖書貸出簿)〉 연구」,『서지학보』40, 2012, 120쪽.
32 예컨대 김구는 이승만이 설치한 서적실의 장서를 읽었다. 위의 글, 123쪽.
33 최근 한국어 번역본이 출간되었다. 유정순 역,『따라 따라 예수 따라가네』, 디모네, 2006.

즈 중 하나였는데, 이 두 저자는 모두 조선 여인들의 아기를 업는 풍습을 인상 깊게 보았는지 "How women carry babies in Korea"라는 제목으로 동일한 사진 삽화를 싣기도 했다. 이러한 저서들은 기본적으로는 조선의 현실과 민족지적 특성, 그리고 선교의 현장에 관한 보고의 성격을 띠었으나 픽션을 가미하여 독자들의 흡입력의 높이는 경우도 있었다. 베어드 부인의 *Daybreak in Korea* 역시 당시 조선에서 취합한 사실·사건들을 재구성해서 하나의 스토리로 완성시킨, 사실에 기반한 픽션이었다.

이런 *Daybreak in Korea*의 스토리는 2년 후 『고영규전』으로 변모하여 출판된다. 전자가 미국 독자를 위해 뉴욕에서 영어로 출판되었다면 후자는 조선 독자를 대상으로 조선어로 출판된 것이므로 그 서술 방식과 목적이 달라진다.[34] 조선어본은 이전 영어본에는 상세히 기술되어 있던 조선인 남성의 부정적 행태와 여성의 비참한 생활이 상당 부분 삭제·축소되었고 남성 가장이 긍정적 변화의 주체로 부각되었다. 즉, 『고영규전』은 *Daybreak in Korea*의 번역본이 아니고 새로 쓰여진 별도의 글로 볼 수 있다. 두 작품 모두 여성 주인공으로 '보배'가 등장하며 주인공의 신앙생활 이후 부부와 공동체가 극적으로 변화되는 것으로 그리고 있지만 영어본이 보배의 회심 과정이 중심서사라면 조선어본은 남편의 회심에 방점이 찍히면서 제목 역시 남편의 이름을 딴 『고영규전』으로 바뀌게 된 것이다. 즉 영어본은 여성 수난사를 중심으로 한 자극적인 스토리를 서양 독자들에게 제공했다면 『고영규전』은 남편

---

34 이 두 작품의 관계에 관해서는 다음 논문이 상세히 다룬 바 있다. 서신혜, 「『고영규전』의 서술 방식과 창작 기법에 관한 연구」, 『동아시아문화연구』 56집, 2014, 140~141쪽.

고영규의 회심을 통해 기독교적 교리로 화합하게 되는 부부 이야기를 조선인에게 제공했다. 가부장제에 익숙한 조선인들에게는 가장의 신앙과 변화를 유발시키는 서사가 조선사회에서는 보다 효과적이라고 판단한 것이다.

그의 『챵가집』(1915)은 주일학교 학생들에게 찬송가를 교육하기 위해 집필한 것으로 평양 숭실학교가 있던 평양과 경성에서 동시에 발행한 책이다. 46곡의 창가와 19곡의 찬송가, 그리고 미션스쿨의 교가가 악보와 함께 수록되어 있으며, 영미 찬송가 곡조를 기본으로 했으나 일본 곡조도 더러 있었다.[35] 서양선교사가 출판한 창가집으로 유일한 것이며 서양음악 수용 초기에 많은 영향을 준 악보집으로 평가받으나[36] 그 악보의 세목을 살펴보면 미국 찬송가나 민요, 전래동요를 소개할 때에도 조선적 음계 리듬으로 변형한 지점이라든가 조선적 삽화를 대거 삽입한 점 등을 근거로 서구 기독교계 음악의 조선적 토착화를 시도한 의의가 고평되기도 한다.[37]

---

35 민경찬, 「안애리가 편찬한 〈챵가집〉」, 『낭만음악』 48호, 2000.
36 한국예술종합학교 산학협력단, 「2010 근대문화유산 음악분야 목록화 조서 연구보고서」.
37 김사랑, 「'문명'의 노래, 조선인을 '위한' 음악교육―1910년대 선교사가 만든 『챵가집』 분석」, 『이화음악논집』 Vol. 17 No. 2, 2013.

4. 노블 부인(Mattie Wilcox Noble, 魯普乙夫人, 1872~1956)

노블 부인은 미국 펜실베니아주 태생으로 와이오밍 신학대학에서 만난 윌리엄 아더 노블(魯普乙, Willim Arthur Noble, 1866~1945)과 결혼했다. 1892년 10월 노블 부부는 조선에 도착하여 전반기에는 평양, 후반기에는 서울을 중심으로 선교 활동했다. 이후 노블 선교사의 맏딸은 아펜젤러 선교사의 아들과 결혼했는데 이는 선교사 자녀들 간의 최초의 결혼으로 주목받았다. 노블 부인은 평양 남산현교회에서 한국 최초의 여성성경공부모임과 유년 주일학교를 시작했으며, 여성성경공부모임은 기독교 초기 사역에 주요 역할을 담당했던 조선인 전도부인들을 양산하던 산실이었다. 이후 노블 박사가 배재학당에 근무하는 동안 그녀는 주일학교 교사로 활동했다.[38]

이들은 조선에 도착함과 동시에 조선어 선생을 고용했는데 매티 노블의 일지에 따르면 이들은 영어를 못하는 선생을 선호했으며 어학 선생을 수시로 대동하고 다녔음을 알 수 있다.[39] 1892년 10월에 서울에 도착한 노블 부인의 첫 어학선생은 '장서방'이었으나 1894년에는 어학 선생이 '이선생'으로 바뀌었다. 그 사이 조선어 실력이 향상되어, 1893년 4월에는 주기도문을 조선어로 읊을 수 있었고 노블 부부는 조선어 설교를 처음 시도했으며 1894년 성탄절에 노블 부인은 조선어로 교리를 전할 수 있게 되었다.[40]

---

38 기독교대한감리회 정동제일교회 편,『정동교회125년사』1, 2011, 147쪽.
39 매티 노블, 손현선 역,『매티 노블의 조선회상』, 좋은씨앗, 2011, 34·59·72쪽.

노블 부인의 경우는 비록 중간에 공백 기간들은 있지만 40여년에 걸친 일기를 남겨 식민지 시기의 지속적인 기록으로서 그 사료적 가치가 높다. 영어 원본은 한국기독교역사연구소에서 자료총서로 영인되었고[41] 한글로는 최근 두 차례 번역되었다.[42] 노블 부인은 문서 집필을 중시하여 일찍이 남편 노블 목사에게 조선을 소재로 한 소설을 집필할 것을 권유하여 실제로 *Ewa*(梨花) : *A Tale of Korea*(New York : Eaton & Mains, 1906)를 출판하게 하는 등 출판에 적극적이었다.

〈표 5〉 노블 부인의 번역물 목록

번호	출판년도	번역본 제목	원서 제목	원저자	출판사
1	1918	다락방	The Upper Room	John Watson	경성 : 죠선예수교 쟝로회, 평양 : 조선예수교서회
2	1921	팔늬앤아	Pollyanna	Eleanor H. Porter	조선예수교서회

〈표 6〉 노블 부인의 저술 목록

번호	출판년도	제목	출판사
1	1902	Sunie	Methodist Publishing House
2	1916	어머니에 대한 강도	경성 : 조선예수교서회
3	1927	승리의 생활	京城 : 朝鮮基督敎彰文社; 京城 : 朝鮮耶穌敎書會
4	1933	Victorious lives of early Christians in Korea	東京 : 敎文館

---

40 위의 책, 53 · 80쪽.

41 이만열 편, 『자료총서17집─The Journals of Mattie Wilcox Noble 1892~1934』, 한국기독교 역사연구소, 1993.

42 매티 노블, 손현선 역, 『매티 노블의 조선회상』, 좋은씨앗, 2010; 매티 노블, 강선미 · 이양준 역, 『노블일지』, 이마고, 2010.

1) 집필

노블 부인의 조선어 집필 과정은 그의 일지 *The Journals of Mattie Wilcox Noble 1892~1934* [43]에 비교적 상세히 기록되어 있어 그 조력자와 출판 과정을 알 수 있다. 『승리의 생활』은 노블 부인이 4년간 16명의 조선인 기독교인의 전기적 기록을 모은 것인데 그녀는 다른 선교사에 비해 탁월한 조선어 실력을 가졌음에도 불구하고 출판을 위해서는 조선인 비서가 필요했다. 그러던 중 노블 선교사 부부의 주요 후원자였던 에밀리 페커의 기부로 노블 부인은 1926년 조선인 김태원을 정규직 비서를 고용할 수 있게 되었고 오전 9시부터 12시까지 1년간 그와 문장 검토를 하며 『승리의 생활』 집필 마무리 작업을 진행했다. [44] 김태원은 노블 부인뿐 아니라 노블 선교사의 비서도 겸하고 있었고 또 다른 조선인 비서로는 김형삼이 있었다. 김태원은 이후 1930년대에 『뿌커 티 워싱턴 자서전』(1935)이나 『현대 사회 문제』(1931) 등 주요 인물 자서전이나 사회과학 서적을 단독으로 번역하며 번역자로 활약하게 된다. 당시 그의 번역 실력은 선교사들에게 잘 트레이닝된 언어 실력을 기반으로 "구식부인도 모를 것 없이 능히 읽을 수 있도록 잘 번역"한 것으로 평가되었다. [45] 식민지 시기 번역의 장에는 일본과 서구 유학파 뿐 아니라 선교사들과의 협업으로 훈련된 번역가 집단이(국내파,

---

43 한국어 번역본은 매티 노블, 손현선 역, 앞의 책.

44 위의 책, 1927.7월 기록. 567~569쪽.

45 「現代社會問題(현대사회문제)」, 『동아일보』, 1931.12.13, 6면. "(구식)의宣敎師(선교사)로서는 대단히 忌嫌(기혐)할만한 主張(주장)도 많이하엿을뿐만 아니라 그譯者(역자)인 金泰源氏(김태원씨)로 말하면 (…중략…) 구식부인으로도 모를것없이 能(능)히 읽을수잇도록 잘번역"

한학, 유학파를 아우르는) 있었던 것이다.

『승리의 생활』 편집 당시 노블 부인은 독립운동과 관련된 부분, 즉 정치적으로 민감한 내용은 삭제했다. 출판사는 외국인 필자의 이름으로 나오는 책이라 검열이 엄격하지 않으리라 판단하여 검열 원고를 확인받기 전에 인쇄에 들어갔으나 결국 검열에 걸려 비서인 김태원이 검찰에 출두하고 일곱 군데의 활자를 겹으로 인쇄해서 삭제하는 효과를 내야 했다. 이러한 상황에 대해 노블 부인이 놀라자 조선인 비서 김태원은 조선에서는 검열되면 오히려 책의 가치가 높아지니 너무 우려말라고 하는 반응을 보였다고 한다.[46]

『승리의 생활』은 총 17명의 조선인 목사, 전도부인, 신도들의 약력, 회심, 신앙, 교역생활을 모은 것으로 부제목으로는 '최초의 초기 한국 교회 기독교인의 전기 및 자서전'이라고 표기되어 있다. 편집자 노블 부인은 초기 기독교인들이 아무런 기록도 남기지 못하고 세상을 뜨기 시작한 시기인 1920년대에 그들에 관한 자료를 모으고자 했다고 집필 의도를 표명했다. 여기에 실린 17편의 글은 구술 작업을 했거나 원고를 받아 고치는 등 인물별로 수합 방법이 달랐다. 그런데 첫 번째 인물인 김창식 목사의 자서전만 보더라도 단행본 발간에 앞선 1922년에 선교사들의 영문 잡지인 *Korea Mission Field*에 실린 바 있었다.[47] 이처럼 『승리의 생활』의 일부 글은 이전에 다른 지면에 실렸던 적도 있으나 '최초

---

46 매티 노블, 손현선 역, 앞의 책, 1933.8월 기록, 625쪽.
47 Kim Chang Sik, "Korea's First Ordained Protestant Minister, A sketch of his own Life by Rev. Kim Chang Sik", *Korea Mission Field*, 1922. 동일 인물에 관한 전기 및 자서전이 선교사와 미국인이 주 독자였던 영문 지면과 조선인을 독자로 한 조선어 저술에서 보이는 차이에 관해서는 별도의 지면에서 논하기로 한다.

의 신앙인 전기・자서전 모음 단행본'으로서의 의의는 변함이 없다.

　조선 기독교인에 관한 본격 열전이니만큼 신흥우와 윤치호가 그 「머리말」과 「서문」을 맡았다. 신흥우는 기독교 전래 40년간 현대식 교육과 사회적 자선사업, 의료기관의 공헌, 그리고 새정신과 새생활로의 인도가 있어왔음에도 조선어로 된 '조선선교 역사서'가 한권도 없음을 안타까워하며 이러한 시기에 출간된 『승리의 생활』이 각별한 의미가 있음을 강조한다. 윤치호는 기독교가 조선 사회의 신분귀천을 무너트리고 여자교육에 기여한 바를 언급하고 『승리의 역사』는 이러한 기독교의 역사이자 한반도 문화사의 자료로서 기여할 것이라고 전망한다. 이후 1933년 노블 부인은 이 책의 일부분을 다시 영어로 번역하여 일본 도쿄의 연합기독출판사(Union Christian Publishing House : 구 감리교출판사)에서 출판했다. 서양인 선교사에 의해 취합된 조선 기독교인의 전기가 일본에서 영어로 출판된 맥락과 그 의의에 관해서는 추가적으로 살펴볼 필요가 있다.

2) 번역

　노블 부인이 번역한 『팔늬앤아』의 원작 *Pollyana*는 1913년 미국에서 간행된 포터(E. H. Porter)의 소설로, 가난한 목사의 딸 폴리애나가 고아가 되어 숙모집에 살게 되며 겪는 이야기이다. 당시 선풍적 인기를 끌었던 캐나다 작가 몽고메리(L. M. Montgomery)가 쓴 『빨강머리 앤』(1908)과 유사한 스토리로 미국판 『빨강머리 앤』으로 불리기도 했다. 천진한 폴리애나의 행동이 독신자 숙모의 마음뿐 아니라 마을 사람들도 따뜻하고 활기차게 만든다는 줄거리를 가지고 있다. 미국에서는 기독교적인 교훈과 낙관적 세계관, 감상성으로 독자들의 인기를 모았으며, 당시 '폴리애나'라는 캐릭터와 그것이 독자들에게 불러일으킨 몽상적 정서는 하나의 신드롬처럼 작용하여 영어 사전에까지 오르게 되었다.

『팔늬앤아』는 띄어쓰기 및 대화체 표기도 잘 되어 있는 순한글 표기 번역물이다. 영어 원본의 목차를 그대로 번역했고 번역본의 분량도 크게 감소하지 않은 비교적 충실한 번역물이다. 단행본이 발간되기 직전인 1920년 여성 잡지에 그 내용이 소개된 바 있었다.[48] 이와 유사한『빨강머리 앤』역시 해방 이후 기독교계 학교를 중심으로 전파되었다.[49] 미션 스쿨인 이화여교 교사이자 '최초의 여류 소년소녀동화작가'로 기억되는 '신지식'에 의해 이화 교지에서 번역 연재되다가 이후 전집으로 정식 출판되어 선풍적인 인기를 끌었고 이로 인해 동시에 10개 이상의 출판사에서 이 번역본을 출간하게 되기도 했다. 이처럼 '명랑 소녀 성장 서사'의 대표작인『폴리애나』와『빨강머리 앤』의 한국 수용사에서 기독교계 주체는 적극적인 수용자 역할을 했다.

48　MK생, 「Pollyanna 팔늬의나(소설)」, 『여자계』 4호, 1920.3.25.
49　『빨강머리 앤』의 한국 수용사에 관해서는 다음의 논문에서 정리한 바 있다. 김성연, 「〈빨강머리 앤〉 번역과 수용의 문화 동력학—공동체, 개인 그리고 젠더화된 문학적 상상력」, 『대중서사연구』 20권 2호, 대중서사학회, 2014.

5. 노튼 부인(Mrs. A. H. Norton, 魯敦夫人)

노튼 부인은 세브란스 병원 안과 의사인 노튼(Arthur H. Norton)의 부인으로 그녀에 관한 정보는 거의 알려진 바가 없다. 노튼에 관한 정보로 대신하면,[50] 그는 미감리회 소속 의료선교사로 1907년 내한하여 초기에 황해도 지역 선교의사로 활동, 1913년 해주에 노튼 기념 병원을 설립했는데 이는 '구세병원'으로 불렸다. 1917년 세브란스 의학 전문의 이사, 1922년 세브란스 안과교수로 부임했다.

노튼 부인의 번역물인 『님군의 새옷과 다른 니야기』는 '벌거벗은 임금님', '신데렐라',' 빨간 망토', '알라딘과 요술램프' 등 11편의 서양 동화와 조선의 전래동화, 창작동화를 함께 담은 책이다. 삽화는 '김씨의 슬긔'나 '유복의 원슈 호랑이'와 같은 조선 이야기를 제외한 번역물에만 삽입되어 있으며 그 화풍으로 보아 번역의 원본에서 취한 것으로 보인다. 현재까지 밝혀진 식민지 시기 번역된 세계동화 앤솔로지 12권 중 6권이 기독교 계열 필자, 출판사를 통해 번역되었는데[51] 그 중 하나인 셈이다. 노튼 부인과 최두현 공역인 『유몽긔담』 역시 컬러 삽화를 곁들인 동화 번역물이다.

『절름발이 친왕』에 관한 기록은 그 역자를 A. H. Norton으로 표기하

---

50 각 교파별 의료 선교사에 관한 정리는, 차신정, 『그리스도를 나눈 의료선교사 (한국 개신교 초기, 1884~1924)』, 캄인, 2013.

51 식민지 시기 세계동화 앤솔로지에 관해서는 다음의 논문에 상술되어 있다. 염희경, 「일제 강점기 번역, 번안 동화 앤솔러지의 탄생과 번역의 상상력」, 『문학교육학』 39권, 한국문학교육학회, 2012.

<표 7> 노튼 부인의 저술 및 번역 목록

	출판년도	번역본 제목	원서 제목	원저자	출판사
1	1923~24	유몽긔담 (supervision of Mrs.A.H.Norton & 최두현 역)	Child's Wonder Book		경성 : 조선예수교서
2	1925	님군의 새옷과 다른 니야기 (Mrs.Norton 역)	The Emperor's New Clothes and Other Stories		경성 : 조선예수교서
3	1926~27	절름발이 친왕 (A. H. Norton & 김강 역)	Little Lame Prince	Frances Hodgson Burnett	경성 : 조선예수교서

고 있으나,[52] 그는 본업이 의사였으며 별다른 번역 저술 활동을 하지 않았기 때문에 그 부인의 것으로 보인다. 위의 『님군의 새옷과 다른 니야기』 역시 도서관의 서지 정보나 출판물 목록에 A. H. Norton이라고 되어 있었으나 그 실물을 확인해 본 결과, 노튼 부인의 번역물이었기 때문이다. 하지만 『절름발이 친왕』의 실문은 확인할 수 없어서 현재로서는 추정에 그친다. 『절름발이 친왕』의 원작자로 기재되어 있는 프랜시스 호지슨 버넷(Frances Hodgson Burnett, 1849~1924)은 영국 출신의 미국의 소설가로, 본명은 프랜시스 엘리자 버넷(Frances Eliza Burnett)이다. 이 책은 실물이 확인되지 않아 아직 번역 원본은 알 수 없다.[53] 프랜시스 호지슨 버넷의 대표작인 『소공자』 역시 게일과 이원모의 번역으로 출판되었는데, 『비밀의 화원』, 『소공자』, 『소공녀』, 『파랑새』 등 한국 번역 문학계의 베스트셀러물 저작자인 프란시스 버넷의 초기 유입에 선교사들이 적극적으로 개입했음을 알 수 있다.

---

52 출판 목록은 다음의 연구서 참조. 이장식, 『대한기독교서회100년사』, 대한기독교서회, 1984.
53 게일 · 이원모 역, 『소영웅』, 조선예수교서회, 1924.
　　1875년 발행된 *The Little Lame Prince*의 저자는 Dinah Maria Mulock Craik으로 되어 있다.

6. 결론

식민지 조선에서 '서양인 선교사 부인'은 '인종적', '종교적', '젠더적' 정체성을 겹겹이 안고 있는 존재였다. 이들의 집필 활동은 국경과 언어, 장르를 넘나들며 다양하게 이루어졌으나, 그 중 서양인 여성이라는 현실적 조건을 활용하여 번역 작업에 가장 집중했다. 이들의 문학 / 비문학 번역물은 공히 한글 표기를 고수했으며 문장력에 있어서는 남성 공역자들의 것, 예컨대 게일과 이원모의 번역본보다 나았다. 번역의 과정에서는 조선인 남성의 도움을 받은 경우가 있었고, 조선인 삽화가를 고용하기도 했다. 이들은 주로 영국과 미국의 19세기 후반에서 20세기 초의 문학 작품을 번역하여 당시로서의 근간을 선별했고, 소설과 아동문학의 번역에 집중했는데, 번역문학사에서 보면 최초의 혹은 식민지 시기 유일의 번역본을 양산하기도 했다. 이들이 남긴 전기물역시 오늘날 지속적으로 참조가 되는 의미 있는 저술들이다. 남성 선교사의 문서 활동이 성경번역, 주석서를 비롯한 종교적 교리서나 학문적 저술 위주로 이루어졌다면 선교사 부인들은 소설, 동화, 전기와 같은 문학 작품 창작과 번역, 혹은 창가집 등을 담당했다. 무엇보다도 조선 여성의 삶을 다룬 창작 / 번역 작품들을 다수 남겼다.

덧붙여 이들 서양인 선교사 부인의 조선어 집필을 보조했던 조선인 조사들의 실체와 그 개입의 정도를 일부나마 밝힐 수 있었다. 노블 부인의 조사 김태원의 경우를 보면, 번역 작업 자체뿐 아니라 출판과 검열 관련 업무를 전담하는 등 그 활약이 적지 않았음을 알 수 있었다. 또한 선교사의 작업에 함께 했던 음악가이자 기독교인 '박태원'의 실체를 밝힘으로서 문학사적 접근만으로는 드러나지 않는 근대 초기 번역가들을 조명할 수 있었다. 이 외에도 노튼 부인의 번역물에 공역자로 기록되어 있는 최두현과 김강과 같은 조선인들에 관해서도 추가적으로 밝혀질 필요가 있다. 다양한 배경을 지닌 조선인 조력자들은 선교사들의 비서, 통역사, 번역사, 어학선생으로 활약하여 이들의 문서 활동에 미친 영향이 적지 않기 때문이다. 여기에 더해 선교사들이 삽화가로 고용했던 조선인 화가들에 관한 연구도 진척될 필요가 있다. 『천로역정』이나 『샛별전』의 삽화는 근대 초기 판화사의 모두에 놓이는 작품들일 뿐더러[54] 번역물 삽화의 경우 서양 서사를 동양적으로 재현하는 시도가 이루어진 장이며, 해부도와 같은 삽화 작업을 통해 정밀화의 훈련이 이루어지기도 했던 것이다.

문화적 주체로서 선교사 부인이 남긴 집단적 활동에 관한 추적과 정리를 통해 다양한 근대 출판 문화사적 논제를 도출할 수 있었다. 예컨대, 노블부인이 취합한 조선인 신자와 목사에 관한 조선어 전기 · 자서전이 일본에서 영어로 출판된 맥락, 베어드 부인의 영어판 소설이 조선어로 출판되며 달라지는 지점들에 관한 분석은 기독교적 서사가 국경을 넘어 변주되거나 소비되는 방식을 볼 수 있는 비교문화적 연구 과제가 될 것이다. 또한 베어드 부인이 숭실학당 교재로 번역했던 미국계 자연과학 · 역사서와 당시 일본을 통해 유입된 교재들과의 비교를 통해 미션스쿨계의 과학교육, 역사교육의 차이점을 밝힐 수 있을 것이다. 그리고 선교사를 비롯한 기독교계 학교와 출판사가 식민지 시

---

54 홍선웅, 『한국 근대판화사』, 미술문화, 2014.

기부터 지속적으로 '명랑 소녀 성장 소설'의 번역에 적극적이었다는 사실은 기독교의 인적·제도적 자원이 독서문화사에 미친 영향을 밝히는 하나의 단서가 될 수 있을 것이다. 『지킬박사와 하이드』의 사례와 같이 동일한 서사물을 기반으로 한 출판물과 영화를 향한 선교사와 검열국간의 상이한 평가는 종교와 국가통치의 문화 효용론적 관점의 차이에 대한 질문을 불러일으킨다.

제4장

근대의 기적 서사 헬렌켈러 자서전의 식민지 조선 수용

'불구자', '성녀'가 되다

1. 서론

사람은 죽어 이름을 남긴다. 이름은 이야기를 동반한다. 여기, 백여 년 가까이 인류가 이야기해 온 한 여성의 이야기가 있다. 미국 남부에서 태어난 헬렌켈러의 이야기는 태평양과 현해탄을 차례로 건너 20세기 초 식민지 조선에 도착했다. 그리고 그 이야기는 지금까지 살아남아 있다. 한국 근대 소설의 분수령이라 하는 『무정』의 서사를 알고 있는 독자보다도 헬렌켈러의 생애를 아는 독자가 더 많다. 그 국민적 혹은 대중적 생명력의 제도적 · 서사적 원천은 무엇인가? 그 뿌리와 줄기 · 가지를 더듬어봄으로써 살아남은 이야기의 역사적 실체를 복원해보려는 것이 이 글의 목적이다.

헬렌켈러(Helen Adams Keller, 1880~1968)는 삼중의 장애 극복이라는 기적을 증거하는 살아있는 화신으로 기능해 왔으며 장애인뿐 아니라, 아니 오히려 비장애인들이 그 서사의 주요한 독자 대상으로 설정되었다는 데에서 그 사회적 영향력과 의도를 가늠해 볼 수 있다. 듣지도 보지도 말하지도 못한다는 한 외국인 여성에 관하여 우리는 무어라 보고 듣고 말해 왔는가? 남은 것은 그녀의 실체가 아닌 시대를 거쳐 살아남은 그녀에 관한 이야기와 이미지이다.

이러한 그녀의 이미지는 주로 자서전 *The Story of My Life*(1903)에 기반하며, 이는 교육과 사랑·종교의 힘으로 야만의 어린이가 문명한 성인으로 변신하며 끝을 맺는 완결된 서사 구조를 갖추고 있다. 그리고 대부분의 독자들은 동물적 존재였던 헬렌이 물과 자연을 신체적으로 접촉한 순간 이를 언어와 대응시키면서 문명인으로 변신하는 기적의 장면을 인상적으로 기억한다. 특정한 일화가 지배적으로 전파·흡수되었다는 것은 그만큼 그러한 일화가 시대와 부합하는 강력한 담론을 함축하고 있다는 것을 보여준다. 이러한 서사적 특성을 지닌 헬렌켈러 이야기는 식민지 조선에 유입되면서 필연적으로 일본의 식민지라는 역사적 특수성 속에서 움튼 민족주의·계몽주의·기독교 운동이라는 역동적 움직임과 적극 결합한 이야기로 거듭나게 된다.

동양에서 나폴레옹이 불가능을 가능으로 바꾼 19세기 식의 기적의 주인공이었다면 헬렌켈러는 그것의 20세기 식 버전으로 비유되었다. 과장된 표현을 시도한 언론을 통해서는 "19세기와 20세기를 통하야 인류의 최대 기적 헬렌켈러 여사"[1]라고 소개되기도 했다. 헬렌켈러가 소

---

1 『조선일보』, 1937.7.13, 조간.

개될 때, 때마침 식민지 조선에서도 위인의 지형도가 바뀌고 있었다. 전세계적으로 국민국가 체제가 정착되고 산업화의 기운이 번지게 된 20세기에 이르면 전쟁과 정치를 통해 위업을 이룩한 국가 영웅들 대신 개인적 노력을 통해 한계를 극복, 직분에서 성공하고 행복을 추구하는 보다 일상적 인물이 대중들에게 적극 수용되게 된다. 이러한 때 '불구자' 헬렌켈러가 주목된 것이다. 1906년 「대한자강회」 연설만 보더라도[2] '병인'이나 '불구자'를 '무학무지'한 자와 '승려'와 함께 묶어 국가의 사안과 관계가 없는 자들의 대표적인 인물로 언급했었다. 국사에서 제외되었던 인물군상인 불구자가 이른바 '국가'와 '민족'의 주요한 구성원으로 주목되기 시작한 것은 비단 불구자에 대한 인식이 달라졌음을 뜻할 뿐 아니라 사회적 존재로서의 개인의 삶과 가치에 관한 시선이 달라지기 시작했음을 뜻한다. 이는 국가 중심적 세계관에서 개인 중심으로 방점이 이동했음을 뜻한다. 물론 1930년대 후반에 이르면 국가총동원령에 따라 개개인이 국민으로 적극 호명되면서 여성·아동·장애인까지 국민으로 포섭되므로 또 다른 국면을 맞이하게 된다.

식민지 조선에서 헬렌켈러가 대중적으로 알려지게 된 것은 세계를 읽는 식자층의 창문이 역사책에서 신문과 잡지로 변화해간 시대적 변화와도 맞물려 있다. 전쟁사로 점철되는 일국사 혹은 세계사적 역사지식을 완결된 역사책으로 접하는 시대에서 세계의 일상적 변화를 매일 감지하는 일간지 매체 보급의 시대로 변화함에 따라, 주로 접하게 되는 인물 역시 동시대 활약하는, 세계 공통의 화제가 될 수 있는 인물

2　"병인 불구자 등의 국사에 관계가 無한 자가 유호면", 「대한자강회 연설」, 『황성신문』, 1906.10.24.

로 변화하기 시작했다.

그런데 '미국―일본―조선'의 관계와 식민지 근대화의 핵심적 문제들이 잠재되어 있는 헬렌켈러를 둘러싼 서사는 다른 어떤 문학 텍스트보다도 대중들에게 보편적 상식으로 정착되어왔음에도 불구하고, 이것에 관한 논의는 아직 이루어지지 않았다. 우리는 지난 백여 년 가까이 그녀의 일생을 이야기해 왔는데 그 의미는 무엇인가? 이를 파악하기 위해서는 먼저 누가, 언제, 어디에서, 무엇을 통해 그녀에 관해 이야기해왔는지를 파악하는 작업이 선행되어야 한다. 따라서 이 글은 헬렌켈러 서사가 한국에 수용되기 시작한 초기를 찾아가서 그것이 어떠한 제도적 기반 속에서 탄생했는지를 파악하는 실증적 작업을 진행하며, 그렇게 유입된 서사가 토착 문화 속에서 품게 된 이데올로기를 파악해 가는 작업을 병행할 것이다. 그리고 '미국 발(發)―일본 경유―조선 착(着)'인 헬렌켈러 자서전의 생산과 수용 흐름을 전체적으로 조망하며 하나의 인물 서사가 겪은 태평양·현해탄 횡단의 여정을 추적하고자 한다.

2. 식민지 조선에 상륙한 헬렌켈러

헬렌켈러는 이야기로서 뿐 아니라 육신 그 자체로서도 식민지 조선에 상륙했다. 그녀가 소개되고 상륙한 과정을 밝혀봄으로써 그 수용 세

력의 성격과 목적을 파악할 수 있다. 특정 서사가 적극 유입된 수용 경
로에 관한 실증적 자료들은 해당 서사가 내포하는 사회·문화적 의미
망을 잠재적으로 드러낸다. 따라서 이번 장에서 언급하게 될 헬렌켈러
조선 상륙의 디딤돌인 교육·기독교·식민·민족 등의 핵심어는 이어
질 장들에서 보다 심화시켜 개별적으로 논의를 전개시킬 것이다.

1) 1929년—헬렌켈러, 번역되다

헬렌켈러의 자서전이나 전기를 표방한 서사물들은 1910년 이래로
잡지에 게재되곤 했다. 그로부터 이후 출간된 단행본을 포함하여 한국
전쟁 이전까지의 서지사항을 수합하면 다음과 같다.

〈표 1〉 헬렌켈러 전기·자서전 소개 지면 및 단행본

발행년도	제목	지면 / 출판사	필자	형태
1910	수양의 거울(헬렌켈러 여사의 나의 장래)	『소년』3~5		기사
1918.9	헬렌켈러(전기)	『여자계』3호		기사
1925.2	나의 생애(자서전)	『보성』1~6	최치(崔雉)	기사
1929	나의 생애(자서전)	朝鮮耶蘇教書會	최태영 역술	단행본
1948	세계의 등불 헬렌켈러전	라이트 서사 (최준 대표, 매소는 조선기독교서회)	이덕홍	단행본

『소년』·『여자계』·『보성』 잡지들은 주로 학생·여성을 주된 독자
로 삼는 잡지였고, 단행본인 『나의 생애』와 『세계의 등불 헬렌켈러전』
은 기독교 출판사가 발행소이거나 발매소였다. 따라서 헬렌켈러를 적

극적으로 언급한 주체는 교육계·여성계·기독교계로 볼 수 있다. 이 독서물은 기본적으로 비장애인인 교사·학생·여성·기독교인들을 대상으로 한 것이었다. 만일 이것이 헬렌켈러와 처지가 같은 장애인을 위한 이야기로 존재했다면 '점자책'으로 나왔어야 했으나 해방 이전에는 그 존재 여부를 확인할 수 없었다.[3]

이 중 최초 단행본을 출간한 주체는 기독교 출판사였다. 헬렌켈러 자서전 『나의생애』는 첫 장에 '역술자 : 최태영(崔泰永)'이라고 번역자 이름을 명시했다. 최태영은 1900년 생으로 명치대학 법학부를 졸업하고 이후 1927년부터 보성전문학교 교수로 재직, 해방 이후 서울대 법과대 학장을 역임한 인물이다. 그는 같은 출판사인 조선예수교서회에서 『아브라함린컨傳』[4]을 저술하기도 하는 등 미국인 전기·자서전 번역에 관심을 보였다. 기록에 따르면 1929~1930년 사이 『나의 생애』는 1000부가, Wilbur F. Gordy 저술의 린컨 전기를 번역한 『아브라함 린컨傳』은 종이장정의 형태로 500권, 헝겊 장정으로 200권, 비제본의 형태로 300권 세 차례 발행되었다.[5] 최태영이 헬렌켈러 자서전과 린컨 전기를 번역했을 당시 보성전문 교수였으므로 이들 번역서들은 학생이나 신자들에게 권고되었을 가능성이 높다.

『나의 생애』는 첫 장에 영어 원문의 제목과 원작자·번역자의 이름을 영문으로 표기하고 있음에도 불구하고[6] 번역자 최태영이 명치대 유

---

3 식민지 시기 점자책 발간은 쉽게 이루어지지 않았다. 맹인용 점자 찬송가조차 1935년에 이르러서야 100원의 기부금을 통해 본격 발행되었다. 이장식, 『대한기독교서회 백년사』, 대한기독교서회, 1984, 55쪽.

4 최태영, 『아브라함린컨傳』, 정가 65전. 1937년도판 『삼대성도의 사적』의 광고면에 이 출판물의 존재가 기록되어 있다.

5 이장식, 앞의 책, 401쪽.

학생이므로 일본어본을 참조했을 가능성을 배제할 수 없다. 1929년 이전 발간된 헬렌켈러 자서전의 일본어 번역본은 ①『わが生涯』(皆川正禧 譯, 內外出版協會, 1907)와 ②『我身の物語』(三上正毅 譯述, 東京崇文館書店, 1912, 198쪽, 20cm) · ③『へれんけら孃自敍傳―我自の物語』(三上正毅 譯述, 教文館, 1914 / 1924, 198쪽, 20cm)이 있다. ②와 ③은 역술자와 분량이 일치하여 같은 판본으로 보인다. 최태영의 조선어본 제목은 일본어본 ①과 제목이 일치하나 본문을 대조해보면 한자어와 문장 배열이 상이하여 번역 원본으로 삼은 것으로 보이진 않는다. 조선어『나의 생애』는 목차를 소개하며 "역자가 편리한 대로 만든 것이외다"라고 하여 번역자가 작성한 포즈를 취했지만 대조 결과 일본어본 ②와 목차 · 사진 및 본문도 일치하는, 일본어본에 충실한 중역본이었다. 다만 조선어 번역본은 일부 목차 제목을 기독교적 색채가 짙은 소제목으로 변경한 점이 달랐다.

조선어 번역본은 책의 주요 독자 타겟으로 선생과 학생을 지목했다. 서두에는 "이 적은 번역을 어두움을 헤치고 나아가려는 우리 배호는 젊은이들과 그들을 깨우려고 마음과 혼을 밧치시는 뜻잇는 선배들에게 삼가 드립니다"라는 번역자의 헌정사로 보이는 문구가 있다. 신체적 · 물질적 한계를 정신적 노력, 특히 스승과 독서와 자기 수양을 통해 극복한 사례는 교육계에서도 환영할 만한 모범 사례였다. 따라서 일찍이『소년』·『여자계』·『보성』과 같은 청년 · 여성 교육을 목적으로 한 잡지에서도 적극 소개했던 것이다. 이렇게 헬렌켈러가 설리번

6　　첫 장의 표기는 다음과 같다. "The Story of My Life by Helen Keller Translated by Mr. Choi Tai Young".

선생을 만나 문명화되는 과정이 주요한 서사인 이 이야기가 학생과 선생에게 바쳐지는 모습은 일견 당연해 보인다. 하지만 이는 조선인 번역자와 출판사의 경우이고 일찍이 헬렌켈러가 헌정했던 대상은 달랐다. 헬렌켈러는 자신의 자서전의 헌정사를 전화기의 발명가로 알려져 있는 벨(Alexander Graham Bell)에게 돌렸다.[7] "귀머거리는 말할 수 있게 해주고 귀가 들리는 사람들은 대서양에서부터 록키 산맥에 있는 사람들까지 소통할 수 있게 해준 벨에게 이 책을 바칩니다." 여기서 '벨'은 알려진 것처럼 전화기 특허권을 딴 인물로 농아를 위한 사업에도 기여하여 기술을 통해 근대인의 일상을 혁신적으로 확장시킨 발명가를 뜻했다. 바로 이러한 '근대의 발명가와 장애인 배려자'를 향한 찬미가가 식민지 조선에서 '교육계를 향한 헌정사'로 바뀌었던 것이다.

2) 1937년-헬렌켈러, 조선에 오다

헬렌켈러가 신문을 통해 본격적으로 대중들에게 소개되기 시작한 것은 1937년에 이르러서이다. 그녀는 이 무렵 사진을 동반한 기사 형태로 신문에 빈번히 등장하기 시작한다. 헬렌켈러의 공적·사적 동정을 보도 받게 된 조선의 신문 독자들은 이제 그녀를 동시대의 살아 움직이는 존재로 인식하기 시작했다. 1937년 조선에서 헬렌켈러라는 인

---

7 "To ALEXANDER GRAHAM BELL Who has taught the deaf to speak and enabled the listening ear to hear speech from the Atlantic to the Rockies, I dedicate this Story of My Life." Helen Keller, *The Story of My Life*, New York : Doubleday, Page & Company, 1905(http://digital.library.upenn.edu/women/keller/life/life.html).

물은 어떤 연유로 '사건'이자 '공인'이 된 것이다.

그리고 그 배경에는 헬렌켈러의 '일본—조선—만주' 순방이라는 사건이 놓여 있었다. 헬렌켈러가 뉴욕을 떠나 일본을 향할 때 미국의 루즈벨트 대통령은 그녀의 일본 방문이 지닌 '미-일 친선' 상징성을 강조했다. 미국과 일본의 대외적인 외교적 친선 제스츄어와 제국을 꿈꾼 일본의 '일-조-만' 순회 프로젝트 속에서 진행된 헬렌켈러의 동방행에 일본측 인사로서 핵심 기능을 한 이는 실제로 맹인이었다. 영국 에딘버러 박사 출신으로 영어가 능통한 교육자로 알려진 맹인 이와하시 다께오[岩橋武夫]가 일본측의 헬렌켈러 초청 프로젝트 책임자였다.[8] 이와하시 다께오는 일본 맹인 단체인 라이트하우스 창설자이자 기독교 학교인 관서대의 철학 교수로 맹인의 복지에 적극적이었다. 1937년 헬렌켈러 방문을 기점으로 일본에서는 이전에도 인기리에 판매되던 헬렌켈러 자서전·전기 출판 시장이 더욱 활기를 띠게 된다. 이와하시 다께오의 주도하에 1936년에 총 5권으로 구성되어 발간된 산세이도[三省堂] 출판사의 헬렌켈러 전집 역시 1937년 헬렌켈러 방문 시점에 재차 주목받게 된다.

이러한 정황 속에서 헬렌켈러의 조선 방문이 기획되었으며, 1937년 식민지 조선의 주요 일간지들 역시 일제히 그녀의 방문을 예고하기 시작했다. 조선총독부 기관지 『매일신보』는 3월부터, 대표적 민간신문 『동아일보』와 『조선일보』는 각기 6·7월부터 그녀의 방문 예고 기사를 연일 게재하기 시작했다. 그녀의 방문이 임박한 7월에는 거의 매일 헬렌

---

8 Mochizuki, Chikako, *Working for Equality: Activism and Advocacy by Blind Intellectuals in Japan, 1912-1995*, Ph. D. Dissertation, University of Kansas, 2013.

켈러의 기사가 지면에 올랐으며 헬렌켈러가 일본을 거쳐 조선에 체류했던 기간 동안, 신문은 그녀의 일 거수 일 투족과 강연 내용을 적극 기사화했다. 이를 통해 헬렌켈러는 1920년대 이후 언론이 만들어낸 스타 중 하나가 되는데, 그녀 역시 신문기자들을 "일생의 가장 큰 벗"들로 칭하기도 하는 등 자신의 사회적 활약과 세계적 명성에 일간 매체가 기여한 바를 명확히 인지하고 있었다.[9]

식민지 조선에서 헬렌켈러를 적극 맞이한 집단은 기독교계·교육계·지역단체 그리고 장애인 관련단체였으며 이들이 염두에 둔 주된 청중은 교육자·부인·기독교인·학생·맹아였다. 경성에서의 강연은 경성맹아학교·경성제대·부민관·제생원에서, 평양에서는 평양 숭실전문학교·평양 공회당에서 이루어졌으며, 대구에서의 강연 역시 대구교회단체와 대구부교육협회가 주축이 되어 진행되었다. 부민관 강연은 교육자와 부인, 사회교화단체 관계자를 주 청중으로 삼았고, 부인 청중을 위해 주간에도 강연회를 개최했다. 경성기독교련합회와 조선기독교련합공의회 주최로 열린 경성 부민관 14일 저녁 강연에서는 윤치호가 그녀에게 조선 반닫이를 선물하며 직접 맞이했다.[10] 평양에서는 『조선일보』 평양지국의 후원으로 중등학생과 일반인을 대상으로 강연회가 열리는 등 언론사의 후원도 있었다. 헬렌켈러의 인기는 그녀가 북으로 거슬러 올라갈수록 더해져 숭실전문학교 강연에서는 3천여 명의 청중이 몰려들게 된다. 이렇게 식민지 조선인들은 헬렌켈러의

9　『조선일보』, 1937.7.14, 석간.

10　『조선일보』, 1937.7.15, 조간. 당시 윤치호의 헬렌켈러 접촉 소감이 윤치호 일기에 남아 있을 법 한데, 그의 일기 중 공교롭게도 1937년도 분이 현존하지 않기 때문에 확인할 길이 없다.

방문을 고대했고 환영했다.

그녀를 맞이한 조선인의 동정이 이러했다면 헬렌켈러 자신은 조선을 어떻게 인식하고 무엇을 남기고자 했는가? 그녀는 신문 인터뷰에서 이전에 조선이라는 나라를 들어보기는 했지만 조선에 대해서는 이번 일본 방문을 기회로 일본을 통해서 알게 되었다고 했다. "무엇이든지 충분히 시설이 되었으리라고" 알고 있던 일본을 통해 '아직 문화적 수준이 낮은 조선'의 존재를 알게 된 헬렌켈러의 조선에 대한 인식은 조선을 일본의 일부분으로 간주하는 정도였다.

그런 헬렌켈러가 조선에 남긴 메시지는 '불행자에게 교육을 주라'였다. 불행자에게 사회적 시혜가 교육의 형태로 주어지고 낙천적 태도와 신앙, 노력으로 개인이 살아갈 때 행복이 열린다는 메시지는 수차례 신문 기사를 통해 강연의 청중뿐 아니라 신문 독자들에게도 전파되었다. '불행 끝 행복 시작'을 꿈꾸게 하는 열쇠, 그것은 '교육·수양·신앙'의 삼위일체였다.

그런데 헬렌켈러가 '일-조-만' 순회 방문 중인 1937년 중일전쟁이 발발한다. 헬렌켈러는 벚꽃 축제가 한창이던 4월 일본에 도착했고 조선으로 넘어 오기 직전인 7월 7일 중일전쟁이 발발했다. 헬렌켈러의 조선 방문은 연기되었고 환영 행사도 전쟁훈련을 명목으로 축소되었다. 전운의 기운 속에 다소 자제된, 그러나 여전히 떠들썩했던 그녀의 7월 조선 방문 이후 가을, 헬렌켈러 이름은 다시 신문 지상에 오른다. 미국 맹인구제회가 1937년 10월 18일부터 1938년 10월 17일까지를 헬렌켈러의 해로, 또한 1938년 3월 3일을 헬렌켈러의 날로 선포한 것이다. 미국이 1937년을 헬렌켈러의 해로 선포했다는 소식은 미국뿐 아니라 전세계, 일본의 식민지 하에 있던 조선에도 그 소식이 전해져 식민지민은 다시 그녀를 상기할 기회를 얻게 된다.

3. '불구자'의 '자서전'─근대인의 멜로드라마

1) '불구자'이면서 '성녀'인

앞서 언급했듯이 식민지 조선에서 헬렌켈러는 '불구자'이면서 동시에 '성녀'로 불렸다. 이러한 두 개의 호칭은 그녀의 이야기를 향유하는 이들의 복합적인 시선과 기대를 함축적으로 보여준다. 그녀의 생애에 관한 이야기는 '불구자'에서 '성녀'로 변신한 기적의 서사로 압축된다. 이때 그녀의 생물학적으로 부정할 수 없는 정체성를 지칭하는 듯한 '불구자'라는 호칭은 식민지 근대라는 역사적 조건의 부산물이다. 최경희는 한국문학 속의 불구자 서사 계보 속에서 식민지 시기 소설에 담긴 장애인 인물상에 주목했는데,[11] '장애 인물'이란 식민지의 검열 제도를 포함하여 역사·정치적 상황에 놓인 주체의 형상이 문학적 상상력으로 변모·응축되어 탄생된 것이며, 또한 '불구자'라는 개념 자체가 근대적 주체의 탄생과 함께 발생한 것임을 지적했다. 한국문학에서 장애

---

11 Kyeong-Hee Choi, "Impaired Body as Colonial Trope : Kang Kyong'ae's "Underground Village"", *Public Culture* 13(3), Duke University Press, 2001, pp.431~458.

인 인물 서사가 가지고 있는 역사적·정치적 의미에 주목했던 최경희의 논문이 주로 식민지 소설, 특히 1930년대 후반의 강경애 소설을 다루었다면, 본고는 1920년대 후반에 번역된 장애인 자서전을 대상에 보태어 선행 연구자의 논의를 확장·보강하고자 한다. 이는 연구 대상의 시기와 장르를 확장시키려는 것일 뿐 아니라, 작가와 문학 텍스트 중심에서 독자와 여타 인쇄매체까지 포섭하여 시대의 문화를 읽으려는 시도이다. 한국 작가들이 소설 속 불구자의 형상을 통해 식민지인의 물질적·담론적 차단과 억압을 수사적으로 표현했다면,[12] 출판·독서의 현장에서는 언론·출판·교육·종교라는 제도적 장치를 통해 어떤 외부의 서사를 수용했는지를 파악하고자 하는 것이다. 이를 통해 식민지 시기 생산·소비된 장애인 서사가 가지는 의미를 또 다른 측면에서 살펴볼 수 있는 계기가 될 것이다.

서구 문학에서는 실제 장애인에 의한 장애인에 관한 자서전·전기 전통이 있는데 반하여 식민지 시기 한국문학에서는 장애인 작가·필자는 물론 그들의 삶에 관한 기록 역시 찾기 힘들다. 따라서 이러한 한국문학 풍토 속에서 국내 독서 시장에 독보적으로 정착한 헬렌켈러의 자서전은 그 존재 의미를 재고할 필요가 있는 서사물이다. 헬렌켈러는 '불구자'의 '자서전'이란 텍스트로 대중들에게 전파되었으며, 따라서 이를 통해 뿌리내린 '불구자 자서전'의 사회문화적 함의를 파악할 필요가 있다.

신체·정신적 '장애'는 세대·성별·계급 차이에 우선하는, 혹은 이러한 구분을 압도하는 강력한 차별의 기제로 작용해왔다. 따라서 신체

12　Ibid., p.458.

적 장애를 가진 이를 지칭하는 용어는 욕설로까지 이용되었다. 그런데 1920~1930년대가 되면 한국문학에는 이전에 존재하던 '병신·병인'과는 다른 뉘앙스를 지닌 호칭인 '불구자'가 본격 등장하게 된다. 이는 식민화·자본화·근대화·도시화를 통해 훼손된 인물들의 집단적 자기 이미지가 투영된 형상으로서 근대적인 용어이자 개념으로 볼 수 있다.[13] 이렇게 '병신'에서 '불구자'로 그 사회적 호칭이 변화하는 과도기에 헬렌켈러의 자서전이 출판되었다.

그런데 당시 헬렌켈러에 관한 문자 정보와 영상 정보는 다소 상이한 이미지를 독자에게 전송하고 있었다. 헬렌켈러는 실제론 장수했으나 대중적 이미지는 영원한 어린이로 고정되어 있는 문제적 인물(the problematic icon)[14]이었다. 그녀의 삶에 관한 이야기 정보는 주로 유년기 자서전에 근거하고 있고 사진 이미지는 당대 현존했던 그녀의 중장년의 모습을 제공하고 있었으며, 이는 매체의 차이와도 긴밀히 연관된다. 신문이 제공한 것은 그녀의 현재 모습, 즉 성장한 세련된 헬렌켈러 여사의 사회적 활약 사진이고, 삶의 이야기가 근거하는 자서전 단행본은 동물적 상태로 묘사되는 그녀의 유년시절과 교육을 통해 성장하는 모습을 제공하고 있었다. 즉, 대중적으로 헬렌켈러에 관한 이야기 기억은 그녀를 '장애 소녀'로 그리고 있지만, 그와 동시에 신문이나 자서전·화보집을 통해 노출된 그녀의 사진은 주로 '비장애인이나 다름없는 할머니'의 모습을 하고 있었던 것이다. 일반적인 노인보다도 항상 더

---

13 Ibid., pp.434~435·438.

14 Liz Crow, "Helen Keller : rethinking the problematic icon", *Disability and Society* Vol.15, No.6, 2000, pp.845~859.

말쑥하고 멋스럽게 단장하고 있는 헬렌켈러의 세련된 시각 이미지는 머리가 헝클어지고 괴성을 지르던 야만의 소녀를 주인공으로 하는 텍스트 서사와 대조적으로 공존했다. 헬렌켈러라는 인물은 '신체적 장애'를 전제로 유명해졌으나 지극히 정상적인, 아니 보다 보기 좋은 미적 외관을 가꾼 채 언론 매체를 통해 현존하고 있었다. 통상 맹인의 눈이 제 기능을 하지 못하면서 눈이 훼손되거나 눈을 감는 모습을 보이게 되는데 그녀는 유리눈을 이식한 후 눈뜬 정면 사진을 찍을 수 있게 되었다. 당시 조선 언론 역시 다음과 같이 헬렌켈러의 외양을 묘사했다.

> 보이지는 않으나 깨끗하게 순결을 상징하는 눈은 항상 인류의 행복을 염두에 둠과 같은 빛이 차 있는 듯하고 들리지 않는 귀 자유롭지 못하나 이제는 그 극기와 노력에 의하야 약간의 기적의 소리까지 내게 된 그의 입은 진실로 인간의 모든 비열한 표정을 초월한 듯한 위엄과 온정을 함께 가지고 있었다. 여사는 조금도 피로한 빛도 없이 역시 건강 그것과 같이 곁에 있는 탐슨양과 부절히 이야기를 계속한다. 그 표정은 실로 모나리자의 미소에 비할 것이었다.[15]

즉 그녀는 '야만적이고 추한 소녀'의 '과거-역사'를 가진 '문명화되고 아름답게 단장한 노부인'의 '현재-사진'으로 당대 현존했던 것이다. 이로서 장애는 보이지 않는 과거의 것, 내부의 것, 너머의 것이 되고, 이를 극복한 것으로 보이는 그녀는 부와 명성과 미를 겸비한 채 눈앞에 서 있는 것이다. 그녀는 신체적 장애라는 현실적 조건을 기반으로 명성을 얻었지만, 그녀와 지인들은 그녀를 시각적으로 정상적인 외양으

---

15 『조선일보』, 1937.7.13, 조간.

로 보이게 하기 위해 고군분투해야했으며[16] 그녀를 주시할 시각 주체에게 불편함을 일으키는 장애와 차이, 추와 무질서는 시각적으로 은폐되었다. 세상을 손으로 만지고 냄새로 느낄 수밖에 없던 그녀는 정작 세간의 눈으로 철저히 시각화되고 문자로 이야기되었던 것이다. 가장 원초적 방식으로 대상을 인식할 수밖에 없던 그녀가 가장 문명화된 모습으로 단장되어 있을 때, 그녀는 비로소 세계가 원하는 '헬렌켈러'라는 초상을 획득하게 된다.

또한 헬렌켈러는 성적 정체성을 반납함으로서 성녀로 거듭나게 되었다. 당시 여성들의 사회적·성적 정체성은 아내나 어머니가 됨으로서 완성되는 것이었다. 반면 헬렌켈러에게는 남녀 간의 사랑도 결혼도 출산도 암암리에 '금지'되었다. 헬렌켈러는 '성(性)'이 거세됨으로써, '성녀(聖女)'로 미화될 수 있었던 것이다. 당시 신문 기사들은 공히 그녀의 이름 앞에 "삼중고(三重苦)의 성녀(聖女)"라는 수식어를 붙였다. '성녀'는 모름지기 고통을 이겨낸 자여야 했으며 그것도 '3중의 고통'이었다. 관습적으로 그녀 앞에 붙은 이 '성녀'라는 수식어는 삼중고를 겪는 인간 헬렌켈러가 초인을 넘어서 성녀의 모습으로 남아 있길 바라는 보는 자의 욕망을 상징적으로 담고 있다.

그런데 사실 1920~1930년대에 40~50대의 전성기를 누리던 헬렌켈러는 더 이상 자신과 방의 어두운 벽에 갇힌 소통 불가능한 소녀가 아니었다. 열정적인 세계 여행가이자 국제주의자이면서 성인(sainthood)으로 불렸고 사업수완도 좋았다. 또한 포용력 있는 여성성을 기반으로 세계의 장애와 비장애인을 넘나들며 정치적·사회적으로 영향력을 행

16　Kim Nielsen, *The Radical Lives of Helen Keller*, New York University Press, 2004, p.133.

사한 호소력 있는 인물이었다. 게다가 그녀는 대체로 같은 장애인들이 아닌 비장애인들, 그것도 마크 트웨인이나 찰리 채플린, 알렉산더 그레이엄 벨, 종교 지도자, 각국 대통령 등 유명 인사들과 함께 사진에 등장하곤 하며 일반 장애인으로서의 정체성이 아닌 유명인사로서의 정체성을 확고히 다지고 있었다. '성녀'가 된 '불구자'는 실상 불구자의 현실을 대변하지는 못했다.

2) 자서전이라는 양식

헬렌켈러 자서전은 남북전쟁의 여운 속에서 탄생했다. 문학 작품들이 시대의 조류 및 기존 문학의 영향 속에서 탄생하는 것은 당연하나, 보이지도 들리지도 않는 헬렌켈러의 경우 그녀가 저술시 참조한 서술 기법과 세계관이 기존 서사물에 기대고 있는 정도는 더욱 컸을 것이다. 헬렌켈러 자서전에는 그녀가 학생 시절 창작한 작품이 표절의혹을 받아 최초로 강렬한 수치심을 경험하게 되는 사건이 기록되어 있다. 여기서 그녀는 자신이 "동화와 모방으로써" "이책 저책 읽다가 마음에 드는 점은 의식적으로나 무의식적으로나 질서 없이 기억하였다가 쓰는 줄도 모르게 꺼내 쓰"(59쪽)는 자신의 '독서-창작' 관계를 고백하였다. 자서전 역시 기존의 문학 관습의 영향 속에서 서술되었을 가능성을 배제할 수 없다. 실상 그녀의 자서전은 자서전이란 장르가 표방하는 논픽션성에 대한 의심으로부터 서두를 떼기 시작한다.

나는 지금 그윽히 저어하면서 자기의 전기를 쓰기 시작합니다. 황금의 안개처럼 겹겹이 둘러싸인 나의 유년시대의 막을 열기에는 부끄러운 점도 없지 못하여요. 자기의 전기를 짓는 것은 진실로 쉽지 못한 일이외다. 나의 어린 때 일을 갈러 쓰려하매 워낙 오래된 일이라 사실과 상상이 한데 뭉치어서 구별하여내기가 어렵습니다. (…중략…) 아이 적에 생겼던 여러 가지 기쁜 일 슬픈 일은 벌써 기억이 희미하여지고 교육상의 중요한 사건들은 뒤를 이어 일어나는 신기한 사실로 인하여 하나씩 둘씩 잊어버렸습니다. 그런고로 너무 장황해질까 하여 나의 소견에 가장 재미있고 중요하다고 생각하는 몇몇 사실만 대강 기록하려 합니다.[17]

이렇게 헬렌켈러 자서전은 역사적 사실과 서사적 허구라는 씨실과 날실로 엮인 자서전의 본질에 대한 자의식을 고백하며 시작되었다. 실제로 그녀의 자서전 전반부가 주력해서 묘사하고 있는 어린 시절 고향의 자연의 미는 남북전쟁기 직후 작가들이 관습적으로 차용한 모티브였다.[18] 또한 헬렌켈러 자서전은 멜로드라마적 관습에 의지하며 쓰여진 19세기 중후반 장애인들의 자서전·전기 전통의 끝자락에 쓰여졌다. 이들 서사물들은 고통 받는 아이, 구걸하는 사기꾼, 결혼하지 못하는 여성상 등 다양한 변주로 장애인들을 표현했으나 이들은 공통적으로 장애라는 조건을 일시적이고 미약할지라도 어떤 힘의 원천으로 변화시키는 서사적 전략을 취했다.[19]

---

17 헬렌켈러, 최태영 역술, 『나의 생애』, 조선예수교서회, 1929, 1쪽. 중략-인용자.

18 Travis Montgomery, "Radicalizing Reunion : Helen Keller's The Story of My Life and Reconciliation Romance", *The Southern Literary Journal*, volume XLII, number 2, spring 2010, p.44.

19 Martha Stoddard Holmes, *Fictions of Affliction : Physical Disability in Victorian Culture*, University of Michigan Press, 2009, pp.134~135.

장애인 서사에서 어린 장애인과 같은 대상들은 순수와 무죄와 희생의 상징으로 그려지고 그들의 고난과 노력, 성취를 둘러싼 서사는 독자에게 눈물을 포함한 감정적 과잉 반응을 불러일으킨다는 점에서 이들 서사는 멜로드라마적 특성을 지닌다고 볼 수 있다.[20] 사실 그들의 자서전적 글쓰기 기법 자체가 멜로드라마적 서사 관습에 의지하고 있었다.[21] 게다가 장애인 서사는 사실 논픽션 서사일 때 더욱 더 깊은 공감 혹은 충격을 줄 수 있다. 하지만 앞서 언급했듯이 헬렌켈러 자신은 자신의 자서전 쓰기가 "사실과 상상이 한데 뭉치어서 구별하여내기가 어렵"고 따라서 "가장 자미잇고 중요하다고 생각하는 몃몃 사실만 대강 긔록하려"[22] 한다며 자서전을 기술하는 주체의 취사선택과 상상력을 인정한 바 있다. 장애인 자서전이 가진 멜로드라마적 요소에[23] 독자들은 감정의 파토스를 경험한다. 그리고 헬렌켈러 생애 서사에 담긴 멜로드라마적 요소는 일찍이 간파되어 영화와 드라마의 주요한 소재로 활용되고는 했다.[24] 헬렌켈러 자서전에서 설정된 공동의 적은 '무지-야만-어둠'이며, 독자는 자신의 의지와는 무관하게 고통을 겪어야 하는 무력한 인물인 헬렌켈러에게 연민을 느끼게 된다. 그녀는 결국 장애를 극복한 여성으로 정체성을 탈바꿈하지만 독자로부터의 연민이 끊이지 않는 것은, 그럼에도 불구하고 실상 신체적 장애의 상태는 변함이 없기 때문이다.

---

20 Ibid., pp.4~8.
21 Ibid., p.133.
22 헬렌켈러, 최태영 역술, 『나의 생애』, 조선예수교서회, 1929, 1쪽.
23 근대 서사의 멜로드라마적 성격에 관해서는 벤 싱어, 이위정 역, 『멜로드라마와 모더니티』, 문학동네, 2009, 92~93쪽 참조.
24 헬렌켈러의 삶은 1919년부터 영화의 소재로 활용되었다. 〈Deliverance〉(무성영화, 1919), 〈The Miracle Worker〉(영화, 1962), 〈The Miracle Worker〉(TV 드라마, 1979), 〈Black〉(영화, 2005).

4. 계몽의 서사와 기독교

1) 자기계발서로서의 자서전

식민지 조선에서 발간된 헬렌켈러 자서전은 주요한 독자 타겟으로 학생과 선생을 지목했으며 헬렌켈러 강연회 역시 교육자와 학생·부인들을 대상으로 한 것이었다. 당시 일간지 지면을 통해 조선에 전달된 헬렌켈러의 메시지는 '불구자를 향한 시혜와 동정' 그리고 '자력갱생을 위한 분발'로 요약될 수 있었다. 식민지 조선의 언론은 헬렌켈러에 관한 기사를 통해 불구자조차 "건전한 시민"과 "문명국인"[25]으로 만들 수 있다는 희망을 주입했다. 메시지의 수신자와 내용을 종합해보면 학생·선생과 부인, 즉 배우거나 교육시키거나 양육시키는 이들은 불구자로 상징되는 사회적 약자를 배려하거나 최소한 의식하며 자신의 삶에 충실해야 했다. 식민지민은 서벌턴 중의 서벌턴인 헬렌켈러에게 동정을 통해 감정이입을 했지만 그것은 실상 자기 연민의 요소를 수반했다. 헬렌켈러 자서전은 독자로 하여금 충만한 연민의 감정에서 계몽주의의 사다리로 바로 갈아타게 만들었다. 또한 장애인 성공수기는 비장애인 독자들에게 분발과 반성을 촉구했다.

헬렌켈러의 자서전 *The Story of My Life*(1903)는 그녀가 22세 때 집필되었다. 따라서 헬렌켈러 자서전은 유독 유아시절, 교육을 통한 성장시기에 집중되어 있을 수밖에 없었다. 이 텍스트는 이제 막 20대에 올

---

25 『조선일보』, 1937.7.14, 석간.

라선, 교육열이 가장 왕성하던 대학 시절에 쓰여진 글로 청춘의 성장기인 셈이다.

문자나 영상 서사를 통해 대중적으로 형성된 그녀의 이미지는 사실상 설리반 선생이 물을 만지게 해주며 '물'이라는 단어를 가르치는 장면으로 상징되는 유년 시절의 장면에 집중되어 있다. 하지만 그녀는 1968년까지 생존하며 활발한 정치적·사회적 활동을 펼쳤던 중장년으로서의 삶이 더 길었다. 성장 이후 40년 이상 지속된 중장년으로서의 삶은 생략된 채, 특정 모습만이 반복 재현된다는 것은 특정한 정체성이 취사선택되어 왔음을 의미한다.[26] '야만-소녀-어둠'에서 '문명-사람(human)-빛'의 세계로 전환되는 기적은 '언어(language)'를 획득함으로써 가능했으며 이는 헬렌켈러 자서전 서사의 핵심이 '계몽'에 있었음을 상징적으로 보여준다. 그녀의 자서전은 직접적으로 "지식은 사랑이오 지식은 빗이니 너는 이로조차 모든 것을 듯고 보리라"[27]는 메시지를 전달한다. 그 지식의 실체는 언어였다. "일홈을 가지는 것마다 새 사상을 가지고" "새생명을 엇은 듯"(21쪽)해진다는 것이다.

그리고 이를 가능케 한 것은 몸을 준 부모가 아니라 육신을 "발달시키고 진화 시킨 나의 선생님"(34쪽)의 교육을 통해서였다. 이러한 계몽 서사에서 핵심적 역할을 한 인물은 설리번 선생이다. 자서전 역시 "나의 전생애를 두고 가장 중요한 시기는 나의 선생 안-맨스 필-드 슐리밴냥이 처음으로 우리집에 오시던 날"[28]이라고 언급한다. 일본과 조선

---

26   헬렌켈러가 보였던 정치적 급진성이 외면 받아 온 것에 관한 문제의식은 다음과 같은 논문에서도 찾아볼 수 있다. Kim Nielsen, op. cit.

27   헬렌켈러, 최태영 역술,『나의 생애』, 조선예수교서회, 1929, 18쪽.

28   위의 책, 18쪽.

은 설리번식 교육법과 교육자의 자세를 적극 수용했다. 희생하는 교사와 노력하는 학생 사이의 신뢰 관계를 전제로 계몽의 단선적 발전과 미래는 보장된다.

이는 불쌍한 민족에게 '지식을 주어야지요, 힘을 주어야지요!'를 외쳤던 이광수의 『무정』(1917)이 설파한 계몽주의와 다르지 않다. 불쌍한 이들에 대한 동정심을 통해 남녀 사이의 연애가 아닌 민족애·인류애로 사랑의 동선을 넓힐 것을 장려한다는 점에서 『나의 생애』와 『무정』의 메시지는 유사하다. 식민지 조선에 번역된 『나의 생애』는 그로부터 12년 전 발표된 이래로 선풍적인 인기를 끌던 소설 『무정』보다 더욱 열등한 인물을 주인공으로 하여 게다가 자서전이라는 논픽션 서사를 표방했다는 점에서 독자들에게 보다 강렬한 감정적 동요를 일으킬 수 있었다. 그것은 '서구'에서 온 '실존' '장애인물'의 극복 서사라는 점에서 더욱 강력한 계몽주의 서사로 기능할 수 있었다.

이처럼 헬렌켈러 자서전은 기본적으로 교육의 힘을 통해 야만인이 문명인으로 거듭나는 계몽의 서사이자, 부단한 노력으로 기적을 쟁취하는 자기계발 서사에 기반하고 있다. 육체의 한계를 학생 본인의 정신력과 교사의 교육으로 극복한 헬렌켈러 생애에서 마술봉은 의료·과학 기술이 아니라 개인의 매일 매일의 노력이었다. "귀먹어리요 장님이요 또 말벙어리의 인생 최대의 고질을 갖추고도 오히려 이목구비를 가진 사람보다 몇 배나 훌륭하야 聖女의 이름을 세계에 날리고 있는 헬렌켈러 여사"[29]로 소개되곤 했던 헬렌켈러는 명백히 비장애인들의 나태함을 자극하는 상징적 존재였다. '장애-야만-동물-아동'에서 '비

---

29 『조선일보』, 1937.7.11, 조간.

장애-문명-인간-어른'으로 진화하는 헬렌켈러 정체성의 변모 과정은
'비정상'이 '정상'으로 변모하는 것으로 서술된다는 점에서 의심 없는
계몽의 세계관을 품고 있었다. 따라서 이는 물질적·기술적 자본이 부
족한 개인들이 누구나 일상적 노력만 하면 성공할 수 있다는 자기계발
서의 전형으로 기능할 수 있었다. 그녀의 조선 강연회 역시 그녀의 "자
력갱생의 모범을 보이고자"[30] 하는 취지로 열렸던 것이다.

　자기계발론은 수양론과 긴밀히 연동되어 있다. 명치 말·대정 초기
일본과 식민지 조선에서는 수양서와 자기계발서류가 유행이었다. 장
애인의 이야기이지만 이는 비장애인 독자들에게 더욱 많이 읽힘으로
서 이들에게 자신의 조건에 대한 감사와 더욱 노력해서 살아야겠다는
분발 의지를 불러일으켰다. 사실, 헬렌켈러를 보거나 듣거나 말하는 모
든 이들은 그녀보다 나은 조건에 놓여있는 셈으로, 그녀 앞에서는 자
신의 삶에 불평할 수 없게 된다. 삼중고의 지난한 삶과 그 극복 수기를
들을 때, 독자는 자연스럽게 '감사와 노력'의 수양론을 받아들일 수밖
에 없게 된다. 그녀가 독자에게 주는 것은 비장애인들도 이렇게 하면
성공할 수 있다는 비법이 아니라, 그래도 당신은 이보다 나은 조건에
있지 않느냐는 위안, 혹은 그러니 그녀보다 나은 조건의 당신은 더 분
발해서 살아야 하지 않느냐는 질책이었다. 일본에서 역시 헬렌켈러는
행복은 가까이에 있다는 것을 깨닫게 해주었다는 점에서 '파랑새'를 발
견한 여성으로 비유되어 소개되었다.[31] 이렇게 헬렌켈러 자서전을 통
해 '감사'를 통해 '행복'에 이르는 삶의 자세가 권고되었다.

30　『매일신보』, 1937.3.30.
31　岩橋武夫, 『ヘレン・ケラーと青い鳥』, 主婦之友社, 1948.

이러한 성격의 헬렌켈러 자서전은 미국문학권에서도 자수성가인의 자서전으로 분류되었다. 미국문학에서조차 주로 남성 인물들이 주인공이던 자수성가인('a self-made individual')의 서사에 등장한 헬렌켈러 자서전은 여성 인물로서 출사표를 던진 셈이었다. 이런 맥락에서 헬렌켈러 자서전은 그 사회적 존재 의미가 벤자민 프랭클린의 자서전과 견주어 언급되기도 했다.[32] 이들 대표적 국민의 자서전에서 주인공은 대체로 부단한 노력을 통해 개인적 고난을 극복하고 국가적 위인('national celebrity')이 된 자수성가인들이라는 전형성을 갖는다.[33] 이렇게 일국의 자서전적 전통을 통해 재현된 자아는 전형적인 미국적 인물상에 편입되고 이를 통해 해당 이미지는 더욱 강화된다.

흥미롭게도 식민지 조선 지식인들은 일찍이 벤자민 프랭클린의 자서전을 받아들였고, 그의 자기 수양 덕목과 일지표(오늘날 플랭클린 다이어리의 초기 형태인)를 일상에서 활용할 것을 적극 권고했다.[34] 1910~1920년대에 프랭클린 자서전은 수차례 번역 소개되면서 프랭클린이라는 존재는 식자층의 글에 회자되며 남성 지식인의 자수성가 성공 사례의 전형으로 소개되었다. 그의 번역된 자서전 역시 정치적 사회적 존재로서의 활약 시기보다는 20~30대에 이르기까지의 성장시기가 주로 초점이었다. 따라서 이러한 자서전류는 자수성가한 인물들의 고난과 노력을 극화하는 방식으로 읽혔다.

---

32 Travis Montgomery, op. cit., p.34.

33 Ibid., p.40.

34 벤자민 프랭클린 자서전의 식민지 조선 수용에 관해서는 김성연, 「근대 초기 청년 지식인의 성공신화와 자기 계발서로서의 번역 전기물」, 『현대문학의 연구』 42호, 한국문학연구학회, 2010 참조.

2) 기독교라는 제도와 신앙의 서사

한국 근대사에서 기독교가 미친 영향은 간단하거나 가볍지 않다. 특히 미국인 선교사들이 주도한 교회가 출판·의료·교육 사업을 중심으로 시세를 확장했으며 따라서 근대화의 제 분야에 영향을 미쳤다고 할 수 있다.[35] 일상적으로 체험할 수 있는 이들 근대적 제도의 혜택은 이를 주도한 주체인 기독교의 종교적 기적을 증거하는 경험이었다. 기적의 논픽션 서사로 요약할 수 있는 헬렌켈러 자서전의 최초 조선어 번역본 역시 기독교 출판사에서 출판되었으며 앞서 언급했듯이 헬렌켈러의 조선 방문에서 환영과 강연회를 주도했던 세력도 기독교 단체였다. 부민관에서 윤치호가 헬렌켈러에게 반닫이를 증정하는 대표인으로 나선 것도 조선예수교서회 위원이었던 그가 기독교계 대표자로서 행세한 것이다. 그리고 이러한 기독교적 색채는 비단 출판이나 초청의 주최라는 제도적 차원에서 뿐 아니라 자서전 서사 내의 수사적·세계관적 차원에서도 찾아볼 수 있다. 신앙의 여부는 장애인의 삶을 재현해내는 방식에 차이를 빚어낸다. 헬렌켈러 자서전은 기독교적 색채가 짙은 19세기 장애인의 자서전 전통과 20세기식 계몽 서사의 결합물이며, 이 두 가지 요소는 장애인이라는 정체성에 대처하는 태도를 특징짓는다.

우선 최태영이 번역한 『나의 생애』는 1929년 조선예수교서회 출판사를 통해 출간되었다. 조선예수교서회는 1890년 6월25일 언더우드·

35　언더우드의 기록에 따르면 1926년도 한국에서 출간된 80여 종의 서적 중 기독교서회(당시 조선예수교서회)의 출판물이 반수 이상을 발행했으며, 13종의 잡지 중 역시 절반에 해당하는 6종이 기독교서회에서 발행한 혹은 서회와 관련 있는 잡지였다고 한다. 이장식,『대한기독교서회 백년사』, 대한기독교서회, 1984, 45쪽.

아펜젤러·게일·헐버트·올링거 등의 장로교·감리교 선교사들이 문서를 통한 선교를 위해 세운 출판사인 '조선성교서회'를 그 모체로 한다. 조선성교서회는 이후 '조선예수교서회'·'조선기독교서회'·'대한기독교서회' 등으로 이름이 바뀐다. 성경·찬송가·기독신문을 비롯한 각종 사전·역사서·번역물 등의 서적도 다수 출판한 조선예수교서회는 '게일 부부-언더우드 부인-오천영'으로 번역자가 이어진 『천로역정』의 번역 출간과도 직간접으로 역사를 같이했다.

앞서 언급했듯이 최태영은 조선예수교서회에서 『린컨전』도 역술했으며 이들은 각기 1,000부씩 발행되었다. 조선예수교서회는 교양서적으로 번역물 발간에도 힘쓰는데, 이 중 1929~1930년 사이 헬렌켈러와 린컨의 자서전·전기 뿐 아니라 『뿌커 티 와싱톤 자서전』과 『대부흥가 핀늬 자서전』 등의 자서전도 집중 간행한다. 기독교 출판사로서 예수를 비롯하여 각종 신앙인, 종교인의 생애와 사적을 정리한 전기류를 주력 편찬했음은 물론이다.[36] 따라서 '번역'과 '전기' 시장에서 기독교 출판사의 역할을 간과할 수 없다.

헬렌켈러 자서전이 보여주는 그녀의 생애는 '불구자로서의 출생-스승과의 만남-교육을 통한 문명화-감사와 구원'의 서사로 요약될 수 있다. 그리고 그러한 그녀의 삶은 "애급에서 시내산에"·"아론의 집행이의 꽃"·"이사야의 예언처럼"·"유일한 종교"와 같은 목차에서 보듯이 기독교적 수사를 통해 서술되어 있었다. 그런데 헬렌켈러 자서전 영어 원본이나 조선어본이 번역 원본으로 삼은 일본어본에서도 기독교식 목차 제목들은 발견되지 않는다. 조선어본으로 오면서 기독교적

수사가 소제목에 가미되었고 여기에는 조선인 번역자·편찬자의 의도가 적극 반영되었다고 볼 수 있다. 일본어본 서문을 보면, 헬렌켈러 서사를 통해 불구자를 향한 동정과 교육의 힘, 그리고 인내력의 위대함을 찬미한다. 즉 일본어본은 헬렌켈러의 삶을 기독교적으로 의미화하지 않고 있는 반면, 조선어본은 조선예수교서회를 통해서 출판되면서 신앙의 서사색채를 띠게 된 셈이다. 실제로 자서전 본문 곳곳에는 "세상에는 보편적 종교가 하나 있을 뿐인데" "그것은 사랑의 종교"이고 "하나님은 우리 인생의 아버지시오 전 인류는 한 혈육"(120쪽)이라는 기독교 유일신앙의 메시지가 퍼져있다.

프롤레타리아 문학이 장애인의 고통스러운 현실을 야기한 사회적 부조리를 들추어내고 원인을 질문하는 방식과는 달리, 기독교 출판물은 장애라는 상황을 신의 뜻으로 환원시키고, 개체를 인류 대주체로 확장시킨다. 헬렌켈러는 1909~1921년 사회당(the Socialist Party) 소속이었으며 노동자계급을 지지했으나 그녀의 자서전은 1903년까지의 기록이므로 이후 그녀가 보인 급진적인 정치적 성향은 여기에 드러나지 않는다. 따라서 자서전에 근거하여 그녀의 정체성을 재생산하는 것은 특정 시기의 정체성만을 고수하는 것이다. 헬렌켈러는 기실 1903년의 자서전 이후에도 각종 서적을 출판했는데,[37] 식민지 조선에서는 자서전만이 번역되었고, 이는 교육과 신앙이 중심인 성장서사였다.

헬렌켈러 자서전은 태생적 조건을 자신이 만들거나 사회적으로 형성된 것으로 보지 않고 신의 섭리로 받아들이는 19세기 식 기독교 자서전의 전통을[38] 이어받았는데 이러한 차이는 세계관의 결정적 차이

37　*The World I Live In*(1908), *Out of the Dark*(1913), *My Religion*(1927).

를 야기한다. 현실적 조건을 신의 섭리로 볼 때, 개인이 할 수 있는 것
은 감사와 노력이다. 감사와 자기계발과 기적의 서사로서의『나의 생
애』는 자신의 삶과 저술을 만들어 준 것은 주위 친구들이었음을 강조
한다. 그녀는 설리반 선생·부모를 비롯하여 그레이엄 벨, 마크 트웨인
등의 유명 인사들에게 감사의 헌정 인사를 보내며 자서전을 마무리한
다. "동정자들, 유일한 종교, 감사한 생활"[39]을 통해 사회적 구성원으
로 제 기능을 할 수 있게 되었다는 헬렌켈러 자서전의 결말은 사랑과
믿음을 통해 구원에 이른 간증의 서사였다.

신앙인의 경우 고통을 긍정하는 것은 신의 의지에 저항하지 않고 순
종하는 것을 뜻한다. 복음서의 가르침을 따르는 기독교적 세계관을 가
진 멜로드라마에 따르면 감정의 추동력은 '자아(the self)'가 아니라 '신
의 뜻(God's plan)'에 있다.[40] 현존재를 구성하는 물질적·역사적 조건
및 장애인의 주체성을 부각시키지 않는 기독교적 멜로드라마 전통은
사회가 규정한 장애인들의 역할에 저항할 가능성을 차단한다. 이들 세
계관에 따르면 자아란 존재하지 않으며 그 자리에는 신의 뜻이 있을
뿐이다. 1903년에 쓰여진 헬렌켈러의 자서전은 이러한 이전의 기독교
세계관과 장애인 글쓰기 전통, 그리고 20세기로 전환하며 보인 근대적
인간관·교육관이 접목된 산물로 여기에는 '신앙'과 '자아의 의지'가
공존한다.

---

38 Martha Stoddard Holmes, *Fictions of Affliction : Physical Disability in Victorian Culture*,
   University of Michigan Press, 2009, p.185.
39 헬렌켈러, 최태역 역술,『나의 생애』, 조선예수교서회, 1929, 목차 2쪽.
40 Martha Stoddard Holmes, op. cit., p.185.

5. '그녀를 동정하라'

— 식민지인의 자기 위안과 제국의 국가 통합 기제

조선은 일본의 통치하에 있었다. 따라서 헬렌켈러의 조선 방문과 같은 행사는 일본 내지나 조선총독부 측의 지지 없이는 불가능한 것이었다. 실제로 그녀는 경성에 도착, 호텔에서의 기자회견이 끝난 직후에는 총독부를 방문해야 했으며 총독부는 조선 체류 기간 동안 총독부 통역관을 그녀의 전담 통역사로 제공해주기도 했다. 제국과 식민은 헬렌켈러라는 같은 인물을 둘러싸고 교차하는 혹은 평행선을 긋는 자신들의 욕망을 투사했던 것이다. 이번 절에서는 헬렌켈러의 서사가 탄생된 미국과 그것이 유입된 제국 일본·식민지 조선에서 각기 국가 통합과 자기 위안의 기제로 해석될 수 있었던 부분을 언급하고자 한다.

사회적으로 장애인과 비장애인이라는 구분은 계급·젠더·세대적 차이를 일거에 허물 수 있는 강력한 차별로 기능해왔다. 따라서 이러한 장애인을 향한 동정은 민족 내부 구성원인 다양한 주체들을 포섭하는 정서적 공감대를 형성할 수 있다. 조선어로 번역된 그녀의 자서전에 따르면 그녀는 "불구자"에서 '사회의 동정을 받아 행복을 찾은, 그리하여 사랑의 전파자로 거듭난 인물'로 스스로를 묘사한다. 자서전은 "마지막으로 나의 행복을 위하여 따뜻한 동정을 기울여 주신 여러분의 이름을 기록"하고자 한다면서 동정자들에게 감사를 표하며 끝을 맺는다. 헬렌켈러가 조선을 방문했을 때 남긴 메시지 역시 불구자들을 향한 사회적 동정 촉구였다. 불구자가 사회 구성원으로 거듭나기 위해서는 사회의 '동정'이 우선적으로 필요했으며, 이러한 동정적 감정을 토대로 교육·의료를 비롯한 제도적 혜택이 마련된다는 것이다.

독자 대중의 개별적 차이를 허물고 유사한 감정으로 통합시키는 헬렌켈러 서사는 애초에 그것이 탄생된 미국에서도 국가 통합의 필요 속에서 적극 수용되었다. 남북전쟁기(1861~1865) 이후 남과 북, 흑과 백이 화합해야 했던 미국 사회는 남과 북의 인물을 결혼이나 로맨스를 통해 결합시키는 작품이 다수 생산되었다.[41] 헬렌켈러는 자서전 서두에 왕이기도 했고 노예이기도 했을 먼 선조로부터 남부군 장교 출신인 부모까지의 가족의 계보를 언급하는데 이에 따르면 그녀는 명백히 남부 사람이었다. 흑인 노예와 함께 자란 남부 출신 백인 장애 여자 아동인 헬렌켈러에게 어느 날 북부 출신 교사 설리반이 찾아오고, 둘은 초인적인 사랑과 신뢰로 이른바 기적을 일으키는데, 이러한 생애는 남과 북의 화합을 상징하는 것으로 해석되기도 했다.[42] 그녀는 다양한 성별·계급·인종적 정체성을 한 몸에 소우주처럼 품은 인물로 서술되기도 하는데, 그녀의 자서전에서 그려진 이러한 형상은 국가의 은유로 제공되며 분열된 미국을 통합하는 수단으로 활용되었다.[43]

이러한 헬렌켈러 이야기는 일본으로 건너오며 제국을 꿈꾼 일본의 국가 통합에도 이용되었다. 1937년 일본은 국가적 차원에서 그녀를 적극 초청하고 식민지에까지 방문케 했다. 헬렌켈러의 일본 초청과 헬렌켈러 전집 일본어본 발간을 주도했던 이와하시 다께오는 그 부부가 헬

---

41 Travis Montgomery, op. cit., p.35.
42 이에 관해서는 Travis의 논의 참조. Ibid.
43 Ibid., pp.46~47.

렌켈러의 조선행에 동반하기도 했다. 이와하시 다께오는 기독교인이
자 맹인으로서의 정체성도 가지고 있지만 내지에서 일본의 관할인 조
선까지 그녀를 수행해온 제국의 시민이기도 했다. 그리고 헬렌켈러의
부민관 강연을 주최했던 주최 측 중 '경성기독교연합회'는 경성 내 조
선인과 일본인의 연합 단체였다. 따라서 조선인 측에서는 이를 '내선
일체'의 목적을 띤 단체로 보고 냉담한 반응을 보이기도 했다.[44] 헬렌
켈러의 조선방문은 이렇게 일본내지와 총독부, 조선-일본인 연합단체
의 주도로 이루어진 것이었다.

일본이 자신의 식민지로까지 헬렌켈러 방문 여정을 적극적으로 확
장시킨 것은 의미심장하다. 그녀가 '일본-조선-만주'을 횡단한 전 일
정은 1만 4천 킬로미터, 강연 횟수는 98회, 청중은 19만 6천 7백여 명으
로 집계되었다.[45] 1920~1930년대에 일본이 초청했고 실제로 일본을
방문했던 세계 유명 인사들은 많다. 대표적으로 아인슈타인과 버틀란
트 러셀 등이 일본 순회 강연을 했고 조선측에서는 아인슈타인이 조선
도 방문하리라는 기대가 있었으나 일본은 그를 조선과 공유하지 않았
다.[46] 이렇게 세계적 지식인들을 식민지와 공유하지 않았던 일본이 흔
쾌히 헬렌켈러를 자발적으로 식민지에까지 제공한 것이다. 제국은 헬
렌켈러라는 인물을 제국 본토와 식민지에 공통적으로 적용할 수 있는
대상으로 여겼다는 뜻이다. 그렇다면 그녀를 통해 식민지 대중들에게

---

44 윤치호, 김상태 편역, 『윤치호 일기』, 역사비평사, 2001, 1938.5.10일자 분.

45 岩橋武夫, 『ヘレンケラーと青い鳥』, 主婦之友社, 1948, 3쪽.

46 아인슈타인과 버틀란트 러셀의 일본 방문과 아인슈타인 전기의 식민지 조선 유입에 관해서
는 김성연, 「1920년대 초 식민지 조선의 아인슈타인 전기와 상대성 이론 수용 양상」, 『역사
문제연구』 27호, 역사문제연구소, 2012 참조.

고무될 감정은 국가가 권장하는 바에 거스르지 않는 것이어야 했다.

일본에서 헬렌켈러는 국가적 차원에서 준국빈 대우를 받았다.[47] 일본의 천황내외와 왕자·공주는 벚꽃 축제를 비롯한 황실 정원 파티에 헬렌켈러를 초대하여 환대했으며 여성으로서는 처음으로 신성한 불상을 손으로 만지도록 허락하기도 했다. 이때 헬렌켈러가 일본인들에게 받은 국보급 선물들의 양은 상당하여 미국으로 돌아갈 때 관세 문제를 상의해야 할 정도였다. 대중들 역시 그녀에 열광했다. 일단 어린 학생들은 학교에서 헬렌켈러에 관해 교육받았으며 이에 자국의 고위 관직 인물은 몰라도 헬렌켈러는 아는 일본 어린이들이 많을 지경이었다. 일반인을 비롯하여 맹인협회나 기독교단체, 교육계가 헬렌켈러에게 보인 호감과 적극성이 그들 각자의 필요에 의한 것이었다면, 일본 정부의 헬렌켈러 환대 역시 국가적 필요에 따른 것이었다.

이러한 제국과 총독부의 적극성은 어디에서 연유하는가? 제국을 꿈꾼 일본은 식민지를 통치하고 설득해야 했다. 식민 통치가 식민지민에게도 이득이 된다는 것을 납득시킬 수 있는 가장 강력한 미끼는 교육·의료 등 사회 제반 시설에 근거한 가시적 혜택이다. 의료가 현재의 아픔을 제거해주고, 교통과 통신이 편리를 도모해준다면, 교육은 미래의 희망을 제시해줌으로써 심신의 평안을 유지시킬 수 있다. 그렇다면 헬렌켈러 서사는 제국의 구미에 맞는 것이었다. '야만-동물-암흑-아동'의 헬렌을 '문명-사람-빛-어른'으로 변모시키는 헬렌켈러 생애 서사는 사실상 식민지인에게 근대화의 시혜를 통해 발전시켜주겠다는 청

---

⁴⁷ 헬렌켈러와 일본의 관계에 관해서는 미국맹인협회 사이트의 기록을 참조. Helen Selsdon, "Helen on Helen : Helen's Travels through Japan", www.afb.org.

사진을 보여준 제국의 프레젠테이션을 상징적으로 담고 있는 계몽·성장의 서사였던 것이다. 식민주의란 점령하고 싶은 대상을 미성숙한 아동과 미개발의 야만으로 정의하고 훈육·계몽의 대상으로 전락시키는 전략을 취하며 통치의 정당성을 부여했다. '아동'의 발견 자체가 인종적 타자의 발견과 함께 이루어진 식민주의와 근대화의 동시적 산물이었음은 주지의 사실이다. 헬렌켈러의 어머니가 빅토리아식 감성적 방식으로 헬렌의 허물을 덮고 연민으로 감쌌다면, 설리반 선생은 장애를 드러내서 교정과 극복의 대상으로 삼고 이를 교정하고자 한 근대적인 인물이다.[48] 헬렌켈러의 생애 서사에서 기적은 설리반을 통해 이루어졌다. 이렇게 제국의 식민주의적 시선은 헬렌켈러 서사와 대응되는 지점이 있었다.

제국이 식민을 야만과 미성숙한 타자로 규정하고 계몽과 개발의 대상으로 포섭하는 논리에 따르면 열등한 조선은 일본을 통해 발전해야 하고 그렇다면 식민 지배는 정당화된다. 1935년이 되면 일본은 조선 통치 25년간의 업적으로 교육의 대중화와 공업·농업·의료 및 근대적 기간 시설·제도의 확충을 내세웠다. 문명화의 단선적 노선에 대한 의심의 여지가 없게 만드는 헬렌켈러 서사는 일본 제국의 뜻에 부합하는 것이 된다. 게다가 그녀는 자신의 메시지의 수신자로 "교육자, 사회사업가"를 지목했으며 국제적 복지 사업의 이념에는 국가 간 경계가 가로 놓일 수 없었다. 민족과 국경을 넘어선 인류의 행복을 부르짖은 헬렌켈러의 대외적 메시지는 제국과 식민을 넘나들며 공명했다. 총독

---

48 Andy Prettol, "Racism, Disable-ism, and Heterosexism in the Making of Helen Keller", *Comparative Literature and Culture*, Volume 10, Issue 2, June 2008.

부를 헬렌켈러를 활용한 문화기획에서 학교·여성계·기독교계·장애인 단체 등 식민지 조선의 제반 단체를 동원하거나 그들의 참여 관심을 허락했다. 그리고 이렇게 여성 장애인 아동, 즉 가장 서벌턴적인 존재가 혁명이 아닌 교육의 길을 통해 성공적으로 사회 속에 안착되는 서사는 제국 뿐 아니라 식민지인에도 공명하는 바가 있었다는 점에서 이는 간단치 않은 운명을 지닌다.

6. 결론

개인의 사생활이 공적 장소에서 공공연히 재현되는 방식에는 사회의 중층적 시선과 욕망이 개입되어 있을 뿐 아니라 세계관과 매체의 변화 역시 반영되어 있기 마련이다. 헬렌켈러라는 개인이 그녀의 고향과는 지구 반대편인 한국에서 이야기될 때 역시 사정은 마찬가지였다. 제국 일본과 식민지 조선에서 그녀가 공히 '불구자'이자 동시에 '성녀'로 호명되었다는 것은 의미심장하다. 그녀의 생애에 관한 이야기는 실상 '불구자'가 '성녀'로 변화하는 지난한 삶의 여정 그 자체였다. 그리고 그 기적을 현실화시킨 힘으로 지목된 것은 '선생님의 올바른 교육'과 '양육자·지인들의 무한한 동정과 사랑'·'기독교 신앙 힘', 그리고 무엇보다도 '본인의 의지와 노력, 감사의 마음'이었다. 공교롭게도 각각의 따옴표 안에 들어 있는 내용들은 식민지 근대화의 핵심적 논제와도 겹친다. 헬렌켈러의 이야기는 그 자체로 20세기 초 세계에 보편적으로 흡수될만한 서사이면서 동시에 식민지 조선의 교육계·언론계·기독교계 지식인 수용계층과 대중들에게 뿌리깊게 정착될 수 있는 다양한 요소를 갖추고 있었던 것이다.

헬렌켈러의 이야기가 처음 소개된 시기에 그녀는 실존 인물이었으며 직접 조선에 나타나기까지 했다. 따라서 그녀에 관한 이야기는 비단 종결된 텍스트로서 존재하지 않았고 일간지 매체를 통해 끊임없이 생성되는 추가적인 이미지와 정보에 의해 덧붙여졌다. 분석의 대상을 완결된 텍스트에 한정할 수 없었던 까닭은 여기에 있다. 그리고 자서전 역시도 그것이 쓰여지고 읽혀진 시간과 공간에 따라 다른 사회적 의미를 지니고 있었다. 1903년 미국·1910년대 일본·1920년대 조선, 그리고 중일전쟁이 임박한 1937년의 정황에 따라 그녀의 자서전과 이에 근거한 그녀의 생애에 관한 이해는 조금씩 방점이 달라졌으며, 자서전이 이러한 수용 주체에 따라 유연하게 살아남을 수 있었던 것은 사실상 서사물 전반에 흐르는 근대적 세계관이라는 보편성을 기반으로 가능했던 것이다. 야만인을 문명인으로 변신시킨 기적의 서사에서 비법으로 제시된 것은 '근대적 교육'과 '매일의 노력' 그리고 '감사와 신앙의 자세'였다. '남북전쟁 이후의 미국'과 '제국을 꿈꾼 일본', 그리고 '일본의 식민지였던 조선'은 각기 보지도 듣지도 말하지도 못한다는 여아(女兒)의 삶의 이야기를 통해 자신들의 욕망을 투사했다. 가장 열등한 주체를 향한 시선을 통해 수용 주체 집단들은 자기 통합을 이룩할 수 있었다. 누구를 이야기하고 있는가는 우리가 무엇을 꿈꾸고 있는가를 보여주는 창문이다.

식민지 조선에서 '성녀가 된 불구자의 자서전'의 유행은 선례가 없던 것이지만, 그 서사가 기대고 있는 세계관과 중심 사상이 '계몽주의·기독교 사상·문명화·동정과 인류애'였기 때문에 교육계와 기독교 출판계를 통해 적극 받아들여지게 된다. 게다가 당시 생존인물이던 그녀의 활발한 활동은 언론 매체의 주된 기사 거리였다. 어떤 드라마나 소설보다도 연민이나 감정적 충동을 일으킨다는 점에서 멜로드라마적 요소를 가지고 있던 헬렌켈러 자서전은 모든 매체와 장르를 넘나들며 소재로 활용되면서 특정한 인간관과 세계관을 반복 재생산했다. 또한 독자로 하여금 성실과 감사를 기반으로 한 일상적 수양과 자기계발로 이끈다는 점에서 그것은 실상 세대를 초월한 수양서·자기계발서로 기능했다. 이로서 헬렌켈러 자서전은 더 이상 '일개인의 자서전'에 머물지 않고 '근대의 찬미가'로서 존재하게 되었다.

제3부

과학이라는 서사의 독해

제1장

"나는 살아있는 것을 연구한다"[*]

파브르 『곤충기』의 근대 초기 동아시아 수용과 근대 지식의 형성

1. 서론

1922년, 오스기 사카에(大杉榮, 1885~1923)는 베를린에서 열리는 국제 무정부주의자대회에 참석하기 위해 상해로 가는 배편을 기다리며 고베의 호텔방에서 『곤충기(*Souvenirs Entomologiques*)』의 저자 장 앙리 파브르(Jean Henri Fabre)의 『자연과학의 이야기』를 번역하고 있었다.[1] 그때 호텔 밖 거리에서는 가이조사[改造社] 직원들이 아인슈타인의 일본 강연회 전단지를 나누어주고 있었다.[2] 당시 동양에는 다윈의 진화론과 아

---

[*] "나는 살아 있는 것을 연구한다"라는 문구는 한 파브르 평전의 부제목으로 "Ich aber erforsche das Leben"이라는 독일어 원문을 번역한 것이다. 마르틴 아우어, 인성기 역, 김승태 감수, 『파브르 평전─나는 살아 있는 것을 연구한다』, 청년사, 2003.

[1] 오스기 사카에, 김응교 역, 『오스기 사카에 자서전』, 실천문학사, 2005, 354~355쪽.

인슈타인의 상대성이론이 순차적으로 유입·공존하고 있었으며, 첨단 물질문명으로 서구의 선진성을 체험할 수 있던 동양의 지식인들은 '과학적 혁명', '혁명적 과학'이 세계의 패러다임을 바꾸고 있음을 체감하고 있었다. 과학과 예술과 사상과 정치를 완전히 분리시키지 않은 지식인들이 존재하던 시대였다. 파브르『곤충기』도 그때 동양에 유입되었다.

다윈의『종의 기원』보다 대중적으로 널리 보급되어 읽혀온[3] 파브르『곤충기』는 프랑스 재야 학자 파브르가 30여 년간(1879~1910) 관찰한 기록물로 4,000여 쪽 10권 분량으로 집적된 방대한 서사물이다. 파브르의 관찰과 실험과 글쓰기의 궁극적 목적은 생명체의 본능과 생활을 탐구하는 데 있었으므로 그에게 핀셋과 해부용 칼은 보조적 도구에 지나지 않았다. 그는 '살아있는 것을 연구한다'는 자부심으로 이전의 박물학·해부학·분류학적 연구자들과 자신을 차별화하고자 했다.

이것이 내포한 사유의 문제적 지점을 환기하기 위해 여기서 잠시 푸코의 도움을 빌리기로 한다. 푸코는 1977~1978년 콜레주드프랑스 강의에서 '부의 분석에서 정치경제학으로, 박물학에서 생물학으로, 일반 문법에서 역사문헌학으로' 이행했던 근대 학문의 변천을 '인구'라는 주체 개념을 통해 설명한다.[4] 생물학을 예로 들어 부연설명하자면, 분류

---

2 한·중·일에 불었던 아인슈타인과 상대성 이론의 유행과 그의 일본 순회강연이라는 사건이 끼친 대중적 파급, 그리고 '혁명'과 '과학'이라는 기표가 공존하던 시대에 관해서는 다음의 글에서 다루었다. 김성연, 「1920년대 초 식민지 조선의 아인슈타인 전기와 상대성 이론 수용 양상」,『역사문제연구』 27호, 역사문제연구소, 2012.
3 파브르 사이트의 집계에 다르면 한국에서 1970년대부터 2006년까지 파브르 곤충기를 토대로 한 출판물은 40여 종 발간되었으나, 실제로 인터넷 서점에서 2010년까지 '파브르 곤충기'로 검색된 서적의 종류는 (전집의 경우 각 권을 별도로 계산할 때) 200여 종이 된다.
4 미셸 푸코, 오트르망 역,『안전, 영토, 인구』, 난장, 2011, 124~129쪽.

상의 특징에 집착하던 박물학적 과학은 18~19세기를 거치면서 유기체의 내적 기능과 구조를 분석하는 해부학으로, 그리고 이는 다시 유기체와 환경의 관계에 대한 생물학으로 그 방점이 이동되었다. 푸코는 이른바 '개체군' 개념의 탄생이 생물학이라는 학문으로의 변동을 일으켰으며, 그것은 바로 다윈의 진화론에서 비롯되었다고 분석한다. 다윈은 개체군이 환경과 유기체를 매개한다는 사실과 함께 변이·도태 등의 변화까지 일으킨다는 가설을 제기했고, 이것이 자연 세계에 대한 박물학적 인식을 개체와 전체 환경에 관한 입체적 조망인 생물학으로 전환시켰다는 것이다. 그와 동시에 인간을 보는 관점에도 변화가 생겼고, 생산성을 전제로 한 인구 개념이 체계화되면 '영토국가'에서 '인구국가'로의 개념 전환이 이루어진다. 이것이 바로 푸코의 '생명정치(bio-politics)' 개념이 적용되는 근대 국가가 탄생하는 순간이다.

이러한 학문의 변화는 사회 주체 계급의 변화와 관련지어서도 해석해볼 수 있다. 표본 수집의 소유욕이나 전시를 통한 과시에 소용되었던 왕족·귀족 계급의 박물학적 취미는 근대 자본주의 국가 성립 이후 정치인과 경제인이 사회 핵심 세력으로 등장하게 되면서 정치적·경제적 시각으로 인간을 보는 학문과 교양에 넓은 자리를 내주게 되었다. 통치의 대상이자 노동의 주체로서 영토 이내의 '인구'가 주목되었으며 학문은 그 효율성 재고라는 요구에 맞추어 변화했다. 이국의 동식물이 (심지어 인종까지도) 경이와 경악의 대상으로 소비되며 유럽에 쏟아져 들어오던 탐험의 시대, 왕족·귀족 시대에 자연과학이 부와 명성을 안겨주는 지름길이었다면,[5] 힘의 배분이 불안정하게 된 탈봉건 시대의 생

5　커트 존슨·스티브 코츠, 홍연미 역, 『나보코프 블루스』, 북하우스, 2007, 13쪽. 이 책은 『롤

물학 연구는 새로운 사회 조직과 질서를 모색하는 '과학적 근거'로 활용되었다. 여기서 파브르의 채집과 관찰·기록이라는 행위 역시 제국주의적 자연과학 습성에 지나지 않음이 지적될지도 모른다. 하지만 그가 취한 포즈는 다소 달랐다. 그는 한 뙈기의 뜰과 마을에서 벗어나고자 하지 않았다는 점에서 선박으로 세계를 접수하던 제국의 탐험가와 목적이 달랐고, 원시 상태나 다름없는 야생의 토지를 개발의 대상으로 보지 않고 에덴동산으로 보았다는[6] 점에서 근대 개발론자·개척자와 세계관이 달랐다.

19세기에서 20세기로의 전환기에 쓰여진 파브르 『곤충기』는 다윈의 진화론과 크로포트킨의 상호부조론 등이 유입되던 20세기 초 동아시아에서 적극적으로 독서되었다. 그 한·중·일 수용사에 대한 실증적 추적은 파브르 『곤충기』가 동아시아의 근대 지식 형성에 개입하며 근대사의 주요 독서물로 존재할 수 있었던 사상사적 맥락을 드러내줄 것이다. 이를 통해 동아시아 근대 지식 형성의 보편성과 개별 국가 간의 특수성을 보다 선명히 파악할 수 있을 것이다. 이 텍스트는 너무 오랜 기간 학습용으로 권장되어서 그 독후 반응들은 '파브르처럼 성실하고 인내심있게 살아야겠다'거나 '꿀벌처럼 부지런하고 남을 도와야겠다', '자연을 사랑해야겠다'는 식의 교훈적인 것으로 협소하게 고정되고 말았다. 그런데 계몽적 독서라는 강박 속에서 표출된 이러한 반응

리타』의 저자 나보코프라는 작가의 인시류에 관한 업적을 추적한 글이다. 서문에는 18~19세기 유럽에서의 (광범위한 의미에서의) 생물학 유행을 언급하며 그것이 다분히 귀족 취미에서 촉발되었음을 표명한다. 18세기 영국 생물학자 조지프 뱅크스는 영국 국왕 조지 3세의 친구이자 당대 명사였으며, 남아메리카 식물 동물 연구를 연 "프로이센의 귀족 알렉산더 폰 훔볼트 남작은 19세기 유럽에서 나폴레옹 다음으로 알려진 인물이었다."

6　마르틴 아우어, 앞의 책, 135쪽.

이 텍스트가 불러일으킨 감상과 사유의 전부였다면 이 텍스트는 100여 년 간 시공간을 초월하여 다양한 분야에서 지속적으로 호출되지는 못했을 것이다. 이 글은 텍스트가 시대에 촉발시킬 수 있는 다양한 지적 자극의 가능성과 텍스트 수용자에 의해 추출될 수 있는 잠재된 의미망들을 그 최초의 만남에 대한 탐색을 통해 독해하고자 한다.[7]

2. 월경(越境)하는 텍스트—아나키스트, 『곤충기』를 번역하다

파브르의 『곤충기』는 프랑스 본토보다도 한국, 중국, 일본, 러시아에서 더욱 인지도가 높다. 그것은 한·중·일에서 고전으로 정전화되었으며 청소년 권장도서였을 뿐 아니라 교과서에 실리기도 했다. 동아시아에서 가장 먼저 파브르 『곤충기』를 번역 발간한 곳은 일본으로, 1923년 소분카쿠(叢文閣) 출판사에서 파브르 곤충기 번역본 전집이 발행되었다. 이후 1930년에는 이와나미분코(岩波文庫)와 슈에이샤(集英社)에서도 2종의 파브르 곤충기 전집 완역본(10권)이 발간되기 시작했으

7　『다윈의 플롯』은 이 문제의식을 본격화하는 데 도움을 주었다. 이 저서는 다윈의 이론과 저작을 일종의 플롯으로 보며 과학 서사로서의 진술이 어떻게 다양한 사회문화적 이데올로기들을 형성하여 19세기 영미 소설의 구성과 서술에 영향을 미쳤는지를 분석한다. 기원·과거 회귀의 서사가 지배적인 다윈의 진화론은 은유적이고 유비적인 새로운 용어의 고안과 성장·퇴보를 설명하는 서술을 통해 시대의 사유 구조를 변화시킬 플롯을 제공했고 그의 손을 떠난 진화론은 다양한 사회문화적 이데올로기들을 형성했다. 질리언 비어, 남경태 역, 『다윈의 플롯』, 휴머니스트, 2008.

며 이후 현재까지 다양한 출판사에서 개정 출판되고 있다.[8] 일본어로 전집이 번역되던 당시에는 영어 완역본도 아직 없었으며, 중국에서는 2001년에 한국에서는 2006년에 이르러서야 최초 완역본이 발간되었음을 고려하면 일본의 파브르 곤충기에 대한 관심은 유별난 것이었다 할 수 있다.

중국과 한국에 파브르『곤충기』를 전파하는 데 결정적 영향을 미친 인물은 일본의 대표적 아나키스트 지식인 오스기 사카에(大杉榮, 1885~1923)였다.[9] 그는 에스페란티스토이자(에스페란토 학교 교장) 무정부주의자로서 중국과 한국의 에스페란티스토, 무정부주의자, 사회주의계열 인물들과도 접촉하며 영향을 끼쳤다. 중국에서는 루쉰(魯迅, 1881~1936)이 오스기 사카에 번역본『곤충기』에 큰 호감을 표하며 번역을 기획했으나 루쉰 동생 저우쭈어런(周作人, Zhou Zuoren, 1885~1967)이 1923년『곤충기』의 일부를 번역하는 것으로 그쳤다. 그리고 오스기 사카에의 생물학적 관심에 영향을 미친 인물은 러시아 아나키스트로 알려진 크로포트킨(1842~1921)이었다. 즉, '크로포트킨(러시아) → 오스기 사카에(일본) → 루쉰 / 저우쭈어런(중국)'[10]의 순서에 따라 생물학적 인간 이해 사상이 전파된 것이다. 당시 동아시아의 많은 진보적 지식인들은 이른바 '과학적'인 무엇을 인간 조직의 오류를 치유할 만병통치약으로 기대하고 있었다.[11] 그렇다면 '과학'에 매료되었던 20세기 초반 동양의 지식인

---

8 같은 단락의 일본의 파브르 곤충기 붐에 관해서는 Peng Hsiao-yen, "A Traveling text", *Dandyism and Transcultural Modernity*, Routledge, 2010, p.142.

9 그의 번역본은 현재까지도 재발간될 정도로 완성도가 높았다.

10 저우쭈어런(주작인)과 루쉰의 번역자로서의 행보에 관해서는 Li Li, Daisy, "A Comparative Study of Translated Children's Literature by Lu Xun and Zhou Zuoren : From the Perspective of Personality", *Journal of Macao Polytechnic Institute*, 2009. pp.69~79.

들이 어떤 사유와 행보 속에서 생물학에 심취했고 파브르의 『곤충기』
라는 텍스트에 주목할 수 있었는지를 이들 세 인물을 통해 파악해보기
로 한다.

오스기 사카에의 사상과 실천이 담긴 그의 저술과 번역물은 그에게
사상적으로 혹은 인간적으로 공명했던 동양 지식인들에게 적극적으로
읽혔다. 그 속에서 『곤충기』가 놓인 지점을 파악하기 위해 그의 번역물
목록을 살펴보면 다음과 같다.

<표 1> 오스기 사카에의 번역물 목록

판년도	서명	저자 및 번역자	출판사	참조
14	種の起源(一, 二)	チャールズ・ダーウイン, 大杉栄 譯	新潮社	찰스 다윈의 『종의 기원』 번역
15	懺悔録(上, 下)	ルソオ J・J, 生田長江,[12] 大杉榮 共譯	新潮社	루소의 『참회록』 공역
17	相互扶助論 : 進化の一要素	クロポトキン, 大杉榮 譯	春陽堂	크로포트킨의 『상호부조론』 번역
17	民衆芸術論 : 新劇美学論	ロメン・ロオラン, 大杉栄 譯	阿蘭陀書房	로만롤랑의 『민중예술론』 번역
20	革命家の思出 : クロポトキン自敍傳	クロポトキン原著, 大杉榮 譯	春陽堂	크로포트킨의 『자서전』 번역
21	人間の正体 (民衆科学叢書; 第3編)	ハアド・ムウア, 大杉榮 譯	三徳社	Moore, John Haward (1862~1916)의 『인간 정체』 번역
22	青年に訴ふ	クロポトキン, 大杉栄 譯	労働運動社	크로포트킨의 『청년에게 고함』 번역
22	昆虫記(1~4)	アンリイ・ファブル, 大杉栄 譯 (2~4권은 椎名其二와 공역으로 표기됨)	叢文閣	파브르의 『곤충기』 번역
23	自然科学の話 (アルス科学知識叢書; 第1編)	アンリイ・ファブル, 大杉栄, 安城四郎 共譯	アルス	파브르 저작 공역
24	科学の不思議 (ファブル科学知識叢書)	アンリイ・ファブル, 大杉栄, 伊藤野枝 共譯	アルス	파브르 저작 공역

---

11 Peng Hsiao-yen, op. cit., p.139.

12 이쿠타 초코(生田長江, 1882~1936). 니체의 『차라투스트라는 이렇게 말했다』를 번역한 번
　　역가, 평론가.

다윈의 『종의 기원』, 크로포트킨의 『상호부조론』, 로만 롤랭의 『민중 예술론』, 루소의 『참회록』 등을 비롯한 그의 번역물은 대부분 이후 수차례 재판되며 일본 지식인 사회에 파장을 일으킨 주요한 도서들이며 현재까지도 이 번역본들은 읽힌다. 그는 문예평론가, 수필가, 시인, 언론인이기도 했으며 그의 번역 작업들은 모두 그 저술 작업과도 긴밀히 연관되어 있었다.[13] 이들 번역물은 그의 사상적 흐름 속에 중요한 자리를 차지하므로 단순히 생계형 번역을 위한 선택이었다고 보기는 힘들다. 따라서 다윈의 『종의 기원』에서 시작하여 크로포트킨의 저서를 거쳐 파브르 『곤충기』로 흘러갔던 그의 번역 궤적은 들여다볼 필요가 있다.

오스기 사카에는 1918~1919년 옥중에서 『곤충기』를 독서했으며 이듬해에 번역에 착수했다. 그가 쓴 옥중 편지에는 당시 그의 사유의 흐름이 잘 드러난다.

요즘 독서 중에, 아주 재미있는 게 있다. 책을 읽는다. 바쿠닌, 크로포트킨, 르클뤼, 말라테스카, 그 밖의 **모든 아나키스트들이 책머리에 천문에 관한 이야기를 쓰고 있다. 다음엔 동식물을 이야기한다. 그리고 마지막엔 인생·사회를 논한다.** (…중략…) 먼저 눈에 들어오는 것은 일월성신, 구름의 움직임, 오동나무의 푸른 잎, 참새, 수리, 까마귀 더 내려가서는 반대편 감옥의 지붕. 방금 읽었던 것을 그대로 복습하고 있는 듯하다. 그리고 나는 자연에 대한 내 지식이 일천한 것이

13　그의 저작과 번역은 쌍을 이루어 출간되기도 했다. 예를 들어 『크로포트킨 연구』를 저술하면서 크로포트킨의 『혁명가의 생각―크로포트킨 자서전』을 번역하고 종의 기원 개론서를 저술한 후, 『종의 기원』을 번역하는 식이다.

늘 부끄럽다. 이제부터는 열심히 **이 자연을 연구해보자고 생각한다.**

(…중략…)

읽으면 읽을수록, 생각하면 생각할수록, 이 자연이라고 하는 것은 논리이다. 논리는 자연 속에 완벽하게 실현되어 있다. 그러므로 **이 논리는 자연의 발전된 형태인 인간 사회 속에도, 마찬가지로 완벽히 실현시키지 않으면 안 된다.**

(…중략…)

또한 나는 이 **자연에 대한 연구와 함께 인류학이나 인간사에 강하게 마음이 끌리고 있다.** 이런 식으로, 학구열이 이곳에서 저곳으로 샘물처럼 끓어오르는 것이다.

(…중략…)

형의 건강은 어떠한지? 『빵의 쟁취』 진행은 어떻게 되고 있는지? 나는 출옥하면 곧 오랫동안의 숙망인 **크로(크로포트킨)의 자서전을 번역하고 싶어 지금 열독하고 있다.**[14]

30대 중반이던 오스기 사카에는 옥중에서 당시 아나키스트들의 저술이 보이고 있던 공통적인 서술 방식을 찾아냈는데 바로 '천문→동식물→인간 사회'로 논의가 전개된다는 것이었다. 오스기 사카에는 진화론을 번역하고 대중적으로 소개하기는 했지만 실상 다위니즘과 자본주의의 유사성을 지적했고, 오히려 앙리 베르그송의 창조적 진화론이나 톨스토이의 무정부주의적 사상에 경도되어 있었다. 자연의 논리를 인간 사회에 실현시키고 싶다는 오스기 사카에의 열망은 먼저 자

---

14 굵은 글씨, 중략―인용자. 오스기 사카에, 김응교·윤영수 역, 『오스기 사카에 자서전』, 실천문학사, 2005, 251~252쪽.

연과학연구에 천착한 후 이를 인류학·사회학 연구에 적용하고 싶다는 학문적 호기심을 불러 일으켰으며 "사회를 조직하는 인간의 근본 성질을 알기 위하여 생물학을 익히고 싶다"라고 표출된 그의 욕망은 그로 하여금 생물학자의 저술 번역과 소개에 앞장서도록 만들었다.

생물학에서 인간 이해의 단서를 찾으려고 한 오스기 사카에의 시도는 『상호부조론』, 『청년에게 고함』, 『자서전』 등 그가 세 차례나 번역했던 크로포트킨의 저작으로부터 영향을 받은 것으로 보인다. 그는 1920년 『개조』지를 통해 이전에는 크로포트킨에 빠져있었으나 1910년대 중반부터 그 사상 수용의 득과 실을 직시하게 되어 크로포트킨 뿐 아니라 일체의 무정부주의 문서로부터 멀어져 사회학·생물학의 서적을 가까이 하고자 한다고 진술한다.[15] 그러나 언급한 1910년대 중반 이후에도 크로포트킨의 『상호부조론』, 『혁명가의 회상─자서전』(1921)을 완역하고 일본 최초의 크로포트킨 연구서 『크로포트킨 연구』(1920)를 저술했기 때문에 그 발화는 액면 그대로 받아들이긴 힘들다.[16] 혹은 오스기 사카에가 1920년 5월 잡지를 통해 크로포트킨에서 멀어졌다고 발언하긴 했지만 같은 해 1월 일명 '모리토 사건'[17] 발생으로 각종 잡지에서는 크로포트킨 특집이 마련되고 그 번역서와 저술서가 급증하는 등, 독서 유행의 한 가운데 있던 마르크스의 자리를 크로포트킨이 차지하

---

15 박양신, 「근대 일본의 아나키즘 수용과 식민지 조선으로의 접속─크로포트킨 사상을 중심으로」, 『일본역사연구』 35집, 2012, 141쪽.

16 위의 글, 141쪽.

17 '모리토 사건'이란 도쿄 경제학부 모리토 다쓰오 조교수가 경제학부 잡지 『經濟學硏究』에 게재한 「크로포트킨의 사회사상연구」의 필자가 문란죄로 기소되고, 10월에 유죄 확정되면서 학문과 사상의 자유에 대한 토론과 함께 크로포트킨에 대한 사회적 관심이 확장된 사건을 말한다. 위의 글, 127쪽.

게 되는 현상 속에서 그에 관한 책 출간을 하게 되었을 가능성도 있다.

러시아 무정부주의자로 알려진 크로포트킨은 기실은 1876년 러시아에서 탈옥한 이후 영국, 스위스와 프랑스를 떠돌다가 1886년부터 영국에 망명·체류했다. 따라서 크로포트킨의 사상은 러시아에서 기초가 형성되었을지언정 영국의 지성계 속에서 발표·공유되며 전세계로 확산되었다. 19세기 말 영국은 무정부주의를 경계했으나 여전히 귀족사회였기에 '지리학자이자 러시아 명문 귀족 출신 망명객'이라는 정체성을 가진 그를 호의적으로 받아들였다.[18] 게다가 19세기 영국은 다윈·헉슬리·스펜서 등을 통해 자연과학이 종교를 대신해 도덕과 사회질서를 책임지는 '사회과학'으로 자리잡고 있었다. 빅토리아 시대의 영국에서 과학과 종교의 관계 혹은 충돌은 핵심 논제였고 중산 계급들도 과학에 관심을 기울이게 되었다. 크로포트킨은 이러한 사회 분위기 속에서 다양한 전문과학지식의 대중화를 시도했으며, 헉슬리의 사회진화론을 넘어선 견해를 발표하라는 한 지리학자의 권고를 받고 발표한 것이 상호부조론에 관한 글이었다.[19] 상호부조론은 유독 생물학을 기반으로 작성되었고 이를 계기로 그가 능통했다는 물리학·천문학 등 과학 제 분야 중에도 생물학이 대중적으로 퍼지게 된다. 그는 생물학적 연구를 통해 얻은 곤충의 질서를 인간의 도덕에 적용시키며 이타주의·동정·사랑에 기반을 둔 상호부조라는 도덕을 내세워, 다윈의 진화론적 세계 이해가 전제로 하는 적자생존의 한계를 보완하고자 했다.

---

18 이영석, 「크로포트킨과 과학―1890년대 과학평론 분석」, 『영국연구』 20호, 영국사학회, 2008, 223~225쪽.

19 위의 글, 217쪽.

또한 그는 『아나키즘과 근대과학(*Modern Science and Anarchism*)』(London : Free-dom Press, 1904)을 통해서 과학 교육의 가치를 강조하는 등 자연과학을 사회과학에 접목시키며 대중의 과학화를 추진했다.

그리고 그것은 자본주의나 제국주의 원리를 비판하고자 했던 세력에게 유용한 이론으로 적극 수용되게 된다.[20] 일찍이 유입되어 있던 크로포트킨의 상호부조론은 그다지 주목받지 못하다가 1차 세계대전이라는 역사적 사건과 앞서 언급한 '모리토 사건'이라는 필화 사건을 계기로 일본의 식자층에 널리 알려지게 된다. 1차 대전 발발 후 독일 지식인이 우승열패 약육강식의 논리로 전쟁을 지지할 때 오스기 사카에를 비롯한 일부 지식인들은 상호부조론을 새로운 시대 사조로 적극 제시했다.[21]

오스기 사카에의 생물학에의 관심은 그로부터 10여 년 전인 20대에도 표출된 바 있다. 그는 1908년, 진화론의 대중서인 『万物の同根一族(平民科學; 第6編)』(大杉榮 述, 堺利彦 編, 有樂社, 1908)를 펴냈으며[22] 이를 펴낸 직후 그는 기존에는 없던 세 분야, 생물학·인류학·사회학 삼종의 신과학을 상호 관계 속에서 연구하고 싶으니 돈을 좀 보내달라는 편지를 아버지에게 보냈다. 그는 결국 수년 후 다윈의 『종의 기원』을 본격적으로 번역했고 이런 오스기 사카에에게 때마침 파브르 『곤충기』의 영역본(英譯本)인 『곤충의 사회생활』을 빌려준 것은 일본농민조합의

---

20 박양신, 앞의 글, 137쪽.

21 위의 글, 144쪽.

22 그가 진화론 번역 및 소개의 최초 지식인은 아니다. 이미 1904년에 오카 아시지로에 의해 『進化論講話』(1904)이 번역되었고 이것이 일본에서는 큰 파장을 일으켰으나 한국에서는 이 저서를 언급한 흔적을 찾기가 쉽지 않다.

창설자이자 (기독교) 종교가였던 카가와 토요히코(賀川豊彦, 1888~1960)
였다.[23] 두 사람은 사회주의자 동맹집회 등을 통해 만났다. 사회적 약
자를 향해 눈을 돌리고 있던 카가와 토요히코는 약육강식, 자연선택설
로 수용되며 메이지 이후 부국강병 슬로건의 기반이 되던 사회진화론
을 그대로 받아들이고 싶지 않았고, 때마침 파브르를 발견한다. 기독
교인인 그는 기독교적 신의 존재를 위협할 수 있던 다윈의 진화론보다
신적 존재를 부정하지 않은 파브르의 자연에 대한 해석에 만족했다.
파브르가 관찰하고 기록한 자연의 오묘한 질서는 창조주의 위대함을
뜻했으며 따라서 파브르가 재현한 자연의 서사는 '신 없는 자연'[24]이
아니라 '신이 창조한 자연'이었다.

카가와 토요히코는 이런 정황 속에서 파브르의 『곤충기』를 오스기
사카에에게 권했고, 오스기 사카에는 이 영어본에 스스로 불어본 원서
를 추가 구입하여 감옥에서 독서했다. 오스기 사카에는 『곤충기』 1권
까지만 번역하고 관동대지진 때 살해되었기 때문에 역시 아나키스트
였던 시이나 소노지(椎名其二, 1887~1962)가 이후 『곤충기』 번역 작업을
이어받게 된다.[25] 비록 오스기 사카에가 『곤충기』 전집을 완역하지는
못했으나 〈표 1〉에서 볼 수 있듯이 단독 번역 혹은 공역을 통해 다양한

---

23 같은 단락에서 『곤충기』를 매개로 한 카가와 도요히코와 오스기 사카에의 관계에 관해서는
다음의 글 참조. 濱田, 康行, 「邦譯 『昆虫記』 をめぐって」, 『學士會會報』869号, 2008年3月号.

24 '신 없는 자연'이라는 용어는, 황종연, 「신 없는 자연―초기 이광수 문학에서의 과학」, 『상허
학보』36, 2012.

25 시이나 소노지[椎名其二]는 이후 파브르 전기를 번역하고 개미군집을 인간사회와 비교한 저
서를 번역했다(ヂェ・ヴェ・ルグロ, 椎名其二 譯, 『科學の詩人 : フアブルの生涯』, 叢文閣,
1925; オウギュスト・フオレル, 椎名其二譯, 『蟻の社會 : 對人間社會創成の卷』, 叢文閣, 1926).
그 역시 아나키즘에 심취했고 일찍이 미국과 프랑스 유학을 통해 농업 문제를 연구했으며
파브르 곤충기 4권까지의 번역 당시 와세다 대학에서 강의하고 있었다(Peng Hsiao-yen, op.
cit., p.140).

버전의 파브르 저작을 '과학지식총서' 시리즈로 출간해냈다. 오스기 사카에의 부인 이토 노에 역시 그와 함께 혹은 단독으로 파브르의 청소년용 과학서를 번역하는 등 파브르 저작의 번역 소개에 앞장섰다.[26]

파브르『곤충기』와 중국과의 만남 역시 이 텍스트가 동양에서 수용 초기부터 과학 교육용으로 계몽적으로 적극 활용되고 있었음을 보여준다. 의학에서 문학으로 전공을 바꾼 루쉰은 오스기 사카에의 파브르『곤충기』를 애독했다. 그는 1924년부터 1930년대 초반까지『곤충기』의 일본어역본과 영역본을 차례차례 모았으며 이를 토대로 생물학자이자 정치가인 막내동생 저우젠런(周建人 Zhou Jianren, 1888~1984)과 번역하고자 했으나 이를 실현시키지 못하고 사망한다.[27] 곤충기는 루쉰의 둘째 동생 저우쭈어런(周作人 Zhou Zuoren)에 의해 일부 번역되었다. 저우쭈어런은 당시 자신에게 가장 큰 영향을 끼친 사상가로 크로포트킨을 꼽았으며 그의 이론을 중국에 가장 일찍 번역 전파한 사람 중 하나였다.[28] 루쉰과 그의 형제들은 중국의 과학화라는 시대적 요청 속에서『곤충기』에 관심을 보였으며 이 역시 오스기 사카에와 크로포트킨의 영향 속에서 벌어진 일이었다. 루쉰은 인간과 자연의 관계를 이해하기 위해『인간의 역사』,『과학사교편』 등을 번역 소개하며 서구의 자연과학에 기댔으며 무엇보다도 과학의 대중 교육의 중요성을 주창했다.

---

26 アンリ・ファーブル, 伊藤欽二 譯,『科學知識少年少女の爲に』, 東京 : 日本評論社出版部, 1922.
27 Peng Hsiao-yen, op. cit., p.142. 1923년 루쉰은 저우쭈어런[周作人]과 절연했기 때문에 곤충기 번역을 번역가인 저우쭈어런이 아닌 생물학자 저우젠렌[周建人]과 하고자 했던 것으로 보인다.
28 저우쭈어런에 관해서는 쑨위, 김영문 역,『루쉰과 저우쭈어런』, 소명출판, 2005, 412쪽.

읽을 만한 출판물이 사실 너무 부족하다. 나는 적어도 평이하면서도 재미있는 대중과학 잡지가 있어야 한다고 생각한다. 유감스럽게도 현재 중국의 과학자들은 그다지 문장을 잘 짓지 못한다. 그들이 쓴 문장은 지나치게 수준이 높고 아주 무미 건조하다. 현대 브레홈[29]의 동물생활 이야기나 파브르의 곤충기와 같은 재미있고도 삽화가 많은 잡지가 필요하다.[30]

그는 실제로 곤충학·식물학 서적을 다량 구입하여 중국 아동에게 다른 세계 생물의 존재를 소개하고자 했으며 자신의 에세이에서 파브르『곤충기』를 과학적 사고의 상징적 존재로 언급하기도 했다.[31] 루쉰은 자신의 고향에 전해 내려오던 전설이 사실을 왜곡하고 있음을 증명하기 위해 파브르의 관찰기록을 인용했다. 나나니벌이 딱정벌레를 자신의 거처에 집어넣고 밀봉한 후 수 일이 지나면 그곳에서 나나니벌이 나오는 현상이 목격되곤 했는데 이를 두고 중국인들은 나나니벌 어미의 "나와 같아져라"는 주술과 소망이 딱정벌레를 변신시킨 기적이라는 전설을 만들어 냈다. 하지만 파브르의 관찰에 따르면 그것은 나나니벌이 거처에 있던 자기 애벌레의 먹이로 딱정벌레를 가져다 넣어 준 것이고, 안전하게 밀봉된 곳에서 그것을 먹고 성충이 된 나나니벌이 밖으로 나왔을 뿐이었다. 노신은 중국인들이 이러한 사실을 알게 되었음에도 불구하고 그들 대다수는 여전히 수양자녀가 어미의 소망에 따라

---

29   Alfred Edmund Brehm(1829~1884) : *Brehm's Life of Animals* 등 자연사 관련 저술과 삽화를 남긴 독일의 동물학자.

30   쑨위, 앞의 책, 412쪽.

31   루쉰이 중국인을 과학화시킬 만한 적절한 텍스트로 파브르『곤충기』를 내세운 사실에 관한 내용은 Peng의 책에 상술되어 있다. Peng Hsiao-yen, op. cit., p.144.

그를 닮아 변신한다는 버전의 신화를 선호하고 있음을 한탄한다. 그리고 이를 과학적이지 못한 사고를 지닌 중국인의 습성에 대한 비판으로 연결시켰다. 즉 파브르『곤충기』는 미신과 민담의 비과학성을 수정해 줄 만한 과학적 시선과 방법론을 갖춘 근대적 과학적 주체의 기록으로 받아들여졌다. 과학 지식의 대중화를 주창했던 이들 동양 지식인들은 대중들이 이해하기 쉽게 쓰여진 텍스트인 파브르『곤충기』, 그리고 과학 지식의 대중화에 힘쓴 파브르라는 인물 양편에 공명했다.

3. 식민지 조선의 파브르와『곤충기』

1) 식민지 조선, 오스기 사카에와 크로포트킨

식민지 조선에서 초기 아나키즘 수용은 오스기 사카에와 크로포트킨을 중심으로 이루어졌다.[32] 이들의 저술과 번역물은 1920년대『공제』,『서울』,『개벽』,『신생활』,『동광』 등의 잡지를 통해 빈번히 소개되고 있었으며 그 독서 흔적을 지식인들에게서도 찾을 수 있다. 이광수는 소설「유정」에서 하르빈의 비참하고 유약한 조선 동포를 보면서 '진화론이 성경을 대신하게 된' 약육강식 세계 속의 희망으로 크로포트

---

32 오스기 사카에는 사후에도 다윈, 스탈린 등을 다룬 동서고금 사상가 열전과 같은 기사에서 동양의 대표적 인물로 선택되기도 한다.「동서고금 사상가열전 4」,『신동아』, 1932.2.

킨의 상호부조론을 언급하기도 했으나 여기에서는 무정부주의적 색채는 퇴색되고 민족적 단결의 의미가 부각된다.[33] 시인 신동엽 역시 오스기 사카에가 번역한 크로포트킨의 『상호부조론』에서 영향을 받아 '전경인(全耕人) 정신'을 시세계에 담아냈다.[34] 신동엽이 오스기 사카에를 매개로 접하게 되었다는 크로포트킨은 식민지 조선에서 "과학가"인 동시에 "혁명가"[35]로 불렸다. 당시 '과학'은 '혁명적'이라는 수식어와 함께 등장하는 경우가 많았다.

이광수·안창호 등이 주도하며 수양동우회 기관지 성격을 띠고 있던 잡지 『동광』에는 '자조'와 '부조'의 사상이 공존했다. 동정하는 마음을 기반으로 '상호부조'를 권장하는 움직임은 유정한 사회를 주창한 안창호의 글과 이상적 사회를 구상한 『동광』 잡지를 관통했으며 이는 『학지광』에서 활동하던 청년 지식인들에게서도 감지되었다.[36] 『동광』은 1920년대 후반에 크로포트킨 사상 강좌를 연재한다. 그의 상호부조론, 도덕관, 문예관, 교육관 등에 관한 각 기사들은 '학술연구', '자연과학 강좌'나 '사회과학 강좌'라는 코너명을 내걸고 짧지 않은 분량으로 연재되었다.[37] 필자는 주로 류서(柳絮)와 류수인(柳樹人)을 필명으로 삼은

---

33 이광수와 수양동우회에게 미친 크로포트킨의 상호부조사상에 관해서는 다음 글에서 상술된 바 있다. 이경훈, 「인체 실험과 성전—이광수의 『유정』, 『사랑』, 『육장기』에 대해」, 『동방학지』, 연세대 국학연구원, 2002, 223쪽.

34 이에 관해서는 김응교, 「신동엽과 전경인 정신」, 『사회적 상상력과 한국시』, 소명출판, 2010 참조.

35 류서, 「학술연구—크로포트킨의 문예관」, 『동광』 5호, 1926.9, 12쪽.

36 이경훈, 앞의 글, 218~222쪽.

37 『동광』에 실린 크로포트킨에 관한 연재물은 다음과 같다. 류서, 「학술연구—크로포트킨의 문예관」, 『동광』 4호, 1926.8; 류서, 「크로포트킨의 도덕관」, 『동광』 6호, 1926.10; 류서, 「자연과학 강좌—크로포트킨의 호조론개관」, 『동광』 10호, 1927.2; 방미애, 「사회과학 강좌—크로포트킨의 교육관」, 『동광』 14호, 1927.6.

유기석(柳基錫)이었다. 그는 1928년 3월 상해에서 재중국 조선인 무정부주의연맹을, 1930년 봄에는 조선 무정부주의 간담회라는 연구단체를 조직한 인물로, 무정부주의자로서 크로포트킨의 사상을 적극 소개한 것으로 보인다. 상해를 활동 거점으로 삼았던 류서의 활약을 고려하면, 주로 일본을 통해 그 사상 유입을 조명한 기존 연구는 또 다른 경로를 고려할 필요가 있다.

크로포트킨은 다윈의 진화론에 영향을 받았으나 생물군의 유지와 질서의 핵심으로 적자생존, 약육강식, 자연도태보다는 동족간의 상호부조(相互扶助)에 주목했다. 기존의 모든 정치적, 사회적, 종교적 조직들에 반대했던 그는 협동심과 사회성이라는 '본능'을 사회를 성립시키는 동력으로 보았다. 개체의 '이기'와 '이타'는 화해 불가능한 대척점에 있다기보다는 서로 긴밀히 연동되어 있음을 주장한 크로포트킨은 자신이 비판한 헉슬리·스펜서 등의 사회진화론자들과 마찬가지로 자기주장의 근거로 생물학적·동물학적 관찰 결과를 전면에 내세웠다. 그는 인간의 협동심이 본능적 도덕임을 증명하기 위하여 교육을 받지 않은 개미·참새·미개인 등에게서도 그것이 보이는 사례를 들었고, 이러한 자연의 질서를 통해 종교나 사상서보다도 확실하게 도덕의 존재와 당위성을 설득할 수 있을 것이라 믿었다.

『동광』 잡지의 목차는 자연·인간·언어를 넘나들던 이들 사유의 연쇄고리를 한 눈에 보여준다. 한 권의 잡지에는 에스페란토와 크로포트킨에 관한 기사와 더불어 수양, 조선어, 그리고 곤충/동물에 관한 기사가 실렸다.[38] 류서의 「(자연과학)크로포트킨의 부조론개관」과 이광

---

38 「뱀장어와 잉어」(권두언), 『동광』 10호, 1927.2; 「탄환성 타고 월세계 탐사―과학자의 몽상

수의 「윤치호씨」가 실린 호의 권두언인 「뱀장어와 잉어」는[39] 산란기에 각종 장애와 물결을 거슬러 상류로 올라가는 뱀장어와 잉어의 생태를 설명하면서 독자 청년들에게 이들 동물처럼 분발할 것을 촉구한다. "이것이 동물계의 원칙이라 하건대 우리 청년들 중에는 이러한 동물 고유의 집착성 의기를 가지지 못한 이가 종종 있"다고 경고하고 "청년아 우리는 뱀장어를 본받자. 우리는 잉어를 스승삼자"라고 청년들에게 당부하며 끝을 맺는다. 파브르에 따르면 권두언인 「뱀장어와 잉어」식의 서술은 "인간은 깎아 내리고 동물은 추켜올려 비슷한 접촉점을 설정해 놓고 양쪽을 동일 수준에서 보려는 것"[40]이다. 이는 파브르 시대에 "일반적으로 유행하던 고차원의 학설"로 파브르는 이러한 사고에 길들어 있던 당대 풍토를 비판했는데 이는 오늘날까지도 여전히 찾아볼 수 있던 서술 방식이다.

2) 서벌턴 지식인으로서의 파브르

크로포트킨은 교육론에서 이상적 지식인상에 관해 구체적으로 언급하며 "정신노동과 육체노동"을 겸하는 인간, "과학자와 기계와 노동자를 겸한 인재의 양성"[41]을 교육의 목표로 내세웠다. 그는 과학자나

실현?」,『동광』14호, 1927.6; 백남두, 「곤충세계의 성쇄흥망―밀봉왕국의 팔면관」,『동광』 14호, 1927.6.

39 『동광』10호, 1927.2, 1쪽.

40 장 앙리 파브르, 김진일 역,『파브르 곤충기』, 2006, 현암사, 162쪽.

41 방미애, 「사회과학 강좌―크로포트킨의 교육관」,『동광』14호, 1927.6, 16쪽.

예술가를 비롯한 지식인들 역시 매일 일정 시간 공장이나 전원에서 육체노동을 해야 한다고 주장하며, 이들이 인생을 실감나게 접촉하며 생산자로서 역할을 완수하고 그 기쁨을 누리다가 40세 정도에 육체노동을 그만두고 자신의 정신적 활동에 매진하면 더 큰 발전을 이룩할 것이라는 전망을 펼친다. 파브르는 이러한 그의 이상적 지식인상에 근접한 삶을 산 인물이었다. 하지만 크로포트킨은 자연현상의 원인을 과학적으로 규명하여 다른 학문 분야 및 세계관에 영향을 미친 다윈의 공은 분명히 밝혔으면서도 파브르는 언급하지 않았는데 현재로서는 그 이유를 명확히 파악할 수는 없다. 영국에서 활동하고 있던 크로포트킨은, 영국인 다윈과의 서신교환을 통해 세간에 더욱 알려지게 된 파브르의 존재를 알고 있었을 가능성이 있으며, 만일 의도적으로 언급하지 않았다면 파브르의 비정치적 태도와 그의 저술이 공산주의의 실현 가능성을 부정하고 신의 존재는 은연중에 인정했기 때문은 아닌지 추측해 볼 수 있다. 이들의 곤충에 관한 서술은 초점이 달랐는데, 파브르는 곤충의 이기적 본능을 기록한 경우가 많았고, 크로포트킨은 상호부조를 자연의 본능으로 볼 수 있음을 지지해주는 사례만을 취사선택한 경우가 많았다.

다시 오스기 사카에의 영향력으로 돌아가면, 홍명희 역시 오스기 사카에를 매개로 파브르의 『곤충기』를 받아들인 것으로 보인다. 홍명희가 자신에게 영향을 미친 독서물로 언급한 '루소의 『참회록』, 크로포트킨의 『혁명가의 지난 생각』, 오스기 사카에의 『자서전』'[42]은 공교롭게도 오스기 사카에의 저술 및 번역서에 집중되어 있었다. 오스기 사카

42 　홍명희, 「자서전」, 『삼천리』 1호, 1929.6.

에가 감옥에서 어학 서적과 동물학, 자연과학서적을 차입해 읽었음을
편지와 자서전을 통해 밝혔던 것처럼 홍명희 역시 1930년 다음과 같은
옥중 편지를 보낸다.

> 그동안 서적 한 권 없이 가위 죽을 고생이다. 곤충학 사오기 전에 곤충기 드려
> 보내라. 石川의 동물학 강의가 있으면 좋겠다. 독일어 자습서(아무 것이라도)
> 속히 한 권 사 보내라.[43]

홍명희는 옥중 차입 서적의 대표적 장르인 외국어 교재뿐 아니라 곤
충학·동물학 서적의 차입을 요구하는데, 곤충기를 우선적으로 지목
한다. 이때 곤충기는 곧 파브르의 것을 뜻한다. 『곤충기』란 곧 '파브르
곤충기'인 것은, 당대 독자가 그만큼 파브르라는 인물 자체에도 공명
하고 있었음을 보여준다.

파브르란 어떤 인물을 상징했는가? 파브르는 도심과 학계와 엘리트
브르주아와는 거리가 먼 인물로 알려져 있었다. 그는 시골 학교 교사
이자 가난 속에서 오로지 끈기 하나로 관찰 기록의 성과를 얻어낸 자
수성가형 인물로 형상화되었다. 그의 평전이나 『곤충기』는 파브르와
다윈, 파스퇴르, 존 스튜어트 밀과의 교류 장면을 통해 그들의 출신 성
분이나 지위, 경제적 계급, 학문적 성향, 취향의 차이를 대조적으로 서
술하고 있다. 파브르는 유명 인사인 이들과의 교류 덕분에 더욱 주목
받는 측면도 있었으나, 그는 이들의 소위 분류론에 그친 지식, 엄밀한
증거를 제시하지 못하는 이론편향성이나, 부르주아 엘리트 근성을 강

---

43 「在獄 巨頭의 최근 서한집」, 『삼천리』 9호, 1930.10.

조하며 그들과 스스로 거리를 두고 있었다.[44] 농업, 공업 등 실업을 위한 실용학문이 아닌 순수학문의 교육 자체가 빈한자들에게는 사치였던 현실에서, 파브르는 성장기에 부모와도 갈등을 겪었다.[45] 그는 순수과학이 비참한 현실로부터 정신을 해방시켜주는 출구라고 믿으며 소녀들을 위한 강좌를 개설하고 어린 학생들이 과학에 호기심을 가질 수 있도록 쉽고 재미있게 교재를 저술했다.[46] 그러나 그의 다양한 계층을 향한 대중적 강의와 저술은 학문적으로 엄숙하지 않으며 사회 질서에 위협적이라는 이유로 대학을 중심으로 한 아카데미로부터 경계되었다.[47]

그는 재야에서 독학하는 연구자로서 노동자나 농부와 비견될 정도로 자연 속에서 노동(생계형 집필, 강의 및 현장 관찰과 채집, 기록)으로 청빈하게 살아갔으며[48] 도시와 귀족·아카데미의 권위적 형식을 풍자하거나[49] 농민·노동자·여성·아동에게 호의적 시선을 가지고 있었다. 이러한 그의 서벌턴적 정체성에 감정이입한 식민지 조선 지식인들이 제법 있었던 모양으로, 홍명희 이외에도 조선 최초 나비박사로 알려져 있는 석주명 역시 파브르를 의식했음을 그의 제자 김병철은 기억한다. 한국번역문학목록을 집성했으며 헤밍웨이 번역과 소개에 일조한 영문

---

44 마르틴 아우어, 앞의 책, 88·110~111쪽.

45 위의 책, 50~51·68~69·96~97쪽.

46 그의 교과서들은 분해가 아닌 전체의 이해가 목적이었고『파괴자들』,『보조자들』,『봉사자들』,『작은 소녀들』과 같은 제호를 붙였다. 위의 책, 114~115쪽.

47 위의 책, 131쪽.

48 앙리 파브르, 김진일 역,『파브르 곤충기』 1, 현암사, 2003, 64~65쪽.

49 기사 작위를 수여 받기 위해 가야 했던 튈르리 궁전에서 그곳 사람들의 신중한 동작과 복장이 쇠똥구리처럼 보였다고 하거나 대도시의 박물관이 지루하다는 등의 표현. 마르틴 아우어, 앞의 책, 106~107쪽.

학자 김병철은 자신의 책『한국 근대번역문학사연구』[50]를 석주명에게 바쳤다. 그는 '自序'에서 1937년 송도고보 3학년 생물시간에 교사 석주명으로부터 '10년간 남들이 하지 않은 것을 하면 세계적인 인물이 된다'라는 요지의 가르침을 듣고 그것을 인생과 학문의 좌우명으로 살아왔음을 고백했다.

파브르라는 인물은 윤리적인 학자상을 상징하기도 했다. 그는 찰스 다윈 뿐 아니라 그의 조부인 에라스무스 다윈이 부정확한 사실을 기록했음을 지적했다. 연구자의 성실성 즉 연구자의 윤리적 태도를 문제시하는 이러한 파브르의 포즈는 재야의 교사가 권위적 아카데미를 향해 던진 비판이자 감정적 표출로 볼 수 있다. 파브르가 당시 국가 지원 프로젝트의 책임자이던 파스퇴르의 곤충에 대한 무지함과 와인 저장고를 중시하는 호사 귀족 취미에 대해 보인 반응 역시 같은 맥락으로 볼 수 있다. 그가 권력 / 재력 없음으로 인한 현실적 곤란과 정신적 고통을 극복할 수 있는 유일한 방법은 매일의 성실한 관찰과 기록뿐이었다. 그는 천재성의 발현인 순간의 발명이 아니라 시간의 축적을 통해 인정받았으며 이러한 그의 모습은 개인의 수양과 개발이 권고되던 근대 초기에 모범 사례의 하나로 제시될 수 있었다. 노년으로 가는 과정이 쇠락이 아닌 축적과 상승이었던, 게다가 장수까지 했던 파브르는 재야 학자의 현실적 롤 모델이기도 했다.

물론 그는 시골에 은거했으나 농민은 아니었고, 노동자처럼 남루한 복장으로 종일 채집과 고된 작업을 일삼았다고는 하나 빵이 아닌 지식

---

50 헌사는 다음과 같다. "그 교훈이 나의 인생관의 지표가 된 고 석주명 스승의 영전에 삼가 이 책을 바치나이다." 김병철,『한국 근대번역문학사연구』, 을유문화사, 1975.

의 즐거움을 부르짖던 지식인이었으며, 여성을 위한 저술과 강연에 앞
장섰으나 그의 두 아내는 전업주부로 충실한 삶을 살았다. 따라서 농
부, 노동자, 여성이라는 이른바 사회적 약자와 함께 표상된 그의 정체
성은 실체가 아닌 담론으로 형성된 것이며 재고가 필요하지만 이러한
파브르의 이미지들은 '파브르형'이라는 특정한 상으로 굳어지게 되었
다. 홍명희의 아들 홍기문이 아버지에 관해 쓴 인물평은 다음의 제목
으로 기사화된 적 있는데 이는 파브르라는 기표가 조선에서 획득한 상
징성을 잘 보여준다. "洪命憙 評, 昆虫學者 「타입」과 受難의 그의 半生
을"이라는 제목의 글에서 홍기문은 학자란 '뉴-톤'과 '파-불' 두 타입이
있는데, 아버지인 홍명희는 곤충학자인 '파-불'형에 속한다고 했다.[51]
'파브르'라는 기표는 직분론·수양론이 체화된 학자적 인물의 전형을
상기시켰던 것이다.

그러나 식민지 지식인으로서 자신의 분야에만 충실한다는 것은 간
단한 문제가 아니었다. 유진오는 『화상보』(『동아일보』, 1939.12~1940.5)에
서 중등실업학교 교원이자 식물채집 연구자인 장신영을 '소극적인 듯
하나 여하한 역경에도 결코 절망치 않는 불굴의 정신. 사회 변동에 초
월해 오즉 자기의 길을 걷는 인물'로 그리는데 이는 파브르나 석주명
류의 실존 인물을 떠오르게 하는 인물상이었다. 작가는 정치·사회를
외면한 채 본분에만 몰두하는 근면 성실한 식물학자 장신영을 당시 데
카당한 지식인 예술가 실업가들과 대척점에 놓지만 기실은 장신영의

---

51 "아버지는 政治家라기보다 또 藝術家라기보다 오히려 「學者」인 곳에 그 소질이 더욱 만흘 줄
　압니다. 가튼 學者라 하여도 學者의 속에는 「뉴-톤」타입과 「파-불」타입의 두 가지가 잇는
　데 아버지는 昆虫學者이든 「파-불」型에 속하는 줄 압니다." 홍기문, 「아버지 인물평 아들의
　인물평」, 『삼천리』 4호, 1930.1.

삶의 방식을 진정 위협했던 것은 전체가 아닌 개인만을 보는 삶이 옳은 것이냐를 물었던 그의 제자 조남두였다. 사회를 걱정했던, 혁명가적 기질이 있던 제자는 결국 물의 끝에 사회에서 사라지게 되고 퇴폐주의의 대명사로 형상화된 인물들은 모두 몰락하는 반면, 장신영은 조선의 식물만을 연구하는 외길을 걸어 일본의 학계로부터 인정을 받게 된다. 이 작품의 전체적 논지가 장신영을 비판하는 데 있었던 것은 아니고 오히려 식민지 현실에서 지식인의 현실 대응 방법에 대한 한 가능성을 펼쳐 보인 것이었으나, 기실은 '비정치적 전문가상'은 식민지 시기라는 역사적 특수성 속에서 비판의 대상이 될 수 있었던 것이다.

'파브르'라는 인물상은 순수학문에 매진하는 포즈를 취하지만 결국 자기계발을 통해 인정투쟁에 승리한 성공자의 상으로 수렴되고 만다. 파브르는 당시 식민지 조선에서도 자서전이 수차례 번역 소개되며 '자수성가', '성공입지'의 상징적 인물로 정착되었던 벤자민 프랭클린과 견주어 이야기해 볼 수 있다.[52] 막스 베버는 『프로테스탄트 윤리와 자본주의 정신』에서 벤자민 프랭클린의 삶뿐 아니라 설교와 사상에 '자본주의적인 것'이 곧 '윤리'가 되고, '공리주의'와 '돈벌이 그 자체가 목적인 윤리'가 공존하는 위험하고 기묘한 지점을 지적한 바 있다.[53] 벤자민 프랭클린은 시간과 신용은 모두 돈이며 돈은 번식력이 있으니,

---

[52] 벤자민 프랭클린은 미국 건국의 아버지로 추앙되는 인물인데, 정치, 경제, 과학, 언론, 문화 제 방면에서 활약하며 부와 명예를 획득하고 이를 공익에 환원한 그의 업적은 성공한 프로테스탄트의 표본으로 제시되어왔다. 수양청년들에게 자수성가의 사례로 읽혔던 식민지 조선의 프랭클린 자서전 수용에 관해서는 다음의 글에서 상술했다. 김성연, 「근대 초기 청년 지식인의 성공 신화와 자기 계발서로서의 번역 전기물―프랭클린 자서전을 중심으로」, 『현대문학의 연구』 42호, 한국문학연구학회, 2010.

[53] 막스 베버, 김현욱 역, 『프로테스탄티즘 윤리와 자본주의 정신』, 동서문화사, 2010, 28~57쪽.

청년들은 성실·검소·근면을 통해 출세할 수 있다는 '금욕주의적 직업윤리'를 권고하지만 막스 베버의 견지에서 그것은 세속적 금욕주의에 불과하다는 것이다. 돈과 성공을 목적으로 명시하지 않았던 파브르는 벤자민 프랭클린과 표면적으로는 대조적 인물로 보이는 듯하지만 실상은 그렇지도 않다. 파브르기 연구에 투자한 시간과 성실성의 누적은 업적이자 평판이라는 보상으로 결실을 맺었고, 따라서 그는 삶의 지난한 과정을 통해 인정투쟁에서 성공한 재야의 인물이었다. 즉, 벤자민 프랭클린이 '주류의 성공자상'이었다면 파브르는 '변방의 성공자상'으로 볼 수 있었다. 도시·대학·아카데미·정치로 진입하기를 꺼려하고 외길을 걸었다는 '재야의 파브르형 학자'는 관직 진출 및 신분상승이 요원했던 식민지 지식인들에게 공명하는 바가 있었다.

4. '자연', '과학'의 이름으로 '도덕'이 되다

파브르 『곤충기』의 수용 시기에 곤충을 소재로 하며 빈번히 등장한 기사들은 대체로 생산력있는 국민과 식량의 보존을 위해 해충을 통제하고자 하는 목적이 드러나는 것들이었다. "파리를 죽이고 애기를 살구자, 파리는 우리 원수"를 표제로 하는 「건강란」의 기사가 "우리 원수" 해충과 피해자인 사람을 각기 '거대한 파리'와 "애기"라는 양극단의 상징적 존재로 언어화하고 시각화했다.[54] 곤충을 질병의 근원으로 보고

해충이라고 명명할 때 곤충에 대한 연구는 박멸을 위한 것으로 수렴될 수밖에 없었다.

20세기 초 일본에서 발간되던 곤충 관련 서적들 역시 위생, 식용, 해충, 농작물 등의 제목을 달고 국익을 위해 실용적 지식을 보급하며 제작된 것이 많았다. 미지의 영토를 장악해야 했던 제국은 그 땅의 해충과 익충을 파악해야 했으며, 식량 공급과 생산성에 박차를 가하기 위해서라도 해충 연구는 필수적이었다. 1919년 『곤충학 범론』을 발간한 일본 이학박사 이야케 츠네카나[三宅恒方]의 저자 서문은 곤충학을 향한 시대의 요청을 잘 보여준다. 저자는 시간도 부족하고 신경쇠약까지 걸렸으며 아들도 잃었는데, 출판사의 간곡한 청탁과 서양에 비해 유치한 분류학에 대한 책임감으로 집필을 강행했다고 고백하고 있다. 그는 이 책이 단지 곤충을 분류하는 데 그치지 않고 동물, 식물, 사람, 토지와의 관계를 연구하는 데 긴밀히 연관되어 있음을 밝혔다. 즉, 곤충학이란 국토 내의 식량, 자원, 인구를 통제해야 하는 근대 국가 체제에서 필수 학문이었으며 식민지를 영토로 접수해야 했던 제국의 필요는 그 이상이었다.

자신의 연구가 이러한 실용학문으로 수렴되는 것을 거부한 파브르 『곤충기』는 결국 "과학과 문학의 최고의 결합"[55]이라는 평가를 받게 된다. 빅토르 위고는 파브르를 '곤충들의 호머'라 불렀으며 그의 『곤충기』는 호머의 서사시에 비유되었다.[56] 철학적 사유와 과학적 관찰, 문

---

54 「건강란―사람 잡아먹는 파리」, 『동광』 2호, 1926.6, 60~63쪽.
55 nichgetusho.ameblo.jp/nichgetuscho/entry/-10006316388.html.
56 마르틴 아우어, 앞의 책, 157쪽.

학적 표현이 집적된 고급한 에세이로 고평되는 파브르의 『곤충기』는
그의 독서 자산의 집적물이기도 했다. 파브르의 서가에는 아리스토텔
레스, 호머부터 파스칼, 뉴턴, 뒤마, 벤자민 프랭클린, 단테, 그리고 라
퐁텐, 몽테뉴, 위고, 볼테르, 라블레 등의 저작들이 꽂혀 있었다.[57] 고
대 그리스 로마 시대 작가부터 자연과학자, 유럽 고전 작가들의 저술
까지 망라한 그의 독서 편력은 그의 사유와 실천, 글쓰기에 반영되어
나타났다.

파브르가 7~8세 무렵 라퐁텐 우화집을 선물 받았을 때 그는 사람처
럼 말하는 동물들의 이야기에 매력을 느꼈다.[58] 이후 파브르는 아리스
토텔레스가 예찬한 매미 요리를 직접 실습하여 그 맛을 검증하기도 하
고 미신과 민담의 오류를 검토하는 등 각종 관습과 권위있는 문헌의
진위를 경험적으로 밝히고자 했다.[59] 그 과정에서 그는 라퐁텐 우화의
개미와 매미 일화의 오류를 시정하기도 하며[60] 보다 과학적인 글쓰기
의 태도를 취한다. 그런데 이러한 그의 '과학적' 『곤충기』는 관찰 동기
뿐 아니라 관찰 주체의 감상과 실험의 실패에 대한 기록들이 모두 담
겨 있다는 점에서 근대적 학술 논문과는 거리가 있었다. 물론 당시 많
은 과학자의 성과물은 예컨대 다윈의 「종의 기원」처럼 서술형으로 기
술되면서 불가피하게 관찰·기술 주체의 시선과 감상이 담길 수밖에
없었으나 파브르는 이를 보다 전면화했다. 그 결과물인 『곤충기』는 관

---

57 위의 책, 103쪽.
58 위의 책, 44쪽.
59 위의 책, 248~249쪽.
60 파브르는 오히려 개미가 매미의 식량을 훔치러 온다는 관찰 결과를 예로 들어 라퐁텐 우화
    에서 나오는 게으르고 구걸자인 매미의 형상화는 왜곡된 것임을 지적한다.

찰 기록, 일기, 자서전, 편지 등 광범위한 서사 장르를 포괄하는(심지어 위인전으로 인식되기도 했던), 문학과 과학을 넘나드는 과학 에세이였다. 곤충 세계에 대한 기록은 소설과 극 이상으로 희비극적 서사를 재현하는 것이었고 이에 문학가들은 매력을 느꼈다. 이에 그의 저작은 『이솝 우화』나 『라퐁텐 우화』보다는 과학적인, 그러나 과학 논문치고는 철학적 사유와 해석, 예술적 수사가 곁들여진 글이라는 평가를 받게 된다.

무엇보다도 "나는 살아 있는 것을 연구한다"는 파브르 연구가 당대 차별화되던 지점을 보여주는 결정적 문구이다. 그는 해부학과 분류학적 방법이 주류였던, 따라서 그 결과는 곤충 종류 조사와 곤충 내외부 구조의 기술, 종속과목 분류하기가 전부였던 당시 과학계 동정을 비판하며 다음과 같이 진술한다.

나는 살아 있는 너희를 연구한다고 말이다. 그들이 너희를 공포와 동정의 대상으로 만들어버린다고 말이다. 그들은 고문실에서 작업하지만 나는 파란 하늘 아래서, 매미의 노랫소리를 들으면서 관찰한다. 그들은 세포와 원형질을 시험관에 내던지지만, 나는 너희의 본능이 최고도로 현시되는 모습을 연구한다. 그들은 죽음을 연구하지만 나는 생명을 연구한다. 그리고 장차 풀기 힘든 본능의 문제를 연구하게 될 학자와 철학자를 위해 기록을 남기고 있기는 하지만 나는 우선적으로 젊은이들을 위해서 글을 쓴다.[61]

그의 연구의 목적은 '본능'의 해명에 있었다. 베르그송 역시 자신의 인간 본능에 대한 생각이 파브르 곤충기에 빚졌음을 고백한 바 있다.

---

61 파브르의 진술. 마르틴 아우어, 앞의 책, 132~133쪽에서 재인용.

파브르의 저술에서 본능에 대한 정의는 찾아볼 수 없으나[62] 각종 모성과 이성애를 비롯한 사랑, 영웅의 투쟁, 직분에 입각한 노동, 생존 투쟁 서사를 통해 본능이 무엇을 할 수 있는지를 생생하게 보여준다. 본능에 대한 해명은 평등, 정의, 희생 등의 주요한 철학적 주제와 맞닿아 있다. 그는 무리해서 곤충의 본능에 대한 관찰 결과를 인간의 본능 이해에 대입하지 않았지만 그의 글은 이후 이를 위해 활용되었다. 그는 곤충의 본능이 학습 혹은 수정되지 않음을 확인했고 따라서 수십 년간 본능의 변이 가능성에 대한 실험을 지속한 그에게 우연한 작은 변화들이 종의 변형을 낳는다는 다윈의 진화론은 설득력을 가지지 못했다.[63] 진화와 퇴화·변이 등이 가능하려면 지능이 전제되어야 하는데, 파브르는 관찰 결과 곤충에게는 본능만이 있음을 밝혔으며 따라서 그는 다윈의 진화론을 부정한다.

그가 발견한 곤충 본능의 또 다른 특징은 개체는 이기적이라는 것이다. 그는 『곤충기』 1권에서 커다란 쇠똥을 굴릴 때 구조를 요청하고 협심하여 굴리는 쇠똥구리의 아름다운 협업을 찬미한 선배의 연구서를 반박한다.[64] 그의 관찰과 실험에 따르면 그들의 행위는 약탈에 불과했을 뿐이다.

하지만 공동생활을 하는 노래기벌이라도 일은 각자가 할 뿐, 공동의 목적을 위한 공동의 노력은 없다. 따라서 진정한 사회는 아니다. 그래도 이웃집 동료를

62　위의 책, 156~157쪽.
63　장 앙리 파브르, 김진일 역,『파브르 곤충기』1, 현암사, 2003, 62~63쪽.
64　위의 책, 32~33쪽.

마주보며 서로 격려하는 집단이라고 할 수는 있겠다. (…중략…) 마치 한 공장에서 경쟁심을 가진 많은 직공이 열심히 일하는 모습과 혼자서 따분하게 일하는 일꾼의 내키지 않는 모습이 연상된다. 벌레도 사람처럼 본보기에 자극되었을 때 자기의 활동에 더 전념한다.[65]

솔나방의 애벌레 역시 자기 자신을 위하여 일하지만 그것은 결국 다른 애벌레들을 위하는 것이 된다. "그래서 각자 열심히 일하는 것은 결국 다른 개체를 위해 열심히 일하는 것이 된다."[66] 그런데 이러한 "공산주의"적인 "애벌레의 도덕"은 그들이 성(性)과 수컷의 투쟁과 암컷의 모성에 눈뜨기 전에만 존재한다. 파브르는 "솔나방 애벌레들을 관찰한다면 우리는 평등과 공산주의 이론이 헛되다는 것을 배우게 될 것"[67]이라고 단언한다. 그에게 이른바 가족이라는 '신성한' 단위와 제한된 식량은 '개인은 전체를 위해, 전체는 개인을 위해'라는 이론을 실현 불가능하게 하는 현실이다.

또한 그는 애꽃벌에 기생하는 모기를 보면서 자본주의의 동력인 '사업'의 본성을 비판한다.

가장 약한 자에서 가장 높은 지위에 있는 자까지 모든 생산자는 항상 소비자에게 약탈당한다. 동물과는 다른 특별한 지위에 있는 인간은 이런 비참한 상태에서 마땅히 벗어나야겠지만 이 사나운 욕심에 관한 한 인간은 동물보다 한 수

---

65 위의 책, 171쪽. 중략—인용자.
66 장 앙리 파브르의 진술. 마르틴 아우어, 앞의 책, 231쪽에서 재인용.
67 장 앙리 파브르의 진술. 위의 책, 233쪽에서 재인용.

위다. '사업, 그것은 다른 자들의 돈이다'라고. 이 말은 모기가 '사업, 그것은 애꽃벌의 꿀이다'라고 자기들끼리 말하는 것과 같다.[68]

파브르는 공산주의의 실현불가능성뿐 아니라 봉건주의와 자본주의의 생리를 경계하기도 한 것이다. 그는 결국 참된 인간성은 아주 서서히 "양심을 통한 교육"으로 도달할 수 있는 것으로 그에게 인간 사회의 노예나 여성의 인권 유린의 역사는 극복되어야 할 대표적인 예였다.

그의 방대한 저작 속에는 다소 일관되지 않는 해석이 존재하기도 한다. 파브르는 콩바구미의 기이한 행동 사례를 통해 집단 속의 개인의 희생을 미화한다. 완두콩 하나에 여러 애벌레가 정착하게 될 때, 콩의 한가운데에 먼저 도달한 애벌레의 몸집이 좀 더 커지는 순간 다른 애벌레들은 먹는 동작을 중지하고 큰 애벌레와 다투지도 않고 죽음의 길을 택한다. 파브르는 그 현상을 두고 "나는 뒤늦게 도착한 이 애벌레들이 기꺼이 인내하며 헌신하는 모습을 사랑한다"[69]고 고백한다. 그가 헌신이라고 해석한 장면은 결국 약육강식 서사에서 약자의 자발적 소멸을 통해 투쟁이라는 갈등 상황을 제거한 버전이었다.

곤충의 본능에 대한 해석은 무엇을 인간의 본능으로 보고 정당화해야 할지의 문제로 이어진다. 『곤충기』에 따르면 개체들의 본능은 이기적이지만 자연의 전체적 조화와 질서가 유지되며, 인간은 지능을 통해 교육과 문명화를 이룩한다는 점에서 이들과 등가로 볼 수 없다. 파브르가 일찍이 경계했음에도 불구하고 인간 사회 공동체에게 강조하고

---

68   장 앙리 파브르의 진술. 위의 책, 235쪽에서 재인용.
69   장 앙리 파브르의 진술. 위의 책, 245쪽에서 재인용.

싶은 미덕의 근거로 곤충의 행동을 호출하는 서술은 지속적으로 존재해왔다. 앞서 언급한 1920년대 『동광』의 「뱀장어와 잉어」 같은 글 뿐 아니라 파브르 『곤충기』가 독해 권고되어온 방식도 그러하다. 식민지 시기 파브르 『곤충기』는 단행본으로 번역 발간되지 않고 신문 잡지에 에피소드 단위로 연재되곤 했다.[70] 조선어 번역본이 발간되지 않았던 탓에 당시 『곤충기』 자체의 존재감은 쉽게 파악이 되지 않으나, 그것이 미친 간접적 영향력은 간략히 언급할 수 있다. 조선 자연과학계에서는 '프랑스의 곤충에 관한 프랑스 학자의 기록이니 우리 곤충에 관한 우리 학자의 기록이 요구된다'는 식의 촉구가 반응의 주를 이루어 조선곤충학회 창설로 이어졌고 「백두산 곤충기」(김종하, 『동아일보』, 1930.12.4~12.8)와 같은 '국토 여행+자연 관찰'이라는 실천과 글쓰기를 볼 수 있게 되었다. 일부 학교 학생들에게 곤충 채집 방학 숙제가 생긴 것도 이 즈음이다.

따라서 파브르 『곤충기』의 한국 수용에 관해서는 최초 한글 번역 단행본이 발간된 해방 이후로 넘어갈 수밖에 없다. 1964년 양서각 판 『파브르 곤충기』 감수자인 한국곤충연구소장 조복성은 먼저 이것이 최초의 한글 번역본으로서 갖는 의의를 강조한다. 그는 "제 나라 말과 글자를 가진 나라로서 파브르의 곤충기를 번역 출판하지 않은 나라가 거의 없는 오늘날, 잃었던 우리 글을 되찾은 지 이미 20년, 뒤늦게나마 몇 세기를 통해서도 얻기 어려운 이 명저가 우리 말로 번역되어" 감개 무량함을 먼저 밝히고, 곤충기 독서 권장의 목적이 비단 곤충계의 지식에 머물지 않고 자연의 섭리를 통해 풍부한 인간성을 함양하는 데 있음을 강조했다. 역자인 서울대 농대 구건 교수는 이 책을 통해 함양해야 할

"풍부한 인간성"의 구체적 항목으로 "책임을 중히 여기는 인격, 양심, 의무, 일하는 존엄성"을 지목했다. "놀고 먹는 벌레는 부지런한 벌레보다도 한층 더 괴롭고 어려운 생활을 하고 있다. (…중략…) 놀고 먹는 벌의 괴로움이 더 클런지도 모른다"와 같은 구절을 통해 역자는 근로의 미덕을 장려하고 무위도식을 경계한다. 사실상 20세기 후반부 한국에서의 『곤충기』는 국민의 특정한 미덕을 장려하기 위한 근거로 동원되어왔던 것이다.

파브르 『곤충기』가 국민의 도덕성 함양 도서로 권장되어온 한국의 해방 이후 독서문화사는 과학 이론이 곧 윤리학과 등치될 수 없음에도 불구하고 중성적 결론이 질문과 반성없이 규범적 도덕이 되어버리고 마는 과정을 잘 보여준다. 그 제공자가 '자연'일 때, 그것은 그냥 '도덕'이 아닌 '숭고한 도덕'이 된다. 진화론이 사회진화론을 번식시킨 역사는 '역사·자연에 관한 서술적 사실'이 '규범적 법규인 도덕'으로 독해되어왔음을 보여주는 단적인 장면이다.[71] '진화의 결과로 (이기성이든 이타성이든) 어떠한 본능이 형성되었다'는 진술이 '인간은 생존을 위해 투쟁/연대해왔다'는 서술 이상의 윤리적 규범으로 강제력을 가지려면 논리적 매개 고리가 필요하다.[72] 그런데 각종 주의와 사조는 근대 '과학'의 권위로 이 매개항의 빈 공간을 은폐하고 '자연'을 '도덕화'할 수 있었다. 그리고 그것은 특수한 현상은 아니었다. 서양의 많은 계몽주의

---

71 과학적 진술과 규범적 윤리를 일치시키려는 시도에 대한 비판은 뤼크 페리의 글에 잘 정리되어 있다. 장 디디에 뱅상·뤼크 페리, 이자경 역, 『생물학적 인간, 철학적 인간』, 푸른숲, 2002, 206~257쪽.

72 뤼크 페리에 따르면, 그것은 '담배는 몸에 해롭다'는 사실진술이 '금연하시오'라는 규범적 진술이 되기 위해서는 '인간은 건강한 신체를 유지해야한다'라는 가치판단이 매개항으로 필요한 것과 같다. 위의 책, 249~250쪽.

철학자들이 창조주로서의 신이나 이성을 매개로 하여 자연으로부터 도덕적 규범을 끌어내려 했던 것이다.[73]

5. 결론

　19세기 말에서 20세기 초반에 쓰여진 파브르『곤충기』는 절대 왕권과 신권이 무너진 세계에서 자연을 인식의 토대로 삼으며 이를 실증주의의 증인으로 호출하던 계몽주의의 산물이다. 계몽주의를 거치며 '자연, 신, 도덕'의 관계는 긴밀해졌다. 자연의 질서를 초월적 지성의 작품으로 이해한다면 자연 법은 도덕적 가치를 갖게 된다. 여기에 자연과학은 객관적이며 인류 지향적이라는 인식이 더해져 자연을 탐구하는 자연과학자, 자연철학자들은 "이기심과 야만"의 대척점에 있는 "덕 있는 사람들"로 간주되었다.[74] 장 앙리 파브르는 자연과학자, 자연철학자에 관한 이러한 인식적 토대 속에서 탄생했고 받아들여졌다.

　파브르『곤충기』가 동양에 도착한 1920년대는 1차 세계대전 직후로, 약육강식을 본질로 삼는 제국주의와 자본주의에 대한 비판이 일어나고 맑시즘에 뒤이어 다양한 형태의 사회주의와 무정부주의가 지식인

73　계몽주의 시대의 이성과 자연, 신의 관계에 관해서는 토머스 핸킨스, 양유성 역,『과학과 계몽주의』, 글항아리, 2011, 16~21쪽.
74　17세기 프랑스 과학 아카데미는 과학연구자의 순수한 동기를 찬미한다. 위의 책, 23쪽.

들 사이에서 유행하던 시기였다. 그리고 역사주의와 생물학주의적 인간 이해의 한계를 넘어서려는 지식인들의 시도가 본격화되기 이전이었다. 이러한 20세기 초 크로포트킨, 오스기 사카에, 루쉰 등의 지식인들이 생물학에 심취했거나 방대한 분량의 파브르『곤충기』를 자국의 언어로 번역하고자했다는 사실은 무엇을 말해주는가. 정치적 지식인들이 비정치적 텍스트를 손에 들게 될 때, 이들의 만남은 새로운 의미망을 창조해낸다.

파브르『곤충기』는 과학의 이름으로 국경을 넘었다. 그것은 프랑스에서 자연과학의 일종으로 인식되었으나 일본의 아나키스트를 통해 그 인물과 사상이 사회과학적으로 받아들여졌다. 이것이 중국으로 건너가서는 대중과학을 위한 계몽의 도구로 적극 수용되었으며 중국 문학자들에 의해서는 인간세계를 이야기하는 일종의 알레고리로 독서되었다.[75] 루쉰의 삼형제들이 각기 문학자, 번역자, 사상가, 생물학자, 정치가로서 활약했음은 곤충기가 '문학-과학-정치'라는 넓은 영역의 스펙트럼에서 흡수되었음을 상징적으로 보여준다. 20세기 초 식민지 조선 지식인들은 파브르의 서벌턴적 지식인으로서의 정체성과 자기수양으로 성공에 이른 학자상에 공명했으며 조선인 자연과학자들의 활약을 자극하고 학생들에게 채집과 표본 과제를 정착시키는 데에도 일 영향을 주었다. 한·중·일 각 국가별로 파브르『곤충기』를 적극 수용한 지식인 주체의 사상적 실천적 차이에 따라 방점이 달라지기는 했지만 공통적으로 매일의 관찰과 기록이라는 실천을 통해 일상의 과학화를 꾀하도록 하는 독서물로 인식되면서 대중도서, 아동도서로 보급

---

75 중국의 수용에 관해서는 Peng Hsiao-yen, op. cit., p.156.

되어갔다.

　그것은 자연과학의 이름으로 검열의 관문도 넘었다. 이는 죄수의 불온한 사상을 감시하는 감옥으로도 차입될 수 있는 서적으로 식민지 시기 옥살이를 했던 지식인들이 사전과 외국어학습서 다음으로 찾던 책이었다. 이처럼 『곤충기』는 외국어 학습서와 마찬가지로 중립성을 띤 자연과학 서적의 외관을 하고 있었으나 '주의'를 가진 독자들에게는 사상적으로 독서되었다. 하늘 아래 '정치'만을 제외한 채 모든 화제를 논했다는 파브르의 저작은 바로 그가 외면한 정치 사상적 메시지의 원천으로 활용되었다. 자본주의의 경우 역시 업무 수행의 효율성을 목적으로 곤충의 무리지능을 활용하는 등 자연법칙을 경영학에 적극 활용해왔다. 실상 어떤 주의와 사상도 자연과학을 자신의 증인으로 호출할 수 있었으며 그런 점에서 자연에 관한 서술은 정치의 시녀였다. 파브르는 직접 관찰을 통해 신화·민담·전설·인간중심적 해석을 깨고자 했으나 그의 기록은 결국 또 다른 근대의 신화들에 활용되고 말게 되었다. 방대한 에피소드식 글쓰기인 『곤충기』는 봉건주의, 국가／민족주의, 제국주의, 무정부주의, 파시즘, 공산주의, 자본주의, 과학주의, 계몽주의 등 각 방면에서 전유될 수 있었다는 점에서 범박한 의미의 다성적 대하 서사였던 것이다.[76]

---

[76] 뤼크 페리는 우리가 흔히 말하는 유물론이 역사사회적 유물론이라면 생물학주의는 자연주의적 유물론이라고 언명했다(장 디디에 뱅상·뤼크 페리, 앞의 책, 178~189쪽). 전자가 인간 행동을 결정하는 결정적 요인으로 계급·교육·환경과 같은 역사사회적 요인에 주목한다면 자연주의적 유물론은 유전·본능 등에 주목한다는 것이다. 그는 비록 '생물학'과 '생물학주의'를 구분하며 생물학주의가 인종차별, 파시즘, 귀족주의, 봉건주의 등에 '과학적 근거'로 이용되며 복무했음을 비판하지만, 생물학 그 자체에 역시 유물론적, 결정론적 성향이 있음을 부인하지 않았다. 파브르는 『곤충기』를 통해 공산주의와 자본주의의 한계를 모두 비판했으며 이를 인간 이해에 그대로 대입하는 것을 경계했으나, 실증적이고 귀납적인 진술

여기서 『곤충기』는 곤충에 관한 기록이라는 단순한 사실에 잠시 주목할 필요가 있다. 곤충은 작고 수명도 짧다. 따라서 개체가 아닌 군집, 그리고 개체를 넘어선 종을 관찰하게 된다. 관찰자는 살아있는 이들 관찰 대상으로부터 개체성보다는 사회적 종적 보편성과 특성을 추출하게 된다. 이러한 관찰자의 렌즈의 방향을 인간에게로 돌릴 때, 인간은 '인구' 혹은 '국민'으로 인식된다. 다윈과 파브르의 서사는 각각 큰 범주에서 생물학적 유물론의 거시사와 미시사로 볼 수 있으며 따라서 그것은 서로 대화할 수 없는 상호 보완물이었다.

파브르 『곤충기』는 '타의 추종을 불허하는 관찰자'[77]가 비정치적이고 '과학적'인 태도를 표방하며 살아있는 타자를 응시한 산물이다. 문제적 서사인 파브르 『곤충기』의 동아시아 수용사는 '문학적'으로 서술된 '과학서사'가 생명정치(bio-politics)적 색을 입게 되는 과정을 선명히 보여주었다. 익히 알려진 것처럼, 백여 년 전 "생물학이 무엇인지도 모르면서 새문명을 건설하겠다고 장담하"[78]며 비장하게 미국으로 떠났던 『무정』의 이형식은 결국 실험실의 화학자(『개척자』)나 인체 신비의 탐구자 의사(『사랑』)로 돌아왔다. 생물학이 무언지 모르고 떠나 전공을 바꿔 돌아온 이광수 소설의 주인공들은 끝내 살아있는 생명체를 연구

만을 하고자 했으며 생명체의 본능이 행동의 추동력임을 기록하는 등 결국 생물학적 유물론을 펼쳤다. 또한 그는 자신의 삶을 통해 교육의 가능성을 사회적 약자에게 넓히고자 했으며 실업 기술이 아닌 순수 학문, 정신적 교육을 통해 인간이 현실의 한계를 극복할 수 있으리라는 낙관론을 펼친 점에서 인간 존재가 동물적 존재로 떨어지려는 순간의 공포감을 극복하고자 했다. 자연 속의 교육, 감성 교육을 강조한 파브르의 저서는 자연주의자 감성교육자로 수용된 루소의 저술과 함께 무리 없이 읽힐 수 있었다. 이러한 요소들로 인해 파브르의 텍스트와 삶은 20세기 초 지식인들에게 중층적으로 다가갈 수 있었을 것이다.

77 다윈이 파브르를 지칭한 용어. 마르틴 아우어, 앞의 책, 88쪽.
78 현대어로 고침—인용자. 김철 교주, 『바로잡은 『무정』』, 문학동네, 2004, 712쪽.

한다는 생물학이 무언지 모른 채 해부학적 화학적 실험가로서 자신의 입지 영역을 좁혔다. 다윈의 진화론과 크로포트킨의 상호부조론을 동시에 받아들였던 이광수가 애초에 생물학을 통해 도달하고 싶었던 것은 궁극적으로 인간 존재와 사회에 대한 이해였을 것이다. 이후 한 세기 동안 생명체인 타자에 관한 서사가 해석되고 전유되는 다양한 양태들을 보건대, 우리는 여전히 '생물학'이 무엇인지 모르는지도 모른다.

제2장

'새로운 신' 과학에 올라탄
제국과 식민의 동상이몽

퀴리부인 전기의 소설화를 중심으로

1. 서론

과학자 퀴리부인은 식민지 시기부터 오늘날에 이르기까지 지속적
으로 '위인'의 반열에 오르는 인물이다.[1] 그 대중적 영향력에도 불구하
고 그녀의 삶이 주목받게 된 현상에 관한 학술적 접근은 이루어진 바
가 없다. 이 글은 현재 대한민국 대중이 여전히 공유하는 특정 인물의
생애에 관한 서사가 수용·생산된 기원을 찾아가는 사적 접근을 통해
이에 투영되어 있는 작가와 독자의 욕망을 파악하고자 했다.

---

[1] 1970~1980년대만 보더라도 그녀에 관한 다큐멘터리나 영화가 인기리에 방영되었고, 독후
감 대회의 추천 도서에 『퀴리부인전』이 올랐으며, 존경하는 위인을 묻는 설문 조사 결과에
도 그녀가 빠지지 않고 등장했다.

이를 위해서는 먼저 '누가 무엇을 어떻게 왜 읽고 썼는가?'를 밝혀야 하는데, 이는 기본적으로 출판과 유통을 둘러싼 문화사적 자료를 밝히는 작업이다. 특히 식민지 시기는 조선어 창작본 뿐 아니라 번역본과 외국어본이 함께 읽혔던 시기이므로 그 혼잡한 독서장을 면밀히 파악할 때 해방 이후로까지 이어진 지성사의 흐름 혹은 단절을 엄밀히 가늠할 수 있을 것이다. 또한 독자가 읽은 판본 확정과 그 개별 텍스트에 관한 분석은 식민이라는 역사적 경험이 개인으로 하여금 어떤 삶을 지향하게 만들었는지를 조명하도록 이끈다.

이 글은 실증적 자료 조사와 텍스트 분석을 순차적으로 진행한다. 퀴리부인 전기가 서양에서 일본을 거쳐 식민지 조선으로 흘러 들어온 과정에서 각기 보이는 초점 차이를 밝히고, 식민지 조선에 이르러 조선어 번역전기보다도 일본어역본 전기와 신문 소설로 읽혔던 사례를 발굴 소개한다. 러시아 식민지였던 폴란드 출신 프랑스 이민자, 즉 "Franco-Polish"[2]인 균열된 정체성을 가진 퀴리부인 전기는 수용 문화권에 따라 다른 정체성을 부여받았다. 퀴리부인 전기는 원본 그 자체로도 식민·젠더·계급의 문제를 함축하고 있는데다가, 식민지 조선이라는 역사적 특수성 속에서 소설화되면서 특정 부분이 강조 혹은 첨가되었다. 이 글은 바로 이 지점에 전기의 주인공을 전유한 수용자 즉 식민지 조선인(주로 식자층)의 욕망이 투영되어 있다고 보고 이를 독자 반응과 텍스트 분석을 통해 밝히고자 한다.

---

2 John Cornwell, *Hitler's Scientists*, Penguin Books, 2004. p.97.

2. 퀴리부인 전기의 수용사

1) 일본어본 『퀴리부인전』의 조선인 독자들

먼저 '누가 무엇을 어떻게 읽었는가?'의 문제에서 시작한다. 한 지식
인의 회고에 따르면 1939년 당시 『퀴리부인전』을 읽지 않은 이들도 제
목과 내용을 알 정도로 퀴리부인에 관한 이야기는 일반인에게 널리 보
급이 되었으며 이는 해방 이후 '민주주의'라는 말이 널리 보급되었던
현상과 비교될만한 현상이었다고 한다.[3] 하지만 이러한 회고를 뒷받
침할 객관적 통계 자료가 부재한 상황이므로, 독자들이 남긴 감상평이
나 설문조사 등을 통해서 식민지 시기 독서 현황을 가늠하고자 한다.
퀴리부인 전기나 소설 독자의 감상평은 1930년대 후반부터 그 기록을
발견할 수 있다. 신문과 잡지를 통해 파악할 수 있는 독자층은 주로 여
학생을 포함한 학생과 지식인이지만, 기생도 포함된다. 그리고 그들은
일본어본 퀴리부인 전기와 조선어로 소설화된 연재물을 주로 읽은 것
으로 드러났다. 이때 일본어본은 퀴리부인의 딸인 에바 퀴리가 프랑스
어로 쓴 것을 원본으로 하는 일본어역본이며, 조선어 소설은 이무영이
소설화하여 신문 연재한 것이다. 소설의 독자는 다음 항에서 언급하기
로 하고 먼저 일본어역본 전기의 경우를 본다.

2차 대전 발발 직후인 1939년과 1940년에 이루어진 좌담과 설문에
서 학생 독자들은 감명 깊은 책으로 『퀴리부인전』을 빈번히 꼽았다. 이

---

3   강리홍, 「신간평」, 『자유신문』, 1949.2.4, 3면 7단.

는 기본적으로 전쟁기 총독부의 정책과도 무관하지 않았다. 총력전 시기에는 학교에서의 독서조차 허가 받은 책만 읽을 수 있었는데 이때 전쟁담을 기본으로 하여 영웅전과 위인전 류가 권장되고는 했다. 당시 독서 풍토를 보면 독자들은 소설류나 조선어 창작본을 폄하하며 논픽션이나 외래 서적을 읽음을 공공연히 과시하고 있었다.[4] 즉, 식민지 시기 학생 독자들은 의식적으로든 무의식적으로든 "필요"와 "교육"을 목적으로 하는 독서와 과시적 독서를 선호하고 있었으며, 이에 따라 '소설-연애 중심-불필요', '전기 / 수양서-자기 발전-교육적'이라는 인식이 만연했다. 이러한 독서 분위기 속에서 『퀴리부인전』은 학생들에게 권장된 도서 중 하나였으며 학생들 또한 이 책을 감명깊은 책으로 내세우게 된 것이다.

잡지 『여성』과 『삼천리』의 "독서좌담회"와 "문화감상기"에는 이들이 『퀴리부인전』을 꼽은 몇 가지 이유가 기록되어 있다.[5] 이들은 '가난과 역경을 극복한 성공 서사'가 가진 매력에 끌렸던 것이다. 특히 여학생들은 "애국열에 불타는 천재학자"[6]이자 "현모양처"의 모범으로 퀴리

4　이는 당시 여학생들의 독서좌담회를 통해 드러난다. "『퀴리부인』 같은 외국게 좋아요."나 "부인의 전기 같은 것", "연애보다두 교육적인 것이 돼서 이런 것이 이렇다구 느껴지는 데가 있는 것이 좋아요", 혹은 "저는 소설은 않읽습니다. 소설은 읽기도 싫고 필요도 없는 것 같아서 않읽어요.", "수양이나 전기나 이런 것을 읽죠"와 같은 답변을 볼 수 있다. 「이화여전 금춘의 졸업생 가슴속을 들여다보는 좌담회」, 『여성』, 1939.6; 「여성과 독서좌담회」, 『여성』, 1939.11; 「제복의 아가씨들은 무엇을 생각하는가」, 『여성』, 1940.7. 천정환은 이 좌담회를 통해 일제 말기 여성 소설 독자의 독서 경향을 파악한 바 있다. 천정환, 「일제말기의 독서문화와 근대적 대중독자의 재구성(1)」, 『현대문학의 연구』 40호, 2010, 96~106쪽.

5　「이화여전 문과 음악과 학생의 문화 감상기」, 『삼천리』, 1940.5; 「연희전문 문과학생의 문화감상기」, 『삼천리』, 1940.6; 「중앙보육학생의 문화감상기」, 『삼천리』, 1940.7. 이들이 "퍽 감명깊"고 "재미"있게 읽었다고 하는 구체적인 이유는 다음과 같다. "가난을 싸워가며 이기는 것이 좋죠.", "보통 사람들 같으면 비관을 하고 말 것을 더욱 용기를 내어 싸워나가는 그 힘이 좋았어요.", "인정에 끌려서 울리고 하는 게 재미있어요."

부인을 내세웠고 현대 여성의 이상적 모델로 삼고자 했다. 여학생이 퀴리부인을 본받고자 했다면 남학생은 "우리 조선여성에게도 큐리 부인과 같은 헌신적 정신의 소유자가 많이 있기를" 바라는 감상평을 남겼다. 퀴리부인은 남녀학생들에게 공히 역경을 극복하고 자신의 몸을 희생하여 나라와 과학과 가정에 충실했던 헌신자로 공유되고 있었으며, 독자들은 결국 그와 같은 인물이 되기를 / 탄생하기를 기원하는 반응을 보이고 있었다.

이때 이들이 읽었다고 하는 책은 일본어본 퀴리부인 전기인 『キュリ夫人傳(퀴리부인전)』이다. 좌담회나 문화감상기가 작성되던 당시는 조선어 번역 단행본이 없었으며 이들이 읽은 일본어본 책 제목은 「문화감상기」에 직접 기록되어 있었다. 이 기사는 권장 도서 목록을 공표한 후 이에 대한 감상을 묻는 식으로 진행되었으며, 그 목록 중 일본어본 『キュリ夫人傳』이 들어가 있었고 이는 위인전으로서는 유일한 것이었다.

이 『キュリ夫人傳』의 독자에는 학생들 뿐 아니라 기성 지식인도 포함되어 있었다. 연희전문 세브란스 의학 출신이자 미국·일본 유학파 의사였던 김명선 역시, 1939년 당시 무얼 읽느냐는 독서 설문에 『큐리부인전』을 꼽았다.[7] 따라서 이 책은 비단 학생들의 교육 도서로서 뿐 아니라 식자층들의 교양 도서로도 인식되고 있었음을 알 수 있으며 미국과 일본의 유학 경험이 있던 그 역시 일본어본 혹은 영어본을 읽었을 것임을 추측할 수 있다.

---

6 『삼천리』(1940.5~1940.7)에 실린 「문화감상기」에서.
7 「명사만문만답」, 『조광』 41호, 1939.

또한 기생 출신으로 당시 인기 가수였던 왕수복 역시 자신이 『퀴리 부인전』의 독자임을 밝혔다. 그는 '조선 민요의 서양화를 통해 세계화에 힘쓰고 싶다'는 포부를 비치며 동경 유학을 하던 도중 잠시 귀국하여 응한 인터뷰에서 최근 감명깊은 독서에 관한 질문을 받았다. 이때 그는 『퀴리부인전』에 관한 자못 긴 감상을 피력한다.[8] 그는 『퀴리부인전』을 '노력으로 가난과 상처를 극복하여 과학 문명에 혁명을 일으키고 전쟁에도 종군 간호부로 기여하며 천분을 완성한 거룩한 여성의 기록'으로 요약한다. 이때 그가 읽은 책 역시 일본어본 『キュリ夫人傳』이다. 그녀를 인터뷰한 남성 기자는 "영미에서 50만부가 팔렸고 17개 국어로 번역되었고 동경에서도 벌써 20판인가 30판 째인가 나온다는 그 유명한 작품을" "미스 왕"도 벌써 "통독하였"건만 본인이 아직 보지 못하였음을 "부끄러운 일"로 고백한다.[9] 즉, 식민지 조선에서 『퀴리부인전』은 교양인이라면 보아야 할 세계적 명저로 인식되고 있었다.

위에서 살펴본 독자 반응을 보면, 퀴리부인은 이들에게 '노력하는 천재', '인류에 공헌한 애국자', '입신양명한 헌신자', '학자이자 현모양처'로 받아들여졌다. 그런데 '노력-천재', '인류-애국', '입신(立身)-이타(利他)', '학자-현모양처'라는 쌍은 현실적으로 양립하기 힘든 가치들이다. 퀴리부인은 한 생애를 통해 이를 모두 실현시킨 이상적 인물로 형상화되었고 독자들은 그와 같은 인물이 조선을 부흥시키도록 나타나기를 고대하는 영웅대망론적 반응을 보이고 있었다. 그리고 철저히 이

8　그는 『바람과 함께 사라지다』나 『좁은 문』, 『죄와 벌』, 『애욕의 피안』도 함께 언급하기는 했으나 그저 짧게 제목만 언급하거나 이해하기 힘들었다는 정도로 표현했던 것과는 대조가 되게 『퀴리부인전』에 관해서는 장황한 감상평을 남겼다.

9　「이태리 가려는 왕수복 가회」, 『삼천리』 11권 7호, 1939.6, 118~122쪽.

상화된 퀴리부인의 이미지는 그의 생애를 사실대로 기록했다고 믿어
지는 '전기'에 기반하고 있었다. 다음 항에서는 그녀의 전기가 일본어
역본을 통해 유입되면서 강조된 것을 살펴본다.

2) '직분충실 → 고난극복 → 조국봉사'의 서사

1938년 프랑스에서 최초 발간된 에바 퀴리(퀴리부인의 딸)의 『퀴리부
인전』이 영미권 번역과 일본어 번역을 통해 조선인 독자에게 유입되
기까지 걸린 시차는 1년 정도였다. 이는 당시로서는 드물게 빠른 경우
로 거의 동시적이었다고 볼 수 있다. 퀴리의 딸 에브 퀴리가 1937년 프
랑스 잡지 『마리안느』지에 연재한 내용을 1938년에 갈리마르에서 『퀴
리부인전』 책으로 내자 영미와 일본에서 같은 해 번역되어 베스트셀
러가 되었고, 1939년에는 조선인 독자들의 반응도 빈번히 발견할 수
있게 된다.

그러나 전세계적으로 동시에 독서되었음에도 불구하고 수용 문화
권에 따라 강조하는 초점은 달랐다. 프랑스에서는 '이민자'로, 일본에
서는 조국에 봉헌한 '국민'으로, 조선에서는 '식민지인'으로서의 그녀
의 정체성이 부각되었다. 우선 프랑스에서 퀴리부인은 폴란드 출신 프
랑스 이민자였다. 그녀의 전기는 프랑스에서 1938년도에 발간되었는
데, 프랑스에서 폴란드 이민자는 1931년 이미 50만 명을 넘어섰고 따
라서 폴란드인에 대한 차별과 혐오가 고질적인 사회적 문제로 되었던
시기였다.[10] 퀴리부인은 1911년 여자라는 이유로 프랑스 과학 아카데

미의 회원이 되지 못했는데, 그 즈음 동료 남성 과학자와의 관계로 인해 '프랑스 가정을 파괴한 폴란드 여자'로 보도되는 등 '이민자 여성'으로서 차별적으로 언급되기도 했다. 하지만 퀴리부인 전기에서 프랑스는 명백히 기회의 땅이었다. 러시아 통치 하 폴란드에서는 여성으로서 식민지인으로서 학업 연구를 진행할 수 없던 그녀가 프랑스를 선택했고 연구했고 결혼했고 자녀를 낳은 것이다.

이렇게 '러시아, 폴란드, 프랑스'의 사이에 놓여 '식민과 이민'의 문제를 함축하고 있던 퀴리의 다소 복잡한 일생은 일본에 이르러 간단히 '조국'으로 수렴되어 읽혔다. 프랑스에서 원본이 발행된 해인 1938년에 출판사 햐쿠스이샤白水社는 독점 번역권을 따서 4명의 역자로 하여금 몇 달 이내에 완역하게 독촉하여 같은 해 10월에 일본어본『キュリ夫人傳』[11]을 초판 발행했다. 1940년 본에는 111판이, 1942년 본에는 160여 판이 발행된 것으로 기록되어 있다. 앞선 왕수복의 인터뷰에는 1939년 당시 20~30판 이상이 발행되었다는 기록이 있으니 해마다 30여 판 이상이 발행된 것이다. 판 별 발행 부수 기록은 없으나 몇 가지 다른 정황을 근거로 그 발행 규모를 추정해볼 수는 있다. 1942년에 같은 햐쿠스이샤白水社에서는 퀴리부인 전기의 인기를 등에 업고 퀴리부인의 남편 피에르 퀴리의 전기가 발행되었는데 초판으로 만부를 발행했다.[12] 1937년 당시 일본 동경에서 아무리 유명한 것이라도 "초판은 겨우 천부 정도, 개중에는 5백부 한판이 보통이라"[13]는 증언이 있는데, 퀴리부

---

10 박단, 「1930년대 프랑스 노동자와 이민 노동자」, 『역사와 문화』 2집, 문화사학회, 2000, 154쪽.

11 エーヴキュリー(川口 篤, 河盛好藏, 杉捷夫, 本田喜代治 共譯), 『キュリー夫人傳』, 白水社, 1938.

12 キュリー夫人著, 『ピエルキュリー傳』, 白水社, 1942, 311쪽.

인 전기의 인기를 감안하여 초판을 만부, 이후 추가 판당 천부를 발행했다고 가정하면 4년간 17만부 이상이 발행되었다고 볼 수 있다.

이렇게 베스트셀러가 된 일본어본 퀴리부인 전기의 역자 후기를 보면, 역자는 퀴리부인을 "순결한 학문적 탐구로 조국에의 봉사와 인류의 복사(福社) 증진에의 욕구"를 실현시킨 인물로 소개했다. 그녀가 학문·조국·인류의 "3위 일체의 조화"를 달성했음을 강조한 이 글은 실은 그 자체로 이들의 조화가 쉽지 않음을 전제로 하고 있다. 역자 일동은 "자기 희생에 의한 자기 완성"의 모범이 되는 그녀의 이야기가 비단 "지식으로 조국에 봉사하려는 열의가 있는 이들은 물론, 모든 분야에서 일하는 이들, 일에서 기쁨을 얻는 사람들에게 격려와 공감을 제공할 것을 확신한다"고 밝혔다. 즉, 일본어본에서 역자들이 강조한 핵심은 '직분에 충실함을 통해 조국에 봉사하라'는 것이며 이는 개인에게 직분의 윤리를 강조한 전쟁기 일본의 사회적 분위기를 반영한다. 역자는 "모든 물적 고난을 극복한 정신력의 왕성함에 이르러서는 참으로 유약한 사람을 일으켜 세우는 점이 있다"라고 하며 주요한 고난을 '가난'으로 정의하고 극복수단으로는 "정신력"을 내세운다. 이처럼 일본어본은 독자에게 퀴리부인 생애의 의의를 '직분충실 → 고난극복 → 조국봉사'의 도식으로 요약 정리했다.

또한 일본어본 역자의 말은 퀴리부인의 주요 정체성인 '식민지인'에 대한 언급을 누락시켰는데, 이는 원본 저자인 에바 퀴리가 원본 머리말에서 강조한 것과 대조적이다. 에바 퀴리는 프랑스어본의 글 머리에서 퀴리를 "여자"·"피압박국민"·"가난한 자"로 소개함으로써 젠더·

---

13 草兵丁, 「原稿料에 厚한 朝鮮」, 『삼천리』 제9권 제4호, 1937.5.

민족·계급이라는 세 가지 범주의 교차점에 놓인 그의 정체성을 분명히 했었다. 그런데 일본어본 역자 후기는 젠더적·민족적 고난에 침묵하고 이를 가난과 사별이라는 물적 곤궁과 개인적 아픔으로 몰고 갔던 것이다. 그리고 이러한 역자 후기가 강조한 지점들은 그대로 조선인 독자에게 전달되었다. 조선인 독자의 감상평에는 검열로 인해 발화되지 못한 부분도 있겠으나 독자들은 기본적으로 일본어본 역자 후기가 초점화한 방식 그대로 전기를 이해했고 반응했다. 초점은 '식민과 여성과 빈곤층이라는 사회 문제'가 아니라 '그럼에도 불구하고' 성공으로 이끌어 간 '정신력'의 위대함에 있었다. 그 현실적 대안 사례는 '직분'에의 충실을 통한 '과학적 성공'과 '공익' 실현이었다. 그녀의 삶은 사회문제에 대한 혁명서가 아니라 운명 속에서 개인이 할 수 있는 것을 제시하는 성공 수기로 기능했다. 조선인 독자의 반응을 보건대 제국 일본이 자국민과 식민지인에게 권고하고자 했던 바는 성공적으로 전달된 듯 보인다.

하지만 역자의 말이 뚜렷이 보여준 방향성에도 불구하고 본문은 완역을 목표로 했기에 일본어본 역시 프랑스어 원본의 내용을 그대로 담고 있었다. 따라서 앞에서 언급한 일본어본 『퀴리부인전』의 조선인 독자들은 공히 제국에 억압받는 식민지 폴란드 여성의 고통을 감지할 수 있었을 것이다. 실제로 조선인 독자 중에는 이러한 퀴리부인의 생애에서 조선의 현실을 읽어내고 민족 부활을 꿈꾼 이들도 있었다. 원전 『퀴리부인전』에 잠복되어 있던 약소민족의 민족주의는 식민지 작가를 통해 부활 증폭되었다. 식민지인에게는 '국가'와 '민족' 사이에 간극이 있을 수밖에 없었고 그 틈새로 인해 타국의 '전기'는 자국의 '소설'로 화

(化)하게 된다. 그 대표적 예가 조선어로 소설화된 퀴리부인의 생애였다. 다음 절에서 이를 살펴본다.

3. 조선어 퀴리부인 전기와 소설

1) 노자영의 번역 전기와 이무영의 연재소설

1940년 3월, 퀴리부인의 전기는 조선어로 번역된다. 하지만 책 제목은 『퀴리부인전』이 아니었다. 퀴리부인전은 『金色의 太陽』이라는 제목을 단 단행본 속에 펄벅의 작품인 「대지」·「어머니」와 함께 들어가 있었다. 저자 표기는 "春城 盧子泳 編"으로 되어 있는데 그가 기존에 편역자로 참여했던 번역물들의 사례를 참조하건대[14] 일본어본 작품들 중에서 취사선택하고 번역하여 한 권의 책으로 만든 것으로 보인다. 노자영은 1923년 일본의 인기 출판물을 편집 번역하여 부인 열전 『세계명부전』을 발간했고 이는 식민지 시기 동안 스테디셀러로 4판 이상 꾸준히 발행 판매되기도 했었다. 『금색의 태양』에 실린 퀴리부인 전기의 경우는 "이 책의 쓴 작자 에바"[15]라는 문구가 본문에 그대로 노출되어

---

14 춘성 노자영은 1923년 한성도서주식회사에서 발간된 『세계명부전』의 편역자이기도 했다. 그는 25명의 여성 전기 열전을 당시 유행한 일본어본 부인전기들을 참조하여 편집 번역했다. 이에 관해서는 김성연의 「식민지 시기 번역위인전기 연구」(연세대 박사논문, 2011)에서 밝힌 바 있다.

있는 것으로 보아 에바 퀴리의 프랑스어본 『퀴리부인전』의 일본어역본을 노자영이 조선어로 중역한 것임을 알 수 있다.

그런데 명성출판사에서 "세계문학전집"의 일환으로 발간된 이 책은 당시 노자영의 인지도나 펄벅의 인기를 고려하면 적지 않게 읽혔을 법한데도 제목으로 『퀴리부인전』이 드러나 있지 않았기 때문인지 식민지 시기 조선어 번역본 퀴리부인 전기로서 독자들에게 언급된 기록은 거의 없다. 일본어본의 인기와 보급력이 압도적이었기 때문인지 제목 탓에 홍보가 덜 되었는지, 독자 반응을 중심으로 보면 결국 조선인 독자들의 감상평은 일본어본 『キュリ夫人傳』에 치중되어 있었다. 해방 후 1949년 교수 강리홍은 서울출판사에서 발행한 한글 번역본 『퀴리부인전』의 신간평에서 일본어본을 읽었던 식민지 시기 독서 경험을 회고하며 우리말 번역 시점을 해방 이후로 본다.[16] 단행본으로 독자적으로 발간되지 않았던 노자영 편역의 퀴리부인 전기는 존재감이 미약했던 것이다.

당시 보다 이목이 집중되었던 것은 이무영의 신문 연재소설 「세기의 딸―퀴리부인의 일생」이었다. 1939년 10월 10일 퀴리부인 전기는 신문 소설로 각색되어 연재되었다. 이는 노자영의 번역보다 5개월 앞선 것이다. 그런데 『동아일보』는 연재 개시일보다 6개월 앞선 4월, 지면을 통해 '인왕산인'을 번역자로 하여 에바 퀴리의 『퀴리부인전』을 번역·연재할 포부를 밝힌 바 있으나[17] 이는 실현되지 않았다. '인왕산인'

---

15 노자영 편, 『금색의 태양』, 명성출판사, 1940, 252쪽.
16 강리홍, 「신간평」, 『자유신문』, 1949.2.4, 3면 7단.
17 『동아일보』, 1939.4.12.

은 당시 『동아일보』 계열 신문·잡지의 주요 필진이던 최승만의 필명 중 하나이다. 최승만은 "1934년 8월 동아일보 송사장의 벼락사령으로 『신동아』의 잡지부장으로 일하게 되었"[18]으며 필자가 한정되어 모자라는 원고 때문에 '극태', '극곰', '극광', '필운생', '인왕산인' 등의 '펜 네임'을 여럿 이용할 수밖에 없었다고 회고한다. 이렇게 『동아일보』의 주요 필진이던 최승만이 퀴리부인 전기 역재를 담당하기로 했다는 것은 이것이 신문사의 적극적 기획물이었음을 뜻한다. 그런데 이것이 "특히 생각하는 바 있어 문단 중견 작가 이무영에게 위촉 정열의 여인 세기의 딸을 소설화"하기로 한 것이다.[19]

앞서 신문사가 투명하게 내비치지 않았던 "특히 생각하는 바"는 무엇인가? 이는 '번역 전기' 기획을 '창작 소설'로 바꾸면서 보인 강조점을 통해 가늠해볼 수 있다. 소설 연재 예고문에서 작가 이무영은 자신의 소설화 의도를 적극 피력했다. 그는 "전기"에서는 "사람"으로서의 퀴리가 드러나지 않아 "소설화"하기로 했으며, 무엇보다도 폴란드의 역사·교육제도·사상·지리·풍습을 철저히 고증했으니 독자들도 이 소설의 무대가 "폴란드"이고 "폴란드 사람"이 주인공임을 염두에 두라고 당부한다. 나아가 독자들에게 "폴란드 문헌"이 있다면 제공 바란다는 당부까지 남긴다. 삽화가 역시 "폴란드 풍경"을 제대로 재현해내겠다는 같은 포부를 밝힌다. 작가와 삽화가는 연재물이 소설임에도 불구하고 '폴란드'라는 특수한 현실을 실제 배경으로 하고 폴란드 실존인물을 주인공으로 함을 강조하고 있는데, 이렇게 이야기가 '실화를 바탕으로

---

18 「다시 햇볕 본 신동아—신동아의 초창기—옛 스태프들의 회고와 당부」, 『동아일보』, 1964.8.2.
19 『동아일보』, 1939.10.8.

하였음'을 강조하는 것은 기본적으로 독자의 호기심과 감정이입을 불러일으키는 데 유용한 수법이다. 그런데 이때 식민지라는 역사적 특수성을 염두에 두면 이는 출판 검열을 의식한 포즈로 볼 수 있다. 소설 「세기의 딸―퀴리부인의 일생」은 제국의 폭정으로 고통받는 약소민족의 현실 속에서 민족독립을 위해 배우고 가르치고 실천하는 퀴리부인의 성장 서사에 조선의 현실을 뒤섞으며 허구적 요소를 가미했다. 그럼에도 불구하고 여기에 '폴란드'라는 괄호를 묶어 특수한 지역, 타자의 이야기인 체 포즈를 취하는 것이다. 그리고 '지리, 교육, 풍습'의 철저한 고증에 바탕한 소설임을 부각시켜서 독자가 '식민'으로서의 폴란드 역사에 감정 이입되는 측면을 은폐하고 문화적 학습물이자 교양물로서의 중립적 성격을 강조했다.

2) '일본어 전기'에서 '조선어 소설'로

그렇다면 「세기의 딸」은 소설이라는 장르적 특성을 활용하여 전기 원본에 없는 무엇을 첨가했는가? 앞서 언급했듯이 작가는 퀴리부인의 전기를 소설화하면서 '폴란드'의 이야기임을 거듭 강조했으나 결국 역설적으로 '조선'의 이야기를 적극 개입시켰다. 「세기의 딸」은 식민지 언어와 식민지 지식인에 대한 제국의 폭압, 그리고 교실에까지 침입한 제국의 감시원의 일화 등을 연재 초기부터 인상적으로 강조했으며 전기에는 없던 일화나 주인공들도 대거 삽입시켰다. 예를 들어 폴란드 역사에는 없던 '민족대표 303인 사건'이 폴란드의 현실로 언급되기도

하는데 이는 조선의 '민족대표 33인 사건'을 환기시킨다. 또한 마리 퀴리의 여학교 학생들이 폴란드군을 '국군'이라고 몰래 부르면서 나라별로 팀을 나누어 '진 빼앗기' 놀이를 하는가 하면 대운동회에서 이 놀이를 통해 은밀하게 저항의 분을 풀고 눈물을 훔치며 연설을 하는 장면이 나오는데, 이는 모두 원본 『퀴리부인전』에는 없던 내용으로 식민지 시기 조선의 학교 풍경이 추가된 것이다.

그리고 이렇게 가미한 조선적 현실과 정서는 독자들에게 그대로 전달되었다. 신문연재소설의 주요 독자는 부녀자들이 대표적이었다. 「영부인층 예술 애완기」(『삼천리』, 1940.4)를 보면 교육자 주용익의 부인과 국어학자 이극로의 부인이 요즘 읽고 있는 신문 연재소설로 「세기의 딸」을 꼽았다.[20] 이처럼 「세기의 딸」은 지식인 가정부인의 애독물이었을 뿐 아니라 남성 지식인도 읽곤 했는데 대표적 예로는 조선의 교회운동·농민운동으로 족적을 남긴 지식인 이찬갑이 있다. 오산학교 교주 남강 이승훈이 그의 작은 아버지이며, 국어학자 이기문과 역사학자 이기백이 그의 아들이다. 그는 자신이 2년간 스크랩해 놓은 신문 자료에 메모를 남겼는데 이 중 「세기의 딸」 스크랩도 있었다. 그는 「세기의 딸」 연재를 빠짐없이 스크랩하며 이를 수집하는 동기를 기록했다.

이 쓰러지는 조선에, 어떻게 해서든지 조선의 혈맥을 넣어주고 싶고…그렇다. 그 끊임없이 애타는 데서 이 작자 〈이무영〉은, 폴란드의 아름다운 딸을 주인공으로 하여 쓰기 비롯했으리라. 아! 아름다운 그이의 마음! 아름다운 이 글이

---

20 「영부인층 예술 애완기」, 『삼천리』 12권 4호, 1940.4.

여! 이 백성의 아들, 딸들은 과연 이 작자의 한 애끓는 부르짖음을 듣는가?(신문 스크랩북, 5 : 5)[21]

조선어 소설 「세기의 딸―퀴리부인의 일생」은 조선인 독자의 민족적 감정을 자극했으며 이에 학식과 연령·성별·계층이 다른 독자들이 모두 유사하게 감정적으로 고양된 반응을 보였다. 전기가 소설이 되며 '프랑스―폴란드'의 '부인'이 '세기'의 '딸'로 바뀌어버린 제목에서는 민족의 미래, 그 후손을 향한 열망을 읽을 수 있다. "백성의 아들 딸들"에게 작가 이무영의 "애끓는 부르짖음을" 들려주고자 했던 이찬갑의 기대를 저버리지 않고 그의 아들인 역사학자 이기백 역시 이를 감명 깊게 읽었다는 기록을 남겼다.

일제 말기 『동아일보』에 이무영 씨의 「세기의 딸」이란 소설이 연재된 적이 있었다. 그것은 퀴리 부인의 전기를 소설화한 것이었다. 거기에는 러시아의 압제 밑에서 폴란드 역사를 배우다가 러시아 장학관이 들어와 학생들이 긴장하는 장면이 있다. 오산학교에서 비슷한 경험을 가진 나로서는 지금도 그 대목을 잊지 못하고 있다(이기백, 「에브 퀴리의 『퀴리 부인』」).[22]

퀴리부인 전기는 소설화되면서 조선인 독자로 하여금 자신의 경험, 예를 들어 오산학교의 경험을 연상케 할 정도로 조선인의 현실과 정서

---

21 이찬갑과 이기백의 퀴리부인 관련 내용은 배승종, 『그 나라의 역사와 말』, 궁리, 2002, 41~42쪽에서 인용.
22 위의 책, 42쪽.

를 담게 되었던 것이다. 폴란드 역사 시간의 수난 일화는 동화(童話)화된 퀴리부인 전기에서도 빠지지 않고 등장하는 부분으로, 민족어와 민족사 교육 수난사에 민감한 한국의 독자들에게 가장 인상적인 장면으로 기억되곤 한다. 이는 마치 알퐁스 도데의 『마지막 수업』의 비장한 수업 장면이 한국 교과서에 들어와 있었던 것과 같은 맥락일 것이다. 이처럼 「세기의 딸」은 조선적인 현실과 정서를 담아내며 독자로 하여금 감정 이입하도록 만들었다. 따라서 작가와 삽화가까지 나서서 소설 「세기의 딸」이 '폴란드'의 지리적·문화적 고증에 기반한 것임을 강조한 것은 검열을 의식한 것이었으며, 소설화의 진정한 의도는 오히려 식민지 조선의 이야기로 철저히 변형시키고자 했었던 데 있다.

그런데 독자에게 소설 「세기의 딸」은 전기 『퀴리부인전』과 다를 바 없는 전기물로 인식되고 읽혔다. 독자들은 조선적 현실에 감정 이입했을지언정 그것과는 별개로 이 이야기를 퀴리부인의 전기나 다름없이 받아들였다. 즉, 당시 독자들은 '전기＝사실'·'소설＝허구'라는 상식을 가지고 있었으나 소설 퀴리부인의 경우 첨가된 허구성은 실상 '조선의 현실'이었으며 그것이 그녀의 위상을 위협하는 것도 아니었기에 크게 문제시되지 않았다. 전기가 소설화되면서 생존했던 주인공의 실제 삶을 어떻게 허구화하였는가가 문제시되지 않았다는 것은 결국 작가와 독자가 주인공을 자신의 기대에 부합하도록 전유했음을 의미한다. '이야기된 퀴리부인의 삶'은 객관적 실체일 수 없었다.

또한 「세기의 딸」은 '식민과 농촌계몽의 문제'를 전면에 내세웠는데, 이 역시 전기 원본에서 추가된 부분이다. 퀴리부인의 첫사랑으로 농촌계몽운동가인 폴란드 청년을 새롭게 등장시켰고 그와의 사랑과 갈등을 주축으로 소설이 전개된다. 당시 조선에 폴란드 문학이 농민문학의 대표격으로 소개되고 있었다는 점을 상기하면,[23] 농민문학 작가 이무영이 폴란드 인물 전기를 소설화하면서 농민의 서사를 삽입했다는 사실은 낯설지 않다. 이무영의 작품군은 크게 농촌과 농민을 소재로 한 것과 남녀의 애정과 윤리를 문제 삼는 것,[24] 그리고 개인·국가·인류의 보편적 모랄을 추구하는 것으로[25] 분류되는데 「세기의 딸」은 작가의 작품 중 가장 긴 작품으로 이들이 총체적으로 담기게 되었다.

이러한 「세기의 딸」에는 농민문학 작가로 인식되었던 이무영의 귀농과 작가적 지향점이 반영되어 있다. 그는 1939년, 지난 5년간 근무하던 『동아일보』를 사직하고 군포의 궁말 옆 샛말로 내려갔다. 도회에 사는 농민문학 작가였던 그가 직접 농촌 생활을 시작한 것이다. 지속적으로 농민문학을 전개했으나 문단에서 별다른 인정을 받지 못하던 그는 귀향 이후 보다 본격적인 농민문학을 창작해낼 수 있었다고 평가받았다.[26] 그는 귀농한 그 해 10월 자신의 대표작 「제1과 제1장」(『인문평론』 1호, 1939.10)을 발표하고 같은 달 「세기의 딸」을 연재하기 시작했다. 두 작품은 비슷한 시기에 창작·구상되었던 것이다. 신문 기자 출신 소설가의 귀농 생활을 자전적으로 그린 「제1과 제1장」에는 흙냄새에 대한 막연한 동경을 품고 귀농한 도시 지식인의 실제 농촌 생활기, 그

---

23 1924년 폴란드 작가 레이몬트의 『농민』이 노벨상을 받으면서 이것이 해외 문단 소식의 주요 이슈로 기사화되곤 했다. 정인섭은 1926년 『조선일보』에 「레이몬트 씨의 장편―노벨상 작품 『농민』에 대하여」(『조선일보』, 1926.1.6)를 실었는데, 이런 폴란드 농민문학 관련 기사는 13여년 이후 제2차 대전 발발로 폴란드에 관심이 집중되면서 다시 등장하게 된다.

24 강진호, 「이무영론」, 조남현·김인환 외, 『근대의 안과 밖』, 민음사, 2008, 252쪽.

25 이무영, 『이무영 문학전집』 1, 국학연구원, 2000, 4쪽.

26 강진호, 「이무영론」, 조남현·김인환 외, 『근대의 안과 밖』, 민음사, 2008, 253쪽.

고달픔, 소작농의 아픔, 세대 단절 등의 갈등이 담겨있다. 작가의 실제 체험은 당시 작업했던 소설, 일기, 수필, 동화 등 다양한 글의 장르에 녹아들었다. 그 와중에 탄생한 「세기의 딸」 역시 일군의 농민소설 작품과 맥을 같이 할 정도로 농촌과 농민의 이야기를 대거 삽입했다. 즉, 표면적으로는 폴란드의 이야기임을 강조한 그 소설의 실제 내용은 식민지 조선의 농촌 이야기로 채워져 있었던 것이다.

두 작품이 다른 점이 있다면 「제1과 제1장」은 흙으로 상징되는 농민 아버지를 부끄러워하던 도회의 아들이 귀농하여 아버지와 함께 살며 농민이 되어가는 과정을 그리는 반면, 「세기의 딸」은 폴란드 수도 왈소 출신의 딸이 농촌 계몽운동 청년을 만나 잠시 사랑에 빠졌으나 결국 프랑스 수도인 파리로 나가 그곳 엘리트 남성과 결혼하게 된다는 것이다. 왈소와 파리를 시골과 도시로 보며 '폴란드 농촌 청년'대 '파리 도시 남자 퀴리'를 대결구도에 놓는다. 작가 이무영은 마리퀴리와 퀴리의 결혼 서사에 민족 서사를 덧씌운 것이다. 그는 농민운동과 관련된 새로운 인물과 서사를 첨가하여 파리의 남자 퀴리와 결혼한 퀴리부인이 결코 폴란드라는 조국, 시골을 배반한 것이 아니었음을 강조한다. 이무영은 귀농한 이후에는 농민을 주체로 서사를 전개했다는 평가를 받는데, 귀농 직후 연재를 시작한 소설 「세기의 딸」에서 역시 타의 귀감이 되는 이른바 훌륭한 농촌 청년 실크레르를 새로 그려 넣어 퀴리 부인을 이끌고 견제하고 감화를 주는 역할을 부여한 것이다. 그가 바로 퀴리 부인의 첫사랑이자 정신적 동반자인데, 퀴리부인이 그와 함께 그려지거나 혹은 그의 눈을 통해 그려지면서 서사의 중심축을 이루게 된다. '조국＝첫사랑＝농촌의 흙'이라는 등식을 통해 국가가 의인화 물질화된 「세기의 딸」에는 모국으로서의 조국의 문제가 강력하게 첨가된 것이다.

이렇게 소설화된 「세기의 딸」은 농촌과 식민의 문제를 농민 계몽으로 극복코자 하며, 농민과 지식인간의 갈등, 빈곤층과 부유층의 계급 갈등 그리고 이들을 대표하는 인물들 간의 애증의 관계를 그리는 데 대부분 할애하면서 전기 『퀴리부인전』과 결정적으로 달라지게 된다. 소설 「세기의 딸」은 정작 퀴리부인의 과학적 탐구와 업적은 소설 뒷부분에서 성급하게 요약하며 마무리한다. 기사를 통해서는 '라듐을 발견한 과학자'로 주로 소개되던 그녀의 생애에서는 정작 '라듐'의 '발견'을 둘러싼 '과학'이 부재하게 된 것이다. 이렇게 식민지 조선의 퀴리부인 소설에서 과학은 결국 현실이 아닌 관념으로서 남게 되었다.

3) 연재의 시작과 끝—전쟁, 과학, 그리고 검열

퀴리부인의 생애에 식민지 조선의 현실과 농민작가 이무영의 이념적 지향을 가미한 「세기의 딸」은 그 신문 연재의 첫 회와 마지막 회의 시점이 의미심장하다. 그것은 세계대전의 발발과 이로 인해 조명받게 된 과학 기술, 그리고 총독부 검열이라는 역사적 현실 속에서 연재되었다.

「세기의 딸」 연재는 2차 세계 대전 발발 1개월 후인 1939년 10월 10일에 시작되었다. 2차 대전은 독일이 20여 년 간 독립을 유지하던 폴란드를 침공하며 발발했으며, 이러한 폴란드와 독일의 정세에 세계의 이목이 집중되는 와중에 폴란드 출신 민족 영웅이 조선에서 그려지기 시작한 것이다. 폴란드는 개화기 이래 조선에서 제국의 폭압에 수난받는 약소민족의 상징으로 인식되어 동질감을 불러일으키는 존재였다.[27] 한일합방 이후 폴란드 운명과의 노골적인 비유는 금지되었지만 언론은 틈틈이 사회적 이슈를 핑계삼아 폴란드를 언급했다. 개화기 때 폴란드는 약소 민족의 상징으로 그 역사가 주로 언급되었다면, 한일합방 이후에는 폴란드의 유명 문화인이나 과학자를 소개하는 식으로 기사화되었다. 신문은 1920~1930년대를 거치면서 퀴리부인의 노벨상 수상·서거·전기 발간·발명품 소개·가족 근황 등을 사건·소식으로 기사화했는데, 이는 결과적으로 식민지 출신자의 정체성과 가능성을 우회적으로 이야기할 기회를 제공했다.

또한 소설 연재 예고문이 실려 있던 1939년 10월 7일자 『동아일보』 지면에는 퀴리부인의 발명품인 「라디움이란 무엇? 그에 대한 상식 몇 가지」 기사가 함께 연재되고 있었다. 과학자의 발명품에 관한 논픽션 기사와 그 과학자의 일생을 픽션화한 소설이 동시에 이야기되고 있는 이러한 현상의 배경에는, 과학이 그야말로 새로운 '신'으로 등극하게 된 시대적 분위기와 함께 전쟁기에 이르러 퀴리부인의 발견인 라듐이 많은 분야에 과도하게 응용되며 전세계의 주목을 받게 된 현실적 맥락이 깔려있다.

그리고 연재의 마지막 회인 190회가 실린 1940년 8월 11일자 지면은,

---

27 1900년대 조선에서의 폴란드, 인도, 베트남 인식에 관해서는 다음의 논문과 단행본을 참조. 이민희, 「1900년 전후 개화기 신문에 나타난 약소국가 인식태도 연구」, 『대동문화연구』 46호, 대동문화연구원, 2004, 209~247쪽; 이민희, 『파란, 폴란드, 뽈스까』, 소명출판, 2005.

『동아일보』의 최종호였다. 「세기의 딸」은 불규칙적으로 연재되다가 총독부의 신문지통제방침에 따라『동아일보』의 최종호에 맞추어 성급히 마무리되는데, 이는 다른 연재소설이 미처 종결을 맺지 못했던 것과 대비가 된다. 게다가 그 마지막 회 내용은 폴란드 독립을 암시한다. 따라서 「세기의 딸」 작가는 신문의 폐간을 의식하며 끝을 맺고자 했고 따라서 다소 과감한 종결을 맺게 되었다.

이를 뒷받침하는 작가의 기록이 있다.

> 퀴리 부인을 소설화한 〈세기의 딸〉은 내가 쓴 장편으로는 가장 긴 것이다. 이것도 신문사를 나와서 궁촌에서 쓴 것인데, 지금 납북되어 계신 박승호 여사가 궁촌까지 밀사를 보내는 등 갖은 고초를 겪으며 썼다. 일제의 최후 발악으로 동아일보가 폐간된 1941년 8월 20일(?) 최종 간호까지에 끝을 맞추느라고 다소 무리를 한 기억도 남았다.[28]

비록 폐간 일자에 관한 이무영의 기억에는 오류가 있지만 동아일보의 폐간일에 맞추어 종결을 맺는다고 무리했다는 것이나 자신의 장편 중 가장 길었다는 기록은 신뢰할만하다.

그 마지막 회는 다음과 같다. 퀴리부인의 첫사랑이자 정신적 동반자인 폴란드 농촌교육운동 청년 실크레르는 파리행 기차에서 퀴리부인을 우연히 만난다. 이때 퀴리부인은 이미 노벨상을 받은 세계적인 여성이 되었고 딸과 함께 있다. 그는 그런 퀴리부인을 보며 프랑스인과

---

28 이무영, 「연륜의 허실」(1955.8.30 기사, 신문 이름 미기재),『농민―이무영 탄생 100주년 기념』, 문이당, 2008, 357쪽.

결혼해 그곳에서 연구하고 자식을 낳고 사는 퀴리부인에게는 "가시덤
불을 걷는 폴랜드의 기원이 남어있을리 만무"하고 "폴스카의 혼"이 남
았을 리 없다고 확신하며 배신자 취급을 한다. 그러나 그는 그녀와의
감정적으로 고양된 대화 끝에 퀴리부인에게 이른바 '폴란드의 정신'이
남아 있음을 확인한다. 그녀는 자신을 프랑스 부인이 아닌 폴란드 처
녀적 이름으로 불러달라고 했을 뿐 아니라 과거에 그가 그녀에게 선물
했던 폴란드 국기에 싼 폴란드 흙을 지니고 다녔던 것이다. 그리고 이
들이 탄 기차가 파리역에 도착했을 때, 역에는 다음과 같은 급보가 나
붙어 있다. "노서아 혁명군 육해군성을 점령―거리거리에 폭동 발발".
소설은 이 문장으로 폴란드 독립의 가능성을 여운으로 남기며 190회
연재의 막을 내린다.

　「세기의 딸」 마지막 회는 퀴리부인이 폴란드인임을 확실히 한다.
"조국＝첫사랑＝농촌의 흙"의 도식으로 묶였으니, 첫사랑을 마음에 흙
을 가슴에 품고 살아온 그녀는 철저히 조국이 딸이었던 것이다. 폴란
드 밖 국가의 실험실에서 연구했고 특정 민족의 이해관계를 넘어선 인
류애를 짙게 드러냈던 『퀴리부인전』의 퀴리는 「세기의 딸」에서 특정
한 민족의 딸이 되었다. 작가 이무영이 퀴리가 폴란드 남성과 결혼하
지 않았음을 지속적으로 의식하며 그녀의 선택에 변명과 번민을 과도
하게 덧붙인 것, 그리고 폴란드라는 조국을 첫사랑 남성으로 구체적으
로 의인화한 것은 모두 민족의 테두리 속에서 퀴리를 조명하고자 했기
때문이다. 이렇게 '러시아 통치하 폴란드 출신 프랑스 이민자' 퀴리부
인의 생애는 식민지 조선에서 모국인 폴란드 '민족'이라는 테두리로부
터 자유롭지 못했다.

4. 과학을 통한 식민지인의 월경(越境) 욕망

앞서 한 지식인의 회고를 빌어 언급한 바, 1939년 당시 '퀴리부인'이란 해방 이후 '민주주의'라는 말의 유행에 비교될 정도의 파급력을 가지고 있었다. 해방 이후 '민주주의'가 국민 개개인의 공동체적 열망의 구심점이었다면, 식민지 시기 조선인에게 '퀴리부인'은 어떠한 구심점으로 작용했던 것인가? 식민지 독자의 정체성에 강력한 동기부여가 될 수 있었던 퀴리부인 생애 서사의 의미를 그것이 어떻게 제국의 검열 속에서 발간될 수 있었고 그 서사의 핵심은 무엇이었는가를 통해 접근하고자 한다.

일본의 「조선문 간행물 행정처분례」[29]에 따르면, "타민족의 독립 사상 및 운동을 선전 고취하거나 선동하며 또는 찬양함으로써 암암리에 조선의 독립사상 또는 운동에 이용코자 하는 기사"[30]는 명백히 금지되어 있었다. 실제로 인도, 베트남 등 조선의 식민지 현실을 상기 시키는 다른 식민지에 관한 글은 검열의 대상이 되었다. 식민의 역사로 점철된 폴란드를 배경으로 한 「세기의 딸」은 명백하게 이 항목에 적용되는데 어떻게 190회나 연재될 수 있었을까? 신문은 잡지나 단행본에 비해 검열 시간이 짧고 검열부 제출용 판을 따로 찍어 보고할 수 있다는 점에서 검열망을 피해갈 수 있는 여지가 좀 더 있지만[31] 이러한 신문 매체

---

29 『조선에 있어서 출판문 개요』, 1930.

30 계훈모, 『한국언론연표』, 관훈클럽 신영연구기금, 1979, 1292쪽(정진석의 『극비 조선총독부의 언론검열과 탄압』, 커뮤니케이션북스, 2008, 263쪽에서 재인용).

31 한만수, 「식민 시대 문학의 검열 대응 방식에 대하여」, 『현대문학이론 연구』 15호, 2001.

의 이점도 190회나 연재할 수 있게 된 것을 온전히 설명하지는 못한다.

「세기의 딸」 연재 완주는 위의 매체의 이점에 덧붙여 장르와 주제의 특성, 그리고 검열 방침을 활용하여 가능했다고 보인다. 앞서 살펴본 것처럼 「세기의 딸」은 폴란드 문화에 대한 고증을 바탕으로 한 여성과학자 전기소설임을 내세워서 학습물, 교양물, 수양물로서의 성격을 부각시켰다. 또한 『퀴리부인전』은 총독부의 정책, 학교, 출판자본, 대중 모두의 구미에 맞아 떨어진 베스트셀러로서 일본과 조선에서 공히 권장되던 도서였다. 퀴리부인은 개인을 희생하고 과학적 성과를 통해 공동체의 이익을 추구한 인물의 상징이었고, 따라서 '과학'과 '공익'이라는 키워드로 축약될 수 있는 인물을 주인공으로 한 이야기를 총독부 측에서도 마다할 까닭이 없었다. 게다가 「세기의 딸」은 일본 도서관 출판물 검열 세부 지침에 있던 "독일 이탈리아는 절대 지지하고 영국과 소련은 절대 배격, 미국은 우호적으로 다루라"는 사항을 충실히 따르는 서사였다. 러시아의 침략과 폭정을 노골적으로 그렸고 따라서 러시아 이전의 폴란드 침략자인 독일에 관한 평가는 완화되거나 생략되었다. 지속적으로 농촌·농민운동을 표방했던 이무영이 다른 작품들에서는 이념적 지향의 상징으로서 러시아를 잡았다면 「세기의 딸」에서는 러시아를 폭압의 상징으로 확고히 한 것이다. 검열 기준은 1936년부터 체계화, 공개되고[32] 1939년부터는 대중 잡지를 통해 완전히 공개되어 피검열자의 협조를 구하는 상황이 되었으니,[33] 신문사의 적극적 의

---

32 정근석·최경희, 「도서과의 설치와 일제 식민지 출판 경찰의 체계화, 1926~1929」, 『한국문학연구』 20호, 2006, 103~169쪽.

33 한만수, 「1930년대 검열 기준의 구성원리와 작동기제」, 『한국어문학연구』 47집, 2006.

지로 기획된 신문 연재물 역시 검열의 금지 사항과 권고사항을 숙지하고 적극적으로 반영, 혹은 이용했을 가능성이 높다.

무엇보다도 「세기의 딸」은 표면적으로는 전쟁기 사회가 장려하는 이상적 부인의 이야기였다. 앞서 살펴본 것처럼 퀴리부인은 일본에서 어떤 현실적 역경도 개인의 강인한 의지와 실천을 통해 이겨내고 과학적 성공에 도달했으며 사리사욕은 배제하고 공동체의 이익에 공헌한, 즉 직분에 충실하고 조국에 공헌한 모범적인 부인 과학자로서 소개되었다. 이러한 그를 모델로 함으로써 검열을 피해갈 수 있는 외피를 입었다. 그리고 그 직분이란 문명의 척도인 '과학'에 종사하는 과학자였다. 그의 전기 소설과 함께 그의 발견인 '라디움'에 관한 기사가 당시 신문지상에 빈번히 등장한 것을 보면 퀴리 서사의 등장은 '과학'과 '전쟁'이라는 당시 시대의 키워드와 뗄 수 없는 것임을 알 수 있다. 「세기의 딸」에서 마리 퀴리가 과학의 길을 선택하게 되는 부분을 보자.

그는 새로운 〈신〉으로서 과학을 택한 것이다. 그 순간 마리의 머리에 떠오른 〈과학〉이란 〈신〉은 물론 애매한 것이었다. 그때 그의 머릿속에 형성되어 있던 과학에 대한 관념은 아버지 스콜로도프스카 교수의 하는 일에서 얻은 인상이 대부분이었다. 소샤와 어머니가 병들어 죽는 것을 뻔히 바라다보고만 있지 않으면 안되는 그 안타까움을 해결해 주는 것도 과학이려니 — 그저 막연히 생각하는 정도의 것이었다.[34]

그녀는 개인적 민족적 고난 앞에서 신을 향한 기도를 멈추고 천주교

---

[34] 이무영, 「세기의 딸」, 『이무영 전집』 3, 신구문화사, 1975, 436쪽.

를 등지게 된다. 그리고 선택한 "새로운 신"은 과학이었던 것이다. 이제 민족과 과학은 긴밀히 결합한다.

「과학자라고 반드시 조국을 버려야 한다는 일은 없을 것이다. 과학은 인류를 위한 학문이다. 그것은 사실이다. 그러나 한 민족, 한 개인이 행복되지 못한데 인류의 행복이 있을 수는 없다!」

이것은 1863년 조국을 제정 러시아의 철쇄로부터 끌러 놓으려고 일어선 독립당이, 이 획기적인 운동에 가담하기를 주저한 일부의 학자와 인텔리겐차들에게 보낸 반박문의 일절이다. 마리는 카쟈가 어디선지 얻어온 이 선언서를 읽고서 자기의 생각하던 바가 일찍이 훌륭한 지도자의 입에서 나왔던 것을 미친 듯이 기뻐했다.[35]

인용문을 보면 마리 퀴리라는 과학자는 일치할 수 없는 '개인'과 '민족'과 '인류'의 이해 관계 속에서 고민한다. 이들 세 가지 단위의 주체 간에 생기는 갈등 속에서, 마리 퀴리는 '민족'과 '개인'을 선택했다. 이때 인류가 선택되지 않았다는 사실보다도, 민족과 개인이 하나인 것처럼 엮였다는 사실이 더 문제적이다. 민족 뿐 아니라 젠더・계급 등 그녀를 설명할 다른 정체성의 동심원들이 겹쳐져 있는 인간 마리 퀴리는 자신의 삶의 이야기 속에서 폴란드 민족과 하나로 묶였다. 게다가 엄밀히 보면 그녀의 민족적 국가적 정체성은 식민 폴란드와 제국 러시아, 그리고 이민국인 프랑스 사이에 걸쳐져 있었다. 이것이 바로 최근까지도 폴란드와 러시아, 프랑스가 각기 그녀를 기념하는 까닭이다.

---

35 위의 글, 446쪽.

이렇게 운명 공동체가 된 개인과 민족의 영달은 과학 문명의 도달에 달려 있는 것으로 간주되었다. 약소민족국가들은 강대국의 침략을 '과학 기술'로서 체감했으며 '근대 문명＝서구·제국 문명＝과학 문명'의 도식이 성립되었다. 따라서 이들의 선결 과제는 세계적 수준으로의 과학 발전이었다. 1910년대까지만 해도 나폴레옹, 잔다르크와 같은 정치·군사·혁명 인물이 역사적 인물로 꼽혔으나 1930년대에 이르면 어느덧 아인슈타인, 에디슨 등의 과학자가 그 자리를 차지하게 된 현상은 이러한 시대의 변화를 상징적으로 보여준다. 1927년의『동아일보』사설[36]은 '근대 문명은 곧 자연과학 및 발명가의 문명'이라면서 에디슨·피어슨·다윈·뉴턴과 같은 과학자 인물에 민족국가의 성패가 달렸음을 설파했다. 앞서「세기의 딸」의 독자로 언급했던 이찬갑 역시 에디오피아·인도 등의 민족은 과학을 무기로 들이 닥친 강국에 밀려서 식민지가 되었다고 보고 이에 따라 약소국도 강국의 근대 과학을 갖추어야 생존할 수 있다는 주장을 펼쳤다. "'혁명가에서 과학자로'라는 슬로건으로 압축될 수 있는"[37] 이러한 분위기 속에서 배출된 1940년대 전후의 많은 장편소설[38]은 과학적·기술적 주체를 통해 인종·계급의 차이를 극복할 수 있다는 전망을 보여주고 있었다.

그런데 이 '과학'이야말로 중일전쟁 이후 총력전 체제에서 일본이 황국 신민의 '정신'과 함께 강조한 것이었다.[39] '과학'은 그야말로 제국과

---

36 「자연과학자와 발명가」,『동아일보』, 1927.5.3.

37 차승기,「전시체제기 기술적 이성 비판」,『상허학보』23집, 2008, 44쪽.

38 관련된 대표적 연재소설을 시기 순으로 나열해보면 김남천의「사랑의 수족관」(『조선일보』, 1939.8.1～1940.3.3), 유진오의「화상보」(『동아일보』, 1939.12.8～1940.5.3), 이광수의「그들의 사랑」(『신시대』, 1941.1～3) 이태준의「별은 창마다」(『신시대』, 1942.1～1943.6).

39 정종현,「사실, 과학 그리고 문학의 신생－신체제기 한국 대중소설에 나타난 '기술적' 주체

식민 양쪽에서 칭송된 "새로운 신"으로 등극한 것이다. 표면적으로 정치성이 거세되어 있는 듯한 '과학'은 제국과 식민의 첨예한 대립과 공모를 유연하게 받아들이고 있었다. 앞서 살펴본 것처럼 「퀴리부인전」 일본어본 역자 후기에는 "순수한 학문적 탐구와 조국으로의 봉사, 그리고 인류에의 복사증진에의 욕구가 퀴리부인에게 있어서는 삼위 일체되어 조화를 이루었"다는 문구가 있는데, 오늘날의 시각으로 본다면 그 조화란 간단치 않은 문제임을 쉽게 알 수 있다.

하지만 "조국"과 "인류", 심지어 자본과 욕망으로부터도 자유롭지 못할 수밖에 없는 "개인"의 "탐구" 정신은 당시에 근본적으로 "순수한" 것으로 선전되고 있다. 당시 매체에 게재된 기사를 보면 과학자가 있는 실험실은 현세와 떨어진 순수 학문의 영역으로, 과학자 또한 세속적 욕망으로부터 거리가 먼 존재로 그려졌다.[40] 과학이란 근대의 "새로운 신"은 "실험실"이라는 무균 상태의 가시적 신전까지 확보하며 "순수"의 이미지를 고수할 수 있었다. 그런데 식민지 조선의 신문 잡지 매체에서는 '과학자의 영역을 "실험실"이라는 세속과 떨어진 진공의 공간으로 설정하는 기사'와 함께 '과학자가 개인·민족·국가·인류의 이해관계 속에서 갈등하고 선택하고 타협하는 「세기의 딸」과 같은 전기소설'이 동시에 연재되고 있었다. 소설가는 기자가 훑어본 과학자의 실험복 너머에 있는 살과 피를 보고자 했다. 작가는 심지어 "전기"에서조차 "인간" 퀴리가 드러나지 않아 "소설"을 선택하게 되었다고 밝혔다. 이렇게 소설 장르로 넘어간 '과학자'의 삶에 관한 서사는 더 이상 '관념'

와 문학의 재편」, 『상허학보』 23집, 2008, 50쪽.
40 「과학자의 방문을 노크함」, 『조광』 42호, 1939, 284~295쪽.

이자 '담론'에 머물지 않고 과학자의 정체성의 문제를 담게 된다. 이무영이 언급한 것, 퀴리부인의 전기에서 드러나지 않았다는 "인간"은 결국 '민족적 정체성'이었다. 소설 속에서 퀴리부인은 식민지인이자 여성이자 빈곤층으로 민족·젠더·계급적 정체성이 가장 약자로 설정되어 있는 인물이다. 여기서 '과학'은 최하위층 인물이 성공하게 되는 현대판 신데렐라 이야기의 마법 지팡이로 기능했던 것이다.

5. 결론

앞서 살펴본 대로 2차 세계 대전기 일본 제국과 식민지 조선이 함께 열광한 퀴리부인 생애에 관한 서사는 '과학'이라는 근대의 "새로운 신" 위에 올라탄 제국과 식민의 동상이몽을 보여준다. 제국은 국가 공익을 최종 심급으로 삼음으로써 과학을 "전체주의적 국가의 자기재생산 이데올로기"[41] 속으로 편입시켰다. 그리고 이러한 제국이 식민지에도 허여한 과학자 전기를 통해 식민치인은 전복을 꿈꾸었다. "과학이라는 이름"을 "사회적으로 구성된 범주"[42]로 볼 수 있다면, 퀴리부인 일생을 다룬 전기와 소설 속에서 '과학'이라는 이름은 경계와 위계를 넘어서는 도구를 뜻했다. 전기가 소설로 화(化)하여 펼쳐진 「세기의 딸―퀴리부

---

41 차승기, 앞의 글, 36쪽.
42 이블린 폭스 켈러, 민경수·이현주 역, 『과학과 젠더』, 동문선, 1996, 12쪽.

인의 일생」에는 자신의 정체성을 식민·여성·농민의 위치로 설정할 수밖에 없던 식민지 조선인의 자기 초월 욕망이 함축되어 있다.

퀴리부인은 그녀의 민족적 정체성을 지칭하는 "Franco-Polish"라는 용어가 나타내듯 '사이'의 존재였다. 제국의 식민 지배를 받은 대표적 국가로 알려져 있던 폴란드의 빈곤층 여성이 프랑스에서 첨단 과학의 발견을 이끌어냈다는 '사실'은 제국과 식민 양쪽 진영에서 '신화'로 퍼지게 되었다. 퀴리부인 서사는 '제국으로서의 서양→동양의 새로운 제국으로서의 일본→식민지 조선'의 순서에 따라, 소위 근대 과학 문명의 중심에서 주변으로 퍼지며 전파되었다. 이는 식민지 조선에 도달하면서 민족적·젠더적·계급적으로 가장 열악한 위치의 주체가 '과학'계에서의 근면 성실을 통해 성공한 서사로 수용되었다. 연어가 둑을 거슬러 올라가듯, 식민지 조선은 이야기가 흘러 내려온 그곳으로 올라가고자 과학이라는 근대화의 척도를 장대삼고자 했다. 퀴리부인의 서사에서 '과학'은 제국으로서의 서구와 일본으로부터 식민지 조선으로 흘러들어온 이야기의 전파 경사도를 거슬러 올라가는 전복의 동력으로 인식되었던 것이다.

제3장

1920년대 초 식민지 조선의
아인슈타인 전기와 상대성이론 수용 양상

1. 서론

1920년대 초, 식민지 조선의 인쇄매체를 달군 키워드들 중에는 '과학'·'혁명'·'현대인'이 있었다. 이른바 '현대인'이 마땅히 갖추어야 할 '과학적' 정신은 이전에 존재하던 개인적·집단적 믿음들을 타파해야 할 '미신(迷信)'으로 규정하면서 근대가 허여한 신(神)의 옆 자리에 등극했다. 그러한 '과학'조차 '현대적'이기 위해서는 '혁명적'이어야 했다. 인물과 단체에 따라 구체적으로 지시하는 바는 달랐을지언정 찬사 혹은 경계의 대상으로서 '과학'과 '혁명'이 주목되었음을 부인할 수 없었다. 이러한 현상의 배경에는 1차 세계대전과 3·1운동이라는 역사적 사건이 불러온 세계 정치·사상·문화적 조류, 사회주의 수용의 본격화,

1919년 이후 일본 유학생 집단의 귀국, 그리고 출판 허가의 완화라는 현실적 조건들이 맞물려 있었다.

아인슈타인은 이러한 식민지 조선에 '과학계의 혁명적' 존재의 상징으로 등장했다. 그는 정치적 혁명이 주창될 수 없던 현실 속에서, '과학'과 '혁명'이 주는 강렬한 수사적인 힘을 한꺼번에 품을 수 있는 서사의 주인공이었던 것이다. 그런데 식민지 조선은 현실적으로도 수사적 의미로도 아인슈타인과 직접 만난 적이 없었다. 식민지 조선인은 아인슈타인의 사상·이론·인물상을 타인의 언어 혹은 교육기관을 통해 대면했으며, 따라서 그것이 조선어로 진술될 때에는 학습한 내용을 쉽게 전달하는 번역 소개물의 형태를 띨 수밖에 없었다.

게다가 아인슈타인의 상대성이론은 이전까지 식민지 조선이 관심을 기울이던 다른 과학자들의 발명·발견과는 다른 성격을 띠고 있었다. 제임스 와트의 증기기관이나 에디슨의 축음기·벨의 전화기 등, 근대의 시공간을 바꾼 혁신적 사물들은 일상 속에 존재하며 일반인들에게 체감될 수 있었다. 하지만 '상대성이론'이란 '수학적'으로 이해 가능하고 '이론적'으로 존재하는 것이었다. 그것은 지나치게 관념적이거나 세밀해서 일상적 공간이 아닌 학술적 장에서 논의될만한 것이었다. 그럼에도 불구하고 1928년, 『중외일보』는 「상대성이론을 가르쳐라」[1]는 사설을 싣는다. 일간지 독자들에게까지 상대성이론 학습을 권유하는 모습은 당시 그것의 상징적 위치를 단적으로 보여준다. 그렇다면 무엇이 그와 그의 이론을, 제도적으로 과학적 학술 논의의 장이라고 할 수 있는 것이 거의 부재했던 식민지 조선의 신문·잡지 지면에 빈번

---

[1] 「상대성이론을 가르쳐라」,『중외일보』, 1928.8.22.

히 등장하게 만든 것인가? 당시 이를 이해할 물리학·수학적 지식을 가진 인물이란 극소수의 유학생에 불과했던 식민지 조선은 어떤 계기와 필요로 신문을 통해 난해한 현대 물리학 이론과 그 물리학자를 호출하고 있었는가? 이는 아인슈타인이 '과학'과 '혁명'의 기표를 동시에 품는 서사의 주인공이었다는 직관적 해석 이상의 논증을 요구한다. 물리학 전공자가 아닌 일반 독자들을 상대로 했던 인쇄 매체의 장에서 논의의 주체는 누구였고 그들은 어떤 경로를 통해 지식을 유입해왔으며 대중 독자를 향해 어떻게 전달하고 있었는가? 이 글은 아인슈타인 관련 단행본과 신문·잡지기사를 분석 대상으로 삼아 이에 답해보고자 한다.

2. 아인슈타인, 조선을 빗겨가다

1922년 11월, 조선교육협회는 아인슈타인을 조선에 초청해 그의 강연료 수입으로 민립대학설립자본을 모으려는 계획 하에 강인택을 일본으로 파견했다.[2] 이는 아인슈타인이 자신의 미국 강연 수익을 유대 민족을 위한 대학 설립에 쓰고자 함을 알게 된 조선교육협회 측에서

2　강인택은 '과학'으로 '미신'을 타파할 것을 촉구했던 인물로(강인택, 「역사상으로 본 과학과 미신 上·下」, 『개벽』 8·9호, 1921.2·3) 조선교육협회 상무이사·신간회 중앙집행위원·민립대학기성회 중앙상무집행위원으로 활동했다. 강인택의 일본 방문에 관해서는 이종호, 『천재를 이긴 천재들』 2, 글항아리, 2007, 145~147쪽; 홍대길, 「아니수타인 박사를 모셔라」, 『과학동아』, 2005.7.

고안해낸 기획이었다. 당시 아인슈타인은 일본 가이조사(改造社)측의 거액을 들인 초청으로 중국 상해를 거쳐 43일간 일본 전국 순회 강연 일정으로 일본에 체류하는 중이었다. 하지만 강인택의 시도는 실패했고 그 주요 요인으로는 초청 자본의 부족이 거론되었다. 북경 대학 또한 자금난과 관련하여 아인슈타인 초청이 지연되다가 실패했으니[3] 조선의 사정은 더욱 심했다. 아인슈타인은 존 듀이·버틀란트 러셀과 같은 다른 유명인들이 그러했듯이 중국과 일본 사이에 있는 조선을 비껴 갔다.

1907년부터 일본 물리학자들은 신문에 아인슈타인에 관한 글을 쓰기 시작했다.[4] 1921년에 이르면 상당수의 아인슈타인 관련 서적이 출판되기에 이르고, 이때 대학과 출판사·교수가 지식의 전파에 주도적 역할을 했다. 1912년, 동북제국대학 초대 총장은 독일 뮌헨에 유학중이던 조교수 이시와라 준(石原純)을 통해 아인슈타인을 교수로 초빙하려고 했으나 실패했다. 이후 1922년, 출판사 가이조사(改造社) 사장은 이시와라의 추천으로 아인슈타인과 그의 아내를 일본으로 초대하는데 여기에는 막대한 자본이 투입되었다.[5] 이는 "革命的人士" 초청 강연 시리즈의 일환으로 버틀란트 럿셀과 마가렛 싱어에 뒤를 이어 추진된 일이다. 그 강연과 특집본 판매로 인한 금전적 수입을 기대한 측면도 있었지만, 동시에 당시 일본 대정 데모크라시 시대의 지식인 사회의

---

3 Hu, Danian, *China and Albert Einstein : The Reception of the Physicist and his Theory in China, 1917~1979*, Cambridge. MA, USA : Harvard University Press, 2005.

4 Ibid., p.47.

5 같은 단락에서 아인슈타인의 일본 방문에 관해서는 다음의 정보를 참조. http://ja.wikipedia. org, 'アインシュタインと日本(아인슈타인과 일본)' 항목.

분위기는 독일의 박해받는 유대인·과학자를 초대하거나 지지하는 것을 사회적으로 의미 있는 것으로 받아들이기도 했다. 아인슈타인은 1922년 10월 8일 일본 선박인 '키타노환(北野丸)'으로 마르세이유를 출항하여 11월 10일 상해를 거쳐 11월 17일 일본 고베항에 도착했다. 일본으로 오는 배 위에서 그의 노벨상 수상 소식이 발표되었기 때문에 일본측에서의 환영 분위기는 더욱 고조되었다. 당시 오페라 상등석의 4배에 해당하는 3엔이라는 입장료에도 불구하고 일본 일주 강연에는 1만 4천 명이라는 인파가 몰렸으며, 이때 아인슈타인과 유학 중 친분을 쌓았던 이시와라 교수가 통역을 담당하게 되었다.

이렇게 가이조사와 이시와라 교수는 아인슈타인 이론의 일본 수용과 대중적 인기 몰이에 결정적 역할을 했다. 가이조사는 세계적 철학·과학·사상가를 초빙하는 한편, 1920년대 중반 출판 시장이 침체되자 1엔짜리 『현대일본문학전집』(전 63종)을 발간하여 엔본 붐을 일으킨 주역이며, 27권으로 구성된 『마르크스 엥겔스 전집』을 발간한 출판사이다.[6] 이시와라는 아인슈타인의 일본 방문 전 해에 가이조사와 이와나미쇼텐에서 각기 『아인슈타인과 상대성원리(アインシュタインと相對性原理)』(改造社, 1921)와 『상대성원리(相對性原理(科學叢書))』(岩波書店, 1921)를 저술했으며, 아인슈타인의 방문 직후에는 가이조사에서 그의 강연록과 아인슈타인 전집 총 4권을 발간했다. 그는 1931년 이와나미의 『과학(科學)』 잡지 초대편집주임을 맡게 되는 등 과학의 대중화와 계몽에 일정한 역할을 한 물리학자였을 뿐 아니라, 일본 단가(短歌) 잡지의 발행에도 참여했으며 이후 유물론연구회 회원으로 가입하는[7] 등 문화예술가

---

6   水島治男, 『改造社の時代〈戰前篇〉』, 圖書出版社, 1976.

와 사회사상가로서도 활약했다. 그는 비단 물리학 전공 서적 뿐 아니라 『과학과 사상(科學と思想)』(河出書房, 1938)이나 『과학과 사회문화(科學と社會文化)』(岩波書店, 1938) 등도 발간하며 사회・문화・사상적 맥락 속에서 과학을 논의하려고 했다.

그리고 이와 같은 일본의 아인슈타인 붐은 중국에도 영향을 미쳤다. 중국의 경우 1917년 5・4운동 이후 서구과학수용에 적극적 움직임이 일었고 이즈음 일본 유학생들이 귀국히먼시 아인슈타인 이론이 적극 유입되게 된다.[8] 좌파 지식인들은 그의 과학적 혁명성을, 다른 근대주의자들은 이론의 선진성을 강조했다. 특히 이시와라의 저작들은 일본 출간 직후 바로 일본 유학파에 의해 중국어로 번역되었으며 이는 당시 중국에서 발행된 아인슈타인 이론 입문서 중에서 압도적으로 많이 읽혔다.[9]

중국과 일본은 아인슈타인이 상해와 일본을 방문하기 전에 이미 그를 받아들일 준비가 되어 있었는데, 여기에는 버틀란트 러셀의 공헌이 컸다. 러셀은 1920~1921년 사이 중국과 일본을 오가며 대학 강의와 대중 강연을 지속했는데, 당시 그는 아인슈타인의 이론을 알리는 데 집중하고 있었다. 따라서 중국 측에서는 아인슈타인의 붐을 경험한 일본 유학생들의 귀국과 더불어 러셀의 이러한 강연을 통해 아인슈타인을 받아들일 준비가 이미 되어있었다. 러셀은 이때 레닌과 아인슈타인을 시대의 혁명가로서 함께 묶어 소개했으며, 이러한 그의 언급은 중국과

7　「唯物論研究會の概要」, 『朝鮮總督府 高等法院 檢事局 思想部』, 1939.8.31.
8　같은 단락 중국의 아인슈타인 수용에 관해서는 Hu, Danian, op. cit., p.47・61・131 참조.
9　Ibid., p.183.

일본의 좌파 경향의 지식인을 포함하여 혁신과 변혁 혹은 서구 사조에 갈증을 느끼던 지식인층들에게 '혁명적'인 것으로 적극 받아들여지게 된다. 일본 가이조사의 '혁명적인사' 초청 프로젝트는 러셀에 이어 아인슈타인으로 진행되었고, 과학보다는 철학·사상 강연이 인기가 있었던 중국에서의 순서 역시 그러하였다. 학계를 넘어선 공간에서, 아니 학계에서조차 아인슈타인은 '과학이론' 이전에 우주와 인생을 보는 세계관을 뒤바꾼 '사회사상'으로 인식되었다.

3. 아인슈타인을 대중적으로 보급한 주체들

조선의 사정도 중국과 크게 다르지 않았다. 일본과 독일 유학생들은 그곳에서 배운 첨단 과학 이론의 상징적 존재였던 상대성이론을 조선에 소개하고자 했다. 특히 일본 대학의 학문적 성향은 일본 유학이 빈번했던 조선 지식인들에 영향을 끼쳤다. 이시와라가 재직하던 동북제국대학은 서양 학문을 체계적으로 수입하려는 목적으로 이공계열 중심으로 운영되고 있었으며, 따라서 첨단 과학 이론, 당시로서는 아인슈타인 이론의 수용에 적극적이었다. 이에 동북제국대학에 유학한 조선 지식인들 역시 '과학'·'아인슈타인'에 관한 확고한 상을 확보하게 된다. 대표적 인물로는 시인 김기림이 있다. 그는 동북제국대학 졸업 년도인 1939년을 전후하여 '과학적 인생태도'와 '과학적 세계관'을 비롯하여 '과학적 시론'까지도 강조하게 되며[10] "한 권의 미학이나 시학을 읽느니보다는 한 권의 아인슈타인이나 에딩톤을 읽는 것이 시인에게 얼마나 더 유용한 교양이 될는지 모른다"[11]고 언급하기에 이른다. 일본에서 아인슈타인의 이론과 인물 소개에 적극적이었던 또 다른 필자로는 타케우치 토키오[竹內時男著]가 있는데 그는 동경고등공업학교 교수로서『아인슈타인과 그의 사상』및『아인슈타인의 상대성이론』과 같은 책을 저술했다. 조선의 신문에 아인슈타인 관련 글을 연재했던 나경석 역시 이 동경고등공업학교 유학생이었다.

이들 유학생들은 신문 잡지를 통해 일반 식자층에게 지식을 전파했다. 아인슈타인에 관한 기사는 주로 신문 1면에 실렸으며 이는 크게 인물 동정・인물 소개 그리고 그의 업적 소개문으로 나누어 볼 수 있다. 이광수 역시 자신의 각종 언설들을 통해 '과학화'를 주창했던 1927년 무렵『동광』[12]에 아인슈타인의 이론에 관한 기사를 싣기도 했으나 일회적이었으며, 인물・이론의 본격 소개 기사는 보다 전문적 지식을 갖고 있는 관련전공 필자들에 의해 기고되었다.

---

10 김기림의 시론과 사유에서 '과학'의 의미에 관해서는 윤대석과 김윤정의 논문 참조. 윤대석, 「김기림의 시론에서의 '과학'」,『한국근대문학연구』제7권 1호, 2006; 김윤정, 「김기림 문학의 담론 연구」, 서울대 박사논문, 2004.
11 김기림, 「시론」,『김기림 전집』2, 심설당, 1988, 33쪽.
12 경서학인, 「아인스타인의 상대성 원리, 시간 공간 및 만류인력 등 관념의 근본적 개조」,『동광』14호, 1927.6, 50~53쪽.

1) 공민 나경석

1920년대 초반『동아일보』지면에 아인슈타인에 관한 기사를 적극 기술한 대표 필자는 공민 나경석과 황진남이다. 이들의 글은 1면의 2 단~6단 사이의 위치에 2~4단 정도의 분량을 차지하며 연재물로 실렸다. 이는 신문 1면에서 사설 다음으로 비중을 차지하는 위치이다. 먼저 나경석을 살펴본다.

근대 초기 여류화가 나혜석의 오빠인 나경석은 1910년 일본으로 건너가 동경 세이소쿠영어학교[東京正則英語學校]에서 2년 간 수학한 후, 1914년 7월 동경고등공업학교를 졸업한다.[13] 동경고등공업학교는 앞서 언급했다시피 아인슈타인 책 저술가인 타케우치가 1918년부터 교수로 있던 곳으로 시기적으로 그의 사사를 받지는 않았으나 서구 이공계 과학을 적극 전파한 곳에서 수학한 것이다. 졸업 후 나경석은 1915년부터 1918년까지 오사카 조선인 노동자를 위한 사회운동에 참여했다. 사회주의 신문과 잡지를 읽으며 사회주의에 심취하게 된 이 시기에 오스기 사카에와도 교분을 쌓았다. 그 당시『학지광』에 실린 그의 글은『학지광』유학생 글 중 노동문제를 언급한 글로서 희소성을 지닌다.[14] 1918년 귀국 후에는 1년간 중앙학교의 물리·화학 교사로 근무, 1919년 3·1운동 관련으로 징역 3개월형을 받는다. 이후 1919~1921년 사이에는 블라디보스톡·하얼빈·조선을 오가며『동아일보』객원기자로서

---

13 나경석의 연보에 관해서는『공민문집』(정자사, 1980)과 나영균의『일제시대, 우리가족은』(황소자리, 2003)을 참조하였다.

14 KS生,「低級의 生存慾」,『學之光』4호, 1915. 2. 이 글의 의의에 관해서는 유시현의「나경석의 '생산증식'론과 물산장려운동」(『역사문제연구』2집, 역사문제연구소, 1997, 299쪽) 참조.

「노령견문기」(1922.1.19~24) 등의 각종 기행문을 기고했고, 상해 고려 공산당에도 가입했다. 그러던 1921년 4월, 그에 대한 감시가 약화되었다는 소식을 듣고 블라디보스톡 학생 음악단을 이끌고 조선으로 들어온다.

이러한 근황의 끝물에 그는 아인슈타인에 관한 글을 썼다. 그는 1922년 2월 『동아일보』에 公民의 필명으로 「「아인스타인」의 相對性原理」(1922.2.23~3.3)를 연재했다. 이 글은 '아인슈타인의 상대성원리를 알지 못하면 현대인이 아니다'는 요지로 시작한다. '아인슈타인'은 '현대인'이 갖추어야 할 지식과 교양의 대명사로 인식되었다. 『공민문집』[15]에는 누락되어 있으나 7회가 연재될 정도로 양적으로 비중을 차지한 글이며, 그의 소위 전공과목인 '공업·과학' 관련 글이면서도 레닌을 적극적으로 언급한 글이라는 의의가 있다. 그가 이른바 '과학'과 '혁명'이라는 기표를 연관지어 언급한 또 다른 글이 있는데, 이는 일찍이 일본 유학시절 『학지광』에 게재했던 「과학계의 일대혁명」[16]이란 글이다. 그는 이 글에서 "대혁명의 용사"로서 퀴리부인과 라듐을 소개하며 조선인이 이에 무지하고 "과학계의 주권자"로 참여치 못하는 것을 안타까워했다. 나경석은 조선인이 진보하려면 반드시 참여해야 할 영역으로서 과학을 권장한 것이다.

그의 아인슈타인에 관한 글 총 7회 중 앞의 2회 가량은 세계를 좌우한 '삼대 유태인 괴물', 즉 로스 차일드·레닌·맑스 등에 관한 이야기로 채워져 있다. 그 1회는 아인슈타인의 사진을 크게 싣고 있으나 정작

---

15 나경석, 나희균 편, 『공민문집』, 정자사, 1980.
16 「科學界의 一大革命」, 『학지광』 4호, 1915.

아인슈타인에 관한 언급은 없고 '세계를 주무른 대표적 유태인'으로 로스차일드와 레닌을 소개한다. 로스차일드는 노동자를 착취하여 부자가 된 '유태놈 괴물'로, '2대 괴물'인 레닌은 노동자의 이상을 실현하려 한 인물로 소개한다. 이어 2회에서는 '유태 잡종'으로 칼 맑스를 업급하는데 앞서 언급한 이들과 함께 세계의 경제를 좌우하는 '괴물'로 묘사한다. 이 글 연재 이후 그가 조선인 노동자 학살 사건 조사에 적극 개입했던 것을 참조하면 레닌과 맑스의 언급은 비록 본격 레닌 맑스 관련 논저는 아니었을지언정[17] 그의 사상적 경향성을 잘 보여주는 것이었다고 볼 수 있다. 그는 이어 세계 과학과 철학에 영향을 끼친 자로서 아인슈타인의 소개를 시작하는데, 이때 조선인도 상대성 원리를 알아야만 '현대인의 조건'을 갖출 수 있다며 그 지식의 필요성을 강조한다. 조선인은 세계를 떠들썩하게 하는 것의 뒤라도 따라가야 한다는 것이었다. 그는 아인슈타인 글 기고 이후 봄에는 '조선 민중에게 현대문화를 알려줄' 사명으로 추진된 조선청년회연합회의 강연활동에 참여하는데, 이처럼 앞선 퀴리부인이나 아인슈타인에 관한 소개 역시 이러한 '현대문화' 보급의 일환이었던 것이다.

나경석이 위와 같이 레닌과 함께 아인슈타인을 언급한 것은 당시 일본·중국·조선에서 인지도가 높았던 버틀란트 러셀의 영향을 받았기 때문으로 보인다.[18] 식민지 조선 역시 러셀의 언어와 해석을 통해 아

17　1920년대 초 맑스 관련 논저들의 수용에 관해서는 박종린, 「1920년대 전반 사회주의사상의 수용과 맑스주의 원전 번역―『임금 노동과 자본』을 중심으로」, 『한국근현대사연구』51집, 한국근현대사학회, 2009, 301~320쪽.
18　식민지 시기 러셀의 수용에 관해서는 류시현, 「식민지시기 러셀의 『사회개조의 원리』의 번역과 수용」, 『한국사학보』22, 2006 참조.

인슈타인을 받아들였음은 나경석의 글 뿐 아니라 강매의 『위인아인스타인』에서도 알 수 있다. 강매 역시 이 책의 '위인 소개'란에서 러셀의 글을 인용하여 '현대의 세계적 위인＝레닌과 아인슈타인'의 공식을 공고히 했다.

그렇다면 나경석은 이 기사를 쓸 때 어떤 책을 참조했을까? 신문 기사에 실린 아인슈타인의 사진을 단서로 추적하면 이시와라의 일본어 책인 『아인스타인과 상대성이론』(1921)을 참조한 것으로 보인다. 아인슈타인의 사진과 초상화들은 다양한 판본이 유포되고 있었고 일부는 저작권에 묶여 있는 경우가 있었으므로 신문기사가 동일한 사진을 사용할 때에는 해당 사진이 실린 책을 참조했을 가능성이 있다. 나경석이 기사에 게재했던 아인슈타인의 초상이 강매의 저서 첫 페이지에 실린 초상과 일치한다는 점을 근거로 하면, 이들 둘은 같은 책을 참조했을 것으로 보인다. 그런데 시기적으로 나경석의 기사가 강매의 저술보다 2개월 앞서 인쇄되었기 때문에 나경석의 신문 기사가 강매의 단행본을 참조했을 리는 없으며, 따라서 1922년 2월 이전에 이 사진이 실린 다른 책을 찾아보면 이시와라의 저서임을 알 수 있다.

2) 황진남

『동아일보』의 또 다른 아인슈타인 소개자인 황진남은 1922년 11월 「상대론의 물리학적 원리」[19]와 「「아인스타인」은 누구인가」[20]를 각기

---

19 재백림 황진남, 「상대론의 물리학적 원리1~4」, 『동아일보』, 1922.11.14~17.

4회·3회씩 연재했다. 일찍이 『신한민보』는 황진남을 조선 민족이 지켜보고 지원해야 할 우수한 조선인 유학생으로 지목하며 그에 관한 기사를 자주 올렸다. 그는 함경도 사람으로 부친이 하와이를 경유하여 미국에 입국, 쌀농사로 성공한 이민자의 자녀였다.[21] 그는 하와이에서 소학 중학교를 마치고[22] 미국 가주대학(캘리포니아 대학교) 광산과를 우수한 성적으로 다녔다 한다.[23] 그가 졸업을 석 달 앞둔 1921년에는 안창호가 미국의원단과 회견하려는 임시정부의 사명을 띠고 황진남을 통역으로 대동하고 북경에 가기도 했다. 『신한민보』는 1923년에는 베를린에서 연구 중인 황진남의 곤궁한 생활을 보도하며 독자들로 하여금 같은 조선인으로서 그를 원조할 것을 촉구하기도 했다. 황진남은 이후 1926년에는 파리 유학생으로 보도되었으며, 이러한 유학 생활을 거쳐 귀국, 해방 이후에는 여운형과 건국동맹에 가입하여 인민당 중앙위원을 역임하게 된다.

이렇게 미국과 독일 유학을 거쳐 독립운동과 사회주의 활동을 하게 된 황진남은 초기에 아인슈타인과 상대성이론을 어떻게 소개하고 있었는가? '在伯林 黃鎭南 寄'로 실린 그의 기사는 당시 아인슈타인의 주요 활동 무대였던 베를린에 거주하는 유학생이 보내온 글이라는 특징

---

20 재백림 황진남, 「아인스타인은 누구인가 1~3」, 『동아일보』, 1922.11.18~20.
21 연세대학교편집부, 『서산 정석해』, 연세대 출판부, 1989, 24쪽.
22 그는 하와이 밀스학교의 웅변대회에도 참가했다. 밀스학교(Mills school)는 하와이 지방 조합교회(Congregational Church) 대표 데이몬(Frank Damon : Mid-Pacific 고등학교의 전신인 밀스 학교 창설자)이 1892년 중국 남학생들을 위하여 세운 학교다. 밀스 학교는 이후 1923년 원주민 여학생을 위한 카와이아하오 학교와 통합되어 미드-퍼시픽 학교가 되었다. 카와이아하오 학교에는 1908~1919년까지 일본어·중국어·조선어 강좌가 있었으며 당시 484명 중 18명의 조선인 학생이 있었다고 한다(이덕희, 『하와이 이민 100년 그들은 어떻게 살았나』, 중앙M&B, 2003, 16쪽).
23 『신한민보』, 1918.6.20.

이 있다. 그의 기사가 게재된 11월 14~20일은 아인슈타인이 상해를 거쳐 일본을 방문하고 있던 때였다. 황진남 자신이 언급했듯이 그의 기사는 아인슈타인의 동양 방문이라는 시의성에 맞추어 게재된 것이다. 그의 주요 업적의 과학사적 의의와 간략한 이론 소개 기사가 먼저 연재되고, 이어서 그 창조자의 생애와 인품에 관한 기사가 뒤따랐다. 「아인슈타인은 누구인가」는 유학생이 쓴 기사답게 5년 전 스위스 취리히 대학에서 '아인슈타인을 아느냐?'는 질문을 받았던 에피소드부터 이야기를 시작한다. 그가 모른다고 답하자 질문자는 아인슈타인이야말로 '우리 시대의 특색'이자 '위인'이라면서, 우주와 인생을 논하고자 한다면 잠자는 철학을 일깨워주는 자연과학의 일대 혁신적 창조자인 그를 알아야 할 필요가 있다고 강조한다. 그 후 황진남은 아인슈타인의 이론을 공부하기 시작했다고 한다. 그리고 그때 아카데미에서 수학 지식이 없는 자에게는 이를 공부할 자격이 주어지지 않았음을 회상한다. 그 역시 자신의 글 「상대론의 물리학적 원리」에서 사실상 상대성 원리란 고등수학적 지식 없이는 이해하기 어렵다는 것을 인정한다. 하지만 조선인은 여기서 포기해선 안 되고 지속적으로 연구하여 과학계의 혁명을 일으키는 자가 되어야 한다는 의지를 표한다. 즉, 상대성이론은 물리학적 지식의 차원에 머물지 않고 근대 세계관을 뒤바꾼 과학적 혁명성의 상징으로 인식되고 있었다. 따라서 상대성이론을 따라잡지 못한다는 것은 곧 진보의 속도와 혁명·혁신의 가능성을 놓치는 것을 뜻했다.

3) 신태악과 이정렬

잡지 『신생활』은 1922년 여름, 아인슈타인에 관한 기사를 수 편 싣는다. 그 주요 필자는 신태악과 이정렬이다. 신태악은 「대화 신흥물리 —아인쓰타인의 상대성이론에 대한 니야기」[24]를 쓰는 데 이때, 참고문헌과 자신의 글의 성격을 명확히 표명한다. 그는 자신의 글이 "일본 竹內 理學士의 저서 『書換られたる物理學』 서두에 있는 대화를 토대로 한 모작"이며, "창작은 아니오 또한 순전한 번역도 아닌" "두루뭉싱"이임을 밝힌다. 신태악이 참조했다는 책은 일본의 대표적 아인슈타인 저술가 중 한 명인 타케우치의 것이었다. 본문은 조선인 김씨와 서씨의 상대성이론에 관한 대화가 주를 이룬다. 김씨는 학자이고 서씨는 정치가로 이들은 서로의 직업적 정체성을 두고 조롱하다가 조선인으로서의 신세한탄도 좀 하며 운을 뗀다. 그리고는 김씨가 소장한 아인슈타인의 상대성이론 책을 이른바 '정치가'의 용어를 빌려 물리학의 "위험사상책"으로 소개한다. 이때 학자는 정치가에게 자본주의자가 사회주의를 알아야 하는 것처럼 물리학의 상대성이론 역시 알아두어야 함을 설득한다. 정치가는 신문 잡지에서도 상대성이론에 관해 떠들고 구미와 일본에서는 활발한 연구들을 하고 교과서도 고친다는 소식을 들었지만 본인은 아직 잘 모르겠다고 하자 김씨는 설명을 시작한다. 이야기를 듣던 정치가는 차금반납기한을 연장시킬 수도 있을 것이라는 점에서 "우리 같은 무산자"에게는 시계를 정지계에 가져간다는 것이 퍽 유용한 것이라 언급하는 등 이론의 실제 생활 응용 가능성을 지속적으

---

[24] 신태악, 「대화 신흥물리—아인쓰타인의 상대성이론에 대한 니야기」, 『신생활』 6호, 1922.6.

로 모색한다. 이를 듣던 학자는 보다 철저하게 "위인 아인슈타인"처럼 어떤 사태에 결함이 있으면 근본적으로 타파할 생각을 해야 한다고, 따라서 차금하는 법 자체를 없앨 방법을 궁리해야 한다고 지적한다. 필자는 이렇게 아인슈타인 학설을 비전문가에게 이해시키는 식으로 문답을 진행하다가 독자인 "조선청년"들에게 과학에 힘쓸 것을 권하고 과학의 발달을 통해 참 행복을 얻을 수 있음을 강조하며 글을 마무리한다. 이 글은 상대성이론에 직면한 주체의 반응을 '조선인'·'학자'·'정치인'이라는 민족적·직업적 정체성을 중심으로 구체화시켜 기록했다는 의의가 있다.

이정렬은 「아인스타인의 상대성원리」[25]를 기술하는데, 먼저 기존의 시공간 관념을 설명한 후 아인슈타인의 시공간개념의 차이점을 설명하는 식으로 진행한다. 그는 12쪽에 걸쳐 비교적 상세하게 설명하고 이러한 아인슈타인의 이론이 개진된 시점과 망원경 관찰에 의해 증명된 시점 등을 정리해주면서 글을 마친다. '在東京' 유학생 신분으로 글을 기고한 그는, "학교에 적을 둔 학생의 몸이 되어 충분한 시간을 얻어 명세하기 발표치 못하게 된 것도 적시 유감이 된다"고 소회를 밝힌다. 그는 뒤이은 호에도 「아인스타인의 우주론」[26]을 게재하는 데, 말미에 일본 石原 박사, 즉 이시와라의 『아인슈타인의 상대성이론』을 참조했음을 밝힌다. 신태악과 이정렬의 경우를 보면, 『신생활』에 실린 아인슈타인의 상대성이론 관련 기사들은 일본의 대표적 전문가인 타케우치와 이시와라의 저서를 참조본으로 삼았음을 알 수 있다.

---

25 이정렬, 「아인스타인의 상대성원리」, 『신생활』 6호, 1922.6.
26 이정렬, 「아인스타인의 우주론」, 『신생활』 8호, 1922.8.

4) 최윤식

신문과 잡지를 통해 아인슈타인과 상대성이론이 소개되던 당시, 이를 강연으로 대중화했던 이로는 최윤식이 있었다. 1899년생인 동림(東林) 최윤식은 평안북도 출신으로 1917년 경성고등보통학교를 졸업하고, 관비로 일본 히로시마고등사범학교(廣島高等師範學校)로 유학, 1922~1926년 동경대학 이학부 수학과를 나와, 귀국 후 휘문고등보통학교·전주고등보통학교 등에서 교편을 잡았다. 1932년 경성고등공업학교 조교수, 1936년에는 교수를 역임했으며, 1940년 경성광산전문학교 교수로서 연희전문 강사를 겸임, 1945년 경성광산전문학교 교장에 취임했다. 1922년 당시 최윤식은 동경대 이학부 학생으로서 유학생 학우회 측이 주축이 된 강연의 일환으로 마산·진주·수원·사리원 등 전국 주요 도시를 돌며 지속적으로 아인슈타인과 상대성이론을 강연했다. 주로 천도교회당에서 '현대사회의 근본적 결함'·'문화운동의 경제적 고찰'(김영식), '자아현실과 사회'(한위건) 등 사회와 청년의 문제를 다룬 강연들과 함께 진행되었던 그의 강연 제목은 '뉴톤에서 아인스타인까지'·'절대와 상대'였다.[27] 난해하기로 유명했던 그의 상대성원리 강연에 참가한 학생들은 200여 명 남짓이었고, 고등수학지식을 기반으로 해야 이해가 가능했기에 학생 및 선생으로 구성된 대다수의 청중들은 난감한 표정을 짓기는 했으나 필기하기를 포기하지 않았다는 기사가 올라오고는 했다.[28]

---

27 『동아일보』, 1923.7.12~24.

28 「학우회 최윤식씨, 난해로 유명한 상대성원리강연에도 듣는 학생은 끝끝내 필긔를 계속」,

나경석과 황진남·신태악·이정렬·최윤식의 경우를 살펴보건대 교육자·저술가·강연가로서 신문·잡지 지면이나 강연을 통해 일반 독자들에게 아인슈타인의 이론을 대중화했던 이들은 일본이나 독일 유학생들이었으며, 대부분 이공계열을 전공했고, 이들 소개는 1922년에 집중적으로 이루어졌음을 알 수 있다. 1919년 11월, 아인슈타인의 이론은 망원경 관측에 의해 증명되었음이 전세계 신문에 보도되었고, 1920~1921년에는 아인슈타인을 소개한 러셀의 중국·일본 순회강연이 있었다. 1922년에 이르면 아인슈타인의 일본·상해 방문이 이루어지고 그 와중에 노벨상이 수여되는데, 시의성이 그 생명 중 하나인 신문은 이렇게 세간의 관심이 집중된 아인슈타인을 주요 화제로 삼았으며, 이는 1922년 아인슈타인에 관한 조선어 단행본 발간으로 결실을 맺게 된다.

4. 조선어 단행본 『偉人아인스타인』의 발간 정황

1) 발행 주체

1922년 4월, 『偉人아인스타인』이 출간되었다. 이는 현재까지 조사한 바로는 해방 이전까지 조선어로 발간된 아인슈타인·상대성이론 관련

『동아일보』, 1923.7.19.

도서로서 최초이자 유일하다. 이 책을 통해 상대성이론으로 대표되던 아인슈타인이 조선에 본격 소개되게 된 하나의 경로를 파악할 수 있다. 그런데 이 책의 판권지와 본문·광고를 보면 출판 주체와 출판사, 그리고 판권 이전을 둘러싼 몇 가지 흥미로운 점을 발견할 수 있다.

이 책의 판권지에 기재된 발행소는 '選民社'이며, 저작자는 '姜邁', 발행자는 '白雅悳', 인쇄자는 '魯基禎'이다. 이들 출판사와 관계자들의 종교적·정치적 성격과 활약한 분야들은 전체적으로 통일되어있지 않지만 부분적으로 서로 교집합을 이루고 있다. 발행 주체의 종교적 성격을 보면 출판사 선민사는 기독교 성향의 잡지를 발간했었고, 강매 역시 독실한 감리교인, 백아덕 또한 미국인 선교사였다. 강매와 백아덕은 같은 학교에 몸을 담은 교육자들이기도 했다. 허나 이들의 정치적 성향을 보면 강매와 백아덕, 노기정은 사회주의 성향의 잡지 『신생활』에 적어도 표면적으로는 관계자들이었다. 한편 강매와 노기정은 근대적 기업체형 출판사 한성도서를 통해서도 연관되는 인물이며 이들의 성격을 단일하게 규정지을 수는 없다.

그렇다면 『위인아인스타인』의 발행 주체라고 할 수 있는 구심점을 어디에 놓아야 하는가? 선민사는 강매의 출판사이므로 집필뿐 아니라 출판의 주체도 강매로 볼 수 있다. 근거는 다음과 같다. 우선 판권지란에 '선민사'의 주소지로 표기된 '경성부 내자동 230번지'는 옆에 기재되어 있는 저작자 '강매'의 주소지와 일치한다.[29] 또한 강매는 일찍이 1919

29　그런데 강매가 대동단 사건으로 연루되어 1920년 3월에 기록된 일본 경찰측의 신문조서에 따르면(『한민족독립운동사자료집』 6(대동단사건Ⅱ), 국사편찬위원회, 1986, 64~65쪽 (www.koreanhistory.or.kr)) 당시 주소는 '수송동 132번지'였으며 이 주소지는 1921년 3월에 발간된 『조선어문법제요』 저작자 주소와 동일하다. 또한 1917년 6월에 발간된 『한문법제

년 1월, 월간 잡지 『選民』을 창간했었다. 1월호 『선민』은 기독교와 교육에 관한 글을 주로 담고 있었고 이는 창간호이자 종간호가 된다. 이로부터 3년 후, 강매는 위의 잡지 명칭을 딴 선민사라는 출판사를 통해 『위인아인스타인』을 출판·집필한 것인데, 언급한 잡지와 단행본 이외에 선민사의 다른 출판물은 확인된 것이 없다.

그렇다면 강매를 중심으로 『위인아인스타인』 출판 주체들의 관계망과 성격을 파악해보기로 한다. 강매(1878~1941)는 호가 근원(槿園)이며 교육자·저술가·언론인으로 활약한 기독교인이다. 그는 1907년 니횬[日本]대학 고등사범 수법과를 공부한 후 1912년부터 배재학당에서 조선어·한문·법제·수신교사로 재직하며 활발한 저술·강연·언론 활동을 하고 있었다. 국어학자로서의 그의 위치는 주시경의 제자이자 최현배·김윤경의 선배 격에 해당되며, 굵직한 출판사를 통해 각종 사전·작문·문법책 등 학생들에게 정기적으로 소비되는 출판물을 펴낸 교재·학습서 필자였다.[30] 그는 국어학자로서 뿐 아니라 실용서 저술가로도 활약했다.[31] 그가 1920년대 초반 주로 중앙청년회관이나 기독교 청년회 등에서 강연했던 강연 제목들 역시 청년들에게 신문명 학습과 학업적·실업적 분발을 강조하는 데에 집중되어 있었다. 이후 『公

요』에서 주소지는 '필운동 145번지'로 되어 있었다. 이러한 표기에 따르면 그의 주소지는 1917년과 1920·1921년, 그리고 1922년에 지속적으로 바뀐 것으로 보인다.

30 강매 저서의 서지사항은 아래와 같다. 이 중 『漢文法提要』, 『잘 뽑은 조선말과 글의 본』, 『朝鮮語文法提要, 上篇』는 『역대한국문법대계』, 박이정, 2008)에 실려 있다.
『漢文法提要』(姜邁 撰, 京城 : 博文書館 大正6[1917]), 『(簡明)法律 經濟 熟語辭解』(姜邁, 新文社 編輯局 編纂. 京城 : 新文社 大正6[1917]), 『朝鮮語文法提要, 上篇』(姜邁 著, 京城 : 廣益書館 大正10[1921]), 『잘 뽑은 조선말과 글의 본』(姜邁, 金鎭浩 共編, 아펜젤라 저작 겸 발행자, 京城 : 漢城圖書 大正14[1925]), 『中等 朝鮮語作文』(姜邁 編纂.京城 : 彰文社; 京城 : 博文書館 昭和3[1928]), 『中等 朝鮮語作文』(姜邁 編纂, 京城 : 博文書館, 1931).

31 劉銓, 姜邁 共編, 『(成功 秘訣)朝鮮 探鑛寶鑑』, 東京 : 朝鮮鑛業研究會, 1919.

道』의 편집 겸 발행인,[32] 『啓明』의 편집인,[33] 『시대일보』・『중앙일보』의 편집국장직도 역임하게 되는[34] 그는 1920년대 초 이미 언론계・교육계・출판계에 자리를 차지한 중견 지식인이었던 것이다. 그의 기독교인으로서의 활약[35] 역시 간과할 수 없다. 그는 1911년 정동교회에서 세례받은 이후 1915년 『정동교회삼십년사』를 집필했고, 1918년부터는 전도사로 임명, 1924년부터는 교육위원회의 교육위원으로 활동했다.

이러한 강매와 발행자인 백아덕・인쇄자인 노기정 세 인물을 연결하는 고리 중 하나는 『신생활』이다. 강매도 『신생활』 이사, 백아덕은 편집 겸 발행인, 노기정은 인쇄인이었다.[36] 하지만 강매를 중심에 놓고 다른 두 인물들을 각기 엮어 볼 때 이들 간에 또 다른 공통분모를 찾을 수 있다. 강매와 백아덕의 실질적 인연은 『신생활』보다는 '배재학당'과 '기독교'를 통해서 맺어진 것으로, 강매와 노기정 역시 『신생활』보다는 한성도서를 통해 맺어진 것으로 볼 수 있다.

백아덕은 미국인 선교사이자 연희전문 수학물리과(약칭 수리과)교수였던 베커(A. L. Becker)로[37] 교육자이자 선교사이기도 했다. 베커는 1914년까지 숭실학교에 그리고 1914년부터 배재학교 교사로, 이후 1917년 연희전문학교 설치가 인가된 즈음부터 연희전문 교수로 재직했다. 그

---

32 김근수, 『무단정치시대의 잡지 개관』, 아세아연구, 1968, 166쪽.

33 이지원, 『한국 근대 문화사상사 연구』, 혜안, 2007, 242쪽.

34 1931년 11월 25일 창간된 『중앙일보』의 편집국장은 강매였다. 권영민, 『현대문학대사전』. www.dbpia.co.kr열람.

35 기독교인으로서의 강매의 활약에 관해서는 다음의 자료 참조. 오영교 편(정동제일교회 역사편찬위원회), 『정동제일교회 125년사』 제2권, 정동삼문출판사, 2011 참조.

36 신생활사에 관한 정보는 김근수, 『한국잡지사』, 청록출판, 1980.

37 김근배에 따르면 베커의 연희 전문 재직 기간은 1915~1942년이다. 김근배, 『한국 근대 과학기술인력의 출현』, 문학과지성사, 2005, 223쪽.

는 1919~1921년 가을까지 미국 미시간 대학 물리학 박사과정을 밟고 연희전문으로 돌아왔고[38] 1926~1928년간 미국 체류 기간을 제외하고는 1940년 미국으로 돌아갈 때까지 연희전문의 임시교장과 배재고등의 교장(1923~1924)을 역임하며 조선교육계에 영향력을 행사했다.[39] 그런 그가 미국 유학 직후 『위인아인스타인』 발행자이자 서문 작성자로 참여한 것이다. 'Dr. A. L. Becker'이자 '理學博士 白雅悳'으로 소개된 그의 영문과 조선어 서문은 단행본의 첫 페이지를 장식하고 있었다. 그가 "한국 과학 교육의 기초를 확립하고 이를 실천하는데 커다란 기여"[40]를 했고 "과학분야의 훌륭한 인재를 육성하고 근대과학을 우리나라에 도입하는 데 큰 기여"한 인물, 즉 조선 근대 과학 교육에 투신했던 선교사로 평가되고 있음을 고려하면 그가 『위인아인스타인』에 단지 형식적으로 관여한 것은 아님을 알 수 있다. 게다가 강매와 베커는 배재학당에 함께 재직하며 직접 인연을 맺었고 베커는 연희전문으로 이동했으므로, 교사인 이들이 자신의 학교에서 『위인아인스타인』을 교재로 채택했을 가능성도 고려해볼 만하다.

노기정의 경우를 보자. 그는 1922년 3월 창간호부터 발매 금지가 된 『신생활』의 1922년 11월 러시아혁명 기념호가 문제가 되어 인쇄기도 봉인되기에 이르렀을 때, 『신생활』 편집자이자 제작자인 박희도와 함께 구금되고 심문을 받게 된다. 정기간행물들을 통한 노기정의 발언으로 보건대 그는 기독교와 지식인계층을 비판적으로 보고 농촌계발과

38　위의 책, 227쪽.
39　베커의 행적에 관해서는 안종철, 「아더 베커의 교육선교활동과 '연합기독교대학' 설립」, 『한국기독교와 역사』 제34호, 2011 참조.
40　위의 글, 251쪽.

생업의 문제를 중시한 인물이었다.[41] 허나 이러한 그의 정치적 성향을 그가 인쇄인으로 작업한 출판물에 직접 연결시킬 수는 없다. 예를 들어, 그가 1920년대 발간된 근대 초 시집의 4분의 1가량의 인쇄인으로 참여했지만[42] 이때 그 시집들의 성격을 인쇄인의 정치적 성향과 동일시할 수는 없는 것이다. 또한 그는 『신생활』 인쇄인이었을 뿐 아니라 한성도서주식회사 인쇄인으로 재직 중이기도 했다. 따라서 검열을 피하기 위해 주로 이름을 내걸었던 미국인 백아덕과 한성도서인이기도 했던 노기정에게 '사회주의적 색채를 띤 『신생활』계 인물'이라는 단면적 평가만을 내리는 것은 무리가 있다.

그렇다면 아인슈타인 단행본 발간에 있어서 『신생활』사와의 관련은 전혀 찾을 수 없는가? 문제는 간단치 않다. 『위인아인스타인』이 출판된 1922년 4월 27일과 거의 같은 시기에 발간된 『신생활』 6호와 8호에 앞서 살펴본 글들인 「아인스타인의 상대성원리」·「아인스타인의 우주론원리」·「아인쓰타인의 상대성이론에 대한 니야기」가 게재되었던 것으로 보아, 『신생활』사 측에서도 『위인아인스타인』의 출판 시점에 그에 대한 관심은 있었다고 보인다. 그렇다면 『위인아인스타인』의 저작자과 출판 주체는 강매이지만, 『신생활』사 측에서도 아인슈타인에 관한 관심을 가지고 있었다고 볼 수 있겠다.

그런데 『위인아인스타인』에 관한 연구가 이전에 없었기 때문에 기존의 출판 서지 연구자들은 이를 한성도서주식회사의 출판물로 기록

41　노기정, 「신년의 신의견」, 『개벽』, 1923.1.
42　웨인, 「1920년대 한성도서 인쇄인 노기정에 대하여」, 『근대서지』 4호, 근대서지학회, 2011, 434쪽.

해왔다.[43] 실제로 1930년대에 이르면 『위인아인스타인』은 한성도서주식회사의 『1935 도서총목록』에서 자사 출판물로 기록된다. 한성도서주식회사는 회사 설립 직후 1921년부터 1923년까지 12권의 번역위인전기총서를 출간했는데,[44] 1935년의 총목록에서는 이 『위인아인스타인』까지 "本社編"으로 표기하며 총서 시리즈로 묶게 되는 것이다. 그런데 1921년에 한성도서는 위인전기총서를 발간하며 기획 예고를 광고한 적이 있는데, 이 목록에 아인슈타인은 포함되어 있지 않았었다. 따라서 한성도서는 애초 기획에는 없던 것을 뒤늦게 판권을 사서 총서에 포함시킨 것임을 알 수 있다. 이는 강매와 한성도서측과의 인맥으로 인한 것으로 보인다. 강매는 1921년 6월 한성도서를 통해 위인전기총서의 일종으로 『루소』를 출판한 바 있으며 한성도서의 실세였던 장도빈과 함께 강연 연사로 활약했다.[45] 또한 장도빈은 1922년 11월 발간된 『조선지광』 창간호의 주간으로, 강매는 집필인으로 인연을 이어갔으므로,[46] 그의 『위인아인스타인』의 판권은 이러한 연유로 이후 한성도서로 넘어가게 되었을 가능성이 있다. 게다가 『위인아인스타인』은 강매 뿐 아니라 노기정을 통해서도 한성도서와의 인연이 있었다. 노기정은 『신생활』 인쇄인이기도 했지만 한성도서에 재직한 한성도서의 인

---

43 하동호, 『한국 근대문학의 서지 연구』, 깊은샘, 1981; 김병철, 『한국 근대번역문학사 연구』, 을유문화사, 1974, 947쪽.

44 이에 관해서는 김성연, 「한성도서주식회사 출간 번역 전기물 연구—출판 정황을 중심으로」, 『상허학보』 30집, 상허학회, 2010, 223~262쪽.

45 장도빈과 강매는 함께 강연자로 참석하고는 했다. 다음의 기사 참조. 「고학생갈돕회主催로 종로중앙청년회관에서 강연 : 朝鮮敎育界의 變遷(張道斌), 社會의 病毒(崔八鏞), 成功의 意義(宋鎭禹), 弱者의 소리(朴珥圭), 偉人은 어대서 오는가(姜邁), 敎育과 社會(金弼秀)」, 『동아일보』, 1921.4.11.

46 장신, 「『주보 조선지광』의 발굴과 몇 가지 문제」, 『근대서지』 4호, 근대서지학회, 2011, 442쪽.

쇄인이기도 했던 것이다. 그가 『신생활』 필화사건에 연류되어 기소되었을 때 그가 근무했던 한성도서의 인쇄 장비 역시 압수당했다는 기록은[47] 한성도서인으로 인식되던 그의 정체성을 보여준다.

이렇게 『위인아인스타인』 초판본의 출판 주체를 어디로 보느냐에 따라 수용 주체의 성격을 달리 파악할 수 있기 때문에 재판본이 아닌 초판본의 출판 서지 사항을 명확히 해둘 필요가 있다. 초판의 저작과 출판은 강매를 중심으로 이루어졌으며 그 판형과 디자인, 본문의 문체와 구성에 저작자인 강매의 입김이 강하게 작용하고 있었다.[48] 이런 강매를 중심으로 『신생활』 · 한성도서[49]라는 출판 관계자와 기독교 · 배재학당 인맥이 인쇄자 · 발행자 · 서문작성자로 한데 모여 있었던 것이다.

이러한 강매의 번역 행로는 식민지 조선의 번역 주체로서 교육계와 기독교계에 주목할 필요를 환기시킨다. 예를 들어 식민지 시기 루소의 사상에 대한 관심은 드높았음에도 불구하고 루소 관련 조선어 번역물로는 교육가 강매가 교육적 관점을 중심으로 소개한 『루소』 전기가 현

---

47 웨인, 「1920년대 한성도서 인쇄인 노기정에 대하여」, 『근대서지』 4호, 근대서지학회, 2011, 436쪽.
48 『위인아인스타인』의 눈에 두드러지는 특징 중 하나는 문장들에 쉼표가 빈번히 들어가 있는 것이다. '바치는 말' 격에 해당하는 문구를 예로 들면 "이 小冊子는, 特히, 朝鮮, 新靑年 男女에게, 올립니다"라고 되어 있다. 이러한 빈번한 쉼표 사용은 강매의 다른 전기물인 『루소』(한성도서주식회사, 1921)와 그의 다른 저작인 『잘 뽑은 조선말과 글의 본』(한성도서주식회사, 1925)에서도 보이므로 그의 문체 특성으로 볼 수 있다.
49 자본금 30만 원으로 조직된 기업체형 주식회사 출판사인 한성도서주식회사의 구성진의 특징으로는 서북출신 인사, 『대한매일신보』, 『한성순보』 출신자, 『동아일보』 기자, 신민회 소속자 등을 꼽을 수 있다. 사장은 이봉하, 전무 이종준, 취체역 장도빈, 감사역은 허헌, 고문은 김윤식 양기탁, 상담역은 김상은 김환 등이었다. 한성도서는 『서울』 · 『학생계』 등의 잡지를 발간했고 출판부장은 장도빈, 잡지 주간은 오천석, 편집원은 김환 · 전영택 · 김성룡 · 노자영 · 김억 등이었다. 한성도서는 회사 내외부인력을 동원하여 1920년대 초반에 위인전 및 세계문학 번역물 발간에 주력했다. 이에 관해서는 김성연, 「식민지 시기 번역 위인전기 연구」, 연세대 박사논문, 2011.

존하는 것으로 유일하니,[50] 번역가가 특정 사상의 유입에 끼친 영향은
적지 않다. 『위인아인슈타인』 역시 교육자 강매를 통해 청년 학생들을
위한 교육적 목적으로 유입되었으며 이러한 발간 의도는 책의 서두에
명시되어 있었다. 그리고 앞서 언급한 것처럼 배재학당과 연희전문의
과학교육의 실세였던 베커와 역시 배재학당 간판급 교사였던 강매가
이들 학교에서 『위인아인스타인』을 비롯한 전기물을 문학·사상·교
육학·과학교재로 활용했을 가능성을 고려한다면 이들을 통한 독자에
의 영향력은 작지 않았을 것이다.

2) 번역 원본 대조

　『위인아인스타인』의 구성은 다소 복잡하다. 이 책은 아인슈타인에
게 바치는 헌정 시인 '讚辭'와 '인물 소개'에서 시작하고 본문은 그의 생
애·세계관·과학적 이론으로 구성되어 있으며 마지막으로 부록이 겹
겹이 덧붙어 있다. 이는 '저작자'인 강매가 다수의 관련 도서를 참조하
여 작성했기 때문으로 보이는데 일본 유학파인 강매는 일본어본을 참
조했을 확률이 높았다. 그러나 이 책은 번역본임을 밝히지 않았기 때
문에 일대 일 대조 작업을 통해 어떤 원서를 기반으로 한 '번역' 혹은
'편집'임을 규명하는 작업을 선행할 수밖에 없었다. 다만, 마지막 장인

---

[50]　조선인이 루소 저술을 일본어로 간행한 사례는 있다. 최재서는 가이조사를 통해 영어에서
　　일본어로 루소의 사상서를 번역 출간했다. 崔載瑞譯(Babbitt, Irving), 『ルーソーと浪漫主義
　　上·下(改造文庫)』, 改造社, 1939·1940.

부록 "아인스타인印象記의一節"의 "石原純博士의記錄에서"라는 기록을 근거로 하면 일본인 이시와라 준[石原純]의 저작을 참조했을 가능성이 높다.

하지만 이시와라의 저술들 중 전체 목차가 일치하는 것이 없으므로 언급하지 않은 또 다른 참조본이 존재했을 수 있다. 일본에서 1922년 4월 이전에 발간된 아인슈타인 관련 도서들과 대조해본 결과, 이 책의 본문은 타케우치 토키오[竹內時男著]의 『아인슈타인과 그의 사상(アインシュタインと其の思想)』[51]을, 부록으로 붙인 글들은 이시와라의 『아인스타인과 상대성원리(アインスタインと相對性原理)』[52]를 번역했음을 확인할 수 있었다. 강매는 4~5개월 전 발간된 두 권의 일본어 책을 참조하여 편집 번역본인 조선어본을 출판한 것이다. 각 판본의 목차 대조를 통해 일치하는 부분을 표시하면 〈표 1〉과 같다.

①은 ②와 ③의 내용을 충실히 번역하면서도 목차의 순서는 뒤바꾸어 놓았다. 장이나 절을 순서는 단지 유사성을 떨어뜨리기 위한 목적으로 바꾼 것처럼 특정한 규칙 없이 재배열되어 있으며 게다가 두 권의 목차가 섞여 있어서 언뜻 보면 특정 원본과의 유사성은 두드러지지 않는다. 하지만 『위인아인스타인』은 서두부분의 '위인소개' 중 '一, 三'과 부록에 해당하는 '偉人의半生史를 讀하고—캔트의철학과 아인스타인의상대율' 항목을 제외하고는 본문의 내용과 부록 및 사진을 모두 두 권의 책에서 그대로 가져왔다.

『위인아인스타인』이 이시와라 준의 저작인 ③번과 동일하거나 유사

---

51 竹內時男著(タケウチ, トキオ), 『アインシュタインと其の思想』, 東京 : 內田老鶴圃, 1921. 11.

52 石原純(イシハラ, ジュン), 『アインスタインと相對性原理』, 東京 : 改造社, 1921. 12.

〈표 1〉 각 단행본의 목차 대조표

①『위인아인스타인』 (1922.4)	②『アインシュタインと其の思想』 (1921.11)	③『アインスタインと相対性原理』 (1921.12)
Einstein—Dr. A. L. Becker 讚辭 哲人小照-아인스타인 肖像(사진)* (바치는 말) **偉人紹介**(一, 二, 三) **彼半의世小史** **출생과 소년시대** **이태리유랑시대 수양시대 자활시대** **광영시대** **偉人의片影(사진)**** 憧憬 **彼人의物** **피의 문학적 교양,** **과학자로된 피,** **예술에 대한 기호와 오락, 세계적인 피,** **피의 담화** **彼의 思想** **천재론, 교육론, 여자관, 과학관,** **彼의 學說体系** **상대성이론** **(一)일반상대성원리,** **(二)특별상대성원리,** **(三)에델불인,** **(四)시공의 상대성** **(五)시공의 사원세계 사원기하** **(六)광속도의 보편성** **(七)유한한우주** **(八)動力의未來** 偉人의半生史를 讀하고 一캔트의철학과 아인스타인의상대율 附錄 一.아인스타인의著述에對하야 二.아인스타인印象記의一節 (石原純博士의記錄에서)	目次 **自序** ~~초상화~~ **彼が半世史 1〜22** **一　生ひ立ちよりミュンヘン時代迄** **二　イタリア悠遊時代** **三　修養時代** **四　自活時代** **五　光栄時代人としての彼 23〜36** **六　世界民としての彼** **七　芸術に対する彼の嗜好と娯楽** **八　彼の談話** **九　科学者としての彼(사진)** + 彼の文学의 教養** **彼の思潮 37〜55** **十一　科学雑観** **十二　教育改造論** **十三　女子教育観** **十四　天才論** **相対律夜話 57〜108** ~~十五　マイケルソン　モーレーの大実験~~ **十六　エーテル抹殺** **十七　光の信号の普遍的価値** **十八　特殊相対性理論** **十九　時空四元世界** **二十　四元幾何学** **二十一　未来の動力** ~~二十二　歪める地図~~ **二十三　一般相対性理論の決定** **二十四　時空の相対性** **二十五　宇宙の有限**	<u>사진2장*</u> 目次 <u>アインスタイン教授に逢うて(序歌) 別1</u> 序 別1 時間及び空間の相對性 1 相對論に於ける法則の絶對性 53 相對性原理の眞髄 87 アインスタインの宇宙論と思惟の究極 10 <u>アインスタイン印象 137</u> <u>アインスタインの著作に就て 163</u> アインスタイン著作論文題目 185 アインスタインの肖像寫眞に就て 207

일치하는 사진에는 각기 *와 **표로, ②와 일치하는 곳은 굵은 글씨로, ③과 일치하는 곳은 밑줄로 표기하였다. 또한 본문 전체를 번
대본으로 삼았던 ②에서 조선어 번역 시 누락된 항목은 가운데 줄 표시를 하였다.

한 부분은 다음과 같다. 일단, '아인스타인'이라는 발음 표기부터 동일

하다. ②번인 타케우치의 저작을 따랐다면 '아인슈타인'으로 표기했어

야 했다. 또한 본문에 들어가기 앞서 실린 아인슈타인의 사진 한 장은 ③번 책인 이시와라 준의 저작에서 같은 위치에 실렸던 사진과 동일하다. 이시와라는 이 책에서 사진을 여러 장 실었는데 각각의 사진에 출처와 그 배경 설명을 하는 장을 따로 마련했을 만큼 사진에 의미 부여를 했었다. 『위인아인스타인』은 사진뿐 아니라 이시와라 저작의 두 단원을 그대로 가져와서 '부록'으로 구성했다. '찬사(讚辭)'란 역시 '아인슈타인에게 바치는' 시 형식의 글을 도입부에 배치했던 이시와라 저작의 형식을 참조로 한 것으로 보인다.

그러나 『위인아인스타인』의 본문은 양적으로 보면 ②번 책인 타케우치의 저작을 그대로 번역한 대목이 압도적으로 많다. 본문 전체가 이 책을 그대로 가져온 것이다. 본문 중간에 들어간 사진과 그에 대한 설명문 역시 이 책을 그대로 따랐으나 '무단전재 금지'라고 경고되어 있는 아인슈타인의 초상화는 가져오지 않았다. 언뜻 새로 추가된 장으로 보이는 ①의 '위인소개二'는 ②의 '自序'를 번역한 것으로 "전인류가 과학에 의하야 동화하며 세계 영원의 평화"에 도달할 수 있을 것임을 갈구하는 내용을 담고 있다.

또한 첫 페이지에 놓인 헌정사 역시 동일하게 마련한다. 다만 바치는 대상에 관한 언급은 실정에 따라 바뀌었다. 타케우치 저작에는 "본서 초판본의 순익은 독일 학자 구휼을 위해 바침"[53]이라고 되어 있는데, 이는 '아인슈타인'이란 일본의 지식인 사회에서 독일의 유대인 · 지식인 탄압문제를 이슈화하는 상징적 존재로 인식되고 있었다고 했던

---

[53] "本書初版の純益は獨國學者救恤の爲に獻ぐ"(번역-인용자) 이러한 헌사가 붙은 맥락에 관해서는 좀 더 살펴볼 필요가 있다.

서두에서의 진술을 뒷받침해준다. 표면적으로나마 지식인·억압계층의 세계적 연대를 시도하는 포즈를 취했던 이와 같은 일본어본 아인슈타인 저서의 헌정사는 식민지 조선으로 건너오면서 "이 小冊子는, 特히, 朝鮮, 新靑年 男女에게, 올림니다"로 전환되었다. 구휼의 대상이 조선 독자 자체로 바뀌게 된 것이다. 일본·중국과 1년 이내의 시차를 두고 1922년 식민지 조선에서 발간된 『위인아인슈타인』은 타자의 문제를 환기시켰다기보다는 민족 자신의 문제, 즉 후진성을 극복하는 수단으로 유입되었다.

일본어본에 없던 내용이 추가된 부분은 다음과 같다. 필자 강매는 '위인소개一'을 통해 이순신과 세종대왕을 훈민정음과 거북선의 창조자로서 언급하지만 그들이 아인슈타인과 같은 세계적 공헌자가 되지 못했음을 한탄한다. 허나 그는 조선 청년들을 향해 아인슈타인 역시 "반생사가 평범한 이면을 가진 것을 보고" 희망을 가질 것을 권고한다. 즉, 전기와 이론서가 결합된 형태인 『위인 아인스타인』을 통해 필자는 위업을 이룩한 인물의 평범한 이면을 보여줌으로써 독자 청년들에게 가능성을 심어주고 분발할 것을 촉구하고 있다. 그는 또한 새로 추가된 부분인 '위인소개 三'에서는 버틀란트 러셀이 "현대의 세계적 위인"으로 레닌과 아인슈타인을 꼽았음을 언급하며, 레닌이 민중정치 이상의 실패자라면 아인슈타인은 뉴튼 이후의 "혁명적 원리의 창조자"로 성공한 양극의 운명을 걸었다고 진술한다.

이렇게 조선어본이 일본어본을 번역 원본으로 삼아 편집하고 일부 조선의 실정에 맞는 내용을 추가했다면, 일본어본은 영어본과 독일어본을 참조하여 작성된 것이었다. 타케우치가 참고문헌으로 언급한 책은 Alexander Moszkowski의 *Einstein*[54]과 Edwin E. Slosson의 *Easy Lessons in Einstein*이다. 1921년 독일어로 쓰여졌던 Alexander의 저술은 같은 해에 영어로 번역되었으며, 이를 참조한 타케우치의 일본어본 역시 같은 해에 출판된다. Alexander는 저자 서문에서 아인슈타인에 관한 책이 넘쳐나는 이때, 인간으로서의 아인슈타인에 보다 집중 조명함으로서 변별된다고 밝히고 있다. 이어서 이 책이 과학지식을 학습하는 교과서나 안내서가 아닌 아인슈타인이라는 인물의 인간적 됨됨이와 다방면에 걸친 천재성을 보아내는 데 쓰이고자 한다고 저자의 소회를 밝혔다. 이를 영역한 번역자 Henry L. Brose 역시 역자의 말에서 아인슈타인의 물리학 업적과 인물은 함께 조명되어야 함을 언급했다. 즉, 타케우치는 애초에 인물론·전기와 이론이 함께 담긴 특성이 있던 Alexander의 책을 선택했다.

이시와라의 책은 참조본을 명시하지는 않았다. 다만 수록한 인물 사진들의 출처를 언급했는데, 따라서 이 저본들을 참조로 했을 것으로 추정된다. 언급된 책은 독일 출판본인 보른의 『아인슈타인 상대성원리』(1921)[55]와 아인슈타인의 『특별 및 일반상대성이론』의 로손 영역본 (1921),[56] 그리고 스롯슨의 『아인슈타인입문』(1921)[57]이다. 타케우치와 이시와라가 공히 참조한 책은 스롯슨(Solsson)의 입문서였으며 이 책은

---

54 Alexander Moszkowski, *Einstein*, Berlin : F. Fontane & Co. 1921; Alexander Moszkowski, Trans. Henry L. Brose., *Einstein the Searcher*, New York : E. P. Dutton and Company, 1921.10.

55 Max Born, *Die Relativitätstheorie Einsteins und ihre physikalischen Grundlagen : elementar dargestellt*, Berlin : J. Springer, 1921.

56 Albert Einstein, Trans. Robert W. Lawson., *Relativity : the special & the general theory : a popular exposition*, 6th ed., London : Methuen & Co. 1921.

57 Edwin E. Slosson., *Easy Lessons in Einstein : A Discussion of the More Intelligible Features of The Theory of Relativity,* New York : Harcourt, Brace and Howe, 1920.

아인슈타인과의 대화와 그의 학설을 대중적 호기심에 맞도록 쉽게 풀이한 것이었다.

5. 결론

지금까지 조선과 일본·중국의 아인슈타인 수용 정황과 함께, 식민지 조선에서 아인슈타인 관련 단행본·신문 잡지 기사의 주요 필자와 발행주체는 누구인지, 이들이 어떤 경로로 해당 지식을 얻어 어떤 방식으로 서술했는지를 살펴보았다.

식민지 조선은 일본과 중국의 진보적 지식인들 사이에 유행했던 아인슈타인 붐과 러셀의 강연, 그리고 아인슈타인의 상해·일본 방문과 일본 순회강연, 노벨상 수상이라는 사건 속에서 유학생과 일간지를 통해 그들과 별 시차를 두지 않고 실시간으로 아인슈타인을 받아들이게 되었다. 일본 대학과 출판물은 조선 지식인들이 아인슈타인에 관한 지식을 접하는 주요 통로가 되었다. 특히 동경고등공업학교 교수 타케우치와 동북제국대학 교수 이시와라의 저작들은 신문·잡지 기사의 참조본이자 단행본 『위인아인스타인』의 번역 원본이 되었다.

조선에서 독자 대중에게 아인슈타인과 그 이론의 인지도를 높이게 하는 데에는 일간지라는 매체의 역할이 컸다. 세계의 정황을 매일 공유할 수 있게 된 일간지의 보급으로 인해 아인슈타인의 중국과 일본 강연은 조선에서도 이슈가 될 수 있었다. 그의 동태와 수상·논란 등이 보도되는 등 그는 주요 기사거리로 소비되었다. 물론 아인슈타인의 이론이란 이를 쉽게 소개하는 강연회장에 자발적으로 모인 조선인 교사·학생 등 청중조차도 이해하기 어려운 것이었다. 그럼에도 불구하고 그의 사진과 함께 인물·이론·사상에 관한 기사가 빈번히 지면에 오르면서 '아인슈타인'과 '상대성이론'이란 학문적 이해의 차원과는 별개로 독자가 공유할 수 있는 '근대 과학 혁명'의 상징적 기표로 자리잡게 되었다.

일반인을 상대로 한 인쇄매체에 상대성 이론이라는 난해한 학술적 지식이 언급될 때 이는 보통 아인슈타인 인물 소개와 결합된 방식으로 이야기되었으며, 이러한 서술은 이론의 이해를 궁극의 목적으로 한다기보다는 현대인의 상식 정도로 소비되었다. 그리고 이렇게 인물 전기와 이론을 결합하여 소개하는 서사 방식에는 비범한 이론의 창조자의 평범성을 부각시킴으로서 조선인에게도 창조자로서의 가능성을 격려해주고자 하는 의도도 있었다.

상대성이론을 조선어화해서 전달한 주체들은 식민지인이자 지식인으로서의 정체성은 공유했지만, 계급적·사상적·종교적으로는 개인별 편차가 있었다. 그리고 그 사이에는 일본과 미국이 개입되어 있었다. 이들은 기본적으로 일본과 미국·독일에서 교육학·공학·물리·수학·광산업을 전공했던 유학파였으며 대부분 귀국 후 교육자·저술가·강연자로 지속적으로 조선 청년들에게 영향을 미치게 되었다. 이들 중 주요 인물들은 기독교인이었고 일부 천도교인이었으며, 사회주의에 경도되는 청년들도 있었다. 일본의 아인슈타인 수용에 앞장섰던 이시와라는 유물론연구회 회원이었으며 가이조사 출판사 역시 마르크스 엥겔스 전집을 발간했음을 염두에 두면,『위인아인슈타인』발간 주축이 사회주의경향 잡지를 발간하던『신생활』사 관계자들이었다는 사실과 고려공산당에 가입했던 나경석과 해방 이후 인민당 중앙위원을 맡게 되는 황진남의 행보는 간단히 무시될 수 없는 측면이 있다. 상대성이론의 소개에 있어서 소위 '사회주의적 성향'을 띤 지식인들이 개입되어 있었던 것은 단지 1920년대 초라는 역사적 특수성에 기인한 것일 수도 있다. 하지만 그는 '혁명'이라는 수식어와 늘 함께 언급되었으며 기존 체계를 뒤엎는 전복적 힘을 내포한 서사의 주인공이었음은 부정할 수 없다. 아인슈타인은 정치적·사회적 혁명이 표면적으로 이야기될 수도 성공할 수도 없던 식민지 현실과 세계적 정황 속에서 '과학'이라는 이른바 중립적 영역의 '혁명아'로 기록되고 있었다. 당시 아인슈타인 자체가 세계평화주의자이면서도 국가의 존재를 부정하지 않았으며 국적과 체류지가 달랐고 시오니스트였으며 이후에는 사회주의적 발언을 하기도 했으면서도 미국 체제에 머무는 등의 다양한 행로를 보여 그에 대한 평가는 여전히 논쟁적이다. 따라서 위에서 언급한 이들이 조선에 아인슈타인을 소개할 때, 그들은 각기 1920년 초기 그가 보인 다양한 정체성 중 어떤 면만 보았거나 혹은 취사선택하고 있었을 것이다.

이러한 적극적인 소개가 정치적으로 그리고 사유체계 전반에 걸쳐 어떤 변화를 가져왔는지에 관해서는 보다 심층적으로 밝혀져야 할 것이다.『신생활』에 실린 상대성이론에 관한 조선인 학자와 정치인의 문답은 이것이 일상과 각 전문분야에서 어떻게 적용되고 변화의 가능성을 가져올 수 있도록 기대되었는지를 일부 시사해준다. 시간·공간·속도 좌표의 절대성을 부정한 상대성 이론이 이곳에 들어와서 근대 문명의 속도와 식민·제국·인간관계에 대한 통찰로까지 이어질 수 있었을까? 근대 초기 자연과학으로서의 진화론은 사회진화론으로 유입되어 국가와 개인의 이해에 틀을 마련했다. 상대성이론이라는 것이 이처럼 식민지 조선 사회에 진화론만큼의 패러다임의 전환을 낳지는 못했을지라도 최소한 지식인 사회에서 세계와 인생에 대한 이해에 어떤 변화를 가져왔을 가능성을 배제하기는 어렵다. 또한 중일전쟁과 2차 세계대전기에 접어들면 '과학'은 또 다른 국면에서 논쟁의 대상이 되고 이때 아인슈타인과 상대성이론의 위상 역시 변모할 수밖에 없게 된다. 이러한 흔적을 추적하는 것을 다음 과제로 삼는다.

참고문헌

1. 자료

1) 신문 · 잡지
『개벽』, 『경향신문』, 『기독신보』, 『동광』, 『동아일보』, 『매일신보』, 『보성』, 『삼천리』, 『소년』, 『신동아』, 『신생활』, 『신한민보』, 『여성』, 『여자계』, 『연세춘추』, 『연희타임즈』, 『자유신문』, 『조광』, 『조선일보』, 『중앙청년회보』, 『중앙일보』, 『중외일보』, 『청도교회월보』, 『청년』, 『학지광』, 『황성신문』.
Chosen Christian College Bulletin.
Korea Mission Field.

2) 단행본
강매, 『루소』, 한성도서주식회사, 1921.
____, 『잘 뽑은 조선말과 글의 본』, 한성도서주식회사, 1925.
김기림, 『김기림 전집』 2, 심설당, 1988.
김민수, 『역대한국문법대계』, 박이정, 2008.
김영진, 『세계지위인』, 반도출판사, 1929.
노자영 편, 『금색의 태양』, 명성출판사, 1940.
염상섭, 『삼대』, 문학과지성사, 2004.
오스기 사카에, 김응교·윤영수 역, 『오스기 사카에 자서전』, 실천문학사, 2005.
유길준, 허경진 역, 『서유견문』, 서해문집, 2004.
윤치호, 김상태 편역, 『윤치호 일기』, 역사비평사, 2001.
이광수, 김철 교주, 『바로잡은 『무정』』, 문학동네, 2004.
이무영, 『이무영 문학전집』 1, 국학연구원, 2000.
______, 『농민―이무영 탄생 100주년 기념』, 문이당, 2008.
이태준, 『이태준문학전집』, 서음출판사, 1988.

함석헌, 『죽을 때까지 이 걸음으로』, 삼중당, 1964.

______, 『나의 자서전』, 제일출판사, 1979.

A. 베어드, 유정순 역, 『따라 따라 예수 따라가네』, 디모네, 2006.

L. H. 언더우드, 이만열 역, 『언더우드-한국에 온 첫 선교사』, 기독교문사, 1999.

___________, 김철 역, 『언더우드 부인의 조선견문록』, 이숲, 2008.

H. G. Underwood, 이만열·옥성득 편역, 『언더우드 자료집』 II, 연세대 출판부, 2006.

Albert Einstein, Trans. Robert W. Lawson., *Relativity : the special & the general theory : a popular exposition*, 6th ed., London : Methuen & Co., 1921.

Alexander Moszkowski, Trans. Henry L. Brose., *Einstein the Searcher*, New York : E. P. Dutton and Company, 1921.10.

Annie Baird, *Fifty Helps*, Trilingual Press, 1896.

__________, *Day Break in Korea*, New York : Fleming H. Revell Company, 1909.

__________, *Inside views of Mission Life*, Philadelphia : Westminster, 1913.

Edwin E. Slosson, *Easy Lessons in Einstein : A Discussion of the More Intelligible Features of The Theory of Relativity,* New York : Harcourt, Brace and Howe, 1920.

Helen Keller, *The Story of My Life,* New York : Doubleday, Page & Company, 1905.

H. H. Underwood, "A Partial Bibliography of Occidental Literature on Korea from Early Times to 1930", *Transactions of the Korea Branch of the Royal Asiatic Society* vol.20, Seoul : Royal Asiatic Society Korea Branch, 1931.

J. D. Van Buskirk, *Korea Land of the Dawn*, New York : Missionary Education Movement of the United Stated and Canada, 1931.

Lilias, H. Underwood, *Fifteen years among the top-knots, or, Life in Korea*, Boston : American Tract Society, 1904.

_________________, *With Tommy Tompkins in Korea,* New York : Fleming H. Revell Company, 1905.

_________________ *Underwood of Korea,* New York : Fleming H. Revell Company, 1918.

Quarter Centenary, Seoul; Korean Religious Book and Tract Society, 1916.

Various Lives of Early Christian in Korea, 東京 : 敎文館, 1933.

アンリ・ファーブル, 伊藤欽二 訳, 『科学知識少年少女の為に』, 東京 : 日本評論社出版部, 1922.

ブッカー・ワシントン, 佐々木秀一 訳, 『黒偉人：ブッカー・ワシントン伝』, 目黒書店 1919.

エーヴキュリー, 川口篤・河盛好藏・杉捷夫・本田喜代治 共譯, 『キュリー夫人傳』, 白水社, 1938.

キュリー夫人, 『ピエルキュリー傳』, 白水社, 1942.

ヘレン・ケラー, 皆川正禧 訳, 『わが生涯』, 內外出版協會, 1907.

__________, 三上正毅 訳述, 『我身の物語』, 東京崇文館書店, 1912.

__________, 三上正毅 訳述, 『へれんけら嬢自敍傳－我自の物語』, 敎文館, 1914・1924.

岩橋武夫, 『ヘレンケラーと青い鳥』, 主婦之友社, 1948.

三宅恒方, 『昆蟲學汎論, 上卷』, 東京：裳華房, 1919.

竹内時男(タケウチ, トキオ), 『アインシュタインと其の思想』, 東京：內田老鶴圃, 1921.11.

石原純(イシハラ, ジュン), 『アインスタインと相対性原理』, 東京：改造社, 1921.12.

崔載瑞訳(Babbitt, Irving), 『ルーソーと浪漫主義 上・下(改造文庫)』, 改造社, 1939・1940.

「唯物論研究會の槪要」, 『朝鮮總督府 高等法院 檢事局 思想部』, 1939.8.31.

3) 조선예수교서회 출판물(연도순)

A. 베어드, 『샛별젼』, 조선예수교서회, 1905.

A. L. Gray, A., 베어드 역, 『동물학』, Korean Religious Tract Society, 1906.

__________________________, 『식물도셜』, Korean Religious Tract Society, 1908.

A. L. Gray, 베어드 부인 역, 『동물학』, 조선예수교서회, 1908.

A. 베어드, 『고영규전』, 조선예수교서회, 1911.

Sheffield, W. M. Baird 원역, Annie L. A. 편역, 『만국통감』 1~4, 조선예수교서회, 1911~1915.

반복기, 『영아양육론』, 조선예수교서회, 1912.

A. 베어드・베커 편, 『챵가집』, 조선예수교서회, 1915.

존 번연, 릴리어스 언더우드 역, 『텬로력정』 2, 조선예수교서회, 1920.

E. H. 포터, 노보을 부인 역, 『팔리앤아』, 조선예수교서회, 1921.

K. Imai, 베어드 역, 『여의 개종의 전말』, 조선예수교서회, 1921.

반복기, 『신체삼해론』, 조선예수교서회, 1921.

스티븐슨, 릴리어스 언더우드 역, 『쩨클과 하이드』, 조선예수교서회, 1921.

__________________________, 『병중소마』, 조선예수교서회, 1921.

릴리어스 언더우드 역,『지요지률라젼』, 조선예수교서회, 1922.

기일·이원모 역,『류락황도기』, 조선예수교서회, 1924.

노돈 부인 역,『님군의 새옷과 다른 니야기』, 조선예수교서회, 1925.

반복기,『영ᄋ양육론』, 조선예수교서회, 1926.

______,『과학과 종교』, 조선예수교서회, 1926.

존 번연, 게일 역,『텬로력졍』(4th edition), 조선예수교서회, 1926.

노블 부인 편,『승리의 생활』, 조선예수교서회, 1927.

반복기,『건강생활』, 박문서관, 1929.

헬렌켈러, 최태영 역술,『나의 생애』. 조선예수교서회, 1929.

B. T. 워싱턴, 김태원 역,『뿌커 티 워싱턴』, 조선예수교서회, 1934.

반복기·김명선,『건강생활』, 조선예수교서회, 1938.

2. 국내 논저

강돈구 외,『근대 한국 종교문화의 재구성』, 한국학중앙연구원출판부, 2012.

강명관,『조선시대 책과 지식의 역사』, 천년의상상, 2014.

강명숙,「H. H. 언더우드의 Modern Education in Korea와 일제시기 한국교육사 연구」,
        『동방학지』165집, 2014.

강진호,「이무영론」, 조남현·김인환 외,『근대의 안과 밖』, 민음사, 2008.

계훈모,『한국언론연표』, 관훈클럽 신영연구기금, 1979.

고예진,「애니 베어드의 저서에 나타난 한국문화 이해양상 고찰」,『인문과학연구논
        총』33호, 명지대 인문과학연구소, 2012.

권두연,「근대 초기 유통서적 연구」,『현대문학의 연구』55, 한국문학연구학회, 2015.

권보드래,『한국 근대소설의 기원』, 소명출판, 2012.

기독교대백과사전편찬위원회 편,『기독교 백과사전』13, 기독교문사, 1984.

기독교대한감리회 정동제일교회 편,『정동교회125년사』1~3, 2011.

김근배,『한국 근대 과학기술인력의 출현』, 문학과지성사, 2005.

김근수,『무단정치시대의 잡지 개관』, 아세아연구, 1968.

______,『한국잡지사』, 청록출판, 1980.

김남석,「일제하 청년단체의 도서관 설립 활동에 관한 연구」,『도서관학논집』18권,
        한국도서관정보학회, 1991.

______, 「대구부립도서관과 일제의 식민지정책」, 『한국도서관 정보학회지』 32권 4
　　호, 2001.

김도형, 『연희전문학교의 학문과 동아시아 대학』, 혜안, 2016.

김병철, 『한국 근대번역문학사연구』, 을유문화사, 1975.

김사랑, 「'문명'의 노래, 조선인을 '위한' 음악교육―1910년대 선교사가 만든 『창가집』
　　분석」, 『이화음악논집』 Vol. 17 No. 2, 2013.

김상태, 「일제하 신흥우의 '사회복음주의'와 민족운동론」, 『역사문제연구』 1호, 역사
　　문제연구소, 1996.

김성연, 「1920년대 초 식민지 조선의 아인슈타인 전기와 상대성 이론 수용 양상」, 『역
　　사문제 연구』 27호, 역사문제연구소, 2012.

______, 「근대의 기적서사 헬렌켈러 자서전의 식민지 조선 수용」, 『사이』 13호, 국제
　　한국문학문화학회, 2012.

______, 『영웅에서 위인으로』, 소명출판, 2013.

______, 「〈빨강머리 앤〉 번역과 수용의 문화 동력학―공동체, 개인 그리고 젠더화된
　　문학적 상상력」, 『대중서사연구』 20권 2호, 대중서사학회, 2014.

______, 「근대 초기 선교사 부인의 저술 활동과 번역가로서의 정체성, 『현대문학의
　　연구』 55집, 한국문학연구학회, 2015.

______, 「식민지 시기 기독교 출판과 책의 유통―조선예수교서회를 중심으로」, 『사
　　이』 18호, 국제한국문학문화학회, 2015.

김승우, 「19세기 말 의료선교사 엘리 랜디스의 한국민속 연구와 동요 채록」, 『한국민
　　요학』 39집, 한국민요학회, 2013.

김승태, 박혜진 편, 『내한선교사총람』, 한국기독교역사연구소, 1994.

김영민, 『문학제도 및 민족어의 형성과 한국 근대문학(1890~1945)―제도, 언어, 양
　　식의 지형도 연구』, 소명출판, 2012.

김영민 외, 『근대계몽기 단형 서사문학 자료전집』 하, 소명출판, 2003.

김예림, 『국가를 흐르는 삶』, 소명출판, 2015.

김용성, 「사상이 있는 도서관」, 『인문과학연구논총』 24호, 명지대 인문과학연구소,
　　2002.

김윤정, 「김기림 문학의 담론 연구」, 서울대 박사논문, 2004.

김응교, 『사회적 상상력과 한국시』, 소명출판, 2010.

김철, 『복화술사들―소설로 읽는 식민지 조선』, 문학과지성사, 2008.

김현주, 『한국 근대 산문의 계보학』, 소명출판, 2004.

______, 『사회의 발견』, 소명출판, 2013.

나경석, 나희균 편, 『공민문집』, 정자사, 1980.

나영균, 『일제시대, 우리가족은』, 황소자리, 2003.

노치준, 「일제하 한국 YMCA의 기독교 사회주의 사상 연구」, 『한국사회사연구회논문집』 7집, 한국사회사연구회, 1987.

도현철, 「조선학운동과 연희전문의 실학 연구」, 연세학풍사업단, 『일제하 연세학풍과 민족교육』, 혜안, 2015.

류대영, 「매티 노블의 일지―한 부인 선교사의 삶과 '여성의 영역'」, 『동방학지』 160집, 연세대 국학연구원, 2012.

______, 『한국 근현대사와 기독교』, 푸른역사, 2014.

류시현, 「나경석의 '생산증식'론과 물산장려운동」, 『역사문제연구』 2집, 역사문제연구소, 1997.

______, 「식민지시기 러셀의 『사회개조의 원리』의 번역과 수용」, 『한국사학보』 22집, 고려사학회, 2006.

마이클 김, 「서양 선교사 출판 운동으로 본 조선 후기와 일제 초기의 상업 출판과 언문의 위상」, 『열상고전연구』 31집, 열상고전학회, 2010.

민경배, 『한국교회의 사회사』, 연세대 출판부, 2008.

민경찬, 「안애리가 편찬한 〈챵가집〉」, 『낭만음악』 48호, 2000.

민대홍, 「기독교의 문화변혁으로 본 애니 베어드의 소설 연구」, 숭실대 석사논문, 2011.

박단, 「1930년대 프랑스 노동자와 이민 노동자」, 『역사와 문화』 2집, 문화사학회, 2000.

박양신, 「근대 일본의 아나키즘 수용과 식민지 조선으로의 접속―크로포트킨 사상을 중심으로」, 『일본역사연구』 35집, 2012.

박은미, 「개화기 천문학 서적 연구―정영택의 『天文學』과 베어드의 『텬문략히』」, 충북대 석사논문, 2010.

박정세, 「게일의 『텬로력뎡』과 김준근의 풍속삽도」, 『신학논단』 60호, 연세대 신과대학, 2010.

박정희·허은광, 「인터뷰―시각장애인들의 세종대왕 송암 박두성, 송암 선생의 차녀 박정희 여사」, 『플랫폼』, 2008.9.

박종린, 「1920년대 전반 사회주의사상의 수용과 맑스주의 원전 번역―『임금 노동과 자본』을 중심으로」, 『한국근현대사연구』 51집, 한국근현대사학회, 2009.

박지영 외, 『젠더와 번역』, 소명출판, 2013.

박진영, 『번역과 번안의 시대』, 소명출판, 2011.

______, 『책의 탄생과 이야기의 운명』, 소명출판, 2013.

방효순, 「근대 출판사의 서적 판매를 위한 광고 전략에 대한 고찰」, 『출판잡지연구』 21, 출판문화학회, 2013.

배승종, 『그 나라의 역사와 말』, 궁리, 2002.

백남중, 「송암 박두성 선생의 재활사업」, 『황해문화』, 2008 겨울.

서신혜, 「1920~30년대 기독교 출판 서적의 양상과 그 시대적 의미」, 『동아시아문화연구』 54집, 한양대 동아시아문화연구소, 2013.

______, 「『고영규전』의 서술 방식과 창작 기법에 관한 연구」, 『동아시아문화연구』 56집, 한양대 동아시아문화연구소, 2014.

손성준, 「『오위인소역사』와 1900년대 번역의 한국적 특수성」. 『대동문화연구』 84, 대동문화연구소, 2013.

______, 「전기와 번역의 종횡」, 『현대문학의 연구』 51권, 한국문학연구학회, 2013.

손태룡, 『한국 서양 음악가 연구』, 보고사, 2011.

______, 「박태원, 대구지역 혼성합창의 창시자」, 『음악문헌학』 창간호, 2012.

송기중 외, 『『조선왕조실록』 보존을 위한 기초 조사 연구』 I, 서울대 출판부, 2005.

송상석 편저, 『한국절제교육연구사료집』, 성광문화사, 1979.

손유경, 『슬픈 사회주의자-미학적 실천으로서의 한국 근대문학』, 소명출판, 2016.

숭실대학교 100년사 편찬위원회, 『숭실대학교 100년사』, 숭실대 출판부, 1997.

신동규, 「일제침략기 선교사 셔우드 홍과 크리스마스 씰을 통해 본 한일관계에 대한 고찰」, 『한일관계사 연구』 46, 한일관계사학회, 2013.

신규환, 「식민지 지식인의 초상-김창세와 상하이 코스모폴리탄의 길」, 『역사와 문화』 23호, 2012.

______ · 박윤재, 『제중원 세브란스 이야기』, 역사공간, 2015.

신형기, 『시대의 이야기, 이야기의 시대-이야기로 읽는 한국 현대사』, 삼인, 2015.

신호철, 『양화진 선교사』, 대한예수교장로회 서울서노회, 2004.

안종철, 「윤산온의 교육선교 활동과 신사참배문제」, 『한국기독교와 역사』 23, 한국기독교 역사연구소, 2005.

______, 「아더 베커의 교육선교활동과 '연합기독교대학' 설립」, 『한국기독교와 역사』 제34호, 2011.

양진석, 「규장각한국학연구원 고문서 조사 정리의 현황과 과제」, 『영남학』 9, 경북대 영남문화연구원, 2006.

______, 「한국 고문서학의 전개과정」, 『규장각』 34, 서울대 규장각 한국학연구원, 2009.

여인석, 「세브란스의전 연구부의 의학연구 활동」, 『의사학』 25호, 대한의사학회, 2004.

______, 「김명선-세브란스의 수호자」, 『연세의 발전과 한국사회』, 연세대 출판부, 2005.

______, 「제중원과 세브란스 의전의 기초의학 교육과 연구」, 『연세의학사』 21권 1호, 2009.

연세대학교 국학연구원 편, 『연세국학연구사』, 연세대 출판부, 2005.

연세대학교박물관, 「연희전문학교 상황보고서 1932」, 『연희전문학교 운영보고서』 (하), 선인, 2013.

연세대학교 백년사편찬위원회, 『연세대학교 백년사』, 연세대 출판부, 1985.

연세대학교 출판부 편, 『연세대학교사 1965』, 연세대 출판부, 1969.

연세대학교 출판부 편집부, 『서산 정석해』, 연세대 출판부, 1989.

연세의 발전과 한국사회 편찬위원회, 『연세의 발전과 한국사회』, 연세대 출판부, 2005.

염희경, 「일제 강점기 번역, 번안 동화 앤솔러지의 탄생과 번역의 상상력」, 『문학교육학』 39권, 한국문학교육학회, 2012.

오영교 편(정동교회 역사편찬위원회), 『정동제일교회125년사』, 정동삼문출판사, 2011.

오영식 편저, 『해방기 간행도서 총목록 1945~1950』, 소명출판, 2009.

웨인, 「1920년대 한성도서 인쇄인 노기정에 대하여」, 『근대서지』 4호, 근대서지학회, 2011.

유영익, 『젊은 날의 이승만-한성감옥 생활(1899~1904)과 옥중잡기 연구』, 연세대 출판부, 2002.

유춘동, 「한성감옥서의 〈옥중도서대출부〉 연구」, 『서지학보』 40, 2012.

______, 「한성감옥서(漢城監獄署)의 〈옥중도서대출부(獄中圖書貸出簿)〉 연구」, 『서지학보』 40, 2012.

윤대석, 「김기림의 시론에서의 '과학'」, 『한국근대문학연구』 제7권 1호, 2006.

윤정란, 「19세기 말 조선의 안방을 찾은 미국 여성의 욕망-여선교사 릴리어스 호튼 언더우드를 중심으로」, 『사림』 34호, 2009.

윤혜준, 「연희전문 도서관 소장 영문학 서적의 규모와 면모」, 연세대학교 학풍사업단, 『일제하 연세학풍과 민족교육』, 혜안, 2015.

윤희면, 「조선시대 서원의 도서관 기능 연구」, 『역사학보』 186집, 역사학회, 2005.

이경훈, 「인체 실험과 성전―이광수의 『유정』, 『사랑』, 『육장기』에 대해」, 『동방학지』, 연세대 국학연구원, 2002.

______, 『한국 근대문학 풍속사전―1905~1919(양장)』, 태학사, 2006.

이덕주, 「초기 한국교회의 웨슬리 이해」, 『세계의 신학』 30호, 1996.

이덕희, 『하와이 이민 100년 그들은 어떻게 살았나』, 중앙M&B, 2003.

이만열, 『한국기독교 문화운동사』, 대한기독교출판사, 1987.

______, 「한말 미국계 의료선교를 통한 서양의학의 수용」, 『국사관논총』 3, 국사편찬위원회, 1989.

______, 「초기 매서인의 역할과 문서선교 100년」, 『기독교사상』 34, 1990.

______ 편, 『자료총서17집―The Journals of Mattie Wilcox Noble 1892~1934』, 한국기독교역사연구소, 1993.

______, 『한국기독교의료사』, 아카넷, 2003.

______, 옥성득 역, 『언더우드 자료집』 I, 연세대 출판부, 2007.

이민희, 「1900년 전후 개화기 신문에 나타난 약소국가 인식태도 연구」, 『대동문화연구』 46호, 대동문화연구원, 2004.

______, 『16~19세기 서적중개상과 소설, 서적 유통관계 연구』, 역락, 2007.

______, 『마지막 서적중개상 송신용 연구』, 보고사, 2009.

이상현, 『한국 고전번역가의 초상―게일(James Scarth Gale)의 고전학 담론과 고소설 번역의 지평』, 소명출판, 2013.

______, 「〈춘향전〉의 번역과 민족성의 재현」, 『번역의 거처―한국문학의 내부와 외부』, 고려대 번역인문학연구원 제5회 연례 심포지엄, 2015.11.7.

이영석, 「크로포트킨과 과학―1890년대 과학평론 분석」, 『영국연구』 20호, 영국사학회, 2008.

이옥희, 「초기 한국 개신교 형성에 미친 권서들의 활동에 대한 연구」, 한신대 석사논문, 2005.

이장식, 『대한기독교서회 100년사』, 대한기독교서회, 1984.

이종철, 「사도행전 장르에 관한 연구」, 『신학연구』 51집, 한신대 한신신학연구소, 2007.

이종호, 『천재를 이긴 천재들』 2, 글항아리, 2007.

이지원, 『한국 근대 문화사상사 연구』, 혜안, 2007.

이혜령, 「식민지 검열과 '식민지―제국' 표상」, 『대동문화연구』 72, 성균관대 대동문화연구원, 2010.

이화진, 『소리의 정치-식민지 조선의 극장과 제국의 관객』, 현실문화연구, 2016.

임안수, 「맹인명칭고」, 『시각장애연구』 1호, 한국시각장애연구회, 1997.

______, 『한국시각장애인의 역사』, 한국시각장애인연합회, 2010.

장문석, 「식민지 출판과 양반-1930년대 신조선사의 고문헌 출판 활동과 전통 지식의 식민지 공공성」, 『민족문화연구』 55, 2014.

장세진, 『상상된 아메리카』, 푸른역사, 2012.

장신, 「『주보 조선지광』의 발굴과 몇 가지 문제」, 『근대서지』 4호, 근대서지학회, 2011.

장영은, 「금지된 표상, 허용된 표상」, 『상허학보』 22호, 상허학회, 2008.

장진경, 「초기 개신교 전도 부인의 교육과 여성 선교」, 『기독교교육정보』 21, 2008.

전상숙, 「대학 Archives란 무엇인가-Archives의 개념과 내용」, 『한국도서관 정보학회지』 32권 2호, 2001.

정과리, 『뫼비우스 분면을 떠도는 한국문학을 위한 안내서-존재의 변증법 5』, 문학과지성사, 2016.

정근식, 「식민지적 검열의 역사적 기원-1904~1910」, 『사회와 역사』 64, 한국사회사학회, 2003.

______·최경희, 「도서과의 설치와 일제 식민지 출판 경찰의 체계화, 1926~1929」, 『한국문학연구』 20호, 2006.

______·주윤정, 「사회사업에서 사회복지로-'복지' 개념과 제도의 변화」, 『사회와 역사』 98집, 한국사회사학회, 2013.

정미현, 『또 하나의 여성신학 이야기』, 한들, 2007.

______, 『릴리어스 호튼 언더우드』, 연세대 대학출판문화원, 2015.

정병욱·이타가키 류타 편, 『일기를 통해 본 전통과 근대, 식민지와 국가』, 소명출판, 2013.

정선이, 「1910년대 기독교계 고등교육의 특성-숭실과 연희전문을 중심으로」, 『교육사학연구』 19집 2호, 2009.

정종현, 「사실, 과학 그리고 문학의 신생-신체제기 한국 대중소설에 나타난 '기술적' 주체와 문학의 재편」, 『상허학보』 23집, 2008.

정종현, 「단군, 조선학, 그리고 과학」, 황종연 편, 『문학과 과학』 Ⅰ, 소명출판, 2013.

정진석, 『극비 조선총독부의 언론검열과 탄압』, 커뮤니케이션북스, 2008.

______, 「일제 강점기의 출판 환경과 법적 규제」, 『근대서지』 6, 근대서지학회, 2012.

조선총독부, 『조선맹아자통계요람』, 조선총독부제생원, 1921.

______, 『조선맹아자통계요람』, 조선총독부제생원, 1927.

주윤정, 「자선과 자혜의 경합−식민지기 '맹인' 사회사업과 타자화 과정」, 『사회와 역사』 80집, 한국사회사학회, 2008.

______, 「시각장애인의 구술전통과 역사전하기」, 『구술사연구』 5권 2호, 한국구술사학회, 2014.

차승기, 「전시체제기 기술적 이성 비판」, 『상허학보』, 23집, 2008.

______, 『비상시의 문 / 법−식민지 / 제국 체제의 삶, 문화, 정치』, 그린비, 2016.

차신정, 『그리스도를 나눈 의료선교사(한국 개신교 초기, 1884~1924)』, 캄인, 2013.

채현경, 「조선후기 향교소장 서책 목록과 관리운영」, 『서지학보』 32호, 2008.

천정환, 「일제말기의 독서문화와 근대적 대중독자의 재구성(1)」, 『현대문학의 연구』 40호, 2010.

최현식, 『최남선 · 근대시가 · 네이션』, 소명출판, 2016.

탁지일, 「시각장애인 교육의 선구자 로제타 홀」, 『한국기독교신학논총』 74집, 한국기독교학회, 2011.

하동호, 『한국 근대문학의 서지 연구』, 깊은샘, 1981.

한국시각장애인복지재단 편, 『한국맹인근대사』, 한국시각장애인복지재단, 2004.

한기형, 「1910년대 신소설에 미친 출판, 유통 환경의 영향」, 『한국학보』 22-3, 1996.

한만수, 「1930년대 검열 기준의 구성원리와 작동기제」, 『한국어문학연구』 47, 2006.

한수영, 『친일문학의 재인식』, 소명출판, 2005.

______, 『사상과 성찰−한국 근대문학의 언어 주체 이데올로기』, 소명출판, 2011.

______, 『전후문학을 다시 읽는다』, 소명출판, 2015.

허경진, 「연희전문의 문학 교육에서 보여진 동서고근 화충의 실제」, 『일제하 연세학풍과 민족교육』, 혜안, 2015.

홍선웅, 『한국 근대판화사』, 미술문화, 2014.

홍이섭, 「한국기독교사 연구소사」, 『한국사의 방법』, 탐구당, 1968.

황미숙, 「초기 선교사들의 전도 활동과 장시(제269회 학술발표회 주제 발표)」, 『한국기독교역사연구소식』 85, 2008.

______, 「내한 미국감리교회 선교사들의 사회복지사업 연구, 1885~1960」, 목원대 박사논문, 2014.

황종연, 「신 없는 자연−초기 이광수 문학에서의 과학」, 『상허학보』 36, 2012.

황종연 편, 『문학과 과학』 I , 소명출판, 2013.

________, 『문학과 과학』 II , 소명출판, 2014.

황지영, 「중국서적을 중심으로 본 조선후기 출판과 장서문화의 신국면」, 『다산과 현대』3호, 연세대 강진다산실학연구원, 2010.

황호덕, 「번역가의 원손, 이중어사전의 통국가적 생산과 유통 – 언어정리 사업으로
　　　본 근대 한국(어문)학의 생성」, 『상허학보』 28, 2010.

_____, 이상현 편, 『한국어의 근대와 이중어사전 – 게일, 『한영ᄌ뎐』 V』, 박문사,
　　　2012.

_____, 이상현, 『개념과 역사, 근대 한국의 이중어사전』 1・2, 박문사, 2012.

3. 국외 논저

가야트리 스피박, 태혜숙 역, 『교육기계 안의 바깥에서』, 갈무리, 2006.

가야트리 스피박 외, 태혜숙 역, 『서벌턴은 말할 수 있는가?』, 그린비, 2013.

데이비드 와인버거, 이현주 역, 『혁명적으로 지식을 체계화하라』, 살림Biz, 2008.

로만 야콥슨, 권재일 역, 『일반언어학이론』, 민음사, 1989.

로버트 단턴, 김지혜 역, 『시인을 체포하라』, 문학과지성사, 2013.

리처드 베어드, 김인수 역, 『배위량 박사의 한국 선교』, 쿰란출판사, 2004.

마르틴 아우어 지금, 인성기 역, 김승태 감수, 『파브르 평전 – 나는 살아 있는 것을 연
　　　구한다』, 청년사, 2003.

막스 베버, 김현욱 역, 『프로테스탄티즘 윤리와 자본주의 정신』, 동서문화사, 2010.

매티 노블, 손현선 역, 『매티 노블의 조선 회상』, 좋은씨앗, 2011.

미셸 푸코, 이광래 역, 『말과 사물』, 민음사, 1986.

_____, 홍성민 역, 『임상의학의 탄생』, 인간사랑, 1993.

_____, 이정우 역, 『지식의 고고학』, 민음사, 2000.

_____, 이희원 역, 『자기의 테크놀로지』, 동문선, 2002.

_____, 오생근 역, 『감시와 처벌』, 나남, 2003.

_____, 오트르망 역, 『안전, 영토, 인구』, 난장, 2011.

_____, 『생명관리 정치의 탄생』, 난장, 2012.

발터 벤야민, 반성완 편역, 「얘기꾼과 소설가」, 『발터 벤야민의 문예이론』, 민음사,
　　　2005.

_____, 최성만 역, 『서사(서사)・기억・비평의 자리』, 길, 2012.

벤 싱어, 이위정 역, 『멜로드라마와 모더니티』, 문학동네, 2009.

Baird, William M., 『숭실 설립자 윌리엄 베어드의 선교 일기, Diary of William M. Baird,

1892.5.18~1895.4.27』, 숭실대 한국기독교박물관, 2013.

Baird, Richard H., 김인수 역, 『(배위량 박사의) 한국 선교』, 쿰란, 2004.

사카이 나오키, 후지이 다케시 역, 『번역과 주체』, 이산, 2005.

수잔 손탁, 이민아 역, 『해석에 반대한다』, 이후, 2013.

쑨원, 김영문 역, 『루쉰과 저우쭈어런』, 소명출판, 2005.

앙리 파브르, 김진일 역, 『파브르 곤충기』 1~10, 현암사, 2003.

에브 퀴리, 조경희 역, 『마담 퀴리』, 이룸, 2006.

요시미 순야, 서재길 역, 『대학이란 무엇인가』, 글항아리, 2014.

울리히 벡, 홍찬숙 역, 『자기만의 신-우리에게 아직 신이 존재할 수 있는가』, 길, 2013.

월터 J. 옹, 이기우 · 임명진 역, 『구술문화 문자문화』, 문예출판사, 1997.

이블린 폭스 켈러, 민경수 · 이현주 역, 『과학과 젠더』, 동문선, 1996.

이사벨라 버드 비숍, 이인화 역, 『한국과 그 이웃나라들』, 살림, 1996.

자크 데리다, 데릭 에트리지 편, 정승훈, 진주영 역, 『문학의 행위』, 문학과지성사, 2013.

__________, 신정아 · 최용호 역, 『신앙과 지식 / 세기와 용서』, 아카넷, 2016.

장-뤽 낭시, 정과리 · 이만형 역, 『나를 만지지 마라-몸의 들림에 관한 에세이』, 문학과지성사, 2015.

장 디디에 뱅상 · 뤼크 페리, 이자경 역, 『생물학적 인간, 철학적 인간』, 푸른숲, 2002.

장 폴 사르트르, 정명환 역, 『문학이란 무엇인가』, 민음사, 2004.

질리언 비어, 남경태 역, 『다윈의 플롯』, 휴머니스트, 2008.

카를 슈미트, 김효전 · 정태호 역, 『정치적인 것의 개념』, 살림, 2012.

카토 카츠오 · 카와타 이코이 · 토조 후미오리, 최석두 역, 『식민지의 도서관』, 한울, 2009.

커트 존슨 · 스티브 코츠, 홍연미 역, 『나보코프 블루스』, 북하우스, 2007.

토머스 핸킨스, 양유성 역, 『과학과 계몽주의』, 글항아리, 2011.

폴 리쾨르, 윤성우 · 이향 역, 『번역론』, 철학과현실사, 2006.

해리 로즈, 최재건 역, 『미국 북장로교 한국 선교회사』, 연세대 출판부, 2009.

Andy Prettol, "Racism, Disable-ism, and Heterosexism in the Making of Helen Keller", *Comparative Literature and Culture* Volume 10, Issue 2, June 2008.

Hu, Danian., *China and Albert Einstein : The Reception of the Physicist and his Theory in*

China, 1917-1979, Cambridge. MA, USA : Harvard University Press, 2005.

John Cornwell, *Hitler's Scientists*, Penguin Books, 2004.

Kim Nielsen, *The Radical Lives of Helen Keller*, New York University Press, 2004.

Kyeong-Hee Choi, "Impaired Body as Colonial Trope : Kang Kyong'ae's "Underground Village"", *Public Culture* 13(3), Duke University Press, 2001.

Liz Crow, "Helen Keller : rethinking the problematic icon", *Disability and Socicety*, Vol.15 No.6, 2000.

Li Li, Daisy, "A Comparative Study of Translated Children's Literature by Lu Xun and Zhou Zuoren : From the Perspective of Personality", *Journal of Macao Polytechnic Institute*, 2009.

Martha Stoddard Holmes, *Fictions of Affliction : Physical Disability in Victorian Culture*, University of Michigan Press, 2009.

Mochizuki, Chikako, *Working for Equality : Activism and Advocacy by Blind Intellectuals in Japan, 1912-1995*, Ph. D. Dissertation, University of Kansas, 2013.

Peng Hsiao-yen, "A Traveling text", *Dandyism and Transcultural Modernity*, Routledge, 2010.

Stoler, Ann Lauren, "Colonial Archives and the Art of Governance," *Archival Science 2*, Kluwer Academic Publishers, 2002.

Travis Montgomery, "Radicalizing Reunion : Helen Keller's The Story of My Life and Reconciliation Romance", *The Southern Literary Journal*, volume XLII, number 2, spring 2010.

水島治男, 『改造社の時代〈戦前篇〉』, 圖書出版社, 1976.

濱田,康行, 「邦訳『昆虫記』をめぐって」, 『学士会会報』869号, 2008.

4. 온라인 자료

독립기념관 자료실(http://search.i815.or.kr/main.do)

재한선교사 보고문건(http://www.i815.or.kr)

한국독립운동사 정보시스템(http://search.i815.or.kr/)

한국사데이터베이스(http://db.history.go.kr)

한국역사정보통합시스템(http://www.koreanhistory.or.kr)

http://www.afb.org

http://www.ablenews.co.kr

http://digital.library.upenn.edu/women/keller/life/life.html

http://nichgetusho.ameblo.jp/nichgetuscho/entry/-10006316388.html

　새 천 년이 시작된 지도 벌써 몇 해가 지났다. 식민지와 분단국가로 지낸 20세기 한국 역사의 와중에서 근대 민족국가 수립과 민족 문화 정립에 애써온 우리 한국학계는 세계사 속의 근대 한국을 학술적으로 미처 정리하지 못한 채 세계화와 지방화라는 또 다른 과제를 안게 되었다. 국가보다 개인, 지방, 동아시아가 새로운 한국학의 주요 대상이 된 작금의 현실에서 우리가 겪어온 근대성을 다시 한번 정리하고 21세기에 맞는 새로운 모습으로 탈바꿈시키는 것은 어느 과제보다 앞서 우리 학계가 정리해야 할 숙제이다. 20세기 초 전근대 한국학을 재구성하지 못한 채 맞은 지난 세기 조선학·한국학이 겪은 어려움을 상기해 보면, 새로운 세기를 맞아 한국 역사의 근대성을 정리하는 일의 시급성은 아무리 강조해도 지나치지 않다.

　우리 근대한국학연구소는 오랜 전통이 있는 연세대학교 조선학·한국학 연구 전통을 원주에서 창조적으로 계승하고자 하는 목표에서 설립되었다. 1928년 위당·동암·용재가 조선 유학과 마르크스주의, 그리고 서학이라는 상이한 학문적 기반에도 불구하고 조선학·한국학 정립을 목표로 힘을 합친 전통은 매우 중요한 경험이었다. 이에 외솔과 한결이 힘을 더함으로써 그 내포가 풍부해졌음은 두말할 나위가 없다. 연세대학교 원주캠퍼스에서 20년의 역사를 지닌 매지학술연구소

를 모체로 삼아, 여러 학자들이 힘을 합쳐 근대한국학연구소를 탄생시
킨 것은 이러한 선배학자들의 노력을 교훈으로 삼은 것이다.

이에 우리 연구소는 한국의 근대성을 밝히는 것을 주 과제로 삼고자
한다. 문학 부문에서는 개항을 전후로 한 근대 계몽기 문학의 특성을
밝히는 데 주력할 것이다. 역사 부문에서는 새로운 사회경제사를 재확
립하고 지역학 활성화를 위한 원주학 연구에 경진할 것이다. 철학 부
문에서는 근대 학문의 체계화를 이끌고 사회과학 분야에서는 학제 간
연구를 활성화시키며 근대성 연구에 역량을 축적해 온 국내외 학자들
과 학술 교류를 추진할 것이다. 이러한 연구들은 일방성보다는 상호
이해와 소통을 중시하는 통합적인 결과물의 산출로 이어질 것이다.

근대한국학총서는 이런 연구 결과물을 집약적으로 정리하기 위해
마련한 총서이다. 여러 한국학 연구 분야 가운데 우리 연구소가 맡아
야 할 특성화된 분야의 기초자료를 수집·출판하고 연구성과를 기
획·발간할 수 있다면, 우리 시대 연구자들뿐만 아니라 학문 후속세대
들에게도 편리함과 유용함을 줄 수 있을 것이다. 새롭게 시작한 근대
한국학총서가 맡은 바 역할을 충분히 할 수 있도록 주변의 관심과 협
조를 기대하는 바이다.

2003년 12월 3일
연세대학교 원주캠퍼스 근대한국학연구소